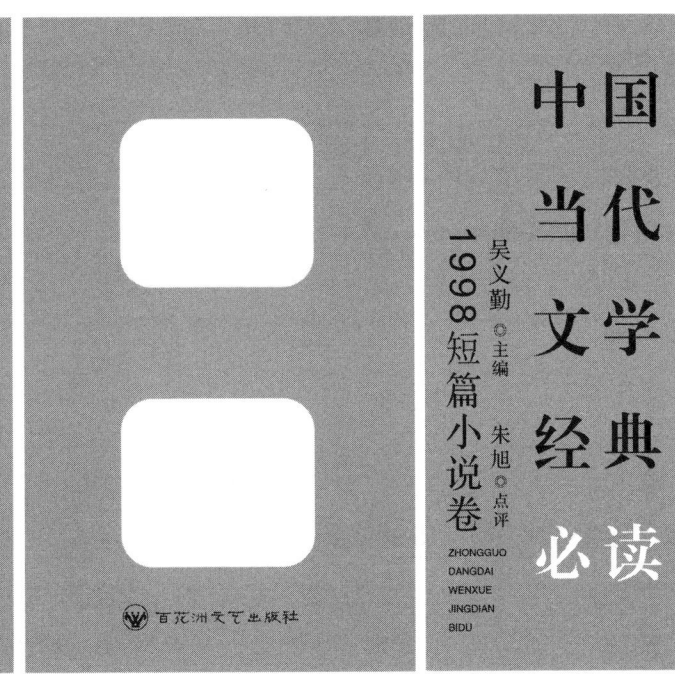

中国当代文学经典必读
1998短篇小说卷

吴义勤 主编
朱旭 点评

ZHONGGUO
DANGDAI
WENXUE
JINGDIAN
BIDU

百花洲文艺出版社

图书在版编目（CIP）数据

中国当代文学经典必读. 1998短篇小说卷 / 吴义勤主编. —— 南昌：百花洲文艺出版社, 2023.11
ISBN 978-7-5500-3877-6

Ⅰ.①中… Ⅱ.①吴… Ⅲ.①中国文学 – 当代文学 – 作品综合集 ②短篇小说 – 小说集 – 中国 – 当代 Ⅳ.①I217.1

中国版本图书馆CIP数据核字（2020）第211274号

中国当代文学经典必读·1998短篇小说卷

吴义勤　主编

出 版 人	陈　波
责任编辑	周振明
书籍设计	方　方
制　　作	何　丹
出版发行	百花洲文艺出版社
社　　址	南昌市红谷滩区世贸路898号博能中心一期A座20楼
邮　　编	330038
经　　销	全国新华书店
印　　刷	江西千叶彩印有限公司
开　　本	850mm×1168mm 1/16　印张 18.75
版　　次	2023年11月第1版第1次印刷
字　　数	310千字
书　　号	ISBN 978-7-5500-3877-6
定　　价	42.00元

赣版权登字　05-2020-215
版权所有，盗版必究
邮购联系　0791-86895108
网　　址　http://www.bhzwy.com
图书若有印装错误，影响阅读，可向承印厂联系调换。

我们该为"经典"做点什么？

/吴义勤

当今时代，对经典的追怀和崇拜正在演变为一种象征性的精神行为，人们幻想着通过对经典的回忆与抚摸来抵抗日益世俗和商业化的物质潮流。在这一过程中，一方面，经典作为人类文学史和文明史的基石与本源，其价值得到了充分的认同与阐扬；另一方面，经典的神圣化与神秘化又构成了对于当下文学不自觉的遮蔽和否定。可以说，如何面对和正确理解"经典"，正是当代中国文学必须正视的一个问题。

什么是经典呢？就人类的文学史而言，"经典"似乎是一个约定俗成的概念，它是人类历史上那些杰出、伟大、震撼人心的文学作品的指称。但是，经典又是无法科学检验的主观性、相对性概念。经典并不是十全十美、所有人都认同的作品的代名词。人类文学史上其实根本就不存在十全十美、所有人都喜欢、没有缺点的所谓"经典"。那些把"经典"神圣化、神秘化、绝对化、乌托邦化的做法，其实只是拒绝当下文学的一种借口。通常意义上，经典常常是后代"追认"的，它意味着后人对前代文学作品的一种评价。经典的标准也不是僵化、固定的，政治、思想、文化、历史、艺术、美学等因素都可能在某种特殊的历史条件下成为命名"经典"的原因或标准。但是，"经典"的这种产生方式又极容易让人形成一种错觉，即"经典"仿佛总是过去时、历时态的，它好像与当代没有什么关系，当代人不能代替后人命名当代"经典"，当代人所能做的就是对过去"经典"的缅怀和回忆。这种错觉的一个直接后果就是在"经典"问题上的厚古薄今，似乎没有人敢于理直气壮地对当代文学作品进行"经典"的命名，甚至还有人认为当代人连写当代史的权利都没有。

然而，后人的命名就比同代人更可信吗？我当然相信时间的力量，相信时间会把许多污垢和灰尘荡涤干净，相信时间会让我们更清楚地看清模糊的、被掩盖的真相,但我怀疑,时间同时也会使文学的现场感和鲜活性受到磨损与侵蚀,甚至时间本身也难逃意识形态的污染。我不相信后人对我们身处时代"考古"式的阐释会比我们亲历的"经验"更可靠,也不相信,后人对我们身处时代文学的理解会比我们亲历者更准确。我觉得,一部被后代命名为"经典"的作品,在它所处的时代也一定会是被认可为"经典"的作品,我不相信,在当代默默无闻的作品在后代会被"考古"挖掘为"经典"。也许有人会举张爱玲、钱钟书、沈从文的例子,但我要说的是,他们的文学价值在他们生活的时代就早已被认可了,只不过新中国成立后很长时间由于意识形态的原因我们的文学史不允许谈及他们罢了。

　　这里其实就涉及了我们编选这套书的目的。我认为,文学的经典化过程,既是一个历史化的过程,又更是一个当代化的过程。文学的经典化时时刻刻都在进行着,它需要当代人的积极参与和实践。文学的经典不是由某一个"权威"命名的,而是由一个时代所有的阅读者共同命名的,可以说,每一个阅读者都是一个命名者,他都有命名的"权力"。而作为一个文学研究者或一个文学出版者,参与当代文学的进程,参与当代文学经典的筛选、淘洗和确立过程,正是一种义不容辞的责任和使命。事实上,正是出于这种对"经典"的认识,我才决定策划和出版这套书的,我希望通过我们的努力,真实同步地再现21世纪中国文学"经典化"的进程,充分展现21世纪中国文学的业绩,并真正把"经典"由"过去时"还原为"现在进行时",切实地为21世纪中国文学的"经典化"作出自己的贡献。与时下各种版本的"小说选"或"小说排行榜"不同,我们不羞羞答答地使用"最佳小说"之类的字眼,而是直截了当、理直气壮地使用了"经典"这个范畴。我觉得,我们每一个作家都首先应该有追求"经典"、成为"经典"的勇气。我承认,我们的选择标准难免个人化、主观化的局限,也不认为我们所选择的"经典"就是十全十美的,更不幻想我们的审美判断和"经典"命名会得到所有人的认同,而由于阅读视野和版面等方面的原因,"遗珠之憾"更是不可避免,但我们至少可以无愧地说,我们对美和艺术是虔诚的,我们是忠实于我们对艺术和美的感觉与判断的,我们对"经典"的择取是把审美和艺术放在第一位的。说到底,"经典"是主观的，"经典"的确立是一个持续不断的"过程"，"经典"的价值是逐步呈现的，对于一部经典作品来说，它的当代认可、当代评价是不可或缺的。尽管这种认可和评价也许有偏颇，但是没有这种认可和评价，它就无法从浩如烟海的文本世界中突围而出，它就会永久地被埋没。从这个意义上说，在当代任何一部能够被阅读、谈论的文本都是幸运的，这是它变成"经典"的必要洗礼和必然路径，本套书所提供的同样是这种路径，我们所选的作品就是我们所认可的"经典"，它们完全可以毫无愧色地进入"经典"的殿堂，接受当代人或者后来者的批评或朝拜。

感谢百花洲文艺出版社对我的经典观的认同以及对于这套书的大力支持，感谢让这个文学工程可以在百花洲文艺出版社这个平台美丽绽放。我们的编选仍将坚持个人的纯文学标准，而为了更好地阐析我们的"经典观"，我们每本书将由青年学者对每一篇入选小说进行精短点评，希望此举能有助于读者朋友对本丛书的阅读。

目 录

王小妮　1966·两个姑娘进城去看电影 / 1

铁　凝　B城夫妻 / 14

夏　商　刹那记 / 23

苏　童　过　渡 / 34

谢友鄞　老黑鱼号的短暂航程 / 52

刘庆邦　梅妞放羊 / 64

莫　言　拇指铐 / 76

叶广芩　你找他苍茫大地无踪影 / 93

白天光　彭　孙 / 108

石舒清　清水里的刀子 / 116

迟子建　清水洗尘 / 124

钟求是　社会关系 / 141

毕飞宇　生活在天上 / 150

赵本夫　天下无贼 / 163

王安忆　天仙配 / 177

尤凤伟　为兄弟国瑞善后 / 192

周洁茹　午夜场 / 202

艾　伟　乡村电影 / 214

裘山山　幸福像花开放 / 224

赵德发　羞　仙 / 237

周大新　宣德年间的一些希望 / 251

温亚军　游牧部族 / 266

魏　微　在明孝陵乘凉 / 275

阿　成　长亭短亭 / 285

1966·两个姑娘进城去看电影

/王小妮

这一年的庄稼不错，秸秆是浸了油的绿。刚冒出来的缨穗正在由白变红。天色照样在五点钟以前发亮。早晨迷迷糊糊地向林带吐出一些雾。向着苞米地里走的农民都不说话，盆一样的大地里有零星的咳嗽声。

两个姑娘分别在她们的家里用水瓢向着铜盆里舀水。水从深井里来，又凉又亮，接触到铜盆圆底的时候，发出好听的响声。这一带方圆百里，差不多每家都有这么一个完全相同的铜盆，它们都来自两个姑娘上班的供销社。

一个姑娘在铜盆里撩起水洗脸的时候，舔着两手指尖。没有尝到丁点儿的盐味，她好像放心了。从土墙上的油灯窝洞里摸出了桃木的木梳，蘸着铜盆里的水，开始梳辫子。谁都认识这个姑娘，因为她是卖盐的，谁家能不吃大粒盐呢。她要进城去看电影，心里热乎得不得了。梳辫子的时间太久，她怪自己的头发长得太密实，抓在手里像一大捆青苘麻。听见有这样的说法：贵人不顶重发。所以，她不是很喜欢两条粗辫子。用一根绿毛线把长辫子扎起来，她在当院做这一切。几只公鸡在窄墙上争抢着打鸣，踩着最嫩瓣的喇叭花。卖盐的姑娘听见她的爹在屯子前街吆喝：起啦，起啦，上南地啦！他是队里的打头的。她的爹对丫头起这么大的早很惊怪：大清早晨的，起来干啥？卖盐的姑娘说：上城，看电影去。电影有啥好看，糟害眼睛，一道一道的白光能不糟害人吗？卖盐的姑娘不想听爹说：糟害啥，城里人也没给糟害了。爹说：城里，四只眼儿的多。我还想有四只眼儿呢。姑娘说到这儿停住了，她没有进过城，提到城里，心里感到了悬突。

另外一个姑娘正把洗脸水泼到当院。那水不清亮，像做豆腐剩下的污水，满当院飘着香胰子味。然后，她也梳头，不过，她的手心儿里汪着香头油，她把长头发梳得光溜溜的。姑娘的父亲今天很奇怪，起得比下地的人们还要早，站在炕沿上，捅着墙上的广播线。姑娘说：你捅咕它干啥，净是灰土，广播匣子都哑巴半年了。姑娘的父亲不说话，缓缓地从炕沿上迈下来，站到当院，一直向着东边的天空看。他心里如果没有事情压着，怎么会长时间地看天？他是供销社里的书记，说了算的人物，所以他的姑娘才在供销社里做了卖胭粉的。

父亲对着响晴的早晨叹了一口气。向秫秸障子走去，折一节高粱秆，朝着自家的茅坑走。卖胭粉的姑娘瞄着父亲，又瞄着当院父亲的那辆轮子上缠着红缨绿缨的自行车。父亲的头在茅房的墙头露了一个黑顶之后，就消失了，姑娘推上车，向着院外跑。

父亲喊：你干啥去！他的头顶又出现了：你骑着车上哪儿挣命去？我今儿个还等着去开会呀！

卖胭粉的姑娘把父亲的自行车骑得跟疯马驹子那么快，如果不是土道上疙疙瘩瘩，她早就骑飞了。一直骑过屯子中间那片晶亮的水泡子，那片水散发出早晨的雾气。父亲等到晚上，他说：你这一大天，上哪旮旯去了？姑娘并不怕他，她说：进城了，上我姑家了。父亲还能打她吗？车子停在一棵健壮挺拔的大核桃树下面，从那儿正好能看见七八里以外，通向城里的那条国道。国道在一片洼兜地上，这一年的庄稼真是不错，国道被庄稼萋萋着，远看跟一条毛道那样，像一根灰白的细线。

卖胭粉的姑娘着急了，在核桃树下面，她有了气，是她带着卖盐的姑娘进城。连城还没去过的人，怎么不早到呢？城的东西南北都摸不着，反过来却让她像傻子一样地等。卖胭粉的姑娘倚仗了她的父亲，人变得气性很大。卖盐的姑娘，还想不想进城看电影了？

水泡子的另外一边，卖盐的姑娘稀里哗啦地出现，她居然推着车子在跑。买胭粉的姑娘喊：你跑啥？你魔怔了？你骑呀！那姑娘还是慌里慌张，推着那辆不知道从哪一家借来的破车子。

核桃树在头顶上顺着风摆。卖盐的姑娘说：你打扮得可真好看，粉是粉、白是白的。卖胭粉的姑娘听了这句话，不再生气了。她当然好看，两条辫子绕成了两个环形，扎着粉绿色的绸绫子，她觉着，风经过她，风都变得好看了。这一片地方的农民也都认识她。他们趴在雪花膏、头油和头发卡子的柜台上，看那些东西的同时，也见着了卖胭粉的姑娘。那是什么人的丫头！是一般人的吗？和卖盐的姑娘当然不一样。

两个骑车子的姑娘追过了几辆马车，马车上荡浪着两条腿的人们都朝她们看，好像想把她们的来龙去脉都看出来。前一天刚下过一场急雨，土道还发软，不然，她们会沿着道眼儿骑得很快。马车上的老板子说：看人家骑着自行车有多好！他在马的枣色屁股后面挺起上身问：丫头，这是上哪场啊？卖盐的姑娘想回他一句，但是，她没吱声，她是随着人家进城，晚一点出声儿才在事理上。卖胭粉的姑娘马上说了：上城里看电影去！她把这句话借着车子跑的劲儿，说得飘忽忽的。

电影也流动到过乡下，在场院上押出一块白斜纹布。在这个没通电的地方，电影队还要自带发电机。卖盐的姑娘只是在那时候才见过电灯泡。并不很亮，拳头大的泡子能照亮场院吗？放电影的人总表现出不情愿，一进屯子就说：有啥嚼咕哇？咱做的可是个体力活儿！他们都想吃刚淘的粘米面蒸豆包。卖盐的姑娘只看过两场电影，《地道战》和《地雷战》。但是卖胭粉的姑娘很张狂，她说：你看的那叫什么电影？连色儿都没有，连个坐处都没有，赶明儿个我带你进城上电影院看电影去。

电影院成了卖盐的姑娘心里的神话境地，她梦见过电影，有一次梦见电影院是一只带颜色的箱子，还有一次梦见自己钻进了四面围着的斜纹布的迷魂阵。卖胭粉的姑娘推卖盐的姑娘，一直推得她靠在盐箱子上：啥呀！你真是老赶，这么大了还没进过城，真是白活着了。卖盐的姑娘心里很不好受，她十八岁了，连六十里地外的城都没去过。她去问她的爹：城里是啥样儿！爹是话语很少的人，他说：城？那就是个好哇！咋好呢？爹说不出来，两只手上暴着老筋，晃着，好像城是一铺火炕，就在他的手底下被抚摸稀罕着。

卖盐的姑娘知道爹进城都在腊月，天最冷的时候。他们屯子分到了城里某街上的两间公共厕所，报酬就是粪。爹说：粪是个宝！所以，屯子里的人想夏天也进城去掏厕所，没有争取到，城里人把夏天的厕所给了别的屯子，据说城里人鬼一样精。冬天的大清早晨，有人抱着棉被上了卖盐的姑娘她爹的马车，马的全身都在冒热气，一会马鼻孔结上白霜。爹穿着毡疙瘩，踩着雪，把丁字镐顺在车厢里。卖盐的姑娘听见爹的马车一直向着城里走，她的心里好刺挠。但是她怕人笑话她，说供销社的职工坐着掏粪车进城去。农民没面子，上了班的人就有面子了。

城里究竟有多好，卖盐的姑娘故意按响车铃，向前面看，能看到五里以外去，国道上连一只鸡也没有，但是她很愿意听见车铃响。卖胭粉的姑娘描述电影院：它就留两个小门，开小门是怕光漏进去。门上有黑丝绒的布帘子，一摸溜光溜光的，可好啦。进到电影院里，一路下坡儿。我去年还去看过电影，是《五朵金花》，全带色儿的电影，不光人的脸上有色儿，连树和天都上了色儿。卖盐的姑娘说：啥是五朵金花？卖胭粉的姑娘说：五个丫头一个比一个俊，仙女似的，都叫金花，看完了电影，我都没分出来哪个是哪个。卖盐的姑娘想，电影真的神成那样子吗？

车子上了国道，明显快到了。卖盐的姑娘突然问：咱这么骑对不对？她不能想象，这条大道光秃秃的，就一直能连上城了。城是那么随便能到的吗？卖胭粉的姑娘说：我都去了一百遍了，还能错！其实她连五遍也没去过。卖盐的姑娘对道路产生了好奇，她听爹说过，城里的马路干净得跟咱屯子会计家的火炕一样。同样是路，四通八达的路，屯子这边是泥头拐杖的，人家那边跟会计家的炕一样。城里怎么会好成那个样儿？

庄稼稞子里哗哗地响，从毛道里钻出一个人，浑身都是露水，他看见了卖盐的姑娘，扬着一条小布口袋喊：称盐呐！你这是要上哪疙瘩去？那个人以为天下只有一个卖盐姑娘。人们都习惯了，看见她每天拎着白洋铁的撮子，用撮子口磕着盐箱子。她每天经手卖掉的盐有九十斤一百斤。卖盐的姑娘对那个湿透的人说：有人顶我了。不知道那个人被落在那么远，能不能听见。

在印象里，电影院在一个好记的位置，进了城，沿着圆锅盖形的房子走，一直走过五个路口向东拐。电影院门口有一排伞一样的飞刀树，那地方卖胭粉的姑娘没自己去过，是姑姑的孩子们带她去的。卖盐的姑娘问，啥是飞刀树？卖胭粉的姑娘说不清，这树名是听别人说的。其实那是糖槭树，秋天满树都会结翅翼，或者说像小刀形状的种子，比树叶还轻的种子。糖槭树被卖胭粉的姑娘说成了最高贵的树。她说还有人专门登着梯子把它们修成伞形。卖盐的姑娘说：我的妈呀！城里人真是怪，连树都有人伺候着。

进城看电影的这一天早上，卖盐的姑娘心情跟湿漉漉的绿庄稼和飘着一团团白云彩的天空一样明亮。就是为了这一天，她花费了多少心思借车子，学车子。现在，她看见城了，她爹说过，最先看见的是大高烟囱，厂子里的，无冬历夏都冒着黄烟。

国道变得宽了，泥土少了。城市像一条浑身发着腾腾热气的卧虎，匍匐在岗上。两个姑娘都向着高远的地方望，她们同时在心里想：妈呀，城里是多么大的一片！不过，她们都没把这话说出来。

卖盐的姑娘说：咱还是下来推着车走吧。她怕以她骑车的技术进了城会撞上人，听说城里的人缕缕行行的，相当多。其实，她是在心里怵了，她怵城市这种大东西。卖胭粉的姑娘说：怕啥，我都来了一百遍了，也没撞倒一个人。

就在这两个姑娘走进城里的时候，卖胭粉的姑娘的父亲还满脸淌汗，汗珠大得吓人，他正被一些人堵在供销社的门口。对任何人他也没讲过，这十几天来，他已经感到了灾难临头的前兆，他一早一晚都要在望天的时间体会那种坏兆头。事情终于来了，供销社在这一天根本没打开闸板，大粒盐和胭粉、头油、头发卡子都被埋没在闸板后面。供销社的职工们说：他们今天要造反了。什么是造反，大家全都说不准，但是，他们把卖胭粉的姑娘的父亲围住，看他的大汗珠子往下流，心里很舒坦。

第一个碰见的城里人是个骑车子的少年，一只手按着车把，另一只手在半空中托了一个盛着酱的二大碗，稀酱满溜溜的，却不洒出来。车和少年和酱稳稳地进了一条小胡同。卖胭粉的姑娘说：你看，那就是胡同。它也和国道一样，铺了没有泥的路。卖盐的姑娘看见那么大个孩子也把车骑得那样熟，她又在心里感到了城里和城里人的了不得。

第二个遇见的城里人是卖冰棍的老太太，小脚，一拐一拐的，推着个蓝色的木箱子，箱子下面有四个小木头轮子。老太太把她的车停下来，开始喊：冰糕，冰糕，三分的五分的！等她昏花的眼睛看清楚了两个骑车的姑娘，她不喊了。老太太说：下来啊，丫头！老太太告诉她们，从屯子下来的人这时候进城悬乎点，城里头不咋太平！卖胭粉的姑娘问：咋不太平？老太太说：谁知道呢，像你们这样的丫头，有人堵在马路上，要给你们铰辫子。卖胭粉的姑娘说：别听她的，咱们走。

卖盐的姑娘，她的眼睛不够使了。她看见三层摞在一起的楼房，房尖上有着油亮的红瓦。而卖胭粉的姑娘心里在起毛，从车子上趴下来，迎着她的是马路上的一大堆发出臭味的垃圾。她印象中城里不是这个样子。卖盐的姑娘颠簸着越过了垃圾堆,这城里并不像会计家的火炕。她下了车,停在一间公共厕所的砖墙外面,红砖墙上有一行粉笔写的字:张三他奶是地主婆。

卖胭粉的姑娘看见一个她完全不认识的城市,这是一年前来过的地方吗?沿街的楼房都被大张纸糊住了,人像赶集一样挤着看纸上的字。卖胭粉的姑娘站在一堆垃圾面前,完全找不到路。

卖盐的姑娘推着车子又返回来,站在垃圾堆上面喊卖胭粉的姑娘。在这同时,两个戴红胳膊箍的年轻人发现了她们,像发现了很稀有的鸟类,一伙人走过来,呵斥两个乡下人:站住!你们过来。卖盐的姑娘问:这是咋了?一伙人都上了垃圾堆。你们从哪儿来?两个姑娘说:跃进公社。说清楚点,啥是跃进公社?卖胭粉的姑娘说:屯下的跃进公社,离城60里地。那伙人说着他们不太明白的话:不在农村闹革命,进城里干啥来了?两个姑娘一起说看电影。人们都笑了,两个姑娘周围全是张开很大的嘴巴,他们说:都啥时代了,她还想着看电影?

一个戴着黄帽子,没露出一丝头发的女的问:你们两个都是什么家庭出身?两个人都说:贫农。女的说:都是贫农就好,阶级弟兄,告诉你们,城里没有电影这玩意了。卖胭粉的姑娘很不甘心,她甚至不信这伙人:《五朵金花》也没了?那个嗓音尖细的女的立刻说:"六朵金花"也没有。这时候马上有人喊了一声:《五朵金花》是大毒草。又有人喊了一声:重要的任务是教育农民!

一伙人背过身去,商量怎么处理这两个留着大辫子、穿着花纽襻衣裳的乡下人,商量了很久,所有人的额头都被很毒的太阳晒出了汗珠。有一个小伙子拿了一把黑沉的剪子,咔咔地不断让剪子锉着牙齿。卖胭粉的姑娘想到卖冰糕的小脚老太太说过铰辫子,这个珍惜辫子的姑娘心里冰凉害怕。这个时候,她们被放了,还拿到了一张路条,上面写的是:

已证明此二人是贫农成分,从郊区跃进公社来。特予以通行。

此致 战斗的敬礼

两个姑娘站在城里的马路上。卖盐的姑娘望着卖胭粉的姑娘，看了一阵，没有看出主意来，她问：咱还能看上电影不？卖胭粉的姑娘都来过这城里一百次，当然能解释这城里的一切。

城市和电影像火盆里的红木炭。现在，卖胭粉的姑娘的心里坐着一只空的泥火盆，她比卖盐的姑娘还要迷惑。

卖盐的姑娘不明白这是咋了，她说了一句稀里糊涂的话：瞅瞅你的头发，还是溜光的。你看我，这脑袋是不是都呛毛呛刺了，上哪要点水，我也抹抹头发。

卖胭粉的姑娘突然说：要不，咱回去吧。卖盐的姑娘也觉到了奇怪：啥？咱不看电影了？

穿过黑丝绒帘的小门，在座位上看带色儿的电影，卖胭粉的姑娘当然想。但是，她推着她父亲那辆新的车，轮子上缀着红绿缨，她说：我迷糊了，找不着电影院了。卖盐的姑娘说：那咱们问呗！

这城里好像没有一个闲人，谁会停下来告诉两个乡下姑娘，指给她们在飞刀树下面的神奇的电影院？街上都是大棵的杨树，它们的叶子特别喜欢翻动。起风了，满街的纸都卷起边儿来。有一个高个子的瘦人拿了把笤帚的头压住了纸的一角，人们争着去看那卷过的纸上的字。城里人真的能糟害东西。乡下供销社里卖刀切纸的是个嗓子里呼号响叫的老头，一个大闲人。在乡下，谁肯用钱票子去买纸？老头在一个月里，有二十九天半都寝着脑袋，靠着货架打盹。城里人把这么好的纸都写上字，糊在墙上，真是糟害了。

两个姑娘丢掉了目标，站在城里的某一条马路上。太阳走到头顶。这是下地的农民回家歇晌的时候。推开了小炕桌，他们很快就打着呼噜，鸡在窝里下着温乎乎的蛋，狗也抻开腰在门槛下面睡了。卖盐的姑娘的爹觉着风刷刷地经过他的身上，像擀面杖在擀一块硬面。干完了活儿，睡一觉多好！

卖盐的姑娘摸出了苏子叶儿包的饼子和两根小黄瓜。她们坐下来吃晌饭。城市里闻到了乡下嫩黄瓜传出来的巨大清香。

嗓葫芦里卡着饼子，卖胭粉的姑娘又说：咱还是回家吧。卖盐的姑娘从来没见过她会这么胆突突的，她怕什么呢？卖盐的姑娘不知不觉地又去舔手指头尖，它们在不卖盐的日子里也是咸的，她说：那咱不是白骑了一头晌儿？车子还是费劲借的，我还没看出这城是啥样呢，反正咱也是耽误了一天的工。下面两个人都不说话了，黄瓜的气味正在散掉。

　　一个老太太从纸里面钻出来，那是一扇窗户，她好像想在晌午的马路边上腌水萝卜条。卖盐的姑娘问：大姨，咱这地场哪有电影院？老太太使劲地看过这两个乡下来的姑娘以后，非常冷地说：不知道。然后，她蹲在那儿搓捏着手里的盐面儿，她的心并不在盐和水萝卜条儿上，她不断地看马路上来往的人，哨兵一样。卖盐的姑娘很好奇：她是干啥呢？卖胭粉的姑娘说：腌萝卜条。卖盐的姑娘明白了那些白细的粉末是盐：那是啥盐哪？像糖似的，有那样的盐吗？指定了不能咸。按常理，卖胭粉的姑娘肯定要噎她一句，但这天没有。

　　老太太背后的纸上黑字下面写着更大的红字：不得损毁，保留两日。卖盐的姑娘现在只能对自己说话：城里净是怪人，你看这老太太家没门，专走窗户。

　　卖胭粉的姑娘在用脑筋想象回去的路，自从被那伙戴红箍的人围困盘问，她就转了向，不知道家在什么地场了。马路上有几十人排着队伍整齐地走过来，气派十足地唱着歌。队伍前面有一个把头发扎成短缨的姑娘在舞红旗。卖盐的姑娘说：瞅瞅，多带劲儿！队伍发现了马路牙子上坐着的两个乡下姑娘，花衣裳和大辫子，像发现了另外一个星球上来的奇异物体，队伍和歌声都有点乱了。卖胭粉的姑娘站起来推上车跑，卖盐的姑娘盯住了前面的车轮上的红绿缨追。

　　天空蓝得吓人，两个姑娘停在一片三角形广场上，卖盐的姑娘心里也被感染了害怕，她极力地向树丛靠，她不认识那是一些刺梅，它们挂住了她最好的一件花衣裳。卖盐的姑娘不能为这件衣裳的毁坏而号啕大哭，她也说：要不，咱家去吧。两个人开始辨别回家的方向，卖盐的姑娘说家在北面，她记得了刚进城那会儿，太阳怎么样晃得她睁不开眼睛。突然有一股强大的声音从头顶贯下来，她们再一次推着车逃跑。那是几只高音喇叭开始播音。城里人的作息时间和乡下人并不相差很多，这个时候，下地去铲苞米的人正站在垄头上。

　　卖盐的姑娘对卖胭粉的姑娘说：我的妈呀，你见过那么大的毛主席吗？一堵矮墙后面，有一幅三层楼房高的毛主席，这只是半身像。两个姑娘下了车，趴在墙头看毛主席。卖胭粉的姑娘突然说：这不就是电影院吗？我认识这个大门口的柱子啊！两个姑娘像被石头子儿打中的喜鹊那样，嘎嘎地笑起来。

电影院门口插了一排红旗，旗杆很短，旗面出奇地大，谁经过那门口突然被旗给裹住，听它们中间呼呼的风声。一个老人迎出来，摘着脸上的红旗问：你们干啥？卖盐的姑娘说：看电影。老人的声音立刻变得极低沉：丫头，看啥电影，快点走吧。卖胭粉的姑娘看见电影院的那扇小门，黑丝绒的布帘没挂上，里面坐满了人。她说：那么多的人，不是演电影是啥？老人推着两个姑娘的车把：那是开会呀！卖盐的姑娘把车子靠在院墙上，她说：大叔，你别唬我们。

这时候又有戴红胳膊箍的人出来了，一个中年人：什么人？什么人吵吵！老人说：你们就说走错门了。但是，卖盐的姑娘还故意放开声说：这不是电影院吗？我们来看电影。她听说城里的电影是按钟点演的，不会等人。中年人顿时变得极气愤：看电影？！你们都过来！卖胭粉的姑娘马上向后退着说：我们有路条。中年人说：那玩意有啥用，无产阶级不用路条。他把那张写着"战斗""敬礼"的纸条抽过来，甩到空荡荡的大院子里。两个姑娘被带进院子，看见一个人正站在高架子上画一幅画。原来，三层楼高的毛主席像是画出来的。中年人指给她们看胶合板上刚画好的农民，一个女的，头上包着白手巾，嘴笑得很大，嘴的里面白白的没有牙，好像笑着嚼一团棉花，女的怀里抱着一团黄的庄稼，不知道是谷子还是麦子。中年人问：你们两个是啥出身？她们再次说是贫农。中年人突然加大了声响说：你们看看啥是贫农。他还是指着头上包手巾的画上的妇女。他说：你看你们，像贫农吗？脸上还抹着粉，留着马尾巴辫子，忘了本了！你们先给我把脸洗干净了。我看你们像地主家的小姐。

水龙头就在院门口，卖盐的姑娘第一次见着了自来水，还没洗脸，她先对着水龙头喝了几大口。从水龙头的角度正好看见巨大毛主席像的背面，那是一幅电影广告，两个姑娘都看见一只胳膊，弯着，大手上握着一支黑手枪。广告的其他部分跟墙壁贴在一起，使她们看不到。中年人站在贫农妇女的白领子下面喊：过来过来！卖盐的姑娘转过脸对卖胭粉的姑娘说：快跑哇！

骑上了车，拐过无数个路口，心还是乱跳，像两个破铜车铃。卖盐的姑娘说：城里人咋像得了鸡瘟病，都是些啥人呢。真怪，是不是不干活也不下地，把他们给烧的。卖胭粉的姑娘觉着走错了，在哪个岔道上拐错了方向，进入了一个稀奇古怪的地方。

两个并没有看成《五朵金花》的姑娘已经见到了工厂高大的有避雷针的烟囱，等于找准了回家的路。北面的庄稼连着天空。卖盐的姑娘借来的破车子掉了车链，两个人只好停下来，弄得四只手上都是黑油。有一辆卡车停在她们前面，驾驶室的上面站了一个人，高高地拿一些纸，那人还在喊：号外！号外！什么叫号外？两个姑娘都不懂。就在寻思"号外"的意思的时候，听到了快剪子摩擦的声音，很脆又很短促。卖胭粉的姑娘马上觉得脑瓜变轻了，两大绺头发水一样漫过来，从两侧挡住她的眼睛。辫子落在地上，它们已经不是环形，扎辫子的粉绿的绸绫子也离开了辫子。卖胭粉的姑娘撑着短头发茬呜呜滔滔地哭出声音来。哭的眼睛看见另一个短发的姑娘，是卖盐的那个，她的手上还拿着两条粗辫子。有人站在卡车的车厢上喊：铰得好！然后又喊：毛主席万岁！车厢上的人对两个乡下姑娘说：把你们的头发带到农村去，星星之火可以燎原。有人把卖胭粉的姑娘的两根辫子也塞给卖盐的姑娘，她拿了四条辫子在发呆。那些头发自己破着辫好的劲儿，像缓慢旋转的黑水流。

两个姑娘都不说话，推着车子向北走，天空在变暗，西边的天出现了火烧云。看见火烧云卖胭粉的姑娘又哭了，她说：咱这样回去，人家不得说，咋回来两个小媳妇！乡下人的嘴也是厉害，眼睛也是毒。他们都觉着姑娘要留辫子，媳妇才铰短头，他们正在水泡子边撵着自家的鸭子，等待两个被铰了头的丫头回来，看她们的笑话。

头顶上又红又亮的东西在变粉，是路灯亮了，眨了几下，它们由红的变成了白的。路灯的煞白明亮使卖盐的姑娘跳下了自行车，她向岗上的城市看，路灯像线拉的那样，整整齐齐地直通向城里。她说：我的妈呀，这就是电灯啊！电从哪旮旯来的呢？电灯就这么白白给人点呢？妈呀，这也太亮堂了。卖盐的姑娘回过头看着一片亮起来的城。她说：该咋的是咋的，城里还是好哇！她停在城市和乡村的边缘上，几乎拿不准该向哪个方向走了。

卖盐的姑娘的爹已经离开了苞米地，他在水泡子里洗锄把上的泥，又洗他的锄板儿，再洗他的一双手，洗出嘎嘎的响声。有人说：你丫头大清早晨的骑个车子干啥去了？老人说：进城看电影去了。围着水泡子的人都说：人比人得死，货比货得扔，瞅瞅人家，想看电影就看电影，哪儿像咱。老人听了这些议论心里很舒坦，他用手摸着锄板儿，它又薄又亮，使唤了十几年，早都使唤出来了，很稀罕人的小锄板儿。其实，乡下人常常嘴上说的不是心里想的，他们认为进城就要买到实用的东西，线绷的被面或者结实的胶鞋，去看电影算是啥正经事儿呢？他们认为是不着调。

卖胭粉的姑娘不知道，她全家的人都站在当院里，火烧云红堂堂的在头顶上他们也不看。供销社拉货的拖拉机手开着蚂蚱子车来了。小伙子把脑瓜贴着障子外面说：来了运动了，书记这阵子八成都回不了家。说完了这话，他捡着一副油手套，突突突突地走掉。

庄稼变黑了，它们比天空黑得还要快，天是焦红的，庄稼是天下面的一层黑炭。两个姑娘把车骑得飞快，卖胭粉的姑娘心里还是悲伤，她的脑子里被"姑娘""媳妇"这两个词给转晕了，居然她的脑袋那样简单，以为没了辫子就成了媳妇，再见不得人。她当这是遭上大难了。

城市在这个夏天的晚上也看见天顶上的火烧云。有一半的人晃荡在大街上，心情出奇地愉快。另一半人在大热的天里关紧了门和窗，用老鼠磨牙那么大的声音，沙沙地说话，再静下来听这城市各处的动静。

卖盐的姑娘不断被落在后面，她总想回头看那个明亮的城。她觉着她爹说得对：城就是好啊！没有电影的城里也是好。

公鸡和母鸡紧挨着蹲在鸡架子里，它们开始了漫长的睡觉。卖胭粉的姑娘和卖盐的姑娘在屯子中间的水泡子边分手。水泡子中间定着一盘月亮。这个晚上怎么一丝风也没有？

卖胭粉的姑娘等待她的父亲骂她骑走了自行车。在看到自家的泥烟囱的时候，她才想到了父亲在茅房上露出来的头顶，她的辫子都没有了，父亲不会骂得太狠。她把车骑得很急，一直骑进了一片哭泣声中。

卖盐的姑娘在还自行车的时候才想到了怎么解释被剪短了的头发，她决定不进那人家的屋。那人家的男人是在供销社里卖烟卷的，他并没在家。他和卖胭粉的姑娘的父亲在一起。他昂着头，像早晨打鸣的公鸡那样。那人家屋里的土墙上贴着香烟盒纸,显得很洋气。炕沿上放着一盏豆油灯。卖盐的姑娘在障子外的喊叫快把豆油灯的火头儿给弄灭掉。一个姑娘出去,两个人隔着秫秸在说话:咋样,电影好看吗?卖盐的姑娘在黑暗里说了瞎话,她说:是好看了。

然后,卖盐的姑娘沿着柳条毛子向着家走。太密的头发戳着脖颈,它们像一只柳条筐扣在卖盐的姑娘的头上,她还没照到小镜子,不知道自己有多丑。她的心在黑漆漆的土路上感到悠荡荡的像只空口袋,没有看到电影的遗憾苦森森地涌上来。黑丝绒的门窗和有色儿的叫金花的神秘姑娘,它们一起藏到什么地方去了?

原载《作家》1998年第2期

点评

  小说的故事内容其实很简单,即两个乡下姑娘进城看电影路上的见闻,尤其是卖盐姑娘想象中的城市与城市现状的对比,卖胭粉姑娘从前见过的城市和现在城市的对比。卖胭粉姑娘的父亲被人抓走,乡下也如城市般在悄然发生着变化,姑娘们不知道天就要变了,还在奇怪怎么电影院不放电影了,怎么城里的人都不对劲了。这样的对比又是通过两个单纯、朴实的乡下姑娘的视角呈现出来的,就更显荒诞。小说题目明显提示这是发生在1966年的一个故事,于是"原来如此"的洞察一切的神情霎时浮现在读者的脸上。

  这个短篇是王小妮短篇小说集《1966年》中的一篇,在谈到创作这一系列小说的时候,作者曾说:"曾经我发一条微博说写写1966,有人转发问:为什么是1966?六六大顺吗?这种天真的询问让我愣了一下,后来问了,是个初一学生,初一的历史课还没讲到这一节,家里的大人考虑到负面事物对孩子的影响,始终没讲过1966,所以,1966这串数字对于一个少年的意义就剩了六六大顺。好在,当天下午,这学生就问了家人,一下子知道了那一年里的很多事,因为长辈们没忘记,只是没有对少年说。……我刚看到一个版本的中学课本,关于1966到1976的十年，不到十行字，涉及那个年代的图书非常少，少到不合乎常识了。"作者想要完成的大概就是呈现那段历史，那段亲历者讳莫如深、青年人对之没有切肤之感的历史。作者并非介入那段历史，只是呈现一角，减缓人们遗忘的速度。

在《1966·两个姑娘进城去看电影》中，对"文革"不是声嘶力竭地控诉，更没有声泪俱下和呼天抢地，历史就像影影绰绰的纱幔深潜幕后，而将普通民众日常推向台前。甚至连姓名也没有的"卖盐的姑娘"和"卖胭粉的姑娘"或许正是万千普通民众的缩影，而无论历史还是现实，日常才是基础。小说像是一帧帧电影画面的组合，采用蒙太奇的手法和从容、冷静又含蓄的语言，将社会最普通民众在那个临界点上的日常琐细生活呈现出来，着重挖掘心理的微妙变化和受到的深重影响。这些琐细生活和心理状态反而是能充实和支持史实的部分，它们很大程度上还原了历史的血肉和肌理，细微的真实更显可靠。

（朱旭）

B城夫妻

/铁　凝

　　B城当年有五个门：东西南北门和一个小西门。小西门是个没有城楼没有瓮城的单纯门洞，不及东西南北门堂皇。小西门连着一条名叫提法寺的街。提法寺街虽然也是青石子铺路，也有店铺，但比东西南北门连着的东西南北街上的店铺要稀少，直到临近市中心的钟鼓楼时，店铺才逐渐稠密起来，店铺和店铺之间还夹杂着住家小门。住家男女从门里出入着，似维系着这城市的生气。

　　当年，我们从小西门进B城。堂皇的正门留给了攻城有功的正规部队，后勤机关和未来的党政机关干部入城时，则显出了有分寸的谦让。我，一个十五岁的少年，走在地方党委剧社的序列里。我们衣帽整齐，挎着腰鼓，在提法寺街的青石路面上跳着虎步。也许就是因了这腰鼓队，提法寺街上看热闹的人照样踊跃，临近钟鼓楼时，甚至把我们拥戴得寸步难行了。第二天，入城式的照片刊登在报纸上，我们的位置也显赫。照片上有我和我的腰鼓，有我身后的街市和一些举胳膊欢笑的人。很久，我才从这张旧报纸的旧照片上，发现了冯掌柜和他的妻子冯太太。

　　其实我并不是腰鼓队的正式队员，我的正式职务是剧社服装股的股长，做着演出服装的筹划（借和还）、管理。在根据地演出，能借得一台大戏的服装是要花些力气和口舌的。股长并没有进入领导层次，尚属一般干部。剧社除服装股，尚有化妆、装置、灯光各股。各股根据需要，人员数额不等。服装股两人，我是专职，还有一名常跑群众的女演员，是兼职。

　　B城解放前夕，为适应形势的需要，剧社各部门都学腰鼓。我打腰鼓很快打到中上水平,教练说我胳膊甩得开,腿抬得高,符合打腰鼓的基本要领。当我在提法寺街跳着虎步时,竟能发现队友们腿脚上的毛病了。我一面红头涨脸地前进,一面东张西望,忙里偷闲地研究队友们的腿脚身段,还研究着B城的风土人情。B城人的穿着乍看和乡村的人没什么两样,细看那些布衣缝制精细却很是有别于乡下的粗针大线。我从B城人的穿着上猜测着他们的职业,也许这和我的职业有关。剧社委任我为股长时,领导就告诉过我,由于业务的需要,我必须学会观察生活(当然偏重于服饰)。于是我锻炼得能从相距十几里的两个村落中发现人们穿着上的不同。现在想来当年我是多么大可不必,其实不用说相距十里八里的两个村落,就是相邻的两县、两省,百姓的穿着难道会有多大区别么?然而那时,我却总是意识到我职业的神圣。现在我发现,同是B城人,同是布衣,店铺伙计都高挽着干净的袖口;再普通些的劳动者,不干净的袖口都遮着手。同是穿旗袍的年轻女子,袖子短宽者大约是女学生,袖子偏瘦且齐腕者大约是少出家门的闺中淑女。那天我一路走着、跳着,记住了许多种服装款式,许多张笑着的脸。在诸多笑脸里,有两张脸格外清晰,便是冯掌柜和冯太太的。我记住了他们的脸,还记住了悬在他们头上的那块"新丽成衣局"的招牌。那招牌三尺长短,竖挂着,招牌下飘着一块褪色许久的大红洋布。后来我曾多次从那块缀着红洋布的招牌下走过。

剧社进了B城,为适应新形势的需要,各部门工作都有变化:服装股之于服装不再是单纯的借还,我还得学会设计、采购、定制。说到设计,那时我尚不知西装的领带是怎样系在脖子上的,领花就更神秘。竹布大褂到底是一种什么材料做的?国民党军阶里的"星"和"花"的关系原来都属服装设计范畴。一次剧社排练苏联的马车舞,导演定要让两个女演员的白纱短裙夅起来,令我大伤脑筋。末了,我没有能力使裙子夅起来,引得人们对我的工作议论纷纷。现在我的任务是为腰鼓队设计、制作三十套真正的腰鼓服。那天进B城时,我们没有腰鼓服,穿的都是自己的制服。这将是我第一次和裁缝打交道,于是我想起提法寺街钟鼓楼下的那个招牌和那两张笑脸,我决定去找冯掌柜。

在提法寺街,我很顺利地找到了那个竖挂着的木招牌。原来新丽成衣局并没有临街的门市,这招牌挂在一个窄小简单的街门上。B城这类街门有许多:两面侧立着的小墙顶着一个象征性门楼,门楼没有任何砖木雕刻作装饰,屋顶或扣几排灰瓦,或用麦秸泥抹出两边的小斜面,斜面上不约而同地都滋生着星星草;两扇单薄小门或白茬儿或涂着潦草的黑色；门也狭窄，两人并排便不易走过。新丽成衣局的门楼上是扣着几行灰瓦的。

我迈上两级青石台阶，走进冯掌柜的街门，转过一个青灰影壁，便看见冯掌柜那三间车间兼卧室的正房了。房前一架眉豆长得很旺，一串串紫色眉豆角正悬挂在架下。我站在眉豆架前喊："屋里有人吗？""有——"一个男人的声音从屋内飘出来，声音拖得很长也很和气，这声音立刻给我增添了几分对这店的信任感。随着声音的飘出，走出屋来的是个中年男人，白净的方脸，留着寸头，身上是一套剪裁得体的灰中式裤褂，和我进城那天看到的许多人一样，干净的袖口也是高卷着。他打量着我不知怎样称呼，一定也弄不清我的来意。我知道，这一切都和我那十五岁的年龄有关。后来我和许多店家打交道，他们对我都要如此这般地打量一番。我说明了身份和来意，冯掌柜才把我让进屋，但仍旧不放心地问："贵姓？""姓李。"我说。"剧团的？""我们叫剧社。"冯掌柜听了我第二次确切的回答，又注意研究了我身上穿的吊兜马裤，才放下心来。吊兜马裤，在正规部队里营以上干部才穿，唯我们剧社特殊。这时我的年龄显然已不再重要。"坐吧，李同志。"冯掌柜引我至迎门桌前，把我让到上首的位置，接着便吩咐唯一的伙计二小为我沏茶了。二小是个更小于我的少年，十二三岁吧，在新丽店除做些买菜、打杂的活计，便是站在一个煤球炉前把烧热的烙铁一次次地递到冯掌柜手中。冯掌柜的煤球炉上，常烧着三五把烙铁，方头的和尖头的。现在过来沏茶的并不是二小，却是冯掌柜的太太。冯太太是从一架靠床的缝纫机前站起来的，后来我注意到，这架缝纫机是飞人牌。自此，每次我来新丽店，冯太太都是从这架飞人牌缝纫机前站起来。

冯太太站起来亲自为我沏茶，显然是对二小沏茶不放心。在一张桌面镶着花瓷砖的茶几上，一排放着几个茶筒，冯太太拣出的这只茶筒里放着香片，香片在新丽店是待客的上品了。之后，凡是我来，摆在我眼前的总是冯太太亲手沏下的香片。

现在冯太太把两只衬着茶托的茶碗摆在我和冯掌柜面前，先斟满我的碗，又给冯掌柜满上，便斯斯文文地站到冯掌柜一边去了。她差不多是倚住冯掌柜而立,并习惯性地把一只手轻搭在冯掌柜肩上,笑容可掬地静观着眼前将要发生的一切。那时我想,冯太太的笑容里既对我这位陌生顾客的友好欢迎,也有对丈夫的无限信赖和爱戴。显然她已预感到,在我和冯掌柜之间展开的将是持久的友好合作。这预感里一定还包括了她自己将要为此做出的一切。

不能用"好看"来形容冯太太,从长相和衣着,乃至行为举止来评断,她属于那种不显山水的女人。然而这确是一位贤惠美丽的女人,也许冯太太的贤惠和美丽,都融在了她这不显山水的仪态之中。

冯掌柜先和我聊了那天进城时剧社给人留下的印象,又问了我们的生活和工作特点,我有原则地回答着冯掌柜的问题。我发现冯掌柜同我谈话时,不时把自己的手抬起来,又搭在冯太太的手上。他们这种有分寸的爱抚并不顾忌我和二小的存在,这有分寸的爱抚也没有使我这个正值青春期的少年感到什么难为情。我体味到的竟是我初涉的一种城市文明,他们的举止使我想到了许多对于美满家庭、恩爱夫妻的形容。

果然,冯掌柜和冯太太的恩爱在提法寺街是出了名的,人们都说,有了冯太太的贤惠,在旧时的B城,冯掌柜没有染上男子们很容易染上的恶习,他甚至连烟酒都不再去沾了,只知一心敬业,一心和冯太太恩爱。眼前站着的纵然是如花似玉的女子(裁缝面前是常有女性站立的),冯掌柜显出的也只是些职业眼光。他只用职业的眼光打量女人的身体,用皮尺为女人具职业特点地有分寸地量着三围。这时冯太太坐在缝纫机上不再关注冯掌柜眼前是美人或天仙,缝纫机飞转着。

我进一步说明我的来意。冯掌柜说:"李同志,这样吧,我给你参谋参谋吧。"他说得简洁、恳切。"用杭纺吧。"他又说。这当然是指面料。很快,冯太太便心领神会地从迎门桌抽屉里拿出一个毛边纸本,本上贴着各种布料。她把纸本翻给冯掌柜看,冯掌柜指着上边的一块面料说:"你看,西街庆裕祥就有,穿在身上也轻便,适合腰鼓的动作。你去买,我让芝兰送到染坊去染。"

就这样,在冯掌柜和他的爱妻芝兰的举荐下,对于腰鼓服的面料,我选择了杭纺。这也是我作为服装设计,初次知道的土布、洋布之外的面料称呼。后来,冯太太为我倒掉了尚存碗中的凉茶,又斟上了热的。就着热茶,我和冯掌柜还研究了这批服装的颜色和装饰细节,最后我拍板决定:女服用桃红做底,沿海蓝边儿;男服用天蓝做底,沿葱绿边儿。男女服都用棋盘领,下摆六角缀"云子"。直到这时,冯太太在一旁才献计策似的说:"我看袖口沿两圈儿绦子也不难看。"我当然采纳了冯太太的建议,冯太太的建议为我们初次打交道画上了一个圆满的句号。

就这样,第一批腰鼓服在我们剧社、在B城诞生了,以后它的样式还成了腰鼓服的标准,我的工作也因此得到剧社领导的肯定。我在剧社受着表扬,还应付着各文艺团体(专业的、业余的)对腰鼓服的咨询。我也为冯掌柜介绍着生意。

因了冯掌柜、冯太太做生意的公道、热情,剧社和新丽成衣局形成了很好的合作关系,用当今的话形容,便是合作伙伴吧。开始冯掌柜叫我李同志,后来得知我还有官称,便一直称我李股长。我渐渐知道冯掌柜不仅善做中式细软活儿,对制服、军服和西装的剪裁缝制也很内行。他能从两种极为相同的服装款式上发现它们的不同,他说,粗看去,藏族服跟和尚的偏衫都属和尚领,实际两种偏领各有不同;国民党的中山装和共产党的中山装也不尽一样。"你看那兜儿,再看那领儿。"冯太太也常在我的颜色搭配上,有分寸地指出些不当。有一回我要急赶一套我军的将军服,苦于买不到黄呢面料,冯太太急中生智说:"拿条军毯试试吧。"冯掌柜也恍然大悟地兴奋起来,把手搭在冯太太肩上说:"还能难住我们?"这个"我们"显然是指我们这个三人创作集体。听从冯太太的提醒,我从剧社抱来一条日本军毯,冯掌柜在上面一阵比画,一套将军服便不失时机地出现在舞台上。

我和新丽成衣局合作的那些日子,留下了许多美好的回忆。至今我仍然觉得,合作中的一切愉快,似乎都因冯先生和冯太太那完美的、天衣无缝的爱情的结合。有了他们之间的美好感情,才有了我们合作的美好。

两年以后,又是根据形势的需要,剧社演出少了,运动多了。我们每天围坐在宿舍里开会,或批判别人或检讨自己。我和新丽成衣局的联系也少了。这景况持续了将近一年。一日,我们正围坐在宿舍读报,领读者读了领导指定的社论和新闻,却又意外地从报纸一个不重要的位置发现本市一则和政治无关的小消息,虽然那时的报纸很少刊登这种与政治无关、纯属市井阶层的近似花边新闻的消息。看来报纸刊出这一消息,是因为它十分离奇却又真实可靠。消息大意说，几天前本市提法寺街一家名叫新丽成衣局的内掌柜冯氏，因病去世，二十四小时后被收尸入殓，四十八小时后她先生找来抬埋行出殡入土。当冯氏的棺材被抬出家门时，因抬埋者不慎失手将一口不厚的棺材摔在地上，棺材被摔破。此时，已咽气四十八小时的冯氏却忽然从地上坐起，还阳于人间。余下的内容是：众人惊散，只有她的先生冯掌柜上前，在惊喜中将其妻抱起。之后的冯先生冯太太仍"相敬如宾、情感如初"。听完这一消息，大家不约而同地把目光转向了我，并问我这消息的可靠性。对此我却无可奉告，只想，看来记者也颇了解冯掌柜和冯太太的关系了，由于这消息，冯掌柜和冯太太一定会在B城成为明星夫妻。

我见到还阳于人间的冯太太是几天以后的事。面对冯太太的还阳，我终归不是冯掌柜——报上消息说冯掌柜在惊喜中将其妻抱起。我呢，在欣喜中自然还有几分恐惧。我犹豫了几天才站在他们夫妻的面前，我相信我当时的表情仍有几分异常。他们给着我惊吓，我一定也给着他们惊吓。但我们很快都镇定下来，很快便友好如初了。显然，我们都已觉得大可不必再为那消息去作任何探听、安慰、解释和证实，往日的愉快渐渐又笼罩起我们。这样的笼罩也证实了消息中关于冯太太还阳于人世后，他们之间"相敬如宾、情感如初"之说。冯太太照旧为我沏来香片，之后照旧不显山水地倚在冯掌柜一边，照旧把一只手搭在冯掌柜肩上。冯掌柜同我说话时，照旧又抬起一只手搭在冯太太手上。我们谈的都是题外话。冯掌柜问我剧社何时才能恢复排练，接着告诉我，庆裕祥又进了一种叫富春纺的面料，看来做舞蹈服要优于杭纺，有重量，不反光，也不易起褶，类似东方呢，但比东方呢造价低廉。他曾为某个剧团介绍了这材料，那剧团演出时他去看了，效果确实不错。冯太太呼应着冯掌柜，也补充起那面料染时"抓色"、上机器不发飘等等特点。

我听着冯掌柜的介绍，不时观察着他们互搭在一起的两只手，猜测着还阳于人世后的冯太太，那手的温度会不会有别于从前。

运动终于过去了，剧社又开始排练新节目。我采购了富春纺去新丽成衣局，一次又一次证实着冯掌柜和冯太太"相敬如宾、情感如初"的传闻。

新丽成衣局若不是再有意外，冯掌柜和冯太太一定能手搭手走完他们的人生旅途。然而一年后，冯太太又死了。又是二十四小时后入殓，四十八小时后出殡。抬埋行的伙计又将抬着一口不甚厚实的棺材走出新丽成衣局狭窄的街门。与上次不同的是，这次冯太太出门前，冯掌柜悄声对抬埋手作了些嘱咐，说："千万小心些，侧身出门就不会失手了。"听了冯掌柜的嘱咐，抬埋手们十分谨慎，出门时小心翼翼地拥着冯太太的棺木，轻提腿脚，小心侧身，平安出门，上次的摔棺事件没再发生，冯太太是真走了。

丧事过后，抬埋行里有钻牛角尖者议论起冯掌柜那天的嘱咐，他对伙计们说："按说，冯掌柜和冯太太不是好得出了名吗？咱们要是再摔一次棺材，冯太太再活一次，冯掌柜不是更高兴么？可他偏要嘱咐咱们别再失手，这是怎么个理儿？"

这年我已不在B城，也听说了冯太太第二次被抬埋的事，乃至冯掌柜对抬埋手特意的嘱咐。

我再次见到冯掌柜，离冯太太第二次被抬埋也有五年了，我偶有机会去B城看望原剧社的老战友。也是根据形势发展的需要吧，B城的五个门都已不复存在。路过西街时，我在庆裕祥门口见到了冯掌柜。那时私营商店的社会主义改造已完成，私营绸布店庆裕祥已改成市花纱布公司某门市部。这门市部还建立了一条龙服务，店内设立了成衣部。此时的冯掌柜就供职于这店的成衣部。

我和冯掌柜在店前相互端详半天。冯掌柜仍然留着寸头，但中式裤褂已换成灰卡其中山装，袖口仍然高挽着。他拉着我的手，像遇见亲人似的直说："怎么不家去，怎么不家去。"我只说："刚到，刚到。"后来，冯掌柜还是先把我领进庆裕祥的成衣部。我穿过熟悉的店堂，来到一个不大的房间，房里果真参差地摆着几张案子，几个师傅正在案前操作，当年新丽成衣局的伙计二小也正占着一张案子。我和冯掌柜还没来得及更多寒暄，便有女客来找冯掌柜了。像从前一样，冯掌柜收下女客的面料，拿起皮尺，便围绕着这女客忙碌起来，量完长短，他又把皮尺在女客身上撑圆，有分寸地扯动着皮尺，在女客的胸、腰、臀一带留出恰如其分的余地。

我和冯掌柜在庆裕祥门前告别后，没有再去提法寺街，没有再去新丽成衣局，也没有向人打听冯掌柜是否又成了家。我只依据冯掌柜对抬埋手的嘱咐，努力寻找着，企图在冯掌柜和冯太太的关系中找出些不甚完美的蛛丝马迹。最后我只想到，那次我到冯太太还阳人世后的新丽成衣局拜访，冯掌柜为我介绍富春纺时，话似乎稠了些，反叫人觉出他那一番介绍的心不在焉。这本不是冯掌柜的性格。

可是，在以后的岁月里，我想得更多的，还是冯掌柜和冯太太那相互搭在一起的手，和冯掌柜面对女性的胸、腰、臀所留出的余地。

原载《小说家》1998年第2期

点评

小说讲述十五岁的年轻剧社服装股长"我"随部队进入B城，为了制作腰鼓队的演出服，"我"找到了B城新丽成衣局的冯掌柜夫妇，他们的恩爱在"我"心里深深打下了烙印。但后来冯太太因病去世又神奇地还阳，一年后又去世。"丧事过后，抬埋行里有钻牛角尖者议论起冯掌柜那天的嘱咐，他对伙计们说：'按说，冯掌柜和冯太太不是好得出了名吗？咱们要是再摔一次棺材，冯太太再活一次，冯掌柜不是更高兴么？可他偏要嘱咐咱们别再失手，这是怎么个理儿？'"冯先生的态度使得人们对于这两夫妻一直以来"相敬如宾、情感如初"的关系产生了怀疑。《B城夫妻》讲述了一个奇异的故事，留下了未解之谜让读者自行品咂，寻觅小说中的人性之谜。

铁凝这篇小说选取的观照视角很独特，一个十五岁的少年，尽管年轻却已经是工作上的老手，从一个少年"老到"的视角来观察冯氏夫妇的相处，通过"我"观察到的两人相处的一些细节，呈现给读者夫妇俩的相敬如宾。如冯太太沏完茶后，"便斯斯文文地站到冯掌柜一边去了。她差不多是倚住冯掌柜而立，并习惯性地把一只手轻搭在冯掌柜肩上，笑容可掬地静观着眼前将要发生的一切"。冯先生也"不时把自己的手抬起来，又搭在冯太太的手上"。"眼前站着的纵然是如花似玉的女子（裁缝面前是常有女性站立的），冯掌柜显出的也只是些职业眼光。他只用职业的眼光打量女人的身体，用皮尺为女人具职业特点地有分寸地量着三围。"小说一开始极力通过"我"的视角渲染二人情感的节制美。但最后笔锋一转，冯太太第一次死后复生，又第二次"成功"去世，一些传言便四散开来。小说到这里却戛然而止，似乎在正精彩处被强行截断。冯太太的死因到底是什么？为什么冯太太第二次出殡时冯掌柜要特意嘱咐抬埋手？冯氏夫妻的感情到底如何？他们真的"相敬如宾、情感如初"吗？冯太太之死背后是否有隐情？冯掌柜后来又结婚了吗？作者全都没有说明，将这一团团迷雾通通留给读者。这种处理正是作者有意为之的一种叙事策略：留白。正如汪曾棋的创作，"把绘画里的留白用到小说里来了"。这样的处理方式并非不负责任，而是留给读者无限想象空间，言已尽而意无穷，充分调动起读者的能动性。

（朱旭）

刹那记

/夏 商

1

张雷和蓝帕尔是劳动局第三技校的学生，他们是一对好朋友。除此之外，他们还住在同一个社区的同一幢楼。张家在五楼，蓝家在三楼，两家大人是麻将牌友。因为同学加邻居的缘故，张雷和蓝帕尔形影不离。早上一起上学，下午放学一起回家。有时也一起赖学，或者一起逃夜。

劳三技校的学生以工人子弟居多，张雷和蓝帕尔也不例外。他们的父母都在工厂翻三班，是最基层的劳动人民。张雷的父亲好像是车间的副工段长，但那和普通工人没什么大的区别。

相比学校里几个臭名昭著的皮大王，张雷和蓝帕尔在老师的印象中还算比较有分寸。他们好像很少和其他同学往来，用老师的话形容就是"闷皮"。这是南方俚语，译成大白话就是"偷偷地玩"的意思。

"张雷"是个纯粹的中国名字，"蓝帕尔"听上去有点像外国人名，实际上翻百家姓可以找到"蓝"这个姓。此姓的名人也不少，像演员蓝天野、作家蓝翎、艺人蓝为洁等等。这个名字听起来洋化，主要原因在"帕尔"上。"帕尔"其实是π的谐音，为什么取这个名字？因为蓝帕尔出生在3月14日，这个数字正好与圆周率的开首吻合。

蓝帕尔在学校里有一个女朋友，这种早恋现象在劳三技校司空见惯。但学校里存在比较严重的阳盛阴衰现象，所以并不是每个男生都能分配到一个女友。很多人就到校外去找，去得最多的地方是离学校不远的工人文化宫溜冰场，张雷就是在那儿认识女朋友李珠珠的。

李珠珠比蓝帕尔的女朋友王茜漂亮得多，但这仅仅是从脸蛋上说，如果比较身段，李珠珠就会失掉不少分，而王茜可以用修长的线条弥补相貌的不足。她们的缺点被彼此的男友用来互相挖苦，优点也同时被当作反击的本钱。

李珠珠是卫校学生，比张雷小一岁，他们认识那年，她才芳龄十五。她和张雷的关系维系了不到三个月，就被她家长发现了。她母亲指着张雷破口大骂，拉着女儿像躲瘟疫一样跑掉了。张雷后来去找过李珠珠一次，但李珠珠装作不认识他，与他擦肩而过，跳上了公共汽车。

但眼明手快的张雷却一把抓住了李珠珠的搭档秦小红，情急之中还拉断了秦小红的包背带，他被自己的这个动作吓了一跳。

秦小红在车站上看着张雷，她是个漂亮姑娘，尤其是皮肤特别好，像婴儿一样，嘴巴微张的样子让人怜爱。张雷一下子就看呆了。过去秦小红也和他们一起玩，但他与李珠珠的恋爱掩盖了秦小红的魅力，这是常有的情况。也正因为以往的忽视，秦小红的美此刻有了更强的震撼力，这也是常有的情况。本来张雷拉住秦小红并不是深思熟虑后的举动，不过是被李珠珠拒绝后的一种情绪反弹。一般的解释是，因为不甘心，他需要向秦小红询问一下李珠珠的想法。但实际上，秦小红肯定不会向他透露真实情况。心理学家可以把张雷的出手归纳为下意识，对此秦小红也可以理解，她是一个善解人意的姑娘，她知道张雷不过是把自己当作了止疼片。如果她安慰他一下，哪怕是扯一个谎，就可以缓解甚至消除张雷的烦恼。

她本来可以说，李珠珠还是喜欢你的，但她爸妈现在把她管死了，她没有办法理睬你。

这样的解释肯定让张雷满意，受伤的自尊心也顷刻被修复。

可秦小红没机会说这样的话，因为张雷根本就没问她，李珠珠为什么不理我。

张雷的目光传递出另一种信息，秦小红马上读懂了他直愣愣眼神里的内容。

对不起，我弄坏了你的包。张雷对秦小红说。

秦小红脸红了，她被张雷的直视弄得有点紧张。

我赔你的包。张雷说。

不必了。秦小红把情绪调整过来，没好气地拒绝了张雷的道歉，朝刚刚停下的一辆公共汽车走去。

张雷在车站的这一幕完整地映入了蓝帕尔的眼帘，张雷凑到秦小红跟前去的时候，他在冷饮店里买棒冰。他一边掏钱，一边回过头来看好戏，等他嘴里嚼着棒冰走过来，秦小红已上了汽车。他将另一支棒冰递给张雷，张雷才回过神来，自言自语道，没想到，他妈的秦小红这么好看。

张雷转移了目标，开始到商职学校门口去等秦小红。结果他发现，秦小红早有男朋友了。那是个梳大背头的英俊奶油小生，一身港式打扮，骑一辆摩托车在树下吸烟。秦小红一出校门就跑过去，坐上摩托车后座，在轰鸣声中被带走了。

张雷总共去过商职学校两次，看着那个大背头和秦小红亲密的样子，只好伤感而犹豫地离开。

他是一个人去的，没按惯例叫上蓝帕尔。这说明从一开始他就觉得把握不大，担心求爱不成被蓝帕尔嘲笑。随着对秦小红希望的破灭，加紧找一个女朋友成了张雷的头等大事。

转眼夏天到了，张雷依然没找到女朋友，他的耐心和自尊心都受到了很大打击。这一天他和蓝帕尔一起来到溜冰场，他意外地看见了秦小红，秦小红也看见了他，似有若无地笑了一下，把头掉过去了。

蓝帕尔朝张雷使了个眼色，张雷就运动脚下四个小铁轮，朝秦小红那边滑过去。他准确地控制住溜冰鞋，出其不意地站在秦小红面前。

秦小红，你愿意成为我女朋友么？

秦小红看着眼前这个穿火红T恤的不速之客，表情十分冷静，似乎张雷的求爱与她并无关系。她目光朝左边移，张雷看见李珠珠像一只白鹤一样舒缓而宁静地滑翔过来。

李珠珠连看都没看张雷一眼，握住秦小红的手臂，像护花使者一样把同伴拉走了。小铁轮与地坪撕咬出的尖锐之声使张雷耳朵发疼，他脚下移动起来，一直跟到换鞋处，看见秦小红和李珠珠开始脱溜冰鞋，准备离开。

张雷不知为什么恼怒起来，他蹲下身利落地解鞋带。在短暂的回眸中，他看到蓝帕尔正在过来，他用的是倒溜法，速度极快，姿势优美，不愧是高手。

五分钟后，在人口稠密的闹市口，行人中响起了异口同声的惊叫声。这时，李珠珠和秦小红已走到了马路对面。她们步伐不紧不慢，一直没回头。她们想到背后有人在追上来，脚步有点仓促，一个箭步钻进前面的女厕里去了。

这个女厕有两个门，前门在街上，后门通向一个开放式公园。两个姑娘很快出现在公园草坪上，飞快地奔跑。她们以为这个秘密张雷他们也知道，所以用最快的速度躲到了假山后边，探出头来朝男厕的出口处张望。

七八分钟过去了，没有看见跟踪者，警报解除。她们嘻嘻哈哈地从假山后边走出来，在公园里闲逛了一会儿，然后循原路回到大街上。

大街上并无异样，过客匆匆，车辆也川流不息，两个姑娘在冷饮摊前买了棒冰，一边嚼一边朝前走。她们没注意到马路上那摊尚未冲洗干净的血渍，和正三五成群议论的路人。

2

很多年过去了，蓝帕尔开了一家兼卖《晚报》和《电视周报》的小店。他退休的母亲在一边帮他打理货柜，翻三班的父亲抽空帮他踩三轮车进货。他泡着一壶茶，把头搁在玻璃柜上，看着对面饭店门口的两个女服务员。他把瘦的那个称作秋香，把胖的那个称作秋臭。为打发时间，他一两天换一本武打书看。马路斜角处有一个破破烂烂的借书铺。每天上午，蓝帕尔的小店一开门，借书铺的秃顶老头就来买包烟，顺便换走看完的武打书。

张雷二十八岁那年跟秦小红结了婚，这使他的梦想成真。婚礼那天秦小红的女傧相是李珠珠。化妆后的秦小红更加漂亮了，成为整个仪式的焦点。蓝帕尔也参加了婚礼，被安排在主桌。敬烟酒的时候，新郎新娘来到蓝帕尔跟前。他微笑地欠欠身，让秦小红将手中的烟点燃，随后举起酒杯，对张雷说，恭喜你了。

张雷说，今天我忙不过来，怠慢了，你多吃点。

蓝帕尔端起酒杯一仰脖，事先他已喝了不少，眼神有点迷离，最后他成为那天晚上唯一一个烂醉如泥的人，被抬出了宴会大厅。当然，人们没忘记把他身边的那支单拐一同带走。

张雷的新房就在父母卧室隔壁，这本来是一套两室一厅的房子。三口之家还凑合，变成两对夫妻同住就不像样了。但张雷小两口得在这里住下去，如果生活没有很大的变化，可能会一直住到老死。张雷现在是机械厂的电工，秦小红从商职学校毕业后在商店当营业员。他们所在的单位效益都不太好，分配住房那是天方夜谭。令他们苦恼的是，他们做爱的时候经常会有口琴声飘上来，孤独的吹琴人是蓝帕尔。

秦小红有一天对丈夫说，我们应该为小蓝找个伴。

张雷说，我早就这么想了，可他现在这种情况，是有难度的。

秦小红说，我们要做个有心人。

张雷说，我觉得实在对不起小蓝，而且有一种不好的感觉，好像我老婆是用他的腿换来的。

秦小红说，你千万别这么想，小蓝只是你救命恩人，和你的婚姻没有关系。

张雷叹了口气说，命都是他救的，何况别的东西呢？

秦小红说，你的负疚感影响到我了。

张雷说，小蓝在我面前从没流露出怨恨，可他心里多苦啊，你看我们结婚那天他烂醉如泥的样子。

秦小红说，那只是场意外，如果是你，也会那样做。

张雷说，但失去左腿的不是我，是小蓝。算了，早点睡吧。

他们就躺下来，眼睛依然睁开，窗外的口琴声慢慢在空气里飘荡，把他们送入梦乡。

这一年秋天，张小雷诞生了。是个皮肤白净的男孩，这一点无疑遗传自他母亲，而他的大嗓门则继承了他父亲。这个爱做鬼脸的男孩，似乎与住在楼下的蓝帕尔特别投缘，蓝帕尔一抱他，他就立刻安分下来，笑眯眯地看着蓝帕尔。

蓝帕尔的小店生意不错，经过若干年经营，有了一批回头客。对面饭店的秋香和秋臭也经常穿过马路来买东西。蓝帕尔和她们已经相当熟了。两个乡下姑娘买得最多的是香瓜子，五毛钱一包，回到饭店门口，一人一把嗑上半天。她们嗑瓜子，蓝帕尔看他的武打书。看累了，就把头搁在玻璃柜面上，看马路对面的秋香和秋臭。

这一天，秋香她们又穿过马路到小店来。蓝帕尔第一次抱张小雷到小店来玩。两个乡下姑娘买好香瓜子没立刻离去。秋香问，谁的小孩？

蓝帕尔说，我儿子。

两个姑娘都笑了。

蓝帕尔也露出了笑容，说，你们在笑我吹牛吧，我是在吹牛。

秋香鼻子一哼，养个儿子有什么难的？

扔下这句没头没脑的话，就和秋臭一起走了。

过了一会儿，张小雷的奶奶把孙子抱回去了，她顺便零拷了瓶酱油，和蓝帕尔的妈妈闲聊了几分钟家常。临走前，像记起了什么，对蓝帕尔说，张雷早上出门的时候让我过来带个信，晚上他们两口子找你有事。

吃过晚饭，蓝帕尔就挂着单拐上楼来了。张雷夫妇已用过餐，回到自己的房间看新闻联播，蓝帕尔进屋坐在沙发上，秦小红去外间泡茶，张雷说，小店最近生意怎么样？

蓝帕尔说，还行吧，生意越来越难做，反正是小买卖，不靠它发大财。

张雷说，听我妈说，小毛头今天到你店里去玩了，不影响你做生意？

蓝帕尔说，小毛头很好玩的，刚好陪我解解闷。

秦小红端着茶杯进来，在茶几边坐下，对蓝帕尔说，喝茶，今天晚上有麻将牌局吗？

蓝帕尔说，最近手气不好，一直没玩。

秦小红露出惊喜的神情，手气不好，说明你要交桃花运了，不是说赌场失意情场得意吗？

张雷说，小蓝，今天请你来是想和你商量一件事。你也三十岁的人了，还一个人过，整天看武打书，要不就是麻将，总不是个办法。你的终身大事小秦一直放在心上，他们店里新来了个姑娘，她觉得挺适合你的，安排个时间认识一下？

蓝帕尔听完脸一红，说，哦，这样啊。

秦小红说，我把你的情况跟白玫说了，那姑娘叫白玫，"白色"的"白"，"玫瑰"的"玫"，她同意找个时间和你见一下，就看你的了。

蓝帕尔说，你把我的腿也跟她说了？

秦小红说，说了，没必要隐瞒对吧？

蓝帕尔说，那她还同意和我见面？

秦小红说，白玫是个很善良的姑娘，你会喜欢她的。

张雷说，那就抽空见一下吧，也许真的有缘分呢。

蓝帕尔说，那就就近找个地方吧，我小店对面那个饭店楼上有包房，你们定好时间就在那儿碰头吧。

3

一个起风的傍晚，因为天凉的缘故，秋香和秋臭没在门口出现，躲到门的里侧去了。

秋香说，瘸老板很少到我们店里来，今天却订了个包房，真难得。

秋臭说，我猜可能是过生日。

秋香说，有可能的。

秋臭说，前些天他不是说自己快三十岁了吗？

秋香说，我想起来，他是说过。那么，今天是他三十岁生日？

秋臭说，经理过来了。

秋香把头一回，胖墩墩的饭店经理一边剔牙一边走过来，王英，你到楼上左包房去，客人让你去端菜。

秋香说，我？

饭店经理说，对，对面的瘸老板点名让你去。

秋香愣了一下，他点名让我去端菜？

饭店经理说，总不会让你去吃饭吧。

秋香去了厨房，端着一道菜上楼去了。她推开左边的包房，里面坐着四个人，两男两女，其中的张雷夫妇她似曾相识，因为在蓝帕尔的小店里见过。坐在蓝帕尔对面的是个陌生的瘦女人，面孔还算清秀。这样的情景使秋香马上领悟了，她有点发窘地将菜放在桌上，准备去厨房端下一道菜。

蓝帕尔忽然把她唤住，秋香，坐下来一起吃饭吧。

秋香的脸一下子红到了耳根，她没一点思想准备，所以她待在那儿再也动不了啦!

张雷夫妇和那个瘦女人也成了木塑泥雕,都被蓝帕尔的言语击晕了。

蓝帕尔重复一遍,秋香,坐下来一起吃饭。

秋香没坐下来,一扭身跑出去了。

蓝帕尔用手去摸单拐,吃力地把人支撑起来,秋香不吃,我也不吃了,我先走了。

说完,头也不回地离开了包房,把坐着的三个人晾在那里。

蓝帕尔在厨房门口找到了秋香,说,你这个女人,怎么这样不上台面?

秋香说,你又不是诚心请我吃饭。

蓝帕尔说,今天是我生日,我请你吃碗面吧。

秋香说,在哪儿?

蓝帕尔说,就在这儿,一人来碗鱼丝面。

他们就在大堂找了个位子坐下,一人面前放了一碗鱼丝面。蓝帕尔闷头狠吃。秋香感到奇怪地看着他,用筷子挑出一缕面往嘴里送,刚送到舌尖,看见张雷夫妇和那个瘦女人从二楼下来了。

她的手停住了,嘴巴张成圆圈,心虚地朝楼梯张望。张雷夫妇在距离她不远的位置迟疑了一下,似乎想和蓝帕尔说话,最后还是一声不响地推门离开了。瘦女人把头压得很低,跛足而行。

秋香把头转过来,看见蓝帕尔的眼睛里有东西在闪烁。他已把面吃完,汤也一股脑儿喝下去,直起腰,抓住单拐,秋香,你跟我到店里来,我给你看一样东西。

这边,张雷夫妇把失魂落魄的白玫送上通向西城区的公共汽车,然后循原路往回走。秦小红说,没想到蓝帕尔是这样一个人,弄得我焦头烂额。张雷说,你事先没跟我说你同事是个瘸子,否则我绝不会同意这次相亲。秦小红说,他蓝帕尔也是个断脚,找个瘸子怎么啦!人家白玫哪点配不上他?

张雷说,可蓝帕尔的脚是为我丢的,你怎么转不过弯呢?不行,我得去找他一次。

秦小红说，要去你去，我不去。

张雷说，一起去吧，别让我失去一个好朋友。

秦小红看着丈夫，他眼泪都快流下来了。

秋香跟着蓝帕尔来到马路对面，她不知道蓝帕尔要给她看什么。小店已经打烊了，蓝帕尔领着她从边门进去，从货框的底架拉出一个长方形的铁皮箱子，把锁打开，秋香的眼光向里面张望，看见一根干枯的骨头。

蓝帕尔说，这是我的左腿。

因为害怕，秋香的脸变得煞白，你让我看这个干什么？

蓝帕尔说，你做我老婆吧。

秋香说，你疯了。

蓝帕尔说，你上次不是说要嫁给我吗？

秋香说，我是说着玩的，我和别的男人也这样说。

蓝帕尔说，你反悔了。

秋香说，我不是这意思，我是个乡下女人，我还……你会要我？

蓝帕尔说，可你身体健康，能给我生个儿子。

秋香说，你不嫌弃我？

蓝帕尔说，我需要四肢健全的女人，一个漂亮女人。秋香，你很漂亮。

秋香说，你在取笑我吧？

蓝帕尔说，今晚你到我家过夜吧。

秋香说，算什么呢？

蓝帕尔说，不算什么，在你没嫁给我之前，我还是会付钱给你的，一分钱也不会少。

蓝帕尔把那只铁皮箱子放回原处，开门准备回家。门外站着两个人，那是躲避不及的张雷夫妇。

张雷说，我们刚送走白玫，看你这边灯还亮着，过来和你碰一下头。

蓝帕尔说，今天我很失态，但我还是要感谢你们，你们让我了解了自己的处境。秋香，我们回家吧。

4

张雷和蓝帕尔曾是劳动局第三技校的学生,他们是一对好朋友。除此之外,他们还住在同一个社区的同一幢楼。

在他们读技校二年级的那年夏天,发生了一起车祸。事件起因是他们横穿马路去追两个漂亮女生,张雷在前,蓝帕尔在后,由于注意力集中在女生身上,张雷差点被一辆邮车撞倒,蓝帕尔急忙去拉他,被反方向的另一辆汽车撞翻在地。

蓝帕尔醒来后曾让张雷做过一件事:从手术室偷回被锯下的左腿。张雷按蓝帕尔的要求把偷来的腿藏好,等蓝帕尔出院后交给了他。

这是一条撞烂的下肢,后来肉消失了,变成了一根干枯的骨头。

我是从一个叫秋香的暗娼那里知道这件事的,秋香说她差点嫁给那个失去左腿的男人,但在最后关头她反悔了。

我问她为什么放弃这个从良的机会。

秋香笑着摇摇头,把头放在我的腿上,你知道他为什么叫帕尔吗?因为那是 π 的谐音,我读书的时候是数学课代表,现在我还能背出圆周率呢!不信我现在背给你听,3.1415926……

写于1998年6月11日

原载《作家》1998年第9期

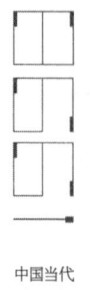

点评/

  故事充满了青春的荷尔蒙,少男少女恣意玩着感情游戏。刹那间的目光交接后,张雷被前女友的闺密秦小红吸引,故事便拐了个弯儿,女主角变成了秦小红而非一开始的前女友李珠珠;刹那间的车祸后,亲如兄弟的张雷和蓝帕尔命运便大相径庭,一个终于抱得美人归,另一个落下终身残疾。刹那间的偶然,强大到足以改变一个人的命运轨迹,没有大奸大恶之徒的从中作梗,没有历史和时代洪流的裹挟，有的只是刹那间的偶然所引发的人生不幸和悲剧。作者借助这刹那间的偶然探问命运的悲剧，展现了人对冥冥之中不可抗拒之命运无力把握的隐喻。刹那间的偶然事件随着时间的流动推演，人物命运的轨迹被挫断的伤痛感越来越强烈。

夏商的小说中蕴含着非常复杂的情感因素，这篇《刹那记》尤盛。王蒙认为："……一种非常复杂的情感……可以说是短篇小说作家的本钱。"这种蕴含着丰沛情感因子的审美意识，呈现在夏商的小说中，就是这些从生活中寻觅到被日常所遮蔽的隐秘生存哲理。《刹那记》中缠绕着多重情感纠葛，张雷与蓝帕尔之间，张雷与秦小红、李珠珠之间，蓝帕尔与两个女服务员之间，蓝帕尔与秦小红店里的瘦小姑娘之间，等等，形成一张密密匝匝的情感网，使之负载着浓郁的艺术氛围和丰富的审美向度。更难能可贵的是，在《刹那记》中作家并不沉溺于日常生活的琐碎，对其体悟也不停留简单的认识层面，而是将其上升为一种对生命际遇的哲理性开掘。

（朱旭）

过渡

/苏 童

孩子问他母亲，假如他们来拆房子，房子会不会哭？小凤说不会，她说房子不是人，所以不会哭。孩子又说，狗不是人，牛也不是人，那它们为什么会哭？小凤有点不耐烦，她说，狗和牛是动物，不是告诉你了吗，房子就是房子，它不会哭！

汉明刷牙的时候妻子已经带着孩子出门了，他听见了他们的说话声。房子会不会哭？房子怎么不会哭？汉明想不过是你听不见罢了。牙膏沫落在水池里，落在两根菠菜叶子上。汉明把菠菜叶子捞出来，扔在垃圾桶里，然后他决定把水池刷一遍。他找到了钢丝球，看见里面埋伏着一只幼小的蟑螂，汉明骂了句脏话，与此同时他非常麻利地弄死了那只小蟑螂。这几天来谁也不愿意打扫卫生了。汉明厌恶地环顾着污迹斑斑的水池、墙壁和浴缸，他决定放弃，就让它脏吧，爱怎么脏就怎么脏，反正要拆迁了，脏也好，干净也好，反正住不了几天了。

汉明把钢丝球扔到了窗外。窗外吵吵嚷嚷的，空地上停着一辆东风牌货车，一群来自搬家公司的农民工正在往车上抬一样样家具。是一楼的老钱在搬家。老钱穿着西装抽着香烟站在那里，袖手旁观。拆迁通知才发下来没几天，就有人在搬家了。汉明没想到老钱的动作这么快。

老钱你往哪儿搬？汉明扯着嗓子喊起来。

老钱回头看了看汉明，他听见他的问题了，但他装聋作哑。汉明看见老钱咧开两片厚实的嘴唇，冲他笑了笑。老钱就是不肯说出他的去处。

保密？汉明摇了摇头，他说，这种人，喘口气都鬼头鬼脑的，活着干什么？

汉明看见花坛里堆着老钱家的一些破烂，都用纸盒装着，有意思的是那些纸盒，几乎是市场上时髦营养品的博览会。人参蜂王浆。田七花粉口服液。太太口服液。螺旋藻。螺旋藻是什么东西？汉明一直没弄清楚。汉明想不管是什么东西，反正是补身子的，反正是别人送的礼品。不花钱的东西，老钱就拼命地喝，怪不得喝得满面红光的。汉明数了数那些纸盒，一共有八只，他不由得有点愕然，老钱这狗东西，喝下去这么多营养品是想干什么呀？再怎么喝，也活不到一百三十岁嘛。

东风牌货车很快离开了这幢破旧的老工房，许多灰尘像虫子似的迎着早晨的光线飞进汉明家的窗内。汉明关上了窗子，灰尘以及货车的引擎声被隔断了，汉明转过身看着自己的家，他觉得心慌意乱。几天来他一直心慌意乱。房子很快就要拆了，可他还不知道他家的过渡房在哪里。

小凤每天下班回家都会带来房子的消息。这回没事了，小凤用一种如释重负的口气向汉明描述房子所处的地理位置，她说，这回没事了，是我大表姐的房子，他们一家人出国了。住在布市街比这儿还方便呢，出门就是菜场，拐个弯就是幼儿园。汉明对小凤说，你姑妈家答应让我们住了吗？小凤说，我没找到她，她怎么会不答应呢？她是我姑妈呀！汉明立刻冷笑了一声说，空欢喜一场，你等着瞧吧。

汉明对事情的悲观的猜测总是得到一次次的印证。布市街的那处房子也一样，那处房子其实早就租出去了。所有的理想的过渡房似乎都盖在小凤的嘴里，汉明有一次嬉笑着走到小凤面前说，让我看看你的嘴。小凤不知道他的意图，她说，你发神经啊，我的嘴有什么可看的？汉明用双手把妻子紧闭的嘴唇拉开，朝里面看了看，说，你的嘴里盖了这么多房啊？汉明做出这个动作后才意识到自己有多么恶毒，他想采取点什么补救措施已经来不及了，小凤抓起桌上的玻璃杯朝他砸来，汉明躲开了，大声说，我开玩笑的！但是已经晚了，小凤放声大哭起来，小凤边哭边说，我不管了，我住到我妈那儿去，孩子也住那儿，我们反正有地方住，你住垃圾箱我也不管了！

事实上离开了小凤事情就变得更加棘手，汉明是外地人，在这个城市里无亲无故。汉明单位里也有人遇到拆迁的麻烦，他们骂骂咧咧的烦躁了几天，最后就安静了，最后他们都找到了过渡的房子。汉明很羡慕他们的社会关系，都说鱼有鱼路，虾有虾路，汉明也算个干部，就是没有路。

那天夜里汉明肚子不舒服，上了三次厕所却没有收获，他愤怒得干脆就坐在马桶上不起来了。他知道这几天火气太大，大概是便秘了。汉明在灯光下细细打量这个狭小而零乱的家，这个家像一堆积木玩具，你张开手不费吹灰之力就把它撸掉了。汉明坐在那儿，用手指敲打着马桶的边沿，他知道就是敲出了音乐他也还是拉不出来，他只是想敲一样东西。房子会不会哭？房子怎么哭都没有用了。汉明觉得有点奇怪，一个家，说没有就要没有了。早知道这样，他何苦在前年夏天在厕所的地面铺上了马赛克，墙上的白瓷砖贴了一米高，花了那么多钱不说，那些活都是他一个人干的，天天泡在臭汗里，最后屁股上都长满了痱子。敲。汉明很想敲。他看见窗台上放着一把榔头，那正是他想抓的东西。敲。汉明开始敲脚底下的马赛克，他听见榔头敲出的声音把他自己也吓了一跳，不管它，敲。彩色的地面终于出现了裂缝，汉明调整了一下他的坐姿，继续敲。一块马赛克的碎碴飞了起来，汉明的心情稍稍地好了一些。汉明弄出的声音太响了，楼下有人嚷嚷起来，汉明，深更半夜你在敲什么？汉明放下了榔头，他并不是个不守公德的人，不让敲就不敲，他想只要他想敲，夜里不让敲可以在白天敲，白天敲谁也管不着。

拆迁办公室就设在街角的杂货店里。汉明骑车从那儿经过的时候看见办公室的人围在一起打扑克，他跳下车走了进去。你们在打牌？汉明的声音听来很唐突，而且充满敌意。他叉着腰站在人群边上，看着桌上的一堆扑克。你们在赌博吧？汉明又说了一句，还是没有人搭理他，也没有人注意到他古怪的脸色。姓张的副主任认识汉明，他对汉明说，你们家准备哪天搬？汉明也不理他，他只是恶狠狠地瞪了对方一眼，然后一转身离开了杂货店，汉明一脚踢翻了门边的椅子，但即使这样，也没有人朝他多看一眼。

汉明觉得那帮人不应该打扑克，虽说拆迁不是他们的罪过，可别人在水里，他们在岸上，在岸上的人也不应该打扑克，他们为什么不肯来帮你一把？他们说，自行过渡，什么狗屁自行过渡？自行过渡就是什么都不管，只管拆你的房子。这不公平，汉明想他们就是嘴上一套做做样子也行啊，可他们却在那里打扑克。

深秋的街道上洒着稀薄的阳光，街头到处飘荡着一种香甜的焦煳味，汉明知道那是糖炒栗子的香味，那是小凤最爱吃的东西。汉明沿途不停地下车，观察栗子的成色，打听价格，最后他买了，买了一斤三两。一包栗子捧在手上还是热的。买给小凤吃，她不一定领情，她经常埋怨他买的东西不好。这没什么，汉明就喜欢替妻子买吃的，即使两人昨天刚刚干了一仗。汉明骑车往岳母家的方向而去，自行车在他的身体下面懒洋洋地呻吟着，我不去，我不去。每当他去岳母家，他总会听见他的自行车发出这样的抗议。坐垫下的弹簧说，我不去，车把上的轴珠说，我不去，连轮子上的辐条也在抗议，我不去。汉明想，我也不想去，可我他妈的有什么办法？谁让小凤是那家人的女儿呢？谁让小凤有个世上最势利的妈呢？谁让小凤有个自以为是的哥哥呢？他们看不起汉明，他们认为小凤嫁给他是鲜花插在牛粪上。他们看不起我，我也看不起他们，就是这样想的，什么玩意儿？他哥哥装出一副成功人士的样子，冬天毛衣里面还衬一个假领呢，他的领带也是地摊上买的，十块钱三条。汉明想，他们看见我就烦，难道我就喜欢看见他们吗？汉明想起有一天他对小凤说，小凤，你要是从石头缝里蹦出来的就好了。小凤差点给了他一个耳光，她以为汉明是在骂人，其实汉明无意骂人，那不过是他的一个荒诞的愿望罢了。

小凤不在，她带着孩子去同学家串门了。该在的都不在，不该在的都在，岳母和大舅子蹲在地上合作，擦洗刚刚卸下的脱排抽油烟机。汉明后悔没有马上就走，后悔自己多嘴，他说，抽油烟机还自己洗？现在都让人上门来洗，十块钱够了。大舅子瞥了他一眼，冷笑着说，你的口气不小，你一天挣几块钱？汉明也不理他，他把那包栗子放到小凤母子和岳母共用的房间里，他看见孩子的玩具扔在床上，一只铃鼓，一只长毛绒的猴子，汉明就拿起铃鼓摇了几下。之后他听见了岳母的声音。

汉明啊，过渡房找到了没有？

汉明又摇了一下铃鼓，他说，不是在找吗？

在哪儿？过渡房在哪儿？

什么在哪儿？

什么什么在哪儿？我问你房子在哪儿。

不是告诉你还在找吗，没找到呢，怎么知道在哪儿？

是小凤在找还是你在找？

我们都在找。

你也在找？就算你也在找。这事要是摊到我头上都要急得上梁了，你倒好，没事人似的，你在敲什么？敲得人心烦。

我也烦，烦有什么用？车到山前必有路，你放心，不会住到街上去的。

我看不一定，像你们这种样子！我看我还是先把阳台收拾出来吧，实在没办法，你就住到阳台上去吧。

汉明不接受这份好意，他把铃鼓扔在床上，说，谁爱住阳台谁住，我不住阳台。我为什么要住阳台？

你不住阳台，你想住别墅？你的别墅在哪儿？

话说着说着就不对了。汉明大步流星地走出房间，从地上的一堆抽油烟机零件上跨过去。他听见大舅子鼻孔里发出一种轻蔑的声音，大舅子说，你是见过世面的人，怎么不到房产中介公司去？那儿什么样的房子都有，要什么房子有什么房子。汉明对他的这种提议似乎早有准备，他走到大门边说，这还用你告诉我？我正准备去呢。

汉明走到门外，听见岳母对大舅子嚷起来，你出的什么馊主意，那都是骗钱的公司，租一个小套要一千多块呀！汉明笑了笑，他对着防盗门说，一千多块算什么？小意思。

汉明觉得自己的脸皮很厚，他自己也弄不明白，这几年说话为什么没脸没皮的。一千多块算什么？是他们两口子一个月的收入啊，穿衣吃饭全靠那一千多块，他就是发了疯也不会拿一千多块去租房，换句话说，假如有人愿意花一千多块租他的房子，他情愿住在街上。汉明想起前几天他去中介公司时那个秃子充满怜悯的眼神，他说，没有你要的那种房子呀，我劝你一句，还是跟自家人挤一挤吧，中国人不能那么娇气。汉明想那个秃子完全是废话连篇，谁娇气了？他不过就是不愿意和岳母大舅子住在一起，怎么是娇气呢？他不知道那秃子是怎么看出来他的生意谈不成的，秃子先问，老板在哪儿发财？他就说，我不是老板，我在环保局工作。他觉得没有说错什么，没想到那秃子紧接着就说了那通废话。汉明最恨的就是别人这样看低他，所以汉明走出中介公司时对秃子说，你这是什么中介公司？一台电话，一个BP机，你这儿能中介出个什么好房子？我要四室一厅的特大套，你有吗？

这个城市到处都在大兴土木，汉明经过一个工地时，看见废墟上耸立着一块巨大的广告牌，广告牌上画着一幢淡蓝色的有玻璃幕墙的大厦。汉明停下车研究了一会儿，旁边有个人也在看那幅广告，汉明就上前搭讪，这房子不错嘛。那个人愣了一下，说，当然不错。汉明又问，这么好的房子，你能住进去吗？那个人睨着汉明，说，我住不进去，那你能住进去？汉明朗声笑了起来，说，我怎么不能住，是我们单位投资盖的楼嘛。汉明用手指着广告上的几扇窗户，喏，这个单元看见了吗？三百平米！汉明说，三百平米，我已经买下了。

那个人将信将疑地看着汉明，汉明不等他提出问题，就骑上车一溜烟地走了，一路上汉明想起那个人的表情就想笑，汉明知道自己也很可笑，这是什么意思？汉明不知道自己是怎么回事，吹牛不上税，脸皮这么厚。

找到铁路桥下面的那所房子，靠的还是小凤。房主是小凤的一个熟人的熟人。熟人陪着他们夫妇穿过铁路桥去看那所房子，绕过一个臭烘烘的公共厕所时，熟人用手帕捂住鼻子，一边安慰他们说，没关系的，老邱家闻不到的，只要不起西风，肯定闻不到。汉明说，闻得到也没关系，反正我闻不着，我有鼻炎，这鼻炎到这儿还派上用处了。小凤说，我也不怕臭，唉，急死人的事情，只要房子合适价格合适，管不了这些了。

一个男人一边扣着裤子一边从厕所里冲出来，下巴夹着一份报纸。熟人眼睛一亮，叫起来，太巧了，老邱你在这儿！原来那个人就是老邱。汉明站住看着他，是一个五十岁左右的男人，穿一件长及膝盖的蓝色工装，脸色绯红，像是刚刚喝过酒的样子，他的反应好像比较迟钝，手忙脚乱地用衣服盖好裤子，下巴仍然夹着报纸，他打量人的样子因此有点凶恶。汉明忍不住笑了起来，他听见老邱说，来了？然后就兀自朝前面走，嘴里又咕噜了一声，来吧。

熟人对小凤耳语道，他的脾气有点怪，不过人是个好人。小凤一个劲地点头，她偷偷地看了一眼汉明，汉明从她的眼神里可以察觉到她心里在嘀咕，小凤这样的女人，不怕强盗不怕贼，怕的就是与怪人打交道。汉明没表示什么，他挤到熟人和小凤之间，轻轻说，人怪不怕，只要谈事情痛快就行了。

也是一套单元房，七十年代的建筑，没有卫生间。老邱这个家的面貌使进了门的三个人感到震惊，几乎所有的空间都被杂物所占据了，主要是堆得像小山似的破旧的电视机和收录机，地上扔着许多工具和叫不出名字的五金零件，还有两只旧木板箱用黄帆布盖着，搁在唯一的一张木床和墙壁之间。熟人也是第一次进老邱的家，她在房子四处观察了一番，用一种近乎谴责的语气说，老邱，你这家也该收拾一下了，就像一个狗窝啊。

老邱朝熟人翻了翻眼睛，想说什么又没说，转过脸来问汉明，要喝茶吗？汉明没来得及回答，小凤抢先说，不喝，不客气，我们刚刚在家喝过的。老邱似乎能预料到小凤的回答，他说，那就坐，我没沙发，只有小板凳，你们就坐小板凳吧。老邱伸手抹去了两只小板凳上的灰尘，还有一只，他局促地说，我到厨房搬去。

趁老邱去厨房的时机熟人和夫妇俩交流了一下眼神，汉明笑了笑，说，房子可以收拾，先谈谈再说。汉明的心情似乎与两个女的不同，他踮着脚张望堆在最上端的一台电视机，嘀，是七十年代的电视机，快成古董啦。汉明不知道为什么进了老邱家心情会这么轻松，他站在板凳上，用手去摸那台电视机的开关，没有够着，一回头发现老邱正瞪着他的手，汉明就跳了下来，他说，老邱你是专门修电视机的？

什么都修。老邱说，凡是家用电器，我都能修。

老邱手巧。熟人说，前几年离开单位开的电器修理部，要不是这里地段冷僻，没准已经发大财了。

开半年就关门了。老邱轻描淡写地说。

那你，那你现在在哪儿发财？汉明从房屋中介公司学来的这句话脱口而出，话音未落他就意识到说得不合适，他看见，老邱的眼神里掠过一团怒火。

发财，哼，发财？老邱逼视着汉明，中国十二亿人，轮得到我发财吗？我看也轮不到你，发财，发财，我没这个机会，不过我也饿不死，我有手艺，什么时候都饿不死。

熟人在一边打圆场，说，我不是告诉过你们吗，老邱马上要出国了，要不然也不会把房子租出去。

提到这事老邱突然有点腼腆起来，他说，其实也不是出国，是劳务技术输出，他们看上了我的这点技术。是去柬埔寨。

柬埔寨也是外国，怎么不是出国？熟人说。

柬埔寨在打仗吧？小凤说，为什么不去泰国？听说泰国很好玩。

打仗关老邱什么事？就算打仗，见识一下真枪真炮也不错。汉明说，再说老邱在柬埔寨也算外宾，人家有外交豁免权，谁敢碰他一根毫毛？

汉明记得就是关于柬埔寨的话题使他们与老邱之间的气氛慢慢融洽起来，之后他们就切入了正题，正如汉明所想象的那样，怪人有怪人的可爱之处，他不斤斤计较，他只要三百块钱。汉明心里暗暗地想，这肯定是本市最便宜的租金了，但不知怎么，嘴里说的话却不是那个意思，他说，我最讨厌讨价还价的，小家子气，就按你说的办。汉明看了看小凤，小凤估计是被这低廉的租金打动了，她附在熟人的耳朵边说，你说得对，他真的是个好人。

他们临出门的时候向老邱打听他出国的日子，老邱抓着耳朵说，说不好，我等他们通知。又反问汉明，你们准备哪天搬？汉明说，很急，我们恨不得明天就搬。老邱说，明天不行，明天怎么行？汉明笑起来，说，开个玩笑，我这个人没心没肺，你别见怪。老邱说，开玩笑好，开玩笑好，说着他犹豫了一下，突然把手伸到门后去摸出一把钥匙，他说，这样吧，你十号左右到我家来一趟，我要是不在家，就说明我走了，你们就可以搬了。

汉明没想到为这麻烦事奔波了好多天，到老邱这里便有了一个如此圆满的结果。出了门小凤追着他叮嘱，钥匙，钥匙放好了吗？汉明掏出口袋里的钱包，向小凤晃了晃，他已经把老邱的钥匙放进自己的钱包里了。汉明说，美中不足，上厕所麻烦。小凤说，只好用痰盂了。三百块钱的房租，我们不能要求太高。

星期五的下午，汉明在单位里怎么也坐不住，他对领导说他要去看房子，看了就不回来了。这一个月来，汉明隔三岔五地请假看房子，领导通情达理，没房子给下属过渡，就只好让他丢下工作去忙房子的事。汉明请假的时候总是义正词严光明磊落的，好像他请假是应该的，领导就是对这一点很有看法，所以他丢了一句话给汉明，你这房子哪天能看完哪？过渡不过是过渡，随便找个房子过渡一下嘛。汉明就说，随便过渡也得是个房子，要不你把你儿子那套房借我吧，他结婚还早呢，我付房租，我们谁也不亏。领导的脸立刻沉下来了，很明显他认为汉明在含沙射影，汉明确实是在含沙射影，可是他偏偏要装作没这个意思，他走上去没大没小地在领导肩上拍了一下，开玩笑的，你别当真，汉明说，你儿子那房借我我还看不上呢，那么小，怎么住？

　　正好是约定的十号，汉明骑车朝铁路桥飞驰而去。这次他顺便测算了一下从单位到老邱家的时间，三十分钟，他上班是远了点，但是小凤上班近多了，这就是好事。汉明来到老邱家的门前，看见门缝里塞着一堆减价家具的宣传品。他不在，他走了，他去柬埔寨了。汉明脑子里飞快地闪过这个念头，他的心怦怦地跳起来，一种喜悦的感觉使他开锁的动作有点慌乱，他知道钥匙是对的，却打不开那扇门。楼上下来一个提着塑料篮的女人，她站在楼梯上，警惕地盯着汉明。汉明向她晃了晃钥匙，说，老邱给我的钥匙。那个女人不说话，仍然站着，监视着汉明。汉明又问，老邱走了吗？那个女人摇了摇头，谁知道他？她这么说了一句，仍然站在汉明身边看他开锁。汉明有点恼火，他说，我不是小偷，你看我的样子像小偷吗？那女人终于放弃了对汉明的监视，慢慢地走出门洞，汉明听见她鼻孔里哼了一声，她说，是不是小偷看不出来，小偷脸上又不写字。

　　汉明想这女人脑子有毛病，怎么会把他当成小偷呢？他朝她的背影做了个猥亵的动作，正在这时候，门锁被打开了。里面很黑，汉明拉了下灯绳，灯却不亮，汉明想，这个老邱，还是修家用电器的呢，家里的灯都不亮。汉明感到奇怪，自己为什么蹑手蹑脚的。这种样子确实有点像小偷。他明明知道老邱不在家，但他好像害怕老邱会从哪里冒出来。汉明发现老邱的床上凌乱不堪，被子没有叠，枕头上堆着一些衣物，棉毛衫的一只袖子裂了一个大口子，衬裤也破了几个洞，好像长了些眼睛出来。汉明随手把那些衣物塞到枕头下面，他突然有一种奇异的感受，庆幸自己不是一个像老邱这样的单身汉。不过这并不影响他对老邱的看法，老邱大概是他认识的最懒惰的男人，汉明想，即使他不结婚，也绝不会混到老邱这种地步。

　　汉明一时不敢肯定老邱是否已经走了，他想老邱如果走了至少应该给他留一张条子，至少也应该把自己的东西收拾一下。汉明这么想着，一抬头看见墙上贴着一张电费单据，单据上用圆珠笔写了一行很大的字：十一月收水费，去三〇一拿账本！

事实上是这行字使汉明确信老邱已经走人，汉明看着两个感叹号嘿嘿地笑着，他想这老邱真是个怪人，留个便条也怪，什么话也没有，就惦记着收水费的事。汉明去厨房洗手，看见水池里和煤气灶具上都积满了棕黄色的污垢，汉明是个爱干净的人，他就是不能忍受吃饭洗脸的地方有这样那样的污垢。他找到了半瓶洁厕灵，又从水池下找到一个板刷，然后就开始打扫卫生了。汉明想反正是要打扫，不如现在就动手。

汉明做起事情来很细致也很彻底，他清洗完厨房后首先想到的是把老邱那张床拆掉，他帮同事们搬过家，有经验了，房间越空搬家越容易。汉明后来就开始拆老邱的床。地上反正到处是工具，汉明敲敲打打地忙了一会儿，那张笨重的木床便散了架。拆床的时候他听见门外有动静，好像谁在推门，等他走过去把门打开，那个人又不见了，汉明猜是刚才那个楼上的女人。

搬家那天下着蒙蒙细雨，炮仗没有放响，小凤的母亲不怪天气，却怪汉明放得不认真。汉明装作没有听见岳母的唠叨，他才不管什么开门炮关门炮呢，他忙得团团转，帮忙搬家的除了两个同事，剩下的都是从附近建筑工地上找来的民工，他们搬东西毛手毛脚的，汉明才不管炮仗能不能放响，他担心的是那些民工碰坏了他的东西。

人和家具电器一下子就来到了老邱的家里。一个家，一下子就从市中心迁到了铁路桥边，汉明觉得这事情有点奇怪，可是他没时间去深究这事情到底怪在什么地方。他要指挥那群民工把东西安置好。汉明注意到被他打扫得干干净净的地上有两个烟蒂，他想那天不是扫干净了吗，从哪儿来的两个烟蒂？可是汉明没时间深究烟蒂的来历。他要指挥别人把一个家重新安置一遍。他记得卡车来到楼前的时候好多人从窗口探出头来看，汉明觉得他应该向这些新邻居挥手示意，可是汉明顾不上这一套了，他必须趁雨下大以前把这个新家安顿好。

雨下大的时候卡车也走了。只剩下夫妇两人站在一堆纸箱和包裹之间。汉明对小凤说，你歇口气，别着急，我怕你累着，又扁桃体发炎。小凤摸了摸喉咙说，已经发炎了。她坐在一只包裹上，抬头看着老邱留在屋里的那堆旧电视机，说，讨厌，这堆破东西他还舍不得扔，多占地方。汉明说，这是他的宝贝，不敢替他扔，反正我们是过渡嘛，挤就挤一点吧。小凤突然又笑起来，说，这个老邱，不知道他现在在干什么，在柬埔寨！怎么想起来去柬埔寨的？汉明说，这有什么奇怪的？老邱到柬埔寨，珠珠去美国，李平去俄罗斯，这叫各就各位，物有所值。小凤说，哪天我们也出国该去哪儿？汉明想了想，说，马来西亚，要不印度尼西亚吧。小凤说，都没意思，我才不去。汉明说，你就谦虚一点吧，印度尼西亚怎么啦？那都是发展中国家，我们不也就是个发展中国家吗？

雨声渐渐地响亮起来，空气中弥漫着一股淡淡的泥腥味。夫妇俩开始搭他们的床。一切还算顺利。把白底草莓图案的床单铺上去，把两个海绵枕头并排放好，把一条晒过的被子放在床的中央，一个家的基本布置就完成了。一切顺利，炮仗有没有炸响根本不是问题。汉明的心情很好，他看见小凤忙着把衣服往柜子里塞，就过去挡着柜子的门，说，先别管这些事，我们睡一会儿。小凤从汉明的眼神中看出了他的企图，她瞪了汉明一眼，你疯了？也不看看是什么时候，你还有这份闲情。汉明说，我们有多久没在一起睡了？我都忘了你衣服里面是什么样了。小凤扑哧笑了起来，朝窗外看了看，说，你不累？汉明说，刚才还觉得累，也他妈的怪了，床一铺好就不累了。

夫妇俩后来就钻在被子里听窗外的雨声，还有火车从铁路桥驶过的轰隆隆的声响。小凤像一只猫似的在汉明怀里睡着了，而且还轻轻地打着呼噜，汉明从妻子的头发上摘下一朵来历不明的棉絮，在她的鼻尖上亲了一下。汉明突然觉得自己的妻子是世界上最好的女人。

事情发生在一个月以后。汉明先是发现他的自行车轮胎被人扎破了，平均三天扎破一次，刚刚补好胎，又扎破了。铁路桥下修车铺的人看见汉明就笑，他说，要是人人的自行车都像你的一样，我就发财了。汉明知道是有人在捣乱，只是捣乱者那种疯狂的情绪让他摸不着头脑，他初来乍到，与邻居们虽谈不上有什么感情，但是也没得罪过谁，汉明怎么也想不通这个问题。起初他以为是楼上的小男孩干的，小男孩上学放学的时候他还埋伏在暗处监视过，结果证明小男孩是清白的。汉明怎么也想不通这个问题，扎一次两次就算了，怎么没完没了呢？他不知道是谁干的。自行车对于汉明来说很重要，汉明没办法，有一天他站在楼前向着楼上骂了一通脏话，骂完了就把自行车搬到前面铁路宿舍的车棚里去了。

一个月以后还出了更怪的事。那天汉明在办公室接到小凤的电话，小凤惊慌失措的，她说，你快回来，我们家失窃了。汉明不相信，他说，是哪个没眼力的小偷，偷到我们家去了？我们家的存折细软不是都放在你妈家吗？小凤说，不是我们家的东西，是老邱的破电视机，被偷走了两台！汉明放下电话就觉得事情有点蹊跷。等他赶回家，看见小凤已经把户籍警叫到了家里。户籍警也说这小偷奇怪，怎么不偷音响，偏偏去偷那两台不值钱的破电视机。小凤说，偷了我家的音响倒没什么，这破电视机是房东家的，我们租他的房子，把人家的东西弄没了，说不清楚啊。汉明就觉得事情蹊跷，他在屋里四处察看了一番，说，像是内贼。小凤叫起来，你胡说些什么？谁是内贼？难道是我偷了那两台破烂？汉明说，我没说你，也许是老邱。小凤说，又胡说，老邱在柬埔寨呢，你是说他回来了？那怎么可能？他回来住哪儿？他肯定要来见我们。汉明眨巴着眼睛，也觉得自己的分析站不住脚，干脆就不分析了。他问户籍警，这地方的居民素质很差吧？户籍警说，你指哪方面？汉明一时没了词，素质，综合素质，他说，我是说综合素质。户籍警说，用不着综合，这地方跟哪儿都差不多，杀人放火的事一年一次，小偷小摸损人利己的事一天好几次。

失窃的事情不了了之，不过是在派出所的工作日记上挂了个号。汉明没有去追究结果，他想等到老邱哪天回来赔他点钱就算了。他估计两台破电视机最多也就值一百块钱，赔这笔钱就算破财消灾。汉明对小凤说，这种地方，看什么什么不顺眼，好在是过渡，熬过这一年，我们就可以住上自己的两室一厅啦。

汉明没想到他的自行车搬了地方还会继续遭殃。那个神秘的人跟踪追击，竟然把新换的两只轮胎，从外胎到内胎一一拦腰切开了！汉明那天怒火万丈，他扛着自行车走到修车铺子前，对修车的人说，这是最后一次了，我要是不把那人找出来，我就是乌龟王八蛋！

小凤也气坏了，小凤气得尖叫起来，抓住他，王八蛋！事实上汉明的领导同意他请假也是小凤的功劳，小凤说她肚子里长了一个瘤，必须检查出是良性的还是恶性的,小凤说汉明要请假三天陪她去上海看病。汉明的领导通情达理,他说,人命关天的事,是得检查得细一点,三天来不及五天也行,他那堆事我替他做。领导在单位里听汉明提起过自行车的事,但他不知道汉明请假是为了这种事情。

幸亏领导多给了两天的假期。汉明埋伏了五天才找到了那个人,他是在第五天发现那个人的,汉明后来和领导的关系非常融洽,这当然都是后话了。

汉明记得那五天的心情,他蹲在铁路宿舍的车棚里,蹲在一辆三轮车的后面,选择这个位置也是迫不得已,整个车棚没有更隐蔽的地方供他藏身。他预先想象过这次埋伏的过程会很漫长,因此他还带了一本《天龙八部》,那是他春节时候买的,一直看得断断续续的,没想到现在倒有了机会。小凤怕他冷,让他带着女儿的小热水袋,汉明没要,除了书,汉明还带了一只保温杯,为了保持一定的精力,他破例让小凤在杯子里放了几根人参须子。

事先汉明估计过那个人作案的时间,一早一晚,不会错的,因为只有这两段时间他的自行车在车棚里。曾经有几个铁路宿舍的人发现三轮车后面的汉明,他们想盘问汉明,汉明从口袋里拿出他的工作证朝他们亮一亮,说,我执行任务,别跟我说话。那些人就乖乖地走了。汉明为自己的应变能力感到得意。中午回去休息的时候他向小凤谈起这件事情笑个不停,他说,这些人,我也弄不明白,既然没犯罪,为什么见到公安就怕,你没见他们那样子,推着车就溜,也不打听打听我办的是什么案子。

汉明在车棚里埋伏的第三天一口气看掉了半本书。他觉得奇怪,好像把正事给忘了,一口气看掉半本书,说明他的心思不在那个人身上。车棚里安静极了,不知谁家的一只老母鸡摇摇摆摆地闯进来,在车棚里拉了一泡屎,又摇摇摆摆地走了。汉明突然笑起来,汉明不知道是什么原因,他守在这里等一个敌人,但他对那个敌人充满了好奇,只有好奇,已经没有多少愤怒了。现在他不再想着抓到那个人以后如何教训他,他只想那个人能早点出现,他出现了,他的一件事情也就做完了。

是第五天的早晨，车棚外面刮着强劲的北风，汉明看见一个穿棉大衣的人向车棚里走来。首先是那件棉大衣引起了汉明的注意，虽然天气变冷了，但是这季节不至于穿棉大衣，更令人警惕的是他还戴了一只大口罩！来了，你他妈的总算来了。汉明想坏人真的是有坏人的打扮。汉明在三轮车后面呼呼地喘着粗气，他害怕那个人会发现他。那个人来了，那个人一直目不旁视，他径直走到汉明的自行车前，从口袋里掏出一把螺丝刀。汉明屏住气按兵不动，他要等到他动手才能出击，否则就抓不到证据。他看见那个人用螺丝刀点着轮胎，好像在挑选最完美的落点，汉明看出来他是在犹豫，为什么不动手了？汉明想你这个混账家伙还磨蹭什么？快动手呀，你动手我才能抓你。可是那个人突然叹了一口气，然后他把螺丝刀放进了自己的口袋里。汉明不知道他为什么半途而废，紧接着他看见那个人做出了更奇怪的举动，他从旁边一辆自行车坐垫下抽出一块抹布，开始擦拭汉明的自行车，汉明一时不知道该怎么办，就在这时那人打了一个响亮的喷嚏，摘下了脸上的大口罩，也就在这时汉明发出了那声石破天惊的狂叫。

那个人是老邱！

汉明记得老邱像一个贼似的拼命跑，他在后面拼命地追，一直追到铁路桥的路坡那里，老邱终于跑不动了，他一屁股坐在水泥台阶上，用一种负隅顽抗的眼神盯着汉明，那样的眼神使汉明感到吃惊，充满了绝望和愤怒。

老邱你回来了？汉明懵头懵脑追过去，他在老邱身边坐下时还拧了自己一把，手腕上的痛感告诉他，这不是一个梦，这是真的，他守候了五天，抓住的人是老邱。就是老邱。汉明嘿嘿地傻笑，嘴里不停地说，老邱，原来是你，原来是你。

老邱摇了摇头，不说话，他好像不愿意和汉明说话。

才一个多月，你就回来了？汉明说，这是怎么回事？老邱你把我搞糊涂了。

我没去。我没去成。老邱又打了个喷嚏，用大衣袖子擦着鼻子说，我根本就没走。

你没走，那你在哪儿？汉明疑惑地看着他，说，你没走？怎么会没走呢？这不可能，那你这些日子在哪儿？

问你呀，你说我这些日子在哪儿？老邱说，你把我的床拆了，你把我的家占了，你让我住哪儿去？

误会了，天大的误会。汉明忍不住地想笑，他说，我以为你走了嘛，我还看见你在墙上给我留的条子呢，让我记得交水费。

那不是留给你的！老邱说，是提醒我自己的条子，我老是忘了收水费，你也算个有文化的人，怎么这样不动脑筋？我要是真走了不会打电话通知你？没见过你这样的人，你的书念到肛门里去了？

我看你的脑子也有问题，汉明说，既然没走，为什么不跟我们说清楚？为什么像个贼一样躲着我们呢？

老邱沉默了一会儿，他掏出螺丝刀在地上划了一些三角形，又划了几个正方形，他说，我看你们着急，你们这么急，我想就成全你们算了，你们是一家人，我反正只有一个人，我就住到我姐姐家去了。我就住在储藏室里呀，老邱说着情绪又激动起来，就像住在一只箱子里，就像一只猫，就像一条狗！

储藏室大不大？有没有两平方？有的储藏室可以睡三个人呢。汉明注意到老邱的脸色不好，就换了话题，问，你姐姐家在哪儿？离这儿近吗？

老邱没有回答汉明的这个问题，他说，想想就憋气，我做好人你们也不领情，我回去过几次，有一次差点就把你们的床拆了，想想又忍住了，你们是一家人，我就一个人，就成全你们吧。

我猜就是你，当时就是不敢相信。汉明说，那两台破电视机是你拿走的吧？

我没事做！老邱对汉明瞪着眼睛说，睡在那只箱子里睡不着，我就把手电筒挂在头上修电视机，我问你那是什么滋味，你不知道！没了家是什么滋味！你不知道我姐夫那张臭嘴，他说的那些话能噎死你，好像我是为了钱，我为了三百块钱，把家让给别人吗？你摸着良心说，我是为了钱吗？

不是，不是为了钱。汉明说，老邱你是个好人，我们都觉得你是个大好人。

你也别给我下蒙汗药，我知道钱是好东西，老邱说，我也为钱，但不是光为了钱。光为了钱把家让给你们，那就不是三百块钱的事了，主要是怪李春生那狗杂种，说得好好的十号出国，结果全是谎话，全泡了汤！

我理解你的心情，好事多磨，老邱你别着急。汉明嘴上安慰着老邱，

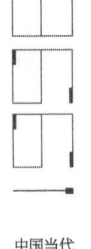

脑子里却浮现出自行车的两只遍体鳞伤的轮胎。汉明冷眼看着老邱,突然说,老邱,你什么都好,就是经常要小孩脾气不好,有问题就解决问题,你为什么要拿我自行车撒气呢?

老邱的脸上并没有一丝羞惭之色,他仍然瞪着愤怒的眼睛说,我不拿自行车撒气拿什么撒气?你让我把你们的东西扔出去?你让我把你们的床也拆了?我憋气,憋着一肚子气,你倒是告诉我,我该往哪儿撒气?

汉明讪讪地笑,笑了一会儿说,老邱啊,你知我这一个月补了几次胎,换了几次胎?不算补胎钱,光是买新胎就花了五十块钱。

小意思,五十块钱。老邱挥了挥手,说,算我的,从房租里扣!到时少收你五十不就完了?

我不是那个意思。汉明小心地选择着他的措辞,唯恐激怒对方,他说,我的意思是你今天怎么不下手了?你还替我擦车呢,让我挺感动的,我是说真心话,我真的很感动。

老邱仍然用螺丝刀在地上划着,他开始躲避汉明的目光,下不了手了,有点过意不去。老邱说,哎,我们之间毕竟是人民内部矛盾,不是敌我矛盾。我本来也是最后一次了,我的气再撒一次也就差不多了,没想到你还跟我打伏击战呢。

汉明说,我也是守最后一天,你要是明天来就抓不住你了,我也想好了,我准备坐公共汽车去上班了。

那多不方便,去你们公司还要换两次车呢。老邱的脑袋扭来扭去的,好像在找什么东西,汉明说,你在找什么?老邱摇了摇头,突然在汉明后背上拍了一下。老邱说,这事也不能全怪我,也怪我姐夫,他瘫痪在床上,除了嘴和眼,哪儿都不能动,他拿我出气,我又不能气他,再气他他兴许会没命,我憋着气往家走,我老是忘了你们租房这档子事,一到家就想起来了,也怪你自己,你老是把自行车横在楼前,显得你很忙的样子,我一见你那自行车就觉得憋气,觉得你和自行车都耀武扬威的,偏偏我的口袋里有一把水果刀,我就,就……

后来你就扎上瘾了,用水果刀扎不过瘾,就用螺丝刀?还用过菜刀吧?

我也不知道是怎么啦,大概是上瘾了,我姐夫一气我我就往这儿来,找你的自行车,扎过以后心里就舒服一些了。

这事不能全怪你,汉明说,扎自行车轮胎是个办法,我不开玩笑,老邱,你别这么看我，像你这种情况，扎你姐夫不行，扎我也不好，扎我的自行车，我真觉得是一个好办法。

那你的意思是我做得对？老邱困惑地盯着汉明，似乎想弄清他说的是不是真话，你不是在讽刺我？你是说我做得对？

做得对。汉明肯定地点着头，他觉得自己言不由衷，可是他相信自己的话是对的。汉明想这真是一件荒唐的事，他在自行车棚里守了五天，他抓住了老邱，最后却告诉他，他做得对。

两个人肩并肩地坐在一起，沉默了一会儿，老邱说，我会补胎，要不要我帮你补？我补的胎绝对比修车铺子补的好。汉明笑起来，说，现在车胎好好的，等下次被谁扎了再找你吧。

那是秋末冬初的一个早晨，雾霭渐渐地散去了，铁路桥上有一辆黑皮货车隆隆地驶过，桥下有上班的人群骑着自行车鱼贯而过。火车喷出的蒸汽使路坡上的两个男人同时站了起来。汉明对老邱说，到我家去坐坐，喝杯茶。汉明说完就意识到什么，又改口说，不，去你家坐坐，喝口茶。两个人都笑起来。老邱拒绝了汉明的邀请，他的表情看上去有点腼腆，他搓着手说，不去了，你自己回去吧，我还要去跑出国的事。汉明问，还要去柬埔寨？老邱摇了摇头，说，不，不去柬埔寨了，这回是去蒙古。汉明愣了一下。老邱又说，不是内蒙古，是蒙古。汉明就拍拍老邱的肩膀，说，我知道是蒙古，蒙古比柬埔寨好。

原载《人民文学》1998年第3期

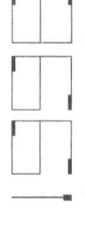

点评

小说创作于20世纪90年代后半期，此时中国本土市场经济正在蓬勃发展，消费主义盛行。故事正是在这一背景下，叙述由拆迁引发的一系列风波。为了寻找过渡房居住，汉明一家四处奔波，几经波折，终于以低廉的价格租到了熟人的熟人老邱的房子。老邱即将因劳务技术输出到柬埔寨，所以将房子租出去。在如愿住进老邱的房子后，却接连发生怪事，先是汉明的车胎不断被人扎破，后来家里甚至遭了"贼"，值钱的东西倒是一件没少，反而是老邱放在房子里的两台破电视机被"盗"。为了抓到扎胎的人，汉明以陪妻子看病为借口向单位请假，蹲在放自行车的地方守株待兔。结果却出乎预料，汉明等来的扎车"贼"竟然是房东老邱。原来老邱受骗上当，没去成柬埔寨，但又顾虑到汉明一家的不容易，就蜗居在姐姐家的储藏室，因而不得不忍受瘫痪在床的姐夫的讥讽，气不过的老邱就用扎车胎的方式出出气。听了老邱的解释，汉明竟然称老邱扎车胎扎得对，自己都觉得这说法荒唐。最后两人达成和解，老邱也要出发去蒙古了。这故事既是汉明家的"过渡"，也是中国经济"过渡"的缩影。

苏童是以风格独特、鲜明、强烈的先锋派形象强势闯入文坛的，但在90年代后，先锋文学发生转型。苏童这个短篇就力图摆脱以往惯用的叙事实验、形式圈套，而尝试用细腻的写实手法写平凡、普通的小市民，写人物之间的关系和相应的故事，写在经济大潮中被裹挟着艰难前行的小人物，写他们讨生活的不容易，写人与人之间的温情，用他们的日常生活原貌填塞小说空间。带着先锋走进传统，苏童将目光转向市民生活那琐细平庸但实在真切的世俗风景。或许正如苏童自己所说："……先锋不先锋也许是不重要的，好比万河奔流入大海，问题不在于你是一条什么颜色什么流向的河流，而在于你是一条河流还是一条小溪还是一方池塘，问题在于你是否已经让自己像一条河一样奔流起来。"

（朱旭）

老黑鱼号的短暂航程

/谢友鄞

一

这条客货混装船,在呜呜汽笛声中,向矿山驶去。船主巴力手扶舵轮,两只光脚扣住地板。水上人,光脚干活,光脚走路,脚板才有抓头。巴力的腿把子上,爬满虫子似的青筋,脚前掌像兽崽拱向前。船驶入开阔的河面,将水头犁高后,巴力把舵轮交给副手,吧唧吧唧走出驾驶舱。

河风,爽!

巴力野鬃似的头发飞起来,紫红色背心兜起来,河风游遍前胸后背,滑进裤裆。巴力嘴角一跳,噗,烟蒂溅落水中,水浪啵啵响。老黑鱼号原本是条货船,巴力买下后,腾出两个房间,拉客。货是煤炭,客是没有身份的人。巴力瞅一眼这趟的人货,只有一位,还是个女的。晦气!巴力吆喝道:

"跟我来,登记。"

巴力吧唧吧唧朝船长室走去。

女船客笑了:捎个脚。牛气啥!船主逃不过四十岁,矮墩个儿,蒲扇般光脚像长了蹼。女船客像被钓上的鱼,尾随而入。

屁崩大点的船长舱,摆一张铺,戳只小柜。小柜上,摆个纸壳糊的三角牌,写着"旅客登记处",谁看了都会哑然失笑!

巴力盘腿坐好,女客身子一拱,上了铺,和船主面对面。她有二十六七岁,跪坐着,屁股朝后压住小腿,上身挺直,乳房颤颤,像上了个儿家的炕。女的下颏一扬,说:"我瞅你面熟。"

巴力用双手抹一下脸，挺滑稽，没见这么套近乎的。巴力问："矿山家属？"

女船客说："嗯。你挺有眼力见啊！"

巴力咧歪嘴，想笑。

女船客说："守活寡不容易呀！"

巴力弄成个哭笑不得的样儿。矿山寡妇，大多是亡工家属，她们以功臣自居，敢把大屁股坐在矿长办公桌上，要钱，要物，不朝你要男人那个东西就念佛吧。

女船客说："给我个单间，寡妇门前是非多。"

巴力心里很愉快，上来只野猫。说："就你一位，只能住单间了。"

女船客笑道："武大郎服毒，死也得死，不死也得死。"

巴力抄起旅客登记簿，问："姓名？"

"常玉。"

"职业？"

"灯房子。"

"你是矿上职工。"巴力感到意外。蓦地想起，她说守活寡，那她就是有男人。巴力觉得，叫这个娘儿们泡了。

船在乡间行走，村庄稀稀落落，炊烟像高高低低的棍子，立在半空，仿佛仙境人家的栅栏，小院飘出柴烟味，河面漾起水腥气，灰白混浊。有一个小孩子，靠着土墙，还有一条老狗，偎着他。小孩子和狗，望着老黑鱼号，在水面上浮游。

河道变窄，仿佛在山山岭岭间颠簸，若是夜行，岭小月圆，崖壁上移动着骑者的投影，是古岩画士兵，神秘极了。大白天，壁立的崖岸仿佛伸手可触。舱板上，摆只抬筐，装满拳头大泥团，泥蛋裹着柠条籽。巴力抓起泥团，侧身微旋，手臂一扬，泥团像子弹样划出道弧，啪，粘在光溜溜崖壁上。

常玉眯起眼睛，崖壁上的泥团，有新的，有旧的，上下左右，隔一尺距离，横竖整齐，像富家门上的铆钉，像插好的秧田竖了起来。常玉猫腰，抓起泥蛋，一仰，甩去，又抓住一个，一仰，甩去，前襟扯露，雪白的小腹一闪一闪。

巴力笑了，在常玉小肚子上戳一下，说："快歇着吧。一闪一闪的，我可受不了！"

常玉咻咻笑。他们都是野性子，一拍即合。

船与崖壁渐渐拉开空当，巴力一次次甩去，动作幅度越来越大，跳起来，冲扑到船边……

常玉惊叫:"啊唷,你疯了!"在后面抱住巴力。

大抬筐空了。巴力哈咪哈咪喘,汗水糊住眼睛,苍老古拙的崖壁向后退去。一场小雨过后,柠条籽便会扎根,抽芽,摇曳出青枝绿叶,郁郁葱葱,阻止水土流失,保护河道。水上人,拼命护卫自己的饭碗,身家性命啊!

老黑鱼号驶出谷口,天地豁然开阔,河水粼粼闪闪,看见矿山了。

码头上,装卸工们拎着铁锹、扁担,像猴子似欢蹦乱跳,扑向岸边,吵儿巴火:

"来了!盼儿女一样盼来了!"

二

巴力离开码头,去矿山,正赶上矿工升井。井口风门不断轰响,矿工们从千米深炼狱下钻出来,那情景,像瓶塞被打开,魔鬼蹦跳出来一样惊心动魄。

清一色柳条安全帽,清一色劳动布工作服,清一色长筒胶靴。西斜的太阳,把无数支金箭射入眼睛里,金光迸溅,矿工们眯起眼睛啊啊大叫!井下黑黝黝冬暖夏凉,上来后三伏天热浪扑脸,赶紧扒衣服,脱靴子,只剩下一条裤头。地皮灼烫,蹦跳着,把衣裳囫囵卷了一挟,乱纷纷朝矿灯房冲去。

七个收发灯窗口,常玉的四号窗口,正对着井口风门。窗口里,露出常玉的瓜子脸,眼睛里含着撩人的笑,赤裸裸迎接着男人狂潮的冲击。

这工夫,不能凑上去,巴力远远地蹲在一边,看景。

矿工们奔过来,脚跟站稳,啪,常玉便将灯牌扔到了窗台上。入井以牌领灯,升井交灯取牌。常玉只要一见面孔,就知道他是多少号。人一窝蜂拥到窗前,她从蜂房似牌架上嗖嗖嗖摘下一把牌子,同时朝窗口一撒,没差。

别的窗口,一堆人上来,炸窝似乱叫:

"三十八号。"

"一百九十六号。"

"三百二十七号。"

姑娘就蒙了。

"快、快点!"

"咋摊上这么个肉货!"

姑娘手忙脚乱,扔错了牌子,立刻招来更难听的咒骂:

"差了,差了,瞎眼睛了吗!"

"没良心的!把爷们忘了!"

气得姑娘泪眼汪汪。你若是跺脚,反唇相讥,会招来起哄似怪笑,掺着煤末的唾沫星子,能淹死你。何况,哪有工夫,这大堆人没打发净,另一伙人又拥上来。高峰时间,升井的一队接一队,几分钟内便会拥满几十上百号人,像汹涌的旋涡扑向窗口扒拉推搡,你进我出,叫嚷吵骂,乱作一团。

常玉记性好,眼尖手快,从来没压过堆儿,甚至后升井的,比别的窗口先拿到牌。乐得伙计们大叫:"麻溜!找媳妇还得这样的!"矿工们蹦跳着,冲进澡堂。我比你快一步,早伸进水里一条大腿,就心花怒放,好像占了多大便宜。这,成了矿工们的一种乐趣。

巴力津津有味地看着,点燃一支烟。一个伙计走过来,笑嘻嘻道:"哥们儿,赏一口。"俯身接过烟,就那么猫着腰,贪婪地猛吸。在井下憋了八个小时,馋坏了。一支烟,竟陆续被四个伙计借了光。巴力不由得笑了,还是水上人自在啊。

一个黑壮的汉子钻出井口,野蛮地撕扯,几下,扒净工作服,他压根儿没穿衬衣,胸脯、大腿上黑毛汹涌,只余下一条裤头,那疙瘩鼓坨坨的,特号。紧跟着,一个瘦弱的小伙计上来了,黑汉吆喝道:"抱着。"

小伙计像侍候祖宗一样,把黑汉的衣裤一卷,夹在腋下。

巴力厌恶地皱了皱眉,这是个胳膊粗力气大就是爷的地面。

黑汉晃荡到四号窗口前,隔着攒动的人头,把矿灯举向窗口,常玉将他的灯牌嗖地扔出来,黑汉扬手接住,龇出黄牙一乐。

四号窗口前,暂时清静下来。巴力站起身,常玉看见他,一下子眉飞色舞:

"我算计你该来了。"

说着,把头探出窗口,将一团包着肥皂的毛巾扔出来:

"洗澡去！"

浴池里热气蒸腾，白雾翻滚，矿工们下饺子似的挤进去，水面上浮起一层煤末。来晚的，喝黑汤吧。黑汉搓胸脯，蹭脖颈，一把一把，那个狠，大巴掌过处，皮肉紫红。他得意地咋呼："好男一身毛，好女一身膘。哥们儿，亲一口！"

都笑了。

他们"噗、噗"往水里吐痰，"哧、哧"擤鼻涕，在水里洗头，洗脸，洗裤衩，涮臭烘烘裹脚布。

巴力靠池边坐在水里，闭住嘴，阖着眼睛，默默地享受着，默默地忍受着，肌肤泛起水上人铜色的光。

"谁，谁他妈撒尿了？！"黑汉忽然恶喊一声。有时确有坏种，人坐在水里，不动声色地滋上一泡尿，借雾气遮掩，用手划拉水皮，驱散尿泡。

可眼下并没有任何迹象。黑汉块头奇大，心眼却非常小，疑神疑鬼地四瞥，一把抓住巴力：

"是不是你？"

巴力冷不丁一惊，睁开眼睛，心火腾地蹿起："放屁！"

黑汉一怔，竟有人敢跟他戗茬？！

"哪个溜子的？"

"撒开！"

"我欺生！"黑汉狞笑。

巴力挣扎着，要扑过去。

黑汉铁钩般手指，一下抠进巴力的肩胛肉里，掐住了筋。巴力双臂耷拉，一动不能动，疼得咧歪了嘴。说："船上的，来给你们拉煤。"

黑汉脸色缓和，松开了手。

伙计们纷纷笑道："噢，一家子，一家子！"

不少矿工家庭，跟运煤的船队有缘。

过去几十年间，常有贫困山区的姑娘，徒步一二百里，赶到沿河岸边，有的乘一顶花轿——用生产队八仙桌改装的，四条腿朝上，搭接竹竿，轿顶罩上一面土改时留下的红旗，桌底铺床褥子，新娘坐在里面。雇不起吹吹打打的喜匠班子，送亲的人们，褪着袖，背着手，撅达撅达地跟随花轿，逶迤在一线山脊上，十里二十里，没有人说过一句话，偶尔留下几声苍凉的咳嗽……出溜溜滑下山坡，人仰，轿仰，蹬起斜斜的黄尘，惨白的河水梦一样流，等候船队到来，央告，恳求，爬上运煤船。进城，嫁人，嫁给哪一个，不知道，只知道要嫁给下窑的。

赶上大荒年月，矿山的光棍们，聚拢在码头上，望着成批面黄肌瘦的乡下女孩，在亲人陪伴下，怯怯地走下船。模样标致，手脚利索的，一上岸，几句话，就被人领走了。常玉的娘，就是这么过来的。

成家后，她们又常常抱着、牵着嘀里嘟噜的孩子，搭乘免费的运煤船，回娘家。

矿山人，对运煤船队有一种特殊的感情。

一个伙计恍然想起，抓住黑汉耳根道："他是常玉的相好，最近勾搭上的。"

黑汉嘻嘻笑了，对巴力道："来，兄弟，大哥给你搓背。"

巴力余怒未息："不洗了！"转身要跨出池子。

黑汉一把搂住巴力的腰，下巴抵住他的后背，胡楂蹭得巴力火辣辣疼。

都笑了。

巴力也笑了。这货，死乞白赖！

那个瘦弱的小伙计道："水上大哥。咱黑爷们儿狠是狠，可义气。常玉的男人，就是他拼命救出来的。"

黑汉吆喝道："贱嘴！"

小伙计忙咬住舌头。

黑汉道："兄弟，扶住。"

巴力低下头，双手撑住池沿。

黑汉手托热乎乎毛巾，搭在巴力的臀部。

巴力笑道："轻点。"

"孬话！"

黑汉弓着身，给巴力搓背，熊掌似的手竟充满弹性，一下一下，从腰、背爬上肩膀、脖颈。巴力的身上，起了汗泥，肌肤泛出肉红……

黑汉拍了一下巴力的屁股,说:"四姑娘得谢我了!"

哄堂大笑。

巴力身心说不出的惬意,走出澡堂,常玉在外面等他呢。煤矿女工少,没有女堂。常玉在矿灯房洗过脸,脸色光鲜,素花短袖夏衫掖在工装裤里面,浑圆的胳膊上,搭件劳动布作业服,一双颀长的腿,焦急地颠儿着。

巴力扑哧笑了,才反过劲:四号窗口,四姑娘!

三

俩人走下山顶,来到繁华的街市上。街两旁,影剧院、旅馆、商店鳞次栉比。北方的商店,无论大、中、小,只开一两扇门,憋屈得很。唯有这座临水山城,店铺呈开放式格局,柜台有多大,门就开多大,从街上望去,五彩斑斓的货物,亭亭玉立的女售货员,楚楚动人,一览无余。立体声扩音箱里,播放着本城女歌星嗲声嗲气的歌:

  请到我们小城来
  挂在山上的城
  挂在山上的街
  挂在我心上的人
  ⋯⋯⋯⋯

走不多远,就有一家又一家煤店。精选的块煤熠熠闪亮;用煤面做成的蜂窝煤、饼子煤、坯式煤,摞成宝塔形,交错成蜂房形,堆满店堂,论筐、论斤出售,买得多,店伙计挑送到家。

不时有一身白裙的朝鲜族少妇,头上顶着装满狗宝咸菜、酸辣白菜、小咸鱼、熟狗肉的大铝盆,裙裾窸窸窣窣,或拾级而上,或飘一样降下阶梯,走到街边摆着玻璃罩柜的摊床前。矮胖胖扁平脸的男人,举起双手,替女人抱下送货的大盆,竟涨红了脸。

巴力东张西望,看不够陆上风情。常玉伸手一拽,把巴力扯进一条胡同里，从灯红酒绿的闹市，一下子跌入了另一个世界。羊肠小巷黑黝黝，条石梯阶上，泼洇着黏糊糊污水，脚下吧唧吧唧响，霉气味刺激得人头晕胸闷。俩人磕磕绊绊，摸索着往里走，矿工们大多住在这里。

窄巷两侧，矮爬爬平房密布。房趟与房趟之间，只能过去手推车。好日子响晴天，后栋房笼罩在前栋房的阴影里。天头孬了，淫雨霏霏，煤灰泥浆泛滥，猪在烂泥里哼哼着打溺。小孩子们结伙成帮，穿着没膝深的矿靴，嘻嘻哈哈串胡同，闹混得一群小鬼似的。

拉开门，为挡猪，门槛奇高，屋地深，不熟悉的，眼睛发黑走进去，会扑通，跌一下脚，吓出一身冷汗。巴力来过几次，就吃过几次亏，常玉回手搀他，咯咯咯笑："七老八十了？咋没记性！"

中间是厨房，两边住着两户人家。厨房共用，酸菜缸、水缸、煤炭、劈柴、碗橱，挤得满登登。玉米面饼子是家常饭，有啃头，十四印大铁锅，坐得锅台好阔。做饭时，两家的老娘儿们背对背，屁股蹭屁股。

常玉自个儿住西屋。常玉的男人，有点小聪明，模样不算孬，就是吃不了井下的苦，赶上那回落石纷纷大冒顶，吓坏了！说啥也不肯在井下干了。搭船走的，一去不回头，到哪儿去了，鬼知道！

常玉去岸上送男人，河风将她刘海吹得忽撩忽撩，额头高高，眼睛里射出轻蔑的光。

巴力想起来了，那个男人，搭他的船走的。怪不得，常玉头次见面时，说他面熟。巴力是经历过些女人的汉子，却被这个冷俏的少妇折服了。每次航行，巴力都思念她思念得魂不守舍。船返回后，巴力就飞也似的奔上山城……船八天往返一次，巴力一来，俩人干柴烈火凑一堆儿，自自然然烧起来。

常玉点燃炕炉，压上煤泥饼，她知道，水上人贪恋热炕。

把晚上的事准备好，俩人走出来，拐出胡同口，倾斜的街上方，走下个人。常玉眼尖，一眼认出是黑汉。他低着头，肩背上扛副锈迹斑驳的破铧犁。

"你这是做啥？"常玉招呼。

东西撂下了，黑汉直起身，涨红脸，道："井下开拓新掌子，挖出来不少锄头、镐和犁杖，都长绿毛了。"

"卖破烂？"

"嘻，宝贝！我给文物店送去。"

巴力嘴角浮起有趣的笑。

黑汉眨巴眼睛："这犁杖，还有那些锹、镐什么的，把柄都特短，好像小人国使唤的家什，都说出土的东西值大钱。"

这农具是挺怪，常玉生了兴致，蹲下来，用手抠摸湿锈。巴力呵呵笑了："过去哪有这城市。一面山坡都是田，犁地、铲地，依着坡势从下往上干，省劲，犁杖、锄把能不短吗？"

常玉跳起来，活泼地晃着头，对巴力道："你这人，真能扫兴！"

黑汉一脸的沮丧，用手拍拍后脑勺，笑了。船主有见识，黑爷们儿服理！怪不得四姑娘相中了这个水上漂。

四

舱板上，茶炊开了，水汽冲得壶盖噗噗跳。副手啥都准备好了，没想到，又添了条黑汉。巴力掌勺炒菜，装着肉丝、青椒、芹菜、木耳、蘑菇、干豆腐丝的篓子，被他的手一一掠过，犹如燕子点水，迅速轻捷。锅吱啦啦爆响，巴力抓起大勺一掂，菜被抛起一尺多高，火舌忽地吸溜上来，活泼地舔锅底，手接勺响，菜落如卷帘泻玉。

黑汉喝了声："好！"

常玉笑了。另一口锅，水开了，咕嘟嘟翻响，常玉端起一盖帘饺子，扑扑跌跌赶进热气蒸腾的锅里，人烟模糊，诱人极了。

三个汉子大盅大盅喝酒，常玉小口小口地呷，脸腮艳若桃花，扭过脸去，积木式山城恍惚颤抖，矿井巍峨的天轮飞速旋转，令人心旌摇荡。

黑汉动了感情，对巴力道："兄弟，把四姑娘搬上船吧。"

有女人常年伴随在船上，边带孩子，边把针线笸箩摁在怀里，缝缝连连。在舱板上围了鸭栅，只要船停下来，便满河撒放，逗得小孩子爬到船舷边，黑溜溜眼睛看羽毛斑斓嘎嘎声浮满水面，河景如画。船尾，升起袅袅炊烟……

巴力眼睛红了，盯住常玉："俺是水鸭子，上岸给块地方，抖搂抖搂翅膀，晒晒太阳，能舒坦舒坦就知足了，敢有那份奢望！"

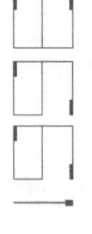

常玉垂下眼睛，一时好静。常玉离不开矿灯房小小的窗口，那是她最适合表现自己风姿的多彩世界。谁也带不走她！

巴力多精明，他知道，太贪，反而什么都会失去。

常玉心里涌起从没有过的负疚，却微笑着，反驳道："你不也是十天八天，打尖似的靠一宿，又要走吗？"

男人有男人向往的天地。这个世界活起来了。不管什么样的男人，都一样留不住，像河水一样泥沙俱下地流走了。

副手感慨地唱起来：

嘿呀嘿呀使劲拉呀

拉上一网刺猬螃蟹屎壳郎

周围船上，响起一片助兴击打声：

螃蟹行路难

刺猬身上光

屎壳郎推着粪蛋子

赶集上市卖麝香

天黑下来，墨绿色河面上，有鱼儿喋水声，活泼的虾米溅出水面，找亮。附近船上，暗红的烟火次第熄灭了。

扑通，水响，白影一晃，扑通，又有人跳下河去。临岸，水不深，船上的女人夜浴了……常玉从舱房里钻出来，围条浴巾，闪出乳罩、吊带。副手和黑汉把眼球搁进酒盅里，巴力抬起头，脸上充满柔情：

"你去？"

常玉像拼命忍住什么似的，咬着微颤的嘴唇，点点头。她手扶船舷坐下，把两条充满青春弹性的大腿伸进水里，波光魅惑地闪烁，一抖，白光晃动，浴巾披落在船上……

五

"巴力,狗娘养的睡死了?!"

码头调度吆喝。

副手被惊醒,懵里懵懂钻出舱房。该死,昨晚喝多了。天已经透亮。巴力跟常玉去城里住下,还没有回来。航运处通知,下游水闸凌晨六时开放,晚了,船就过不去了。

副手焦急地朝山城方向张望。就在这时,一条身影飞也似的跃下梯阶,码头上,玉兰球形组合灯还没有熄灭,泼洒下幽蓝的光,把他的身影扯得好长。

巴力腾地跳上踏板,飞上船,身子没站稳,便转身用双手猛拽,把踏板撤回船上。巴力直起身,一头汗呼哧呼哧大喘,人像从水里捞上来的。

副手蛮有滋味地笑了。

装满乌金的老黑鱼号启动了。

巴力劈叉开腿,眼睛里闪烁着满足的笑,回头一瞥,无数矿工房依山起伏,屋宇汹涌。一只鹰,浮凸在透明的空气里,一动不动。汽笛欢叫,鹰弃天空而去,一面坡错落的山城,缓缓向后仰去……

原载《山花》1998年第5期

点评

谢友鄞的这篇《老黑鱼号的短暂航程》斩获了第四届全国煤矿文学乌金奖。煤炭亦被称为"乌金",小说描绘了一群围绕煤炭而生的人——矿工黑汉、矿山寡妇常玉、船工巴力等。黑汉身上体现出了辽西汉子的凶悍、粗犷,而这种匪气中又往往隐藏着重情重义的英雄气概,他霸道,但对常玉分外怜惜,铁汉也有柔情。巴力虽不是矿工,但他开的货船老黑鱼号将乌金运出矿山,也连接起了矿工们的工作和生活,使他们在此岸与彼岸之间穿梭。在谢友鄞笔下,不仅男人讲义

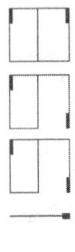

气有血性，女人也坦诚火辣。常玉在矿上负责收发矿灯的四号窗口，精明能干的她是矿工们垂涎的对象，常玉的男人远走异地杳无音讯，这样火辣的寡妇在雄性的领地自然会生出许多爱恨情仇。巴力与常玉之间的因缘际会，与黑汉之间的暧昧，展现了雄壮、果敢的东北汉子的血性和顽强的生命力，以及勤劳、泼辣的辽西女人涉及爱欲情仇、自由的原始生命哲学。谢友鄞的这篇小说刻写了作为文化符码的人物群像，与他其他描写辽西人、情、景的小说一起呈现了特有的地域文化和时代精神。文学之所以具有强劲的生命，正因为对地域、时代、活生生的人的关注。

谢友鄞自己曾说："我拥有的两个世界——我生活的辽西和我小说中的辽西，充满地域文化神韵。这种韵味，体现在人的身上，尤其展现在现实人物的身上。……'人'字最简单易写，只有两笔，一撇一捺。一撇象征男人，体现阳刚之气；一捺代表女人，体现阴柔之美。从"人"字结构看，就是相互支撑。作为万物之灵的人，从呱呱坠地到撒手人寰，时刻离不开他人的支撑，也应当念念不忘支撑他人。"谢友鄞的这篇《老黑鱼号的短暂航程》，是其小说王国中的重要一环，与他的其他小说共同在当代文学中树立起了独特的文学风貌，在对一个又一个人的刻画与描摹中，垒叠起一种牧歌式的精神。这是一种关心人类的精神、欲望、生存，探寻原始人性，追溯历史的情怀，承载着东北地域的粗粝与柔情、广袤与细腻。这使读者在浓郁的辽西风情中，在人类原始的生命力中，不知不觉坠入作者构建的文学世界，不断对人类、自然和生命，对过去、现在和未来进行拷问与探寻。就像小说的最后，巴力又一次拔锚起航……

（朱旭）

梅妞放羊

/刘庆邦

太阳升起来，草叶上的露珠落下去，梅妞该去放羊了。梅妞家的羊只有一只，是只白白净净的水羊。他们这里不把母羊叫母羊，叫水羊。水羊拴在石榴树爬出地面的树根上，梅妞刚去解绳子，水羊像是得到信号，就直着脖子往外挣，把绳扣儿拉得很紧。一个水羊家，不能这样性子急！梅妞不高兴了，停止解绳扣儿，对水羊说："你挣吧，我不管你，看你能跑到天边去！"

水羊挨了吵，果然不挣了，把绳子放松下来。水羊还自我解嘲似的低头往地上找，找到一根干草茎，用两片嘴唇拣起来，一点一点地吃。梅妞认为这还差不多，遂解开绳子，牵着羊往院子大门口去了。一群绒团团的小炕鸡跑过来，像是一致要求梅妞姐姐把它们也带上，它们也想到外面去玩耍。梅妞嫌它们还小，不会躲避饿老雕，扬着胳膊把它们撵回去了。小炕鸡们仰着小脑袋细叫成一片，似乎对梅妞只跟水羊好不跟它们好的做法有些意见。

梅妞手上牵着羊，胳膊上还挎着荆条筐，筐里放着一把镰刀和一只掉了手把儿的大茶缸。这就是说，梅妞把羊的肚子放饱还不算，还要顺便割回一筐草，镰刀就是割草用的。那，大茶缸是干什么用的呢？拿它到河边舀水喝吗？茶缸太破旧了，不光掉了把儿，漆皮也几乎脱落尽了，露出锈迹斑斑的内胎。没关系，大茶缸是用来盛羊粪蛋儿的。羊吃了草，就会拉羊粪，爹要梅妞把羊粪捡回来，说羊粪是好肥料。上到豆角地里，豆角结得长；上到韭菜地里，韭菜叶长得宽。梅妞听话，每天都捡回半茶缸到一茶缸粒粒饱满的羊粪蛋儿。

梅妞放羊是在村南的河坡里，那里的草长得旺，长得嫩，种类也多。她牵着羊登上高高的河堤往下一看，就高兴得直发愁：满坡青草满地花，俺家的羊哪吃得赢呢，这不是成心要撑俺家的羊吗！她对羊说："羊，羊，吃草归吃草，不许吃撑着，吃撑了肚子疼。"羊拐过头看看她，像是把她的话听懂了。羊开始吃草，她也低着头在草丛里找吃的，她找的是野花的小花苞。有一种花的花苞，看上去像个小绿球，剥去那层绿衣，鹅黄的花蛋蛋就露出来了。花蛋蛋刚放进嘴里有些苦苦的，一嚼香味就浓了。她把这种花苞叫成"蛋黄"。还有一种花的花苞是细长的，里面的花胎呈乳白色，吃起来绵甜绵甜。她把这种花苞叫成"面筋"。吃罢"蛋黄"和"面筋"，就该吃"甘蔗"和"蜜蜜罐儿"了，她想吃什么就有什么。

梅妞看见，她家的羊光吃草不吃花，红花不吃，黄花、蓝花也不吃，一吃到有花朵的地方，羊的嘴就绕过去了。羊的牙齿很快，大概比剪苹果枝用的大剪刀还快，羊嘴经过之处，参差不齐的青草就被"修理"平了。而草平下去之后，那些剩下的各色花朵儿等于被高举起来，在微风吹拂下轻轻颤动，格外显眼。梅妞不明白羊为什么不吃花，难道这只羊是一个爱花的人托生的，一见到花就嘴下留情了？她采了一朵小白花，送到羊的嘴边，要试试这只羊到底吃花不吃花。她说："羊，这花甜丝丝的，很好吃，你尝尝吧！"羊用鼻子嗅了嗅，没有尝花，接着吃草。梅妞又采了一朵紫花送到羊嘴边，羊还是不吃。梅妞心里不觉沉了一下，看来这只羊的前生真是一个爱花的人。再看羊时，梅妞的感觉大不一样，她看羊的眼睛，越看越像人的眼睛。羊的眼圈湿润，眼珠有点发黄。羊的眼神老是那么平平静静，温温柔柔。看来任何人的眼睛也比不上羊的眼睛漂亮，和善。

太阳往头顶走，梅妞的草筐装满了，羊也差不多吃饱了。阳光暖洋洋的，晒得梅妞和羊都有些慵懒，梅妞想躺在地上睡一觉。可她对自己说，不许睡觉。要是睡着了，羊被人牵走怎么办？她把羊绳拴在装满青草的筐系子上，自己也趴在草筐上。似睡非睡之间，她开始唱歌。她没学过唱歌，所唱的歌都是自己随口瞎编的，看见什么就编什么。比如她这会儿看见的是羊，就拿羊做唱词。她唱的是："羊啊，你的亲娘在哪里呀？你的亲娘不要你了，你是个没娘的孩子啊！"她看见羊的眼圈比刚才还湿，接着唱道："羊啊，没有亲娘不要紧哪，没人要你我要你，我来当你的亲娘吧……"

草筐突然倒了，梅妞往前一磕，差点也倒了。睡意蒙眬的梅妞吃了一惊，她第一个反应是有人要夺她的羊。谁?她跳起来一看,大河坡里静悄悄的,连个人影也没有。远处一座废砖窑,窑顶有几缕白云。近处有一孔石桥,桥下的流水一明一明地放光。不用说,草筐是被羊拉倒的,羊大概渴了,要到水边去喝水。梅妞说:"羊,你吓我一跳。想喝水不会说吗?你的嘴呢?哑巴啦?我打你!"梅妞说打羊,只是说说而已,她才舍不得动羊一指头呢,因为羊身上怀有羔儿。水羊是爹从三月三庙会上买回来的,爹把羊一领回家,就交给梅妞了,说羊肚子里有羔儿,千万别碰着羊的肚子,也别让羊跑得太快。爹给梅妞许了一个愿,等羊生下羔子,等羔子长大卖了钱,过年时就给梅妞截块花布,做件花棉袄。梅妞长这么大从没穿过花棉袄,每年穿的都是黑粗布棉袄。她做梦都想穿花棉袄。羊羔儿是梅妞的希望,花棉袄是梅妞的念想,梅妞把希望和念想都寄托在羊肚子上了。

河里的水不是很深,有些泛白,岸边长着一丛丛紫红的芦苇。梅妞分开芦苇,把羊牵到水边去了,让羊喝水。羊一站到水边,水里就映出羊的影子。水边的羊低头喝水,水里的羊也低头喝水,它们不像是喝水,像是要亲一个嘴。嘴一亲到,羊影子就被圈圈涟漪弄模糊了。喝完了水,羊没有马上离开的意思,而是饶有兴致似的往河里看。河里长着不少水草,有花叶的,也有圆叶的。水草上趴着一些年轻的青蛙,在"格哇格哇"乱叫。有的不光叫,还跳来跳去互相追逐,搞得水面很热闹。梅妞看见一只胖青蛙背上驮着一只精干的瘦青蛙,两只青蛙的尾部紧紧贴在一起。她知道青蛙在干什么,觉得这样不太好,大白天的,干什么呀!她弯腰捡起一块土坷垃,朝那对青蛙投去。她没投中青蛙,只激起一些水花。水花落在那对青蛙身上,它们竟然不受影响,只把鼓着的眼睛稍稍闭了一下,继续做它们的事。梅妞又抓了一把散土,向那两个旁若无人的家伙撒去,散土撒开一大片,把那对青蛙打中了,它们腿一弹,往水里潜去。潜水时,它们一驮一,仍不分开。刚潜了一会儿,两个闪着水光的小脑袋就从水里冒出来了,似乎比刚才贴得还紧。梅妞骂了青蛙一句"不要脸",对羊说:"走。咱不看!"牵着羊离开了。

梅妞把耳朵靠在羊肚子上,想听听羊羔儿有没有动静。羊的肚子往两边鼓着,显得很突出,可里面一点声音也没有。她想,小羊羔儿可能还在闭着眼睡觉，还没有睡醒。

在此后的日子里，梅妞每天都像听诊一样听水羊的肚子。终于有一天，梅妞觉出羊肚子里面动了一下，动作不大，就那么缓缓的，大概是羊羔翻了一个身，或伸了一个懒腰。梅妞很欣喜，对羊说："羊，羊，你的孩子动了，你觉到了吗？"

羊咩叫了一声，仿佛在说，它早就知道了。

梅妞还注意到了水羊的奶子，那只奶子一天比一天饱满，一天比一天往下坠，像瓜架上结的一个大吊瓜。"吊瓜"大概已开始储存汁水，看上去沉甸甸的。梅妞不知羊嫌不嫌沉，她有点替羊嫌沉。由于羊的奶子太膨大，挨到了两条后腿，羊一迈步，腿帮子就把奶子蹭得往前悠动一下。梅妞不知羊嫌不嫌碍事，她有点替羊嫌碍事。最好看的是羊奶子下面长的两个奶穗子，奶穗子圆圆的，长长的，颜色有些发粉，上面长着一些极细的绒毛，让人一见就禁不住想伸手摸一下。梅妞好几次想摸，都没摸。水羊还没生过孩子，一定很害臊，很怕痒，不愿意让别人碰它的奶穗子。有一天，梅妞忍不住，到底把羊的奶穗子摸到了。和她猜想的一样，羊不愿让她摸奶，她刚摸了一下，水羊就抬起蹄子，三弹两弹把她的手弹开了。水羊很不客气，有一蹄子弹在她的手背上，把手背弹破了一块油皮。梅妞没有恼，从地上捏起一点土面面敷在破皮处就拉倒了。她能谅解羊，是因为她身上也有奶子，她的奶子也发育得鼓堆堆的了，别人甭说动她的奶子，就是看一眼她也不让。将心比心，人和羊都是一样的。

南风带了熏气，大麦黄芒，小麦也快了。梅妞掐两穗小麦，在手里揉揉，吹去糠皮，白胖带青的麦粒子就留在手心里了。她很喜欢吃这样的新麦，一嚼满口清香。现在她把口水咽下去，先喂她家的羊。水羊快要做母亲了，需要增加营养。羊母亲营养好了，生下的羊羔儿就壮实，奶水就充足。羊在她手心里吃麦时，两片颤动的嘴唇拱得她手心发痒，她不由得嚷："哎呀，痒！痒！"既然怕痒，就别让羊在手心里吃了，可她下次揉好的麦，还是让羊在手心里舔，她还是嚷痒。

羊下羔儿是在一天早上。那天早上天气很好，桐树上喜鹊叫，椿树上黄鹂子叫，院子里鸟语花香，喜气洋洋。爹在院子里扫地，娘在灶屋里做饭。梅妞也起来了，对着窗台上的镜子梳头。梅妞听见羊叫了一声，叫得声音很大，不似往日。她往窗外一看，见羊已躺倒在地上。她以为羊生病了，刚要跑出去看究竟，见爹已过去了，娘也从灶屋跑出来了。爹对娘说，羊要下羔儿了，要梅妞她娘赶快去熬一锅小米汤给羊喝。当地有规矩,羊下羔儿,猪生崽儿,未出嫁的闺女是不许看的。梅妞知道规矩,不出去看。羊的叫声越来越大,简直有些凄厉。梅妞隔着窗棂看见,羊每叫一声,屁股就往上抬一下。她知道,一定是羊疼得受不了才这样叫。她很替羊担心,胸口怦怦乱跳。她不敢再往窗外看,手捂胸口退回到床边坐着。邻居二婶生小孩儿时就叫得很厉害,可把二婶的婆婆慌坏了,一个劲地烧香念佛。二婶把孩子生下来后就不叫了。梅妞相信她家的羊会跟二婶一样,叫一会儿就能把孩子生下来。她在心里默默地替羊念话,孩子孩子疼你娘,羊羔儿羊羔儿快出来……念着念着,不知为何,她鼻子酸了一下,眼圈儿也红了。

等水羊把羊羔儿全都生出来后,爹才喊梅妞出去看。爹的声调透着高兴,说:"梅妞,咱家的羊生羔子了,生的是龙凤胎,一只小水羊,一只小骚胡,你快来看!"

梅妞出去一看,水羊已站起来了。水羊又恢复了平静,目光里充满温爱。她几乎不敢相信刚才那骇人的叫声是水羊发出来的。两只小羊羔儿也站起来了,它们的蹄甲子似乎很软,腿也很软,摇摇晃晃,老是站不稳,像两个小醉汉。说它们像醉汉,其实它们一点也不醉,小家伙能着呢,刚睁开眼就知道找奶吃,就摇晃着奔奶子去了。羊母亲没让它们马上吃奶,先舔它们身上黏黏的羊水,再舔它们的背,舔它们的小耳朵,舔它们的眼睛,全身无处不舔到。小家伙似乎有点不耐烦,想往母亲身子下面躲。羊母亲毫不放松,舌头追着它们舔。羊母亲舔得很负责,很用力,舔过之处,羊羔儿身上的毛就丝丝缕缕支棱起来,有了羊的模样。梅妞很想摸一摸小羊羔儿,小羊羔儿身上一定很柔软,很好玩。她蹲下身子,把手伸了一下,又缩回来了。她的手又粗又硬,怕把小羊羔摸疼了。她看见羊母亲也不愿意让她摸它的宝贝儿,目光很警惕的样子,她刚把手伸出去,羊母亲的嘴就巧妙地阻止了她,羊母亲装作很友好地嗅她的手,其实是在保护自己的羔子。

两个小家伙也算机灵,羊母亲的注意力稍有转移,它们就趁机钻到母亲肚子下面,分别叼到一只奶头吃起来。它们天生很会吃,把整个奶头部含在嘴里,仰着小脸,吃得又香又甜。吃着吃着,它们用嘴和额头往奶上顶两下，再接着吃。它们顶得很猛，很用力，把看上去硬邦邦的大奶顶得有些变形。顶过之后，小羊羔儿吃得咕噔咕噔的，两边的嘴角盈着白浆浆的奶汁子。梅妞对小羊羔儿这样的做派有些看不惯，吃奶就该好好吃奶，瞎顶什么！她嫌小羊羔儿太调皮了，对母亲也不够心疼。不知为何，小羊羔儿每顶一下奶，她似乎觉得自己身体某处也被顶了一下，并隐隐地有些痛。奇怪的是，水羊安之若素，好像一点不反对两个孩子顶它的奶。梅妞对水羊这样娇惯孩子也保留了自己的看法。

梅妞的队伍壮大了，再下地放羊，她身后由一只羊变成三只羊。为了便于称呼，她给两只小羊起了名字，小水羊叫皇姑，小骚胡叫驸马。她说皇姑你来，驸马你去，一副统领三军的气派。皇姑和驸马到了遍地青草的河坡里，对草一点也不稀罕，只是贪玩，撒欢儿。它们撒起欢儿来四蹄腾空，外带空中转体，是很好看的。皇姑和驸马还跃起来抵头。它们不是真抵，别看身子立起来，小眼儿斜视着，样子挺吓人的，落地时两个羊头却没有发生碰撞，只是蹭一蹭而已。有时它们走得远些，水羊轻唤一声，它们就打着旋子跑回来了。一回到母亲身边，就迫不及待地吊在奶穗子上吃奶，仿佛刚才把吃奶的事忘记了，现在又想起来了。它们的嘴嚅动着吃得很快，顶奶顶得也很勤，驸马顶两下，皇姑也要顶两下，跟比赛一样。梅妞说："驸马，驸马，不许顶！你听见没有？"驸马不听话，她强行把驸马从水羊奶穗子上拽下来了，由于驸马叨着奶穗子不愿意松口，把奶穗子像拽橡皮筋一样拽得很长。梅妞把驸马抱起来，先摸驸马的头顶，看驸马长角没有，要是长了角，谁也受不了它那样顶法。还好，驸马头顶平平的，似乎还有些软，该长角的地方连一点长角的迹象都没有。驸马在梅妞怀里很不老实，向羊母亲那里挣，看样子还是要吃奶。梅妞惩罚它似的偏不放它走，而是把一根手指头放到它嘴边去了，看它吃不吃。手指头的形状跟奶头差不多，梅妞想试试驸马能否分清指头和奶头。驸马真是个小傻瓜，它那温嫩的嘴唇居然把梅妞的指头吮了一下。这下可不得了，一种从未有过的奇异感觉通过指头掠过全身，好像驸马颤动的嘴唇不是吮的她指头，而是把她全身都吮到了。这时梅妞产生了一个最大念头，驸马吮一下她的指头尚且如此，倘是驸马的热嘴把她身上的奶头吮一下又该如何？这个念头一出现，她的脸忽地红透，心口也怦怦乱跳。她像是怕被人看破她的念头似的，悄悄转过头前后左右看。河坡里没有人。有太阳，还有风。风一阵大一阵小。风大的那一阵，草被吹得泛着白，像满坡白花。风一过去，草又是青的。草丛里蹿出一条花蛇，曲曲连连向水边爬去。花蛇所经之处，各色蚂蚱赶快蹦走或者飞走了，引起一阵小小的动乱。蛇一入水，蚂蚱们很快恢复安静。岸上的庄稼地边有一个瓜庵子，瓜庵子大概已经废弃了，上面搭的草经风刮雨淋变得非常黑。梅妞相信，瓜庵子里也不会有人。她有些不放心，放下驸马，到瓜庵子里看过，真的没有人。瓜庵子的地上铺着一层干高粱叶，里面散发着甜瓜的香味。她没有马上离开，在瓜庵子里待了一会儿。她觉得这地方不错，可以做一点秘密事情，比如说，她在这里把自己的上衣解开，把奶子露出来，让小羊羔儿吃一吃，谁也不会知道。也许小羊羔儿不愿吃她的奶，她的奶没有水羊的奶大；水羊的奶里有奶水，她的奶里没有奶水。好比她的奶是一只梨子，梨子还半生不熟呢！

自从水羊生下羔子之后，就不再反对女主人梅妞摸它的奶。梅妞从瓜庵子里出来，挤出一股羊奶，用指头蘸着尝了尝，羊奶淡淡的，有一点甜，用舌尖咂咂，还有一点面，怪不得小羊羔儿吃得那么欢，奶水的味道是不赖。

这天，梅妞没有让羊羔儿吃她的奶，但这个念头再也放不下，一看见皇姑和驸马吃奶，她的念头就升起来了，升到胸前的高处不算，还往高处的顶端升，弄得她的念头越来越强烈。有一天午后，梅妞趁四下里无人，把三只羊领到瓜庵子里去了。她坐下来，把驸马抱上怀，解开上衣的扣子，把一只奶露了出来。她像喂婴儿的妇女那样，一只手把驸马托抱着，一只手捏着奶往驸马嘴里送奶头。她的奶头有些小，还害羞似的缩着。梅妞把奶头往外拉了拉，以便驸马能吃到。不料驸马不知趣，使劲别着脸，对小主人送到嘴前的奶连挨一下都不挨。它不吃奶，还挣扎着瞎叫唤，好像谁要害它一样。驸马一叫唤，梅妞紧张了，出了一头汗。她慌乱地把驸马的毛嘴摁在她奶上，驸马还是不张嘴。这个事情既然做了，就得做成它。梅妞想了个主意，把水羊的奶水挤出一些，聚成奶珠儿挂在自己奶头上，拿水羊的奶珠儿做诱饵，看驸马吃不吃。这个主意生效，驸马果然噙住她的奶头吃了一下。她只让驸马吃了一下，还没等驸马吃第二下，她就禁不住叫了一声，猛地把驸马推开了。那种感觉奇怪得很，说疼有点痒，说痒有点麻，说麻有点酥，连指甲盖儿都痒酥酥的、麻酥酥的，真让人有点受不了。梅妞骂了驸马:"驸马,谁叫你吃人家的奶?人家还是闺女家你不知道吗?你真不要脸!"骂着驸马,她觉得仿佛真的受了委屈,眼里泪浸浸的。她把奶子收起来,用衣服大襟盖上,并系上了扣子。把奶子藏起来后,她对驸马的态度好了些,把驸马叫成乖孩子,说乖孩子吃饱了,到一边玩去吧。

过了一会儿,梅妞禁不住如法炮制,又让驸马吃她的奶。奇怪的感觉迅速传遍全身,她再次把驸马推开了。这次她骂自己:"梅妞,你完了,你的奶让人家吃了,你在瓜庵子里生孩子了!"她刚觉得应该哭,眼泪就下来了。

水羊走到梅妞身边去了,轻轻嗅了嗅她的手。梅妞刚才做那一切时,水羊一声不响地看着她,既不惊讶,也不生气,目光平静得很,好像两个孩子是他们共有的,吃谁的奶都是一样。水羊这样的姿态让梅妞有些感动,她一下抱住水羊的脖子,把自己的脸贴在水羊的脸上。

皇姑大概有些失落,在一旁叫起来。皇姑的叫声使梅妞得到新的借口,她说:"皇姑你不用叫,我知道你,我让驸马吃奶了,没让你吃奶,你就不满意对不对?你们俩都是我的孩子,我对谁都不偏心,来,你也吃一口。"皇姑比驸马吃得深,会吃,吃得梅妞直"哎呀",直嚷"我的亲娘哎"。

梅妞看见,一个拾粪的男人一路低头瞅着,沿河坡过来了。梅妞立即停止她的秘密行动,领着羊从瓜庵子里走出来。她怕那个男人在她脸上看出什么秘密,就不看那个陌生男人。谁知那个男人是个多嘴的人,与梅妞和羊走碰面,他夸梅妞的羊不错啊。梅妞装作没听见,不跟他搭腔。梅妞捡的半茶缸新羊粪在地上放着,男人瞅了瞅,问梅妞捡羊粪干什么。梅妞还是不理他。那人喊梅妞"这小妮儿",问她为什么不说话,还问她:"你捡羊屎蛋儿是回家当豆子下锅吃吗?"

这回梅妞不说话不行了,她生气地说:"你们家才拿羊屎蛋儿下锅呢!"

那个男人嘻嘻笑了:"我还以为你不会说话呢,原来会说话呀!我告诉你,你可不敢骂我,你要是骂我,我就把你放倒,摸你的奶。反正这河坡里也不会有人看见。"

梅妞被陌生男人的话吓坏了,她满脸通红,衣襟下面的两只奶子有些胀疼,仿佛已被坏人摸到了。她躲着那个男人,不敢再说一句话。倒是水羊敢说话,水羊冲拿铁锨的男人叫了一声,并且毫无惧色地看着那个男人,看样子那个男人要是敢接近她,它就会用头相抵抗。两只小羊也在水羊左右贴身站着,像两个小保镖。羊的良好表现给梅妞壮了胆，使她记起自己是有"队伍"的人，她把头发向后扬了扬，说："羊，羊，咱们走！"

既然梅妞让两只小羊羔儿吃了她的奶，她就把小羊羔儿当成自己的孩子，对它们很亲。晚上，梅妞睡在屋里，羊们睡在院子里，小羊只要一叫，梅妞会马上爬起来到院子里看看，她怕野猫、黄鼠狼什么的吓着小羊。重新回到睡梦里，她把小羊羔儿也带到梦里去了，让小羊羔儿贴着她的身子睡，一边是驸马，一边是皇姑。梅妞摸着它们，它们背上光光的，小屁股滑溜溜的，怎么不见它们身上的毛呢？梅妞似乎想起来了，她搂的不是小羊，是小人儿。这两个小人儿是她亲生的，一个是男小人儿，一个是女小人儿，她还分别给他们起了名字，一个叫驸马，一个叫皇姑。生了小人儿，就得给小人儿喂奶。她把两个奶做了分配，驸马和皇姑每人一个，谁也不准抢别人的。她还对皇姑和驸马说："你们是人，不是羊，吃奶时好好的，不许乱顶，谁乱顶我就揍谁的屁股。"驸马和皇姑调皮，不听说，刚吃两口就开顶，比小羊羔儿吃奶顶得还劲。梅妞生气了，把奶头从他们嘴里摘出来，以家长般的严厉口气把驸马和皇姑教导了一通。她教导的声音有些大，把娘给惊醒了。娘轻轻地喊她，问她做梦听什么戏呢，又是皇姑又是驸马的。梅妞醒过来，知道自己的梦话被娘听去了，羞得双手捂胸，不敢出声。娘问她听的什么戏，什么戏呢？反正是戏台上的戏，不是放羊的戏。

有一天，梅妞放羊走得离村远了些。几声雷鸣，黑云陡起，眼看要下一场大雨。如果这时回村，中途一定会被浇在雨地里。她自己不怕雨浇，小羊怕雨浇，要是大雨把小羊浇病就不好了。她当机立断，赶紧把羊领到附近那个废砖窑里去了。他们前脚刚躲进砖窑的门洞，大雨后脚就追来了。那雨真大呀，大得好像天塌了，地陷了，没了天，也没了地，光剩下水。拱形的门洞上方，雨水大块大块往下掉。敞着口子的砖窑也呼呼地往里面灌水。混浊的水汤子霎时就把梅妞的双脚埋住了，盛羊粪蛋的茶缸子像小船一样漂着直打转。梅妞把两只小羊抱起来，紧紧抱在怀里。她觉出来了，两只小羊的心脏在咚咚地跳，它们是害怕了。小羊的心跳传染给了梅妞，梅妞的心也不由得跳起来。梅妞害怕另有一层原因，她记起听人说过，这砖窑里藏有一条大蟒蛇，蟒蛇的头大得像笆斗子，嘴一张像血盆子，吃兔子吃鸡都是生吞。还说蟒蛇的吸力很厉害，有野兔到窑口停留，它并不出来，只待在暗处一发吸力，野兔就连滚带爬、稀里糊涂地跑进蟒蛇肚子里去了。梅妞担心，倘若蟒蛇这会儿发现了他们，用嘴一吸，她和羊恐怕都活不成，都得成为蟒蛇的腹中之物。想到这里，她不免往砖窑深处瞥了一眼，里面阴森可怖，窑壁上残留的三条半圆形烟道，每一条都像蟒蛇的身子。她打了个寒战，头微微有些发晕。她想，这不行，蟒蛇吃她可以，要是吃她的水羊母亲、驸马和皇姑，说什么也不行，她拼死也要保护它们。她把驸马和皇姑放到一只胳膊上集中抱着，腾出一只手来，把草筐上的镰刀抽出来了。她准备好了，蟒蛇胆敢出来，她就用镰刀往蟒蛇头上猛砍一气，把蟒蛇的眼睛砍瞎。就算蟒蛇把她吞进肚子里，她也不放下镰刀，还是要砍，最好能把蟒蛇的肠子砍断，肚皮砍破，让蟒蛇永远吃不成东西。她不知不觉地把镰刀握得紧紧的，嘴唇绷着，双目闪着不可侵犯的光芒，一副随时准备拼杀的样子。

这时，她听见滂沱大雨中有人喊她的名字："梅妞——梅妞——"她透过雨幕往外一看，是爹找她来了，爹头戴斗笠，身穿蓑衣，正跌跌撞撞地跟狂风暴雨搏斗。

"爹，我在这儿——"梅妞只答应了一声就答应不成了，她哭了，喉咙哽咽得发不出声音。

驸马和皇姑一天天长大，它们早就不吃奶了，大口大口吃草，吃得膘肥体壮，一身银光。临近春节，爹要把驸马和皇姑牵到集上卖了。梅妞舍不得，搂着驸马和皇姑哭成个泪人儿。可爹还是背着梅妞把驸马和皇姑卖了，也没有给梅妞买做花棉袄的花布，却背回了一只半大的猪娃子。猪娃子长得很丑，比猪八戒还丑，梅妞看一眼就够了。爹一把猪娃子放在地上，猪娃子就扯着嗓子大叫。猪娃子叫得也很难听。

爹只给梅妞买回一块包头用的红方巾。爹说，卖羊的钱买了猪娃子就不够截花布了，等水羊再生了小羊，等小羊再长大，等他把小羊再卖掉，一定给梅妞截块花布，做件花棉袄。

梅妞没说什么，又开始了新一轮放羊。

原载《时代文学》1998年第5期

点评

《梅妞放羊》写了野蛮生长于乡间的少女梅妞的一段青春期成长经历，用几帧简单的生活画面，将少女梅妞内心深处若隐若现又渐趋强烈的青春意识的萌发和生命意识的萌动呈现出来。将青春期少女内心情感的变化，这种喜悦、好奇乃至战栗，与羊形成一种密切的相互照应。比如：梅妞观察到了水羊"沉甸甸"的奶子和"圆圆的，长长的，颜色有些发粉，上面长着一些极细的绒毛，让人一见就禁不住想伸手摸一下"的奶穗子；看到水羊一天比一天饱满的奶子，梅妞联想到自己"发育得鼓堆堆的"奶子；听到水羊产崽时凄厉的叫声，梅妞"鼻子酸了一下，眼圈儿也红了"；后来水羊生了小羊崽，梅妞学着水羊的样子让小样吮吸自己的奶子……这都是以动物为参照，将这份纯洁化入诗意的大自然中，在不动声色中映射梅妞对于身体的初步感觉，和她生命意识在青春期的强烈萌动，更激发出她强烈的母性。不过少女这份对身体和生命秘密的探寻，缺乏引导与呵护，她只能在与自然万物的相处中，自我感悟和摸索。当爹瞒着梅妞把"驸马"和"皇姑"卖了，"也没有给梅妞买做花棉袄的花布，却背回了一只半大的猪娃子"的时候，梅妞的希望和念想都破灭了，此时物质的需求再一次碾轧、遮蔽了一个青春期少女的精神需求。梅妞与小羊们之间有生命意识的连接，梅妞对花棉袄的念想是一个少女在生命意识萌动过程中超越了物质需求的精神需求。但也不能因此就苛责梅妞的父亲，因为他虽然生活于诗意盎然的田园，但物质生活依旧困顿，要求他关注、呵护人的生命成长和意识觉醒便显得有些苛刻。

这篇小说几乎让人觉察不到明显的故事情节，更没有跌宕起伏的节奏感，只是不厌其烦地描绘一个农村少女每天放羊的情景，从放一只母羊，到放三只羊。这让人不由自主地联想到沈从文的《边城》，如一首悠扬的田园牧歌，又如纯净而美妙的天籁。除了《边城》，还有鲁迅的《社戏》、萧红的《呼兰河传》等，《梅妞放羊》与这些小说一脉相承：不着力于编造惊心动魄、引人入胜的故事，而是描绘充满意境与情调的心灵世界和生活场景，从而抒发浓郁的情感，使读者更真切地感悟生活和生命。《梅妞放羊》就采用这种诗化的小说创作方式，讲一个少女青春期的隐秘心理，用含蓄、写意的手法，将充满慈爱的脉脉温情描绘出来。更难得的是，作为一个男性作家，刘庆邦并没有带着浓郁的窥秘兴致去故作谄媚姿态,以此来取悦大众。原因就在于作者的书写并不纠缠于"欲望化"的展示,而是强调在一种人与自然的生命同构中获得关于内心情感与生命的启示。

(朱旭)

拇指铐

/莫 言

一

临近黎明时，阿义被母亲的呕吐声惊醒。借着窗棂间射进来的月光，他看到母亲用枕头顶着腹部跪在炕沿上，双手撑着席，脑袋探出去，好像一只鹅。从她的嘴巴里，吐出一些绿油油的、散发着腥臭气味的东西。他跳下炕，从水缸里舀来半瓢水，递过去，说："您喝点水吧。"母亲抬起一只手，似乎想接住水瓢，但那只手在空中抡了一下就落下了。她身体抽搐着，又搜肠刮肚地吐了一阵，然后呻吟着说："阿义……我的儿……娘这次犯病，怕是熬不过去了……"阿义的眼里悄悄地涌出了泪水。他鼓着气力，雄壮地说："您不要说丧气话，我不喜欢您说丧气话。我这就去胡大爷家借钱，借了钱，去镇上搬医生。"母亲抬起头，脸色比月光还白，双眼幽幽，盯着阿义，说："儿子，咱不借钱，这辈子……不借钱……"她从脑后拔下两根银钗，递给阿义，说："这是你姥姥传给我的，拿去卖了，抓两服药吧……娘实在是活够了，但我的儿，你才八岁……"她从炕席下摸出一张揉皱的纸片，说："这是上次用过的药方……"阿义接过药方，看一眼母亲半掩在散发中的明亮的眼，说："我跑着去，跑着回。"他将水瓢中的凉水一饮而尽，将银钗和药方仔细地揣入怀中，然后投瓢入瓮，抹抹嘴，高声道："娘，我去了。"

在明晃晃的月光大道上，他看到自己瘦小的身体投射出摇摇晃晃、忽长忽短的浅薄暗影。村子里一片沉寂，月光洒在路边的树木上，发出飒飒的响声。路过胡大爷家的高大院落时，他蹑手蹑脚，连呼吸都屏住，生怕惊动了那两条凶猛的狼犬。但到底还是惊动了那两条狼犬。它们从铁门下的狗洞里钻出来，昂着头咆哮着。在清凉的月色里，它们的眼睛放出绿光，它们的牙齿放出银光。阿义手里抓着一块砖头，胆战心惊地倒退着。那两条狼狗并不积极追他，叫嚣着送了他一段，便退了回去。阿义松了一口气，扔掉了手中的砖头。刚走出村子，他便撒腿奔跑。凌晨的凉风鼓舞着他的单薄衣服，使它宛若沾满银粉的黑蝶翅羽。

跑到著名的翰林墓地时，他的步子慢了下来。他感到急跳的心脏冲撞着肋骨，像一只关在铁笼中的野兔。他抬头看到，八隆镇榨油厂里那盏高高挑起的水银灯遥遥在望，仿佛一颗不断眨眼的绿色晨星。他跑得汗流浃背，腹中如火。沿着杂草丛生的道路斜坡，他下到马桑河边。连年干旱，河里早失波涛。河滩上布满光滑的卵石，在月下闪烁着青色的光泽。断流的河水坑坑洼洼，犹如一片片水银。他跪在一汪水前，双手撑住身体，脑袋探出去，低下去，像一匹饮水的马驹。喝罢水立起时，他感到肚子沉重，脊背冰凉。

重新上路后，他的肠胃咕噜噜地响着，腥冷的水直冲咽喉，促使他连连打嗝。他用手挤着肚子，吐出一些冷水。吐水时他想到了跪在炕沿上吐血的母亲，心中不由得一阵酸痛。摸摸怀中的银钗和药方，硬硬软软的都在。起步又要跑时，就听到身后传来一声凄厉的惨叫。他的脊背一阵酥麻，毛发根根竖起。猫头鹰一叫就要死人，老人们都这样说，母亲也曾说过。母亲惨白的脸浮现在他的眼前。她一张口，吐出了黑色、黏稠的血，仿佛熔化的沥青。猫头鹰又一声叫，似乎在召唤他。他不由自主地回过脸，看到高大的石墓前，那两匹肥胖的石马，那两只臃肿的石羊，那两个方头方脑的石人，还有那张光滑的石供桌。去年为母亲抓药归来时他曾坐在石供桌上休息过。据说墓地里原有几十株参天的古柏，但现在只余一株碗口粗的松树。在黑黢黢的针叶间，有两点儿火星闪烁，那是猫头鹰的眼睛。它发出一声严肃的鸣叫，华羽翻动，无声地滑翔出去，降落在流金溢彩的麦田里。"啊呜——"阿义大声号叫着，以此驱赶恐惧。他的脑袋嘭嘭，耳朵嗡嗡，忘掉了肠胃疼痛，飞跑月下路，向着水银灯，向着已经能望见模糊轮廓的八隆镇。

阿义跑进八隆镇时，红日尚未升起，但瑰丽的霞光已把青石铺成的街道照亮。街上静悄悄的，没有一个行人。街两边的店铺都关着门。被夜露打湿的酒旗死气沉沉地垂挂在酒店门前。光溜溜的劣质模特在服装店的橱窗里忧悒地蹙着眉头。阿义听到自己的赤脚踩着湿漉漉的街石，发出呱呱唧唧的响声。他高抬腿，轻落脚，小心翼翼，生怕惊了人家的梦。

药铺大门紧闭，里边无声无息。阿义蹲在门前石阶上，耐心地等待。他感到很累、很饿，但一想到很快就能抓到药又感到很欣慰。蹲了一会儿，他感到腿酸，便一屁股坐在石阶上。他的眼睛渐渐蒙眬起来。一辆细轮的小马车从街东头跑过来，拉车的是一匹火红色的小马，赶车的是个肥大的女人。蹄声清脆，车声辚辚。小马目光明亮，宛如一个清秀的少年。女人睡眼惺忪，张开大口，打着无遮无拦的哈欠。在药铺门前，马车停住。女人从车上提下两瓶牛奶，走过来，看着阿义，说："闪开，鬼东西，好狗不卧当门。"阿义跳起来，闪到门口一侧，看着女人把奶瓶放在门前石阶上。从她半掩的宽大衣服里，抖搂出一些热烘烘的气息。"别偷喝，小鬼。"她说着，回到车边，赶马前进。

阿义专注地盯着那两只水淋淋的玻璃奶瓶，肚子隆隆地响着。牛奶的气味丝丝缕缕地散发在清晨的空气里，在他面前缠绕不绝，勾得他馋涎欲滴。他看到一只黑色的蚂蚁爬到奶瓶的盖上，晃动着触须，吸吮着奶液。那吸吮的声音十分响亮，好像一群肥鸭在浅水中觅食。

药铺的门怪叫一声，门扇半开，一个脑袋半秃的男人探出半截身体，出手如钳，将那两瓶牛奶提了进去。令阿义昏昏欲睡的蚂蚁吮吸牛奶的声音停止了。他咽了一口唾沫，畏畏缩缩地将脑袋从半开的门缝里探进去。他看到秃头男人正在店堂里洗脸，一只母猫站在墙角堆积的药包中伸着懒腰；在它的身下，几只毛茸茸的小猫还在酣睡。男人洗完脸，端着脸盆出来。阿义急忙闪到门边。一片水在空中拉开一道帘幕，响亮地跌落在街石上。阿义不失时机地凑过身去，哀求道："大叔，我母亲犯病了，抓两服药。"秃头男人冷冷地说："门外等着去，八点才上班呢。"就在秃头男人要将身体挤进门里时，阿义伸手扯住了他的衣襟。"干什么，黑小子？"男人说。阿义漆黑的眼睛望着男人褐色的眼珠，顺势跪在地上，说："大叔，行行好吧，我母亲病了，她如果死去，我就是孤儿。"那男人嘟哝着："看不出还是个孝子。药方呢？"阿义急忙把药方和银钗递上去。男人道："这不行，药铺要现钱，你得先把这钗子换了钱。"阿义的脑袋很响地叩在石头台阶上。他抬起头，说："大叔，我母亲吐血了……她如果死去，我就是孤儿。"

二

提着两包捆扎在一起的中药，像提着母亲的生命，阿义跑出了八隆镇。赤红的太阳迎着他的面缓缓升起，好像一个慈祥的红脸膛大娘。道路依偎着马桑河弯曲延伸，仿佛永无尽头。快跑，慢跑，小跑，跑，跑，跑，虽然腹中饥饿，但心里充满幸福。河流两边展开着无边的麦田，路边的野草上挑着露珠。青草的气味很淡，麦子的气味很浓。他不时地将中药放到鼻边嗅着。香气弯弯曲曲，好像小虫钻进了他的心。他抬头看到，温柔的南风像丝绸一样拂拂扬扬；低头听到，辉煌的天空里回旋着野鸟的叫声。

跑到翰林墓地时，从河的对岸传来了嘹亮的喊号声。他看到在紫红的大道上，狂奔着一群金光闪闪的牛，一个瘦长的男人在牛后拖鞭奔跑着。跑啊跑，跑回家，先去王大娘家借来熬药的罐子。他嗅到了煎熬中药的浓烈香气。他想起了那只猫头鹰，不由自主地歪头看那株松树。他看到松树笔状的树冠绞动着，变成了一簇跳跃着的金色火焰。树下的石供桌上坐着两个人。他又回头看了一眼，果然在石供桌上坐着两个人。

"喂，小孩，你站住！"

阿义站住。"你过来！"他听到石供桌上人喊叫，并且看到那个人高抬着一只手。阿义怯怯地走过去。他这时清楚地看到，坐在石供桌上的是一个男人和一个女人。男人满头银发，紫红的脸膛上布满了褐色的斑点。他的紫色的嘴唇紧抿着，好像一条锋利的刀刃。他的目光像锥子一样扎人。女的很年轻，白色圆脸上生着两只细长的、笑盈盈的眼睛。男人严肃地问："小鬼，你贼眉鼠眼，偷看什么？"阿义困惑地摇摇头。"你的父亲，叫什么名字？！"男人提高了声音，威严地问。阿义结结巴巴地说："我……没有父亲……"那男人怔了一下，然后突然仰起头来，爽朗地大笑着："哈哈！你听到了没有？他说他没有父亲，他竟然说自己没有父亲！"那女人不理男人的话，只管一个人龇牙咧嘴，对着一面长方形的小镜子，修补她的嘴唇。阿义感到腹中痉挛，强烈的尿意突然袭来。为了不尿在裤头上，他把双腿紧紧地夹在一起，腰背也不自觉地挺得笔直。他看到那男人从衣袋里摸出一个灰白的小瓶，对准嘴巴，嗤嗤地喷了几下，又歪头对身边的女子说："这小杂种！"女子懒洋洋地站起来，对着阳光打了一个喷嚏。她打喷嚏时五官紧凑在一起，模样很是古怪。打完了喷嚏，她的双眼泪汪汪的。她身穿一件紫红色的、皱巴巴的裙子，裸露着两条瘦长的、膝盖狰狞的腿。女子把一本绿色封面的小书摔在石供桌上，拍拍屁股，不声不响地走进麦田。

男人站起来，身上的骨头发出"卡叭卡叭"的响声。阿义看到他高大腐朽的身体背着灿烂的朝阳逼过来。他想跑，双腿却像生了根似的移不动。男人伸出大手捏住了阿义细细的手腕。阿义感到那只大手又硬又冷，像被夜露打湿的钢铁。他挣扎着，想把手腕从那人的大手掌里脱出来。但那人用力一攥，他的手腕一阵酸麻，两包中药落在地上。他大喊着："我的药……我娘的药……"但那男人聋子似的，对他的喊叫不理不睬，只管拖着他往前走。他被拖到那株松树下。男人把他的另一只手腕也捉住，往前用力一拽，阿义的鼻子就碰在了粗糙的树皮上。泪眼朦胧中，他看到松树已在自己怀抱里。男人用一只手攥住他的双腕，用另外一只手，从裤兜里摸出一个亮晶晶的小物体，在阳光中一抖搂，发出清脆悦耳的声音。"小鬼，我要让你知道，走路时左顾右盼，应该受到什么样的惩罚。"阿义听到男人在树后冷冷地说，随即他感到有一个凉森森的圈套箍住了自己的右手拇指，紧接着，左手拇指也被箍住了。阿义哭叫着："大爷……俺什么也没看到呀……大爷，行行好放了俺吧……"那人转过来，用铁一样的巴掌轻轻地拍拍阿义的头颅，微微一笑，道："乖，这样对你有好处。"说完，他走进麦田，尾随着高个女人而去。阳光和麦浪被他伟岸的身影分开，留下一道鲜明的痕迹，宛如小船刚从水面上驶过。

阿义目送着他们，一直望着他们的背影与金色麦田融成一体。微风从远处吹来，麦田里滚动着层层细浪。结成团体的鸟儿像褐云般掠过去，留下繁乱的鸣叫和轻飘飘的羽毛，然后便是无边的寂静。

阿义脑袋里乱糟糟的，适才发生的事仿佛梦境。他晃晃脑袋，试图把这些可怕的恍惚感觉赶走。他想起了母亲，想起了药。他想走，却发现自己已经失去了自由。他挣扎着，起初只是用力往后拽胳膊，继而是上蹿下跳，嗷嗷怪叫，仿佛是一只刚从森林里捕来的小猴子。终于，他累了。他把脑袋抵在树皮上,呼噜呼噜地哭起来。随着一股眼泪的涌出,心中的暴躁渐渐平息。他从树干的一侧往前探头,看到那两个紧密相连的铁箍放射着扎眼的光芒。它们紧紧地箍住了拇指的根部,勒得两根拇指充血发红,动一动就钻心地疼痛。

他小心翼翼地把胳膊撑开,身体绕着树转了一圈,面对着马桑河和河边的道路。十几只油亮的燕子紧贴着河面飞翔,暗红的肚皮不时碰破水面,激起一些白色的小浪花。河的对岸也是连绵的麦田,麦田的尽头,有一些凝重的村落,村落的上空,笼罩着蓬松的烟云。他低头看到那两包躺在草丛中的药,母亲的呻吟声顿时如雷贯耳。他的鼻子一酸,眼泪又涌出来。他感到这一次涌出的泪水又黏又稠,好像松树上流出来的油脂。

三

在随后的时间里,不时有提着镰刀的农人从河边的土路上走过,他们都匆匆忙忙,低着头,目不斜视。阿义的喊叫、哭泣都如刀剑劈水一样毫无结果。人们仿佛都是聋子。偶尔有人把淡漠的目光投过来,但也并不止住匆匆的步伐。

他苦熬到半晌午。高悬东南的太阳红色退尽,变成灼目的白亮。曾经在麦田里飘荡过的薄雾早已消逝得干干净净。干燥的西南风一波催着一波吹来。熟透的小麦摇晃着沉甸甸的穗子。麦芒纵横交叉,茎叶反复摩擦,麦粒蚕屎般落地。田野里涌动着使人心痒难挨的窸窣声音。空气中弥漫着麦子的焦香和呛人的尘土。汗水像胶油一样从他头皮上冒出来,流下去。他感到口渴难忍,肚子里像有一团熊熊的火焰,鼻孔里呼出的气息灼热如烟。他又一次挣扎起来,强忍着拇指根部骨断皮裂般的痛苦。他靠着双腿和腹部的力量,一耸一耸地爬到树干高处,幻想着能让树冠从自己的怀抱中滑过,然后便能获得自由,但松树繁茂的枝杈顶住了他的脑袋,粉碎了他的幻想。他的肌肉一松懈,整个人从树干高处一滑到地。粗糙的树皮把他的肚皮和小腹拉得鲜血淋漓,锁住的手指更是爆炸般地奇痛。他惨叫一声,昏过去。

不知过了多久,一阵震耳欲聋的机器声把他惊醒了。他努力睁开被眵糊住的眼睛。睁眼时他听到睫毛被拔离眼睑的哔哔声。泪眼模糊,往树皮上蹭蹭。他看到,从早晨跑过的那条路上,开过来一辆鲜红的拖拉机。道路崎岖不平,拖拉机蹦蹦跳跳,宛如一匹不驯服的马驹。开车的人一头乱发,戴着墨镜,腰板笔直,坐在驾驶座上,活像一尊石雕像。车头后灰色的挂斗里,坐着三个人。看不清他们的脸,但能听到他们猖狂的歌唱。他用胳膊夹住树干，艰难地站起来。竭尽了全力地喊叫："救救我吧——救救我吧——"

拖拉机在墓地前停住，挂斗里的人停止了歌唱，但机器还"空咚空咚"地响着。车头上直竖起的铁皮烟筒里，喷吐出一环顶一环的、刚劲有力的烟圈。阿义不停地喊叫，并且把脑袋从树的一侧极力前伸。车上的人僵了一会儿，都把头歪过来，看着他的头。车后挂斗里的三个人一个随着一个跳下来。当头的是一个身体矮小、动作敏捷的男人，紧随着他的是个高大魁梧的汉子，走在最后的是一个皮肤漆黑、留着短发的女子。他们集中在松树前，仔细地看着那拇指铐，继而交换了一下迷茫的眼神。小个子男人眨动着灰白色的冷冰冰的眼睛，严厉地问："是谁把你锁在这里？"阿义怯怯地回答："一个老人。"小个男人瘪起缺齿的嘴，轻蔑地哼了一声。他从衣兜里摸出一个放大镜，低下千沟万壑的头面，专注地研究着拇指铐，好像一个昆虫学家在研究蚂蚁。高个男人拍了一下他隆起的脊背，瓮声瓮气地问道："老Q，干什么你？装神弄鬼吗？"他抬起头，掏出一块砖红色的绒布，仔细地揩着放大镜，赞叹道："好东西，真是好东西！地地道道的美国货。""老Q，瞎编吧你就！进口彩电有，进口冰箱有，就是没听说过进口手铐。"高个男人说着，也把脸凑上去看了看，"不过这小玩意儿，的确是精致。"黑皮女子用充满同情的腔调问："小孩儿，你怎么搞的呀？是谁把你铐起来的？"

阿义说："一个老爷爷。"

老Q问："他为啥把你铐起来？"

阿义困惑地摇摇头。

老Q夸张地笑了几声转脸对同伴们说："怪事不？一个老爷爷，竟然无缘无故地把一个少年铐了起来？！"他伪装出一副凶恶面孔对着阿义："你一定干了什么坏事！是偷了他家的母鸡呢，还是砸碎了他家的玻璃？"

阿义委屈地说："我没有偷母鸡，也没砸玻璃。我的母亲病得不轻，吐血了，我去抓药……"

老Q咤道："住嘴！你以为我们是谁？你以为撒个小谎就能骗我们替

你打开铐子？哼！我一眼就看出来了，你是个不良少年。你一定做了特别坏的事，被警察铐在这里的！"

阿义哭着喊："我没有，我没有……我的母亲快要死了，救救我吧……"

老Q厉声道："你以为几滴眼泪就能骗过我们？！我们这一代人，眼泪见得太多了！眼泪后面有虚伪也有真诚，但更多的是虚伪！莫斯科不相信眼泪，老实交代！"

"行了吧老Q，对着个孩子耍什么威风？"黑皮女子怒斥小个男人，转脸又对大个男人说："大P，想法解放他。"

大P为难地嘟哝着："这怎么解？"

黑皮女子道："想想法子嘛，总不能见死不救吧？"

老Q冷笑道："如果这里锁住的是条狼，难道也要救吗？"

黑皮女子道："我看你才是一条狼，一条灰眼狼，一条色狼。"

大P笑着，走到松树前，抓住阿义的两条细胳膊，道："忍着点，看能不能劈开。"

大P用力一劈，阿义杀猪似的号叫起来。

老Q冷冷地道："劈吧，把两条胳膊劈下来，那铐子也是连着的。"

黑皮女子踢了大P一脚，骂道："笨熊，你想把他五马分尸吗？"

大P道："我这不也是着急嘛！"

黑皮女子招呼正在车边紧螺丝的司机道："小D，你过来看看。"

小D吹着口哨，从车旁踱过来。他弹了一下阿义的头，道："你这是玩的什么鸟，伙计？"

黑皮女子道："你帮他弄开吧，也许只有你才能帮他弄开。"

小D回到车边，提过来一只工具箱。他从箱子里拿出钳子、锉子、锤子，在那拇指铐上比画着。

老Q道："枉费心机。"

黑皮女子道："你自己无能，就滚到一边去，别在这里泼冷水。"

小D皱着眉头，想了想，突然他面有喜色，从工具箱底翻出一根钢锯条，道："也许能锯断，小兄弟，你忍着点。"

小D分开阿义的拇指，把钢锯条伸进去，别别扭扭地锯起来。阿义咬紧牙关，一声不吭。锯条摩擦钢圈，发出尖厉刺耳的声音。折腾了几分钟，低头看时，那铐子上没留下半点痕迹，钢锯齿却磨秃了。

小D对黑皮女子说："黑姐，没办法，这玩意，太硬了。"

老Q幸灾乐祸地道："说吧，你们嫌我多嘴。这东西，是合金钢的，比你那根锯条硬十倍。"

小D无奈地望着黑皮女子，一脸歉疚表情。他拍了一下脑袋，大声说："嘿，有了。我真笨。咱们把这棵树砍断不就行了吗？"

"休怪我又要多嘴——这树，能砍吗？"老Q指着墓前一块刻着字的石碑道，"这翰林墓，是市级重点保护文物。砍树？吃了豹子胆啦？砍吧，只怕他的拇指铐没解下来，你的拇指铐也戴上了。"

黑皮女子道："这么说就没有办法了？就只能看着他在这儿受风吹日晒，慢慢地风干，死掉，像一只挂在树枝上的青蛙？"

老Q道："也许他有好运气，会有高手给他开铐。"

小D道："我听人说，惯偷'草上飞'能用细铁丝捅开手铐。"

"'草上飞'？"老Q冷笑着说，"三年前就给毙了！"

大P道："我们何不去找个锁匠来？"

小D道："我估计用气焊枪也能烧断。"

大P道："那还不把他的手指给烧熟了。"

"伙计们，别操闲心啦，解铃还靠系铃人。"老Q说着，抬头望望太阳，又道，"再吵下去可就误了酒宴了。"

老Q率先朝拖拉机走去，其余三个人也沮丧地离开了。

拖拉机缓缓移动了。老Q在车上喊："小孩，老老实实待着。这种铐子，里边有弹簧，越挣越紧，当心勒断你的骨头。"

大P道："你就别吓唬他了。"

黑皮女子恼怒地大叫："都给我闭嘴吧！"

四

拖拉机蹦蹦跳跳地开走了，留下了一路烟尘。阿义用额头碰着树干，呜呜地哭了。他的眼睛已经流不出眼泪，只有额头上流出的血，热烘烘地

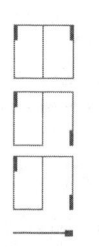

流到嘴边。他的眼前模模糊糊地出现了一幅可怕的图像：一只被绑住后腿的青蛙，悬挂在树枝下，一个斜眼睛的少年，用火把烧烤着它。它的身体嗞嗞地响着，冒着白烟，渐渐地，白烟没了，火把也熄了，它变成了一具焦黑的尸首。他闭上眼睛，身体软下去。

在昏昏欲睡的状态中，他听到路上又响起了脚步声。鼓足了勇气他睁开眼睛，看到一团暗红的火从路上缓缓地飘过来。他摇头、咬牙，集中心神，幻影消失。果然是一个人走来了。是一个身着酱红色上衣、头戴着大草帽的女人迎着阳光走来了。他喊叫："救命……"

那个女人怔了一下，立住脚步，摘掉草帽高举在头上，向这边张望着。阿义继续喊叫，但喉咙里只发出一些嘶嘶啦啦的奇怪声响。他焦躁不安，恨不得举手撕破好像被麦糠和猪毛塞住了的喉咙。

女人发现了他，对着墓地走过来。她的脸一片金黄，宛若一朵盛开的葵花。她一步一步地近了。阿义先是嗅到随即看到了一股焦黄的浓郁香气，从她的身上，一团一团地散发出来，又一片一片落在地上。他被这香气熏得头晕脑涨，飘飘欲飞。女人穿行在焦黄的香气里，时隐时现。她的脸时而椭圆时而狭长，时而惨白时而金黄，时而慈祥如母亲时而凶恶如传说中的妖精。阿义既想看到她又怕看到她，他时而睁眼时而闭眼。

他睁开眼睛，看到一个确凿的女人站在自己身旁。她左手提着一把寒光闪闪的大镰刀，右手提着一把古老的、泛着青铜色的大茶壶，两条黑色的宽布带，呈斜十字状分割了她丰硕的胸膛，与布带相连的，是伏在她背上的一个大脑袋的婴孩。那婴孩吮吸着拇指，嘴里发出呜哇呜哇的声音。女人慵懒地走到松树前，黏黏糊糊地问："你这个小孩，在这儿闹什么呢？"说完话，她也不期待回答，放下茶壶和镰刀，匆匆走进坟墓后边的麦田蹲下去，接着响起了明亮的水声。那顶金黄的大草帽，仿佛漂浮在水面上。过了一会儿，她从墓地后走出来。她背上的孩子哇哇地哭起来，越哭越凶，好像被锥子扎着了屁股。女人歪头说："小宝，小宝，别哭，别哭。"孩子哭得更凶，高音处如同鸽哨。女人慌忙把孩子转到胸前来，一边拍着，一边坐到石供桌上。她解开胸前的带子，揪出一个黄色的奶袋，把一个黑枣状的奶头塞进婴儿嘴里，婴儿顿时哑口无声。墓地里安静极了，两只浅黄色的小松鼠，旁若无人地追逐嬉戏着。它们从石马的背上跳到石人的头上，又从石人的头上跳到石羊的角上,然后踩着阿义的脑袋,蹿到松树上去。它们一边追逐一边尖声吵闹。女人也忘了阿义的存在,只管低着头,慈爱地注视着怀中的婴儿。她的嘴唇哆嗦着,从鼻孔里哼出柔软绵长像煮熟的面条像拉丝的蜂蜜像飞翔的柳絮一样的曲调。这曲调使阿义十分感动,恍恍惚惚感觉到自己就是那吃奶的婴儿,而那坐在石供桌上的肥大妇人就是自己的母亲。阿义感到自己口腔里洋溢着乳汁的味道,既甜蜜又腥咸,与血的味道相同。他祈盼着这情境凝结,像几朵玻璃球里的黄色小花。

那婴孩叼着乳头睡着了。女人小心翼翼地把奶头从孩子嘴里往外拔。他叼得很紧,奶头拉得很长,像一根抻开的弹弓胶皮,拔呀拔呀,抻啊抻啊,噗地一响,膨胀的奶头脱出了婴儿的小嘴。一群漆黑的乌鸦突然从死水般寂静的金黄麦田里冲起来,团团旋转着,犹如一股黑旋风。它们一边旋转一边噪叫,呱呱的叫声震动四野,腐肉的气味在阳光中扩散。阿义看到女人仰望着鸦群,他也仰望着鸦群,直到它们溶在白炽的光海里。

女人把孩子转到背后,扎紧了胸前的带子,提起镰刀和茶壶。阿义嘶哑地叫了一声。女人侧目望了望他,肿胀的嘴唇哆嗦着,脸上显出惶惶不安的神情。她似乎犹豫不决,目光躲躲闪闪。阿义捕捉着她的在草帽阴影里的眼睛,送过去无限哀怨和乞求的信息。女人跟跟跄跄地走近了。她伸出一根肥嘟嘟的食指,戳戳那泛着蓝色的物件,又拨弄了一下阿义青红的拇指。阿义哆嗦了一下。她好像被热铁烫了似的,迅速地缩回食指,嘴唇又是一阵大哆嗦,眼睛里像蒙了一层雾,像是问阿义,更像是自言自语道:"孩子,这是怎么弄的?是怎么弄的呢?"一边倒退,脚后跟被杂草绊了一下,身体摇摇晃晃,仿佛一架超载的马车。阿义紧盯着她,眼睛里沁出了血。她尴尬地咧嘴一笑,露出了两颗分得很开的门牙,显得既可怜又丑陋。"我也没法子,你这可怜的孩子……"她猛然转过身,笨拙地往前跑去,背上的孩子和臃肿的臀部,颤颤巍巍地耸动着。阿义的头颅像被鞭子打折的麦穗一样,沮丧地低垂下去。但那女人跑了十几步就停住了。她转回身,望着阿义,呆板的大脸上猝然焕发出一种灿烂的光彩,像朝霞,也像晚霞。"你也许是个妖精?"她紧张的喉咙发出扁扁的声音,"也许是个神佛?您是救苦救难的南海观音菩萨变化成这样子来考验我吧？您要点化我？要不怎么会这么怪？"她的眼里猛然饱含着橙色的泪水，腿脚利索地扑到松树前，放下大茶壶，双手抡起镰刀，砍到树干上。镰刀刃儿深深地吃进树干，夹住了。她摇晃着镰柄，累得气喘吁吁，才把刀刃拔出来。她看了一下镰刀，顿时变了脸色。把镰刀递到阿义面前，她说："看看吧，镰刀刃全崩了，这让我怎么割麦子呢？你这小孩！"她哭丧着脸，弯腰提起茶壶，又说："你亲眼看到了，我的镰刀崩了。"她走了几步，却又折回来，叹息着说："管你是神是鬼呢，也许你就只是个可怜的孩子。"她扔下镰刀，一手提着茶壶的提梁，一手托着茶壶的底儿，将稚拙地翘起的壶嘴儿插进了阿义的嘴里。"你一定渴了，"她说，"喝点水吧。"阿义顺从地含住了壶嘴，只吸了一口，干渴的感觉便像泼了油的火焰一样轰地燃烧起来。他疯狂地吮吸着，全身心沉浸在滋润的快感里。但是那女人却把壶嘴猛地拔了出去。她摇摇水壶，愧疚地说："半壶下去了，不是我舍不得这点水，我的男人在地里割麦，等着喝水。他脾气暴，打人不顾头脸。对不起你了，小孩儿，你也许真是个神佛？"

女人走了。走出十几步时她回一次头。又走出十几步时又回了一次头。虽然她没能解开拇指铐，但阿义心中充满了对她的感激之情。因为喝了水，他的眼里盈满了泪。

五

下午一点多，阳光毒辣，地面像一块烧红的铁。松树干上被镰刀砍破的地方，渗出了一片松油。阿义喝下的那半壶水，早已变成汗水蒸发掉。他感到头痛欲裂，脑壳里的脑浆似乎干结在一起，变成一块风干的面团。他跪在树下前，昏昏沉沉，耳边响着笃笃的声音。声音似乎是头脑深处传出来的。那两根被铐在一起的手指，肿得像胡萝卜一样，一般粗细一般高矮，宛如一对骄横的孪生兄弟。那两包捆在一起的中药，委屈地蹲在一墩盛开着白色花朵的马莲草旁。粗糙的包药纸不知被谁的脚踩破了，露出了里边的草根树皮。他嗅着中药的气味，又想起了跪在炕上的母亲。母亲痛苦的呻吟，在半空里响起。他歪歪嘴哭起来，但既哭不出声音，又哭不出泪水。他的心脏一会儿好像不跳了，一会儿又跳得很急。他努力坚持着不使自己昏睡过去，但沉重黏滞的眼皮总是自动地合在一起。他感到自己身体悬挂在崖壁上，下边是深不可测的山涧，山涧里阴风习习，一群群精灵在舞蹈，一队队骷髅在滚动,一匹匹饿狼仰着头,龇着白牙,伸着红舌,滴着涎水,转着圈嗥叫。他双手揪着一棵野草,草根在噼噼地断裂,那两根被铐住的拇指上的指甲,就像两只死青鱼的眼睛,周边沁着血丝。他高叫母亲。母亲从炕上下来,身披一块白布,像披着一朵白云,高高地飞来,低低地盘旋,缓缓地降落。草根脱出,他下坠着,飘飘摇摇,似乎没有一点重量。母亲一伸手抓住了他,带着他飞升,一直升到极高处,身下的白云,如同起伏的雪地,身前身后全是星斗,有的大如磨盘,有的小似碗口,都放光,五彩缤纷,煞是好看。母亲搂着他,站在一颗青色的星上,星体上布满绿油油的苔藓,又滑又冷。他仰望着母亲,欣慰地问:"母亲,您好啦,您终于好啦。"母亲微笑着,伸出一只手,摸着他的头。他的头上一阵剧痛,像被蝎子蜇了一样。他看到母亲的脸扭曲了,鼻子弯成鹰嘴,嘴巴里吐出暗红色的分叉长舌。他惊叫一声,脚下的星斗滴溜溜地转起来,好像漂在水面的皮球。他头脚倒置,直冲着大地降落,轰然一声,钻进了泥土中,冲起一股烟尘……

阿义被噩梦惊醒,额上布满黏腻的油汗。眼前依然是松树、墓地、一望无际的麦田。西南风刮大了,像从一个巨大的炉膛里喷出的热气。汹涌的麦浪层层叠叠,无边的金黄中,有一泓泓银亮,像银的液体在金的液体里流动。一台烫眼的红色机器,在金银海里无声无息地游动着,机器后边,吐出一团团黄云。路上有着走来走去的人,男人,女人,但无人理他。他心中燃烧起怒火,疯狂地啃松树的皮。树皮磨破了他的唇,硌酸了他的牙。他恨,恨锁住拇指的铐,恨烤人的太阳,恨石人石马石供桌,恨机器,恨活动在麦海里的木偶般的人,恨树,恨树疤,恨这个世界。但他只能啃树皮。他的牙缝里塞进了碎屑,嘴巴里满是鲜血。松树一动不动,不痛也不痒,不怨也不怒。他想到了死,用额头碰撞树干,耳朵里嗡嗡直响,眼前出现了一条通往地狱的灰色道路……

阿义再次苏醒过来时,浓厚的乌云布满天空,太阳藏匿得无影无踪。一股股的劲风低低地掠过,苍白的麦田浊浪翻滚,喷吐着泡沫。无数的麦穗折断,无数的麦粒落地。一片片血红的闪电照亮天际,雷声滚滚。田野里奔跑着人,都慌不择路,仿佛一些刚从地洞里被水灌出来的耗子。

云越压越低,天越来越黑。风突然停了,空气凝固,燕子飞升到云上去,小动物顾头不顾尾地躲藏。天完全黑了,比没有星光的夜晚还要黑。一个女孩在黑暗中大哭,但只哭了几声便停了,仿佛有一只大手堵住了她的嘴巴。突然有一道淋漓着火花的绿光撕裂了黑暗的幕布,十几颗溜圆的火球在墓地间跳跃滚动着,唧唧有声,像有血有肉的小动物。然后是一连串巨响,空气里立即弥漫了燃烧胶皮的焦煳味。他的耳朵什么也听不到了,好像钻进灯泡里一样,坟墓后边一大片麦子被烧成了灰烬,袅袅的白烟上升,与黑云接手。紧接着天空被一片片抖动的闪电映得通红,麦子用旋涡状的波动表现出旋风。大地在颤抖,松树在燃烧。他的脑袋一阵钝痛,一个乒乓球大小的灰白的东西弹跳落地。冰雹!白亮亮的冰雹密集地落下来,大的如鸡卵,小的如杏核,噼噼啪啪,宛如堆珠砌玉。最初几颗冰雹打在他的身上时,他还能感到痛楚,但很快便麻木了。他的眼前一片灰白,灰白的冷气浸着他,所有的肢体和器官也变得灰白冰冷,只有内心深处还有一点点微弱的暖意,像一只小麻雀的心脏,像一点萤火虫的微光……

六

傍晚的时候,阿义又清醒过来。地上的冰雹已经化尽,田野里一片狼藉。松树下躺着一只猫头鹰的尸体。松树枝上悬挂着一些鱼肠状的脏物。他的牙齿止不住地打抖,身体又白又亮,像一根通了电的钨丝。我还活着吗?我也许已经死了,已经进入了母亲曾经说过的阴曹地府,这周围渐渐聚拢了绿色的火焰,不就是地狱里的鬼火吗?各种各样的鬼,有的从树上跳下来,有的从地下冒出来,有牛头,有马面,还有些毛茸茸的、穿着红绸小裤衩的小动物,它们龇着两颗大门牙,瞪着玻璃球似的眼睛,耸着两扇比头还要大的透明的耳朵,在他身体周围,咿咿呀呀地唱着歌,不停地跳跃着,有的竟然跳到他的身上,附在他的耳边,用蚊虫般细弱的声音问他一些话,有的啃他的耳朵,有的咬他的鼻梁,有两只盘腿坐在他的手腕上,啃那两根被锁住的拇指,咯咯吱吱的,像兔子啃冰冻的胡萝卜一样。咬吧,咬吧,他鼓励着小妖精们,咬断我的拇指,我就解放了。小妖精,你们有母亲吗?啊,你们有母亲,我也有母亲,我的母亲病了,吐血了,你们咬断我的手指吧,让我去见母亲……他猛然地格外清醒了,他想起了那两包药。我的药呢?我为母亲抓的药呢?我用母亲头上的银钗换来的药呢?它们已被冰雹打烂,被雨水浸湿,与泥巴和杂草混在一起。阿义感到了彻底的绝望，母亲，母亲，你的药，完了。他又想咬树皮，但牙齿刚一触到那粗糙，便立即心灰意懒了。

西天边一片血红，天空中游走着破云败絮，残缺的天空时而如碧绿的树叶，时而如玫瑰色的花瓣。傍晚的田野里，响起了女人的哭声，东一声西二声，南三声北四声，很快连成了一片。麦子啊，麦子！老天啊，老天！面条没了。馒头没了。饺子没了。什么都没了，都砸到泥里去了。毁了。在遍野的哭声中，却有一个人在歌唱。是一个苍凉高亢的男声独唱。比最高的大树还要高许多的孤独的歌唱：麦子啊麦子——我们的麦子——香香的麦子——甜甜的麦子——亲亲的麦子——麦子啊麦子——我们的麦子——

高亢的歌声起了，哭声低了，落了，哑了。一轮银月升起了，红云淡了，散了，没了。他被这反复咏叹的歌声鼓舞着，站了起来。他哆嗦得如同一根弹簧。歌声如同河水，如同麦子，如同棉衣。歌声如同月亮。歌声就是月光，照亮了他的内心。他往前探过头去，咬住了一根拇指，好像咬住了一个与己无关的、冷冰冰的、令人厌恶的东西。他用力咬着，毫不客气，决不动摇。他感到那截拇指落在嘴里了，便低头张嘴把它吐在了地上。他听到它落在了地上。他张嘴咬住另一根拇指，牙齿上灌注着仇恨。他吐掉了它，又听到了它落地的声音。他不去看它们，但能想象到它们是如何欢欣鼓舞着逃跑了。他满怀着希望往后移动身体，双臂僵硬，不能弯曲，像两根铁棍。他感到手腕被树干挡住了。巨大的恐怖袭来。他本能地将身体往后仰去，这时，他听到了拇指铐从拇指残根上脱下又跌落在地的声音。他仰面朝天躺在地上，看着那棵离开了自己怀抱的松树，猛然的惊喜降临。一轮皎皎的满月在澄澈的天空里喷吐着清辉，无数白色的花朵成团成簇地、沉甸甸地从月光里落下来。暗香浮动，月光如酒。白花不停地降落，在他的面前，铺成了一条香气扑鼻的鲜花月光大道。他抖抖索索地站起来，往那诱人的大道扑去，但他却头重脚轻地栽倒了。他感到嘴唇触到了冰凉的地面。

后来，他看到有一个小小的赭红色的孩子，从自己的身体里钻出来，就像小鸡从蛋壳里钻出来一样。那小孩身体光滑，动作灵活，宛如一条在月光中游泳的小黑鱼。他站在松树下,挥舞着双手,那些散乱在泥土中的中药——根根片片颗颗粒粒——飞快地集合在一起。他撕一片月光——如绸如缎,声若裂帛——把中药包裹起来。他挥舞双臂,如同飞鸟展翅,飞向铺满鲜花月光的大道。从他的两根断指处,洒出一串串晶莹圆润的血珍珠,叮叮咚咚地落在仿佛玛瑙白玉雕成的花瓣上。他呼唤着母亲,歌唱着麦子,在瑰丽皎洁的路上飞跑。他越跑越快,纷纷扬扬的月光像滑石粉一样从他身上流过去,馨香的风灌满了他的肺叶。一间草屋横在月光大道上。母亲推开房门,张开双臂。他扑进母亲的怀抱,感觉到从未体验过的温暖与安全。"母亲,"他呢呢喃喃、睡意沉沉地说,"熬药吧……"于是,在他的面前,立刻就燃起了一个小火炉,炉上坐着瓦罐,瓦罐里泡着中药。很快便蒸汽袅袅,药香四溢。

原载《钟山》1998年第1期

点评

《拇指铐》原载于1998年的《钟山》,这一时间节点十分有意味,因为莫言1997年出版的长篇小说《丰乳肥臀》在给他带来中国"大家文学奖"的同时,也带来了潮水般的非议。《丰乳肥臀》热情讴歌母亲——这一生命最原初的创造者,而《拇指铐》宏观上的小说故事架构,也是由母亲与孩子阿义构成。阿义连夜跑去镇上给生命垂危的母亲抓药,一路上虽然有月光照亮,但依然凶险满布。挣扎于恐惧、饥饿、寒冷之中的阿义,唯一的支撑就是母亲。历经艰险终于给母亲抓到了药,阿义"提着两包捆扎在一起的中药,像提着母亲的生命"。对于母亲的眷恋与爱不着一字,却字字泣血。然而在返回的路途中,阿义的喜悦瞬间被一个素不相识的凶狠男子莫名其妙地击破。毫无反击之力的阿义被高大的男子无缘无故拖到墓地前,男子用一副拇指铐将他铐在路边的一棵松树上。阿义不停哭诉、告饶都无济于事。后来他不停向过路人求救,然而人们不是好奇就是质疑,不是不理解就是无奈,最终忙着各自的事情弃阿义而去,留下痛彻心扉的无助的孩子独自承受这莫名的一切。唯有一个年轻的母亲对他施以援手,却也在几番尝试后,无计可施。阿义已经哭不出眼泪了,极度担忧病中的母亲,无人可以理解他的痛苦并搭救他,随着时间的推移,他一步一步踏进绝望的深渊。痛苦到极致的阿义，在愤恨中几近疯狂地咬掉了自己的拇指，以这种决绝的方式挣脱了拇指铐，此时他终于能扑进母亲的怀抱，这是多么残酷和疯狂。

在这篇小说中，莫言采用了孩童视角，通过一个孩童阿义的所见所闻所感，尤其是丰富的内心呈现了一个匪夷所思的世界。孩童视角及与其相对应的孩童叙事方式在《拇指铐》中担负起了复杂、深刻的叙事功能。在了解了这篇小说的创作背景后，更能体悟到叙述主体——叙述者与小说中人物的融合。莫言和阿义都是眷恋母亲的孩子，似乎一起被铐在了树上。小说看似是写一个叫阿义的孩子对生命的绝望，实际上或许是一种隐喻，暗含着当时公共文化空间对作家本人的误解、质疑，以及作家本人的无助和绝望。通过孩童视角，通过主观性极强的内心感受的呈现，阿义和莫言自己的无助和痛苦也得到赤裸裸、血淋淋的呈现。

（朱旭）

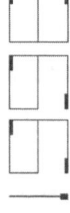

你找他苍茫大地无踪影

/叶广芩

一

精神病院的游艺室里正在举行着每半月一回的病员文艺例会。

大部分观众的眼神都有些发直。

几个穿白大褂的医务人员夹杂在穿蓝白条的直眼人中间,不动声色地细细观察着每一个人。

观众们忧郁地坐着,彼此没有交流,每个人似乎都有很多心事,都有着推不开的山一样沉重的大题目。场中间绿色地毯上频频变换的节目引不起观众的兴趣,演出得好与不好都与他们无关,多么卖力的演员,多么精彩的演出,在这里也不会获得掌声——每个观众都有他们自己的难以开启的独立世界,他们走不出自己设立的固若金汤的世界,否则他们不会到这里来。

一个年轻女孩子在为大家跳芭蕾,跳的是《胡桃夹子》里那段有名的双人舞,没有舞伴,女孩子就一个人跳,从她投入的神态和娴熟的动作里,从她一招一式的表达中,大家分明感到了那一半的存在,那一半在她的心里。女孩子的目光清澈高远,面孔圣洁动人,没有人怀疑她是个优秀的舞蹈演员,但是她身上那宽大的蓝白条的裤褂,又分明告诉人们,她是病人,是被治疗的对象。

主任医生顾明面无表情地坐在人群后面,冷冷地看着舞蹈者,他手中的笔在年轻舞蹈家的名字下面点了一下,却终没画出任何内容。倒是他旁边的年轻医生小安已经在舞者的名字后头轻轻地描了一个娟秀的√。这意味着患者痊愈,如果有三个√连续出现,病人就可以出院了。

见院长看自己,小安说:"跳得真好,四床已经恢复得相当不错了。"

顾明没有说话,他的目光又投向了舞蹈者。

舞蹈已近尾声,舞者快速的单腿旋转显出了她非凡的艺术功底,人群里传出了稀稀落落的掌声。掌声来自医护人员。

小安又将那个√号重重地描了一回。

精巧又专业的谢幕之后,女孩子带着满脸的陶醉退回到自己的座位上去,一声不响地望着窗外,脚上那双淡粉色的芭蕾鞋始终没有脱下。

小安看了一下院长的记录,女孩的名字下面是个粗重的×。

一个长着络腮胡的汉子被医护人员连推带拽拉到了场子中间,汉子也穿着蓝白条的衣服,扣眼错着,光着一只脚。护士提着他的鞋追来,弯下腰给他穿上,他像姑娘一样腼腆地笑着说:"我弄不成,真弄不成。"说着就往下走,又被护士挡了回去。他站在场中间,不安地搓着手说:"非得演么?"护士长说非得演,汉子沉吟了半天说:"要不……我给大家唱段革命样板戏《平原作战》?我唱李胜。"见大家没有反应,又说:"要是你们不爱听,我就不唱了。"

顾明说:"老王,你唱,我爱听。"

老王就开始唱:

你听着——
霹雳一声春雷响,
平原上谁不晓工农的儿子赵勇刚!
战斗的足迹踏遍了太行山上,
抗日的声威震撼着铁路两旁。
你找他苍茫大地无踪影,
他打你神兵天降难提防。
鱼在水鸟在林自由来往,
哪里有人民哪里就有赵勇刚!

这段二黄被病号老王唱得一塌糊涂,压根找不着调了。没有掌声,连医务人员也无动于衷,这主要是因为他们对《平原作战》这出戏太生疏,不上四十岁的人对它没印象，他们不知道老王嘴里胡呜啦了些什么。

鼓掌的只有顾明一个人。

这出戏他熟，当年他在农场当知青时演过这出戏，他就是里面的赵勇刚。

老王向鼓掌的他抱了抱拳，不好意思地让护士领下去了。

顾明在老王的下头画了√。

小安一脸的不解。

下面的节目都是诌扯八扯的疯闹了。

二

下班，顾明骑车回家，一路上都在哼唱"你找他苍茫大地无踪影"，翻来覆去就这一句，再换不来别的词儿。直到走上楼梯，敲响自家的门，还在"你找他苍茫大地无踪影"，他好像从这句词里拔不出来了。

顾明的爱人谢玉琴不到五十，病退在家，其实没什么病，不退就得下岗，下了岗以她的这个年龄也谈不上什么再就业了，不如一下了断，就找了个腰肌劳损的由头退休了。

丈夫回来，老谢自然是笑脸相迎，茶是新沏的，饭是现成的，拖鞋早给预备到脚边。顾明刚换好衣服坐在饭桌前，尚未拿起筷子，家里新养的一只小猫黄黄儿便噌地一下蹿上了他的膝头，扬着毛茸茸的脑袋冲他喵喵叫。

顾明的思绪还在老王唱的《平原作战》里头转悠，就冲着那猫摇头晃脑地唱："你找他苍茫大地无踪影，他打你神兵天降难提防……"

老谢说："快吃吧，对着只猫唱什么唱？"

顾明说："我们那个老王啊，他的病好了，今天他唱的就是这个。"

老谢没接有关神经病人老王的话茬儿，却对顾明说："今天街道开会说凡是结婚二十五年以上的夫妻，区妇联要给予表彰和奖励，给两条毛巾被。"

顾明说："咱家不缺毛巾被。"

老谢说："咱家可够了二十五年。"

顾明说："区里这些老娘儿们也是，变着法儿地要表示她们的存在。"

老谢说："话不能这么说，这也是一种荣誉，对门的老张，楼下的宋大妈，下午就把结婚证复印件送去了。"

顾明说:"妇联这么干好像是不提倡离婚,其实离婚也不是什么坏事!"

老谢说:"不是坏事难道还是好事?!"

顾明说:"我可没这么说。"

老谢说:"关键是得找着咱们的结婚证,咱家这东西可是有几年没见啦。"

顾明不想再听毛巾被的事,就边喝啤酒边哼"你找他苍茫大地无踪影"。

老谢还在思考她的结婚证。

正吃着饭,小安来了,正好也没吃饭,又馋老谢熬的红小豆粥,就索性坐下来一块儿吃了。小安是来找顾明商量芭蕾舞演员出院的事的,她看顾明给那女孩子打了×,心里就有些犯虚,不知该不该填这出院的单子。

顾明说:"四床的病很重,她还没有从戏里解脱出来,换句话说是她现在还不知道自个儿是谁,在哪儿。"

小安一声不吭,只管喝粥,末了说:"你怎么给老王打了钩呢,他唱的那是什么呀,前言不搭后语。"

顾明说:"怎么是前言不搭后语?戏词就是这么写的,老王一句也没唱错。你没发现,老王今天很有些环境意识了,他见没有人鼓掌就不想唱了,这是因为他知道自己唱得不好,怕人笑话……这是什么样的思维,这是正常人的思维……"

老谢不想听他们说这些精神病人,就一个人到顾明的书房翻腾结婚证去了。

三

老谢找了三天也没找到结婚证。

老谢的脸都急绿了。

倒不是为了那两床毛巾被,是好好儿的东西怎么说没就没了呢,老谢找到最后已经是纯粹为了寻找而寻找了。

家里已经彻底倒海翻江,乱得一塌糊涂,连女儿当年吃奶的奶瓶子都从破筐里翻腾出来了。顾明下班，推开门竟无从下脚，让灰尘呛得只想打喷嚏，当然没了香茶热饭的伺候，连黄黄儿也吓得不见了踪影。顾明屋里屋外唤了半天，黄黄儿才顶着一脑袋灰絮从柜底下颤颤巍巍钻出来。

再看老谢，头上包着个包袱皮，在阳台上正一本一本地翻女儿小时候的《看图说话》。

顾明说："你翻这些干什么嘛，这是我捆好了准备卖的。"

老谢说："结婚证保不齐就在这些书里夹着。"

顾明说："孩子都上大学了，这里怎么会有结婚证？"

老谢说："越是年代久远越有可能，那个证要是夹在你才买的《股票交易指南》里才是新鲜事呢。"

顾明说："看你倒腾得鸡飞狗跳墙，就为这两张纸，值不值？"

老谢说："我就纳闷儿，挺大的两张纸，花花绿绿跟画儿似的，说找不着就找不着了？怪事！"

顾明说："我好像在哪儿见过这东西。"

老谢瞪了眼睛问："在哪儿？你好好儿想想。"

顾明说："想不起来了，一晃而过，有年头了。"

老谢说："你个猪脑子，记你那些精神病人比什么都记得准，那天在大街上你指着个干部非说是你的病人，人家本人都不承认，你还在较真儿，还要扒人家衣领子看什么胎记，把人丢完了。这会儿真用着你了，你又一晃而过了，你让我说你什么好。"

顾明说："我想起来了，最后一次看见那东西是在盖防震棚的时候，没错，就是盖防震棚，你妈说这纸挺结实，要拿它糊小窗户，我说别介，这是我跟玉琴的结婚证！"

老谢问："后来呢？"

顾明说："我怎么知道后来？你问我干什么？你问你妈去呀。"

老谢急了，声音一下高了八度说："我要能问我妈，我还能在这儿站着吗？你是盼着我死怎的！"

顾明知道，凡是找东西的人火都特别大，在这个时候最好别招惹他们，就搭讪着说："没有这证，几十年也过来了，谁也不能说我们不是夫妻。"

老谢说:"问题是我们是有证的,我是明媒正娶的,我们不是把盖卷儿搬到一块儿地瞎凑合。"

顾明说:"谁说我们是瞎凑合了?"

老谢说:"证呢?没证就是瞎凑合。"

顾明一下没了话,只好转了话题问:"今天吃什么?"

不想,老谢的火更大了,她抬起头来说:"你愿意吃什么你自己吃,我找不着证就不吃饭!"

顾明说:"那何苦,你要真把这个证看得这么重,就到单位去开个证明,意思是一样的。"

老谢说:"单位的证明顶什么,我们单位什么都能证明,连小刘害脚气都找单位开证明,谁都知道我们那个证明不值钱极了。结婚证是什么?结婚证是有法律效应的,是政府颁发的证书,单位岂能证明。"

顾明说:"那你就去公证处办个公证,跟结婚证一样,同样有法律效应。"

老谢说:"这倒是个法子,我怎么就没想到这儿?"

老谢说着就将那一堆烂书本踢开,拍拍身上的土站起身去做饭了。老谢想,亏得有公证处,天底下还有个说公道话的地方,要不然,她跟顾明这婚姻还真有点说不清了。

四

第二天上午,老谢到医院来找顾明,看见顾明和小安正在病房里和芭蕾舞演员周旋,原来演员趁人不注意将衣服扣子都揪下来当胡桃吃了。护士要将演员拉到放射科做检查,演员不干,仍旧舞蹈不止,灵巧地在床与床之间和医生、护士转圈。费了好大劲,最后总算将她拉住,她在两个护士的绑架下一蹿一蹦地走向了放射科。

老谢跟着顾明进入办公室,老谢说:"那个漂亮姑娘怎会是精神病人?可惜了,看着好好儿的。"

顾明说:"那是一种环境强迫综合征。"

老谢问怎的是强迫综合征。

顾明说:"就是钻了牛角尖,进得去,出不来了。"

小安说:"其实谁都有点呢,轻了叫神经质,发展大了就成了病。"

老谢不以为然地说:"病就是病,怎能说谁都有点儿?看你说的。"

这时,大胡子老王出院了,他媳妇带着他来办公室向顾明告别。

小安给老王开了一个月的休假单,顾明让老王媳妇利用这一个月陪着老王四处逛逛,放松一下,别急着上班。老王媳妇说没钱旅游,大小子今年考高中,上了重点得拿一大笔赞助费,他们的儿子再不能像他爸爸一样烧锅炉了,得当个知识人。

老王说:还是上班好,他不想去旅游,他住院这些日子多亏了孩子他妈,为他,孩子他妈吃了不少苦。

老王媳妇听了眼圈就有些发红说:"你别这么说,谁让咱们是夫妻呢?"

老谢听了就问:"你们有结婚证?"

老王媳妇说:"看这老姐姐问的,我们结发夫妻,一九八〇年三月九日领的证,差不了,怎么说没证?"

老谢赶紧说:"我是说你们的证还好好儿存着?"

老王两口子你看看我,我看看你,一时还真答不上来了。

老谢说:"怎么样,傻眼了吧,跟我们家一样,快回家找去吧。"

老王两口子就你说你收着,他说他收着,一边说着一边出了门。

顾明问老谢来有什么事。

老谢说:"结婚证公证不成。"

顾明说:"怎公证不成?"

老谢说:"单位证明、户口本都不抵事,公证处就认结婚证。"

顾明说:"这么说这事给证死了,就没别的法子了?"

老谢说:"公证人说了,结婚证丢了上开出单位查档,由原办证单位给开出证明他们就给办公证。"

顾明一听愣了半晌说:"上原办单位,那就是新疆的阿克苏了……"

老谢犹豫地说:"不行就跑一趟?"

顾明说:"二十多年了,那地方的人早散了,机构都撤了,你去了找谁呀?"

老谢带着哭腔说:"那你说怎么办?"

顾明说:"我看算了。"

老谢说:"算了?那怎么行!"

顾明说:"不行又能怎么样?咱们也变不出个结婚证来。"

老谢说:"你行我不行,我非把公证弄到手不可。"

顾明生气地说:"你有本事你就弄,真是吃饱了撑的,没事闲的。"

老谢说:"你对国家的法律是什么态度?怎么叫吃饱了撑的?这可是咱们俩的事,我这么干是为了咱们俩。"

顾明说:"现在想起结婚证来了,早干吗去了?"

老谢说:"这话我倒要问你。"

小安给老谢倒了一杯水,示意顾明少说两句。

顾明说:"我不管你什么结婚证不结婚证,明天我要出差上吉林,开会。"

老谢说:"又是研究精神病?"

顾明说:"那当然,我还能研究什么?"

老谢问还有谁去。

顾明说:"小安也去。"

老谢说:"你去开你的会,我无论如何得把结婚证找出来,哪怕钻天入地,掀地挖墙也得找。"

顾明说:"你还真把它当个事啊,不就两床毛巾被吗,我给你买回来就是了。"

老谢说:"到现在了你怎么还在犯糊涂?毛巾被的意义已经退到次要地位了,要紧的是名分问题。"

顾明问什么名分。

老谢说:"夫妻名分,没有结婚证,我和你算哪档子事!"

顾明说:"什么哪档子事,你妈和你爸爸当初也没有结婚证,不也名正言顺过了一辈子,最后双双进了火葬场。"

小安接过他们的话说道:"证不证的没劲,我的不少同学没领证就在一块儿过了,也过得挺好,不领证彼此都有相对自由,前进不成尽可后退,机动灵活。"

老谢说:"你们那是现代派,是未婚同居,丢死人了,单位和政府都不会支持你们这样做。"

小安说:"既然没人认可你们的婚姻,那不更简单了,你们就是大龄未婚……壮年哪,可以登记去结婚,也可以重新找对象。多好的事啊。"

顾明嘿嘿地笑。

老谢说:"越说越不像话!"

五

居委会的老太太们在练扇子舞,老谢在其中老心不在焉,错了好几回。教练点了她几次,仍跟不上趟。旁边的宋大妈问她怎么了,老谢说是头疼。

宋大妈说:"你成天守着大夫,还怕头疼,让你们家顾大夫给看看就行了。"

老谢说:"再别提那个大夫了,现在你找他苍茫大地无踪影了。"

宋大妈说:"又出差啦?"

老谢说:"可不,上吉林了。"停了一会儿老谢又说:"宋大妈,您在街道干了一辈子,您说这两口子要是没结婚证该怎么说呢?"

宋大妈说:"这很简单,就是非法同居呗。"

老谢说:"要是有结婚证,丢了呢?"

宋大妈说:"哪儿丢哪儿补。"

老谢说:"要是补不来呢?"

宋大妈说:"补不来就让原办单位照档开个丢失证明。"

老谢说:"要是证明也弄不来了呢?"

宋大妈说:"要是连证明也弄不来就说明没这档子事,什么结婚都是瞎掰,不受法律保护。"

老谢听宋大妈这一说,越发觉得事情的严重了,眼睛就有点发呆,她真后悔,以前怎的对这张小纸片就没重视起来呢?没有这张纸,敢情什么都是假的,什么都不算数,有了孩子也是私生子,甭管这孩子是上了大学还是正在吃奶。

老谢怏怏地走回了家,没做饭,扑在床上想心事。

她突然感到很危险,很可怕,既然她与顾明的婚姻没有结婚证来做法律保证,那么彼此就是自由的,都有再选择的权利。她已经退休,是个黄脸婆,家庭妇女,选择和被选择的机会于她几乎是零,但顾明可是主任医生,事业、前程正如日上中天般地辉煌，他满可以再找个在各方面胜过她一百倍的女人……那个老往家里跑的年轻医生小安，怕也不是安分货色，她看顾明时那个眼神，现在让人怎么想怎么不对劲……偏偏是她和顾明一块儿出差，他们这是第几回了……年龄相差太大，大怕什么，这是新潮，现在的时髦女郎哪个不是傍个老头子？再说了，老牛爱吃嫩草，难保顾明就没那心思，男人，都是喜新厌旧的，这里边说不定已经有了什么事了，你看他对结婚证的态度，不急不恼的：要不就算了。"算了"是什么意思？是结婚证算了还是这场婚姻算了？当然是后者，他巴不得算了呢，这都是那个姓安的灌输给他的：前进不成尽可后退，机动灵活。她与顾明几十年的夫妻原来是一直处于机动灵活状态，人家都琵琶别抱了自己还被蒙在鼓里铁了心思一条道走到黑呢！傻！真傻。傻透了！

老谢在床上翻了个身，进入了更深层次的思考。

仔细想，她好像压根儿就没见过什么结婚证，当初上办事处登记，她因为是铁姑娘队的队长，要带着大伙挖渠，为创造连战七十二小时不下火线的纪录，结婚证是领导委托女文书替她办的。失策，太失策！那时候太年轻，太轻率……一切都是想当然。既然是这样，那么结婚证是否存在过就应该打个问号了。对于结婚证的有无，最清楚的当数顾明，说不定从那时起，他就做了机动灵活的打算，难怪自己在翻天覆地地找证的时候他总是幸灾乐祸地唱："你找他苍茫大地无踪影，他打你神兵天降难提防。"果真是"难提防"啊，原来二十多年前这"神兵"就埋伏好了……还骗她什么老太太要拿它糊窗户，那全是障眼法，扯淡！

老谢惊出了一身冷汗，一骨碌坐起来，对着墙上她与顾明的黑白结婚照越看越不是味儿。

照片上的她憨憨地笑着，而顾明却抿着嘴别有所思。

老谢自言自语地说："敢情我现在才明白。"

六

老谢有老谢的办法，她决定到办事处再办一个结婚证，那样就等于给这个家上了保险，不怕有变故了。至于什么二十五年啊，什么毛巾被啊，都顾不得了，那都是锦上添花的事，现在要的是雪中送炭。

到了办事处，办事员告诉她，现在结婚登记手续已经交到区里办了，归区里管。老谢又赶到区里，区里人说这很简单，只要双方单位开出介绍信就行。

老谢问："就这么简单？再不要其他？"

办事员说："不要其他，对了，要两人的合影，贴在结婚证上用。"

老谢说："这好办。"

从区政府出来，老谢很高兴，老谢认为这事不成问题了，让单位开个介绍信这再容易不过了，他们单位连脚气这样的事都能开证明，给她开个结婚的条子还不是小菜一碟？更何况她和顾明的情况谁都知道，就是重走一遍手续罢了。当然，跟领导打个招呼是必要的。

老谢跟领导一说，几个领导听了都乐，说这事还真新鲜，不过不是什么大事，让办公室小李给开个介绍信就是了。

领导老张说："这么说我回家也得找找结婚证去，天知道我那个证在哪儿塞着呢，原以为是一张纸的事，不想让老谢一说还很重要。"

老赵说："我那个证早就没了，十年前两口子打架，我们那口子一赌气，给撕了，撕了就撕了，谁也不能说我们不是两口子。"

老谢说："当初谁也没把它当回事，尤其是我们这个年纪的人，关乎人格的承诺比一张纸要贵重得多，想着结了婚就不会有什么事了，但以现在的观念来看，就得从另一个角度思考了……"

房间里还有几个同事，大家一听老谢要"结婚"，就闹闹嚷嚷起着哄地要吃喜糖，还有一个当下就登记给老谢凑份子，把一切闹得跟真的似的。

老谢说："你们起什么哄啊，我们都老夫老妻了，就是补个手续，别瞎闹！"

人们说补手续也是结婚，该好好热闹一下。大家嘻嘻哈哈地逗着老谢，拿补手续这件事寻开心。

没想到，老谢的好心情在办公室小李那儿遭到了彻底打击。

小李点着介绍信说："这初婚还是再婚一栏怎么填呢？"

老谢说："当然是再婚。"

小李说："说再婚，那前边就是离婚了，离婚也得有离婚证啊。"

老谢没有离婚证。老谢傻了眼。

小李说:"那就填初婚吧。"

老谢不干了,老谢说:"填初婚我的女儿怎么算呢?难道我是未婚先孕吗!"

小李说:"您女儿都二十多了,用科学的说法讲您应该是单身母亲。"

老谢一听火了,无论是未婚先孕还是单身母亲,她都不能接受。

小李把介绍信一推说:"您自个儿填吧!"

老谢什么也写不出来。

七

老谢病了,几天没去练扇子舞了,一天到晚精神恍惚,看着墙上她和顾明的结婚照,嘴里哼哼唧唧。女儿从学校回来,看她妈只是唱"你找他苍茫大地无踪影……"就有些着急,不知她妈犯了什么病,大气不敢出地小心伺候着。

顾明出差回来的时候,女儿正在厨房给她妈下挂面。女儿见了顾明说:"爸,你看看我妈吧,怎么都成了横路敬二啦?"

顾明进入卧室,见老谢正发愣,就说:"还是为那个结婚证,你有完没完哪?"

老谢不理顾明,眼里有泪光在闪。

顾明说:"你成天在家泡着,憋也憋出病来了,明天还是出去找点事做吧。"

老谢说:"要出去也得把结婚证补上再出去,要不我闺女名不正言不顺。"

顾明说:"这是哪儿跟哪儿啊,我看你快成精神病人了,症状赶上我们那个跳芭蕾的了,一根筋往死里转,转得出不来了。"

老谢指着墙上的相片说:"你看看你那德行,皮笑肉不笑的,跟《智取威虎山》里的小炉匠似的,照相的时候你心里想的什么,别当我不知道!"

顾明说:"你说我心里想什么了?我哪儿知道照相的时候我想什么

了，我刚回来，你就找碴儿吵架，真没意思。"

老谢说："是我没意思还是你没意思？"说着起身叉着腰站到了顾明对面，"你给我老实交代，第一你到底领没领过结婚证，第二你跟那个姓安的究竟是什么关系！"

顾明直往后退，他哭笑不得地说："都什么年纪了，你还吃醋。"

老谢说："那是因为没有结婚证。"

顾明说："没有结婚证能怪我吗？"

老谢说："不怪你怪谁？你心里最明白。"

顾明说："我不明白。"

老谢说："你是揣着明白装糊涂。"

顾明说："比精神病还精神病，明天我得给你开张入院通知书了，好好修理修理你。"

老谢冷笑一声说："这才是你的心里话，你想跟那个姓安的一块儿修理我，怕也不是一天两天了，你们来吧，我不怕，我什么也不怕！"

女儿端着面跑进来，让母亲消消气，先吃饭。

老谢不吃，将一碗面都拨拉到了地上，大叫着说："日子都不过了，还吃什么饭！"

顾明说："不过就不过，为个结婚证，你能把人给逼死，没证就没证，咱们俩没关系就没关系，你爱是谁就是谁！这些日子你把人整得也够呛了，一切随你的便吧！"说着上去就将墙上的相框摘下来，啪地摔在地上。

相框在脆亮的响声中破碎。

女儿赶紧蹲下来收拾碎片，说："你好好儿的，这是怎么了？是怎么了？"

老谢说："怎么了，你问你爸爸，对了，他是不是你爸爸还两说呢。"

女儿扑哧一笑说："他要不是我爸爸，您怎么说哇？"

老谢说："他骗我，这么些年了，原来压根就没有结婚证！"

顾明说："我骗你干吗？我哪儿有结婚证？日子过得好好儿的，你说你突然转了哪根筋。"

老谢说："我睡醒了，我睁开眼睛了，我的法律意识复苏了，我学会保护我自己了！"

顾明说:"你以前也没闭着眼哪。"

老谢说着说着就哭了,老谢觉得很委屈。

这时,女儿拿开相框后面的木板,取出垫在后面的纸,打开一看竟是老谢和顾明的结婚证。女儿说:"妈,您别闹了,您看这是什么。"

老谢两口子都怔住了。

老谢拿过证来捧在手里百感交集:"……就为了这张纸,为了这张纸……"

顾明说:"谁能想到你妈没糊窗户给夹到这后头了,真是你找他苍茫大地无踪影,他打你神兵天降难提防啊。"

女儿说:"不是您摔它还发现不了呢。"

顾明说:"闺女,你将来的结婚证可千万得收好了。"

女儿说:"我差点儿当了私生子。"

老谢哭笑不得,一脸尴尬,一个劲地说:"……怎么是这……"

原载《百花洲》1998年第6期

点评

这是由一张"消失"的结婚证引发的风波。老谢与精神病院的主治医生顾明结婚几十年了。一次街道奖励结婚二十五年以上的夫妻,拿着结婚证去就可以领回两床毛巾被。一开始,老谢为了得到毛巾被而需要找到结婚证,后来为了证明婚姻的合法性而需要找到结婚证。而结婚证的"消失"引发了一系列连锁反应,先是老谢无心顾家,顾明下班回家后没有了热乎的饭菜等着,没有拖鞋备着,干净整洁的家因为老谢的寻找也变得杂乱。接着老谢开始质疑顾明对婚姻的忠诚,开始担忧自己的名分,开始惧怕这一切都是顾明原先就设计好的,根本就没有什么结婚证。老谢似乎越来越朝着顾明医治的病人的方向发展——进去了,出不来了。更荒诞的是,老谢为了补办结婚证而陷入了一个怪圈:补办结婚证的话要填写是初婚还是再婚,肯定是再婚,因为要是初婚的话,孩子上大学了也是私生子,可如果是再婚,去登记的时候要交离婚证，要办离婚证又得交结婚证。各个部门也是互相踢皮球，需要开具各种证明。其实这并非作者的杜撰，而是来自她自己的真实生活，并且她表示直到现在她也还没有把证补办下来，还是没名分，很让人恼火。作者还是仁慈的，存了恻隐之心，尽管生活中作者并没有找到那张结婚证，更没有补办成功，还真是"你找他苍茫大地无踪影"，但在小说中，作者还是安排了一个美好的结局。

  这篇小说紧贴现实生活，从细微处着眼，用一张"消失"的结婚证将现实的荒诞处淋漓尽致地呈现出来。小说写得十分奇巧，单单故事情节的发展就具有强烈的吸引力，不仅讽喻了正常人有时也会在特定情境下表现出精神病人的某些病态心理，也对组织机构的处事原则进行了极度的讽刺，无怪乎有人会发出"生活远比小说精彩"的慨叹。

（朱旭）

彭 孙
/白天光

彭孙老人终于下山到刘家堡居住了。

村长刘乃新为此召开了一次村委会，研究的竟是彭孙老人的年龄问题。会计赵桂英、治保主任刘乃河都说没必要，会计何庆丰则说有必要，又翻开户籍本，指着彭孙老人的卡片说："全村谁的卡片上没有出生年月日？只有彭孙老人的空着嘛。"

彭孙老人的年龄问题，这可是一个难解之谜。据祖辈论，彭孙是个外来户，一直独自在山上挖参为生，结庐而居。一辈又一辈人故去了，他却跨过一辈又一辈，总也不死，村里人就称他是"老寿星"。人说他是个哑巴，其实是个半语，有时能听清他说个"参"字或"酒"字，因为他常挖参、总喝酒的缘故吧。那么，年龄问题当然就不能去问他了，他又无亲无靠，也就更不能去问别人了。不仅年龄是个谜，连名字也是个谜。因为是寿星，与彭祖搭边，他居住的那座山又恰叫彭山，与彭祖搭边更近，所以人们就说他是彭祖的第七十九代孙，简称"彭孙"。

虽然彭孙的年龄是个谜，但赵桂英非要找出谜底不可。想了半天，好像发现了新大陆，她忽然说："你们知道彭孙老人为什么下山吗？不是他厌倦了山上的生活，而是悲伤。他的那条狗死了，他是为狗悲伤。"

何庆丰说："这和年龄问题没关系。"

赵桂英说："有关系，因为他属狗。我爷爷说听他说过，那时他还不像现在这样哑。他除了能说'参'和'酒'，还能说'同志'。你们以为他说的就真是'同志'吗？"

大家都瞪眼了，没有一个能回答。

赵桂英说："你们想想，彭孙老人都是活化石了，他怎能说出'同志'来？他说的其实不是'同志'，而是'同治'。他为什么能说出'同治'呢？肯定是由于他在清朝同治年间生活过。而他又是属狗的，就是说他出生在清朝同治年间的狗年。同治年间的一个狗年，就是一八六二年。所以，彭孙老人的年龄问题解决了，今年一百三十六岁！"

何庆丰说："为什么是一百三十六岁呢？彭孙老人活在同治年间，不一定就生在同治年间嘛，所以他也可以是一百四十八岁、一百六十岁……这根据，实在是没劲！"

刘乃新说："庆丰，把你那有劲的说说。"

何庆丰绿豆大的眼睛眨了眨，说："你们可听过彭孙老人打喷嚏的声音？"

这可是个很奇的根据，连刘乃新都惊了："没听过。"

何庆丰说："彭孙老人打喷嚏是带钩儿的。悠然打出喷嚏，且带钩儿，乃是八旗子弟的习俗，最早始于清末。我看过一本书《瓜尔佳逸事》，书中说瓜尔佳本不是人名而是满族姓氏，女真时为古里甲，现在汉姓为关。清末时才出了一个叫瓜尔佳的人，他打喷嚏带钩儿，所以从他开始，每个瓜尔佳的贵族打喷嚏都带钩儿，是驱邪的意思。据此，彭孙老人该是满族人。瓜尔佳这个人生于光绪十三年，也就是一八八七年。彭孙老人打喷嚏带钩儿肯定在瓜尔佳之后，他的年龄充其量与瓜尔佳相当，即一百一十一岁左右。"何庆丰说后也故意打了个喷嚏，也带钩儿，大家都乐。

刘乃新又问刘乃河："二哥，说说你的看法。"刘乃河是刘乃新的本家，所以这样称呼。

刘乃河一拍猎枪说："我还是那个意见，咱四个人，一人说个数，最后除以四，彭孙的岁数就出来了。桂英、庆丰都说了数，我再说个一百，乃新你就再说个吧？"刘乃新说："好！二哥说得好。我不用说数，说的就是大家的平均数。桂英说得有根有据，庆丰做了补充，综合大家的意见，村委会决定，彭孙老人是一百四十八岁，生于道光三十年，公元一八五〇年四月五日，那天正好是清明。举手表决！"

四人同时举手，刘乃新举的是两只。

赵桂英、何庆丰、刘乃河放下手，一看刘乃新的办公桌，一齐都愣了：上面有一本万年历，里面夹了一张条子，彭孙老人的年龄多大，刘村长肯定是早就想好了的！

举完手,刘乃新就对何庆丰说:"明日就给《青阳日报》写条消息:刘家堡子发现一罕见寿星,一百四十八岁仍腿脚利落!"

何庆丰问:"写多少字为宜?"

"可长可短,让人看了觉得不假就行。"

刘乃河说:"噢!刘村长怪不得你要开会研究彭孙老人的年龄,原来是为登报呀!一登报,你又可以给咱村拉赞助了?"赵桂英说:"上次拉赞助修了一条'小康桥',这次拉来赞助再修条'小康路'吧。"

刘乃新说:"修不修'小康路'再说,反正咱村要奔小康。奔小康,不动脑筋哪成?"

刘乃新为村里拉赞助修"小康桥",是一年前他刚当了村长时候的事。桥是由附近村庄一个名叫方明渠出钱修的。他是一个很有钱但很没文化的老板,又是一个极孝顺的男人。他的母亲总头疼,刘乃新就为他看破了因由:方明渠的父亲已死了二十多年,就埋在刘家堡的后山彭山上。刘乃新把他的一张印着"中国《周易》研究会北方分会秘书长"的名片递给他,说:"你父亲的魂够不着你母亲的魂,总是游离着,你母亲必头疼。"方明渠问:"那怎么办?"刘乃新说:"阴府的人忌水。咱们两个村中间隔着一条水,你母亲在水那边,你父亲在水这边,被水拦在我们刘家堡啦。你修座桥吧。"

桥修了,方明渠母亲的头疼病竟奇迹般地好了,莫非方明渠父亲的魂不再游离了?方明渠在桥头牌上写的是"过魂桥",后来被刘乃新换上了"小康桥"。方明渠因母亲的病好了,也不过问桥改了名。

这桥增强了刘乃新的耐心,因"耐心"和自己的名字"乃新"谐音,他就把"耐心"作为自己在《青阳日报》上发表诗歌的笔名。他当村长后,为了刘家堡致富,先是瞄准了方明渠,现在又瞄准了彭孙老人。

彭孙老人的消息在《青阳日报》上登出,果然引起轰动。《健康》杂志抢去了"长寿秘诀"的大纪实,《老年报》抢去了"彭祖再世"的报告文学,省电视台抢去了"活化石彭孙"的专题节目。一时间,刘家堡子的名声大振。

一个早晨,一辆奔驰轿车驶过刘家堡"小康桥",开进村里,在村委

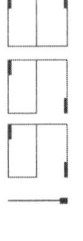

会院门前停下。从车上走下来两个人，一胖一瘦，都穿着村人没看见过的大背心子，衣襟快垂到了大腿肚子上，前胸后背都印着血红的大字："红薯酒，你的好朋友！"

刘乃河用猎枪拦住了他们："你们找谁？"

"我们找彭孙老寿星的亲友！"胖子说。

刘乃河让他们进村委会："请进，他的孙子们都在屋里。"

刘乃新显得并不太热情："坐，都坐。"

赵桂英看见他们的背心子，就知道他们来干什么了，起身给他们倒水。

何庆丰看着他们问："推销酒？"

胖子急问："哪位是彭孙老人的亲戚？"

刘乃新说："我是他的大孙子，有啥话跟我说。"

赵桂英补充说："他也是我们的刘村长。"

瘦子握住刘乃新的手说："刘村长，我们是红薯酒厂的，我们可不是推销，往后你们喝红薯酒不要钱，白喝，管够！"又介绍那个胖子，"这位是我们红薯公司的副总经理刘云超，我是他弟弟刘云鸿，东北总代理，咱都是老刘家人啊！"

刘云超也抢过刘乃新的手去握："我是哥了。麻烦你们了，我主抓广告，我想，谁做都是做，为啥不找家里人！"

刘乃新一笑："今日早起，有一只红蜘蛛挂我眼眉上了，就知道亲人要来了。这不，说来就来了！"

刘云鸿说："咱爷呢？我们想去孝敬孝敬他老人家。"

刘乃新说："等一会儿，我领你们去见。他头午睡觉，别人不能打扰。"

刘云超说："我们想出重金请彭孙老人做广告。不瞒你说，这是一位在京城有大名气的广告制作人出的主意，这个创意，让我们几天都睡不着觉啊。这个广告制作人看了所有有关彭孙老人的文章。剧本是他亲自创作的，就两行字：'一个一百四十八岁的老人，一个跨世纪没有说话的人，今天终于说话了！彭孙老人说：'好酒！'"

何庆丰霍地站起来："好！好！但彭孙老人不能说这话，他应该喝一口红薯酒，再说：'没白活！'"

赵桂英说："你们打算出多少钱？"

刘云超笑着："我们准备出十万！"

赵桂英也一笑："给你提供个数字：香港《健康与保健》封面登了给了十二万

港币,香云食品股份有限公司,登了一幅吃点心的照片,给了十六万元人民币……你们是在电视台做广告,这个价,也不怕消费者笑话你们……"

何庆丰有些憋不住乐:赵桂英撒谎也不怕大!

刘云超一怔:"那你们要多少?"

刘乃新一摆手:"她是说实话,但却分不出远近来。都是自家人,哪能要钱呢?一分不要!"

刘云超说:"那不行,不要我们也不能做广告啊。"

刘乃新说:"如果你们想给报酬,我倒是有个好主意。我们刘家堡有近三百个上小学的孩子,他们上学要翻过两道岭,走十多里路,遇到下雨,很危险。如果在我们刘家堡建个小学,盖一座小楼,就解决了。如果愿意,我们还可以叫红薯小学……我们可是给你们做两个广告啊!"

刘云鸿说:"这得多少钱?"

刘乃新说:"不多,三十多万。"

刘云超想了想:"行,这也行。"

彭孙的广告片是在红薯小学开学那天开播的。

彭孙的气色很好,在村委会那台彩色电视机里,远比他本人有神采。彭孙还是像平时那样,穿着整洁,裤腿扎着,手中握着一块已磨得明光闪闪的鹅卵石。背景是一座小桥,一群挑着红薯担子的汉子从桥上走过。他并没到过这个地方,广告公司为他拍片时,是在村委会的院子里拍的,没有背景。这是广告人的精心制作。

为这个片子配乐,用的是彭孙的箫声。平时在山上,他总吹一支洞箫,如今用上了。

彭孙在片子里只说了一句话。他左手握着带有红薯商标的酒瓶子,半闭着眼睛,就像孩子一样说:"酒!"

"一百多年才锤炼出的语言!"刘乃新说。

"我们村又要来财神爷了,一个大作家要到咱村来采访彭孙老人……"何庆丰说。

刘乃新问:"哪个大作家?"

何庆丰就从兜儿里像倒土豆似的倒出一堆书,每本书的作者都是老崽。何庆丰说要来采访的就是他。

刘乃新问:"他啥时来?"

何庆丰说:"明天就到。"

第二天,村委会办公室打扫一新,迎接老崽的到来。

一辆新型奥迪车把他送来,他背了很大一个包儿。何庆丰最先跑出去,接过包儿,把他迎进村委会办公室。老崽坐下,蚊声蚊气地说:"我姓高,叫高凤山,笔名叫老崽。我也是农村人,总不忘乡亲们。本人没有学历,只在农村做过代课教师,这些年的成长,全仗着一位出版社编辑的培养。"刘乃新急不可待地问:"您来采访彭孙老人,想定个啥题目啊?"

老崽说:"这也是纪实性题材,我准备如实地去写彭孙老人的一生,约五十万字,但我想用五千字来构思一个史实,那就是,彭孙曾参加过第二次世界大战,是盟国派往希特勒身边的间谍,但很快就被希特勒识破。尔后,彭孙回到苏联,新中国成立前两年回国。彭孙的口语不清,不能说话,和希特勒有关,他给彭孙施过特殊的刑罚……"

"有证据吗?"何庆丰说。

老崽说:"我会让彭孙和希特勒合影……以前我让许多人和名人合过影,现代的摄影手段,会让死人和活人在一起拍婚纱照……"

"你不怕别人识破,不怕别人揭露你?"赵桂英说。

老崽站起来:"因为彭孙现在不会说话!"

刘乃新也说:"还有我们这些证人。"

老崽说:"我将用四十五万字,去写彭孙的爱情,五千多字的间谍情节,只是一个点缀,也是为了书名。彭孙的爱情,将以你们的代述为根据……"

赵桂英问:"你给我们多少钱?"

老崽说:"根据书的发行量按比例分成。每册书,给你们提成两元钱……这部书预计能发行三十多万册。"

刘乃新看了看表:"走,吃饭去。高老师,今日我们请你吃驴马烂……"

老崽问:"啥叫驴马烂?"

刘乃新说:"你不是本省农村人吧,驴马烂可是稀罕物,就是驴和马的那东西!"

老崽一惊:"《大补源》上说,吃啥补啥,我们可别变成牲口啊!"

老崽走的第三天,刘乃新正和赵桂英算账,老崽把一牡丹卡押在这里,到银行去验,那上面还有十二万元。刘乃新和赵桂英正在计划,如何支付老崽即将汇来的三十万元。赵桂英主张办个大饭店,叫"庄稼人娱乐中心",熔说书唱戏、修脚搓澡于一炉,刘乃新就瞪她一眼,说要成立一个彭孙健康俱乐部,向人们公布长寿的奥秘,大量地批发红薯酒、参茸补品,卖倭瓜籽、河卵石、土箫,还有彭孙长寿拔火罐儿,兼卖他和何庆丰合写的著作《彭孙百岁长寿十法》。

说话间,刘乃河忽然抱着猎枪闯了进来:"不好啦,彭孙老人要死!"

"你咋知道?"刘乃新转喜为怒。

"他……能说话了,要……要见你!"刘乃河说。

刘乃新瞪大了眼睛:"可是真的?"

"唬你,我是孙子!"刘乃河急了。

刘乃新和赵桂英放下账本,撒腿就往彭孙家跑。

村人也都知道了彭孙不行了的消息,也都向彭家涌去。

彭孙半卧在炕上,肩上垫了两个枕头。

"老人家,您……您怎么了?您不是不能说话?"刘乃新扶着彭孙。

彭孙吃力地张开嘴:"我一直都能说话,我……我不想把话说清楚。我……我不行了,我该把话说清了。乃新,记住,我出生于光绪二十八年,就是一九〇二年。我今年……九十六岁。我在山上隐居六十年,是因为我有愧于刘家堡人,我是个罪人……今天,我欠刘家堡的情,还上了。孩子们……要记住,到啥时候,都要做个老实人,我是吃了不老实的苦头……现在我要走了……"

彭孙死了。

彭孙安葬那天,下了一场雨,很大很大……

原载《人民文学》1998年第12期

点评

  彭祖是中国神话传说中的人物，据称"长年八百，绵寿永世"。孔子对其钦佩，屈原将其写进楚辞，司马迁撰入《史记》，更是加重了彭祖的神秘色彩，给其披上神话的外衣。白天光的这篇小说就依托这一传说，建构了彭祖的第七十九代孙，简称"彭孙"的这样一个年龄成谜的长寿老人形象。刘家堡的村干部们正是利用人们对于长寿的执迷大做文章，原本老人的年龄不详，结果"综合大家的意见，村委会决定，彭孙老人是一百四十八岁，生于道光三十年，公元一八五〇年四月五日，那天正好是清明"。村里又张罗着将这件事情报道出去，于是"彭孙老人的消息在《青阳日报》上登出，果然引起轰动。《健康》杂志抢去了'长寿秘诀'的大纪实，《老年报》抢去了'彭祖再世'的报告文学，省电视台抢去了'活化石彭孙'的专题节目。一时间，刘家堡子的名声大振"。其后各种赞助、广告商接踵而至。村里利用彭孙老人效应赚来的钱修建了小学，结果长寿的彭孙老人却即将撒手人寰。一个看似有些无厘头的故事，让人通过刘家堡这一个小小的窗口，看到了在中国社会现代化转型期，市场经济的蓬勃发展给乡村带来的前所未有的冲击。无论是之前利用《周易》研究会北方分会秘书长的幌子骗人修桥，还是后来编造彭孙老人一百四十八岁的谎言为村里修小学，均是以中国传统文化中的因素为依托，呈现出传统与现代的荒唐对接，都生动地展示了转型期中国社会的一幅人性剖面图，对转型期的世道人心做出了贴切入骨的描绘和把握。

  小说的结尾颇具欧·亨利的风格，原来彭孙老人并不是哑巴，他也清楚地知道自己的出生年月和准确年龄，之所以任由村里人大做文章，是为了"赎罪"，现在还完了债，他也可以放心地走了。这样的突转使得所有人之前的行为更显荒诞，也加重了小说的神秘色彩，让读者想探究彭孙老人究竟做过什么对不起村里的事。从艺术形式上看，这篇小说有中国古典文学的韵致，有风俗画的特征，又杂糅了西方小说的黑色幽默、戏仿、反讽的风格，从而巧妙呈现出面对现代化转型，传统社会伦理道德遇到的挑战、阻隔。

（朱旭）

清水里的刀子

石舒清

和自己在同一面炕上滚了几十年的女人终于赶在主麻前头埋掉了。坟院里只不过添了一个新的坟包而已。这样一种朴素的结局，细想起来，真是惊心动魄。马子善老人是最后一个走出坟院的，在走出坟院门的那一刹那，老人突然觉得自己的鼻腔陡然地一酸，似乎听到一个苍老而又稳妥的声音附在自己的耳畔轻轻说，好啊，老东西，你命大，让你又逃脱了，那么就再转悠上几天，再转悠上几天就回来，这里才是你的家。细想想，你在外面转的时间也不短了，长得很了啊。马子善老人诚恳地点着头，是啊是啊，实在是在外面混得太久了，把那样一个鲜活的婴儿，把那样一个强壮的青年混成了目前这副样子，这使他觉得尴尬而辛酸。马子善老人记得，他是孩子的时候，村子小得像一个羊圈，坟院远没有现在大，但那时候的坟院也显得空空的。到如今村子已经很大了，坟院几经突破，成了眼下几乎和村子一样大的规模，而且里面密密麻麻地排列着坟堆，似乎几个村子的人都死光了都埋在这里了，但实际上随着死人越来越多活人也越来越多。马子善老人就在死人和活人都增多的过程里一天天一天天活到了七十多岁，衰老成了如今这副样子。马子善老人有时在水面上看一看自己苍老的影子觉得不可理解，他真讲不清是什么让自己变化得如此苍老。坟头一多，连坟院里也似乎热闹了，这使马子善老人有些淡淡的失意，他喜欢空旷寂寥的坟院，喜欢坟头很少，大家相互珍惜着经历永恒的时间；坟头一多，使人觉得到这里以后还会像外面那样钩心斗角，争争吵吵。但毕竟坟院比尘世要宁静得多，毕竟人们都在黄土下埋得很深，连串个邻近的门都是不可能的了。送葬的人都走净了，院门外的浮土上印着很多的脚印,大家来时的脚印和去时的脚印重叠了,这样就使得许多脚印都失去了方向。人们走得多么快,只留了一些模模糊糊的脚印,但终有一天人们要把自己留在这里的。谁都不免把自己留在这里的。日光倾泻在坟院里,使坟院像一个庞大的废墟。看这天空多么像一个大大的钟面啊,日头不过一根针,在这巨大的钟面上无休止地划来划去。马子善老人瞅了瞅日头,日头自然也是看着他的,马子善老人突然感激自己鼻腔的那一酸楚了,不然自己会很忽略地走出坟院的,正是那一酸楚使自己留在了这样一个重要的位置院门上,这就是生死之门,人应该在这里多站站的。马子善老人觉得自己是那样渴望在这里多站一会儿,躲在坟院深处是不好的,毕竟自己还活着嘛,可是盲目地到尘世中去就更不好。去干什么呢?似乎就没有什么可干的了。现在最好就是在这样的位置上多站一会儿,多想一会儿。想法很多的,想法会使人有一种觉悟的幸福。这么大的天空只有日头独自走长路实在是太孤单了,马子善老人看看日头觉得日头很孤单。孤单着也好,有时候奇怪地觉得孤单着也是一种福分。马子善老人回头看了看坟院,只这么一会儿,老婆坟头的土已没有刚才那样新鲜了,他想起自己将老婆用一匹小青驴从南山里驮来给自己当媳妇的事,老婆头上戴着红纱,两只鞋面上绣满花的脚在铜镫里摆着,随着铜镫一荡一荡,一荡一荡,人的心生出化雪的感觉。那时候想不到那样年轻好看的媳妇最终会归宿于这样一个坟包。马子善老人轻轻叹一口气,应该在这里多走走的,应该在这里多看看才是,这里才是家。那个用血肉温暖了一辈子几辈子的家如今不是自己的了,那是儿子孙子他们的家了。但儿子孙子们不久也会到这里来的,那么那个家究竟是谁的家呢?马子善老人想,该找李乡老讲讲了,该跟他给自己要一块地皮了,得好好找一块长眠之地,不然,草率地一死,让人埋到一个窄狭处,可就坏了。马子善老人突然非常渴盼能知道自己什么时候死,他站在坟院门口喃喃自问,主啊,我究竟在几时呢?你能悄悄地告知我吗?四周一片寂静,坟院里的风微凉地掠过他的脸面,有些竟吹入他耳朵的深处。他想自己若是知道自己归真的一刻,那么提前一天,他就会将自己洗得干干净净,穿一身洁洁爽爽的衣裳,然后去跟一些有必要告别的人告别,然后自己步入坟院里,找到自己的长眠之地,含着清泪,诵着《古兰经》,听任自己的生命像和风那样一丝丝吹尽。想到必死无疑的自己连自己什么时候死都不知道,想到自己会在毫无准备的情况下死掉,他突然觉得一种异常的伤感与恐惧。他想起一句人们常说的话来,尤其那些善说大话的人也这样说,那些人,在他们说了一世大话之后,突然会说,我除了不知道我几时死,还有啥我不知道呢?听听,再善于讲大话的人,他也不知道他几时死。

回到家里,耶尔古拜还拿着他母亲的照片抽抽噎噎地哭着。他想劝劝儿子,又没劝,劝也是白劝。他想,儿子若到了自己这个年龄,就不会因亡人而哭了。自己若在儿子那个年龄,大概也还是要哭的。这都是很自然的事。儿子见他回来了,就眼泪吧嚓地过来问他,如何搭救亡人。这里都是这样信仰的,亡人一入土,冥冥处就开始拷问他(她)的罪过了,亡人都有着一个罪人的身份。因而活着的亲属就得施行一些搭救亡人的仪式。有钱人家,搭救的排场是很大的,但人还是贫寒之家居多。那么宰一只鸡,烙两个油馕,也还是不比有钱人家差的。阿訇们说,有时候举念一枚枣,比举念一峰骆驼都贵重。但实际上人们还是看重骆驼,觉得骆驼贵重。人们也毕竟都是很世俗的,毕竟觉得宰一峰骆驼的搭救效力要远远强过宰一只鸡。儿子眼泪吧嚓地来问他如何搭救时他说,量力而行吧,七七的日子点上一根香,烙两个油馕就成了。儿子说,别的都可以将就,四十不能将就啊,四十日那天来的人多,不要说宰一只鸡,宰一只羊都不行,人笑话呢。他说,宰羊不行你还要宰啥。这样说时他突然想到家里那头老牛,他的心猛地一紧,什么都说不出来了。儿子又落下眼泪来,说,大,我妈苦了一辈子,活的时节没活上个好,殁了,咱们要把亡人当个事呢。他什么都没有说,他担心什么一般闭着眼睛,似乎老牛就在他闭着的眼睛里了,悠闲地摇着干燥的尾巴。静了片刻,儿子说,大,我想,咱们那个牛,也老了,再买个嘛咱们也没钱,你看……他就觉得自己的心上被一只漆黑的拳头捣了一下。他凉凉地看了儿子一眼,说,把它宰了,地拿啥犁?儿子声音很低地说,它还能犁几年呢?是啊,老黄牛确乎是老了,经它拉朽的犁都有好几副了,还指望它能犁多少地?而且它活着也不过是个犁地而已。它最终就能免去一刀之劫吗?宰就宰了吧,他听到自己心里凉凉地说。但儿子似乎听到了,他看见儿子点了点头。他心里有什么东西在具有力度地纠缠着,又像是空空如也。

耶尔古拜牵着老黄牛走到西边的墙角下,清晨的阳光照亮了墙壁和牛的一部分,使牛身有着两样颜色。在光里的那一部分黄着,显得干燥;

处在阴影中的部分却是紫色，显得厚重。牛那么温驯，耶尔古拜用一根指头粗的草绳就牵走了它。它不缓不急地走着，像是驮着什么极重的担子，又像了悟了什么一样显得旷达而随意，它和耶尔古拜之间的草绳软软地垂着，其实不是耶尔古拜在牵它，而是它跟着耶尔古拜走着罢了。它走到墙根下，就像一座山那样稳稳地站住了。阳光落在它那阔大的脸上，它微眯着眼，不疾不缓，悠闲而舒适地反刍着，显得自在而受用。耶尔古拜端了一大盆清水来，他这些日子每天都要把牛洗一次，这样老牛像是穿了新衣裳，显得稍稍地年轻与精神了一些。耶尔古拜用一把大刷子蘸了清水洗着牛身，洗得很是详尽，他还把洗衣粉撒在牛身上，他把牛脖里的褶皱用手指舒展开来洗着，把它的尾巴搭在自己的肩上，洗着它的臀部，他把牛蹄子都洗到了，他把女儿缺了齿的梳子拿来，将牛尾浸湿，然后像好看的女子梳理自己的长发那样梳着长长的牛尾。牛微闭着眼睛，忘我地享受着对它无微不至的洗浴，似乎这个被洗着的身体不是它的一样。耶尔古拜把牛洗净，用一领干净的毛巾擦干它，然后站在远处欣赏它。他很满意地点着自己的头。洗完牛，他就抱来新铲的鲜草给它吃，看着肥嫩的苦苦菜叶被牛大口大口香甜地吃着，看着牛瘪瘪的肚子有些夸张地鼓起来，耶尔古拜真是有着一种难以言述的喜悦。他对母亲的强烈的情感与念想都寄托在这牛上了。他觉得自己不是在侍候一头牛，而是虔敬地侍奉着自己敬重的一位老人。自从举意在母亲的四十祀日要用这头牛时，他就觉得这头牛已超越了其他一切牛，这头被举念了的牛已有了一种独特的品质与意义。它将携带使命去拯救苦海中因自己的罪行而受难的亡灵。耶尔古拜有时用心地洗着这牛，莫名其妙地有着一种感动，有几次更是匪夷所思，他突然想对着这牛，泪眼婆娑地喊一声娘，这愿望竟是那样强烈，使他几乎不能抑制。他觉得自己这么多年竟是把牛看轻了，牛有着博大而宽容的心灵，他觉得牛实在是一种了不起的生命。宰一只鸡怎么能跟宰一头牛相提并论？他真心地觉得，宰一头品质卓越的牛实在是能免却一份很大的灾难。他一点也不怀疑这头牛对他母亲的巨大作用。他觉得在举念之后，它就不是在人间的生命了，他一定会归宿于一个令人向往的地方。一只鸡可以生活在群星后面的天庭里吗？不能的，但一头牛却能。牛可以凭着它不改的忠厚和善良堂而皇之地走进一切巨大的宫殿之门。因此耶尔古拜像干着一件神圣的事业那样伺候着这老牛，使它一天一天地健壮起来，一天一天地年轻起来。耶尔古拜看着，心里有着难以言述的感动与狂喜。当牛大口大口地吃着鲜嫩的草时，马子善老人偶尔也会走过来，蹲在一旁看牛吃草，他脸上的表情没有耶尔古拜那样鲜明。他对耶尔古拜说，瞅它这吃，就像它还能活一千年。然后不待儿子说什么，拿起一大朵肥嫩的苦苦菜，将一片菜叶脆脆地折裂，立即溢出稠稠的奶汁来，马子善老人皱皱眉，说，唔，这么多的奶。

就这样，四十的日子一天一天像一大团阴影那样悄然地逼近了。

四十的前三天，晨光给高高的树梢上淡淡地涂了一抹金色。无数的麻雀在巨大的树冠里异常激越地吵着，让人的心里荡开着一粼一粼很温馨的银波。马子善老人正在离树冠较近的高房子里精心地粘《古兰经》，经典历时久了，纸张已经泛黄，而且轻若鸿毛，但上面的字迹却似愈加清晰。突然耶尔古拜跑上来有些焦灼地说，老牛吃也不吃了，喝也不喝了，昨夜里放在槽里的清水与鲜草原模原样地放着。马子善的心强烈地一动，他把没有粘好的经典摊开在桌面上有阳光的地方晒着，自己匆匆随儿子来到了牛棚。牛棚盖在大门的外面，平时看不出，这一刻才发现这牛棚有着一些缝隙，一些金叶子似的阳光从那些缝隙里照进来，很短，往往在瞬间就莫名地消失了。牛棚里很干净，有着一种促人感动的牛粪气息。牛宁静端庄地站在那里，像一个穿越了时空明彻了一切的老人。它依然在不缓不疾，津津有味地反刍着，它平静淡泊的目光像是看见了什么，又像是什么也无意看。它的肚子明显有些瘦。槽里有一盆清水，清得像能生出莲花来，显然，这水没有动过，盆旁边是草，显然也没有动过，一夜之间，那么鲜嫩的草有些蔫了。大，你看，这水，它一口都没喝，还有草，都没吃。儿子有些焦灼地说。牛像是没有看到他们父子俩，它投入而又忘我地反刍着自己的东西。儿子突然问他说，大，是不是……他知道儿子要说什么，他的鼻腔深处强烈地一酸，喉头处像硬硬地哽了一个什么硬物，他觉得自己的泪水带着一股温热迅疾地流下来了，他连忙转过头，有些踉跄地疾疾地走了出去。日头升高了一些，光星像凌乱的雪花那样扑面而来，他低下头像在风里面似的走着，上了高房子，麻雀吵得愈加热烈。他坐在炕边上，两手蒙住脸，感觉泪水在指缝里流出来了。他说不清自己为什么要流泪，更说不清自己为什么竟有那么多的泪，似乎还有要哭出声来的欲望。终于呜呜咽咽地哭出声来了，心像一个大海那样激情难抑，心里满满的都是感动。耶尔古拜诧异地出现在门口,阳光使他的正面显得很暗。见父亲那样,他显得有些无措,很快又走下去了。麻雀们不知受到了怎样的打击,轰一声响,骂咧咧地飞了,余下几只在树里,有些胆怯和猜测地鸣着。马子善老人不能自抑地哭了一会儿,感到自己像激流那样平缓了下来,心境渐渐宽阔,但那种感动还是满满地在心里。他有着大病初愈那样伤感而美好的心境。他觉得有些罪过,把这么了不起的一个生命竟忽略了,竟像畜牲那样役使了它几十年。想起那时候他打在它背上的鞭子,他觉得愧疚而难过,如果谁用鞭子打他相同的数量以示惩罚,他一定会很乐意很感激的。还想起一件事来,那就是牛一边拉着犁走一边扬起尾巴拉粪,当时觉得没什么,渐渐就觉得这真是过于残忍了,我们人连一个拉粪的机会都不给它,在它拉粪的时候我们还不放过它,还在役使它——哪里知道它竟是这样一个高贵的生命!马子善老人又想起槽里的那盆净无纤尘的清水,那水在他眼前晃悠着,似乎要把他的眼睛和心灵淘洗得清清净净。那是一盆怎样的水啊,在那样清澈的水里,果真有一把银光幽幽的刀子吗?记得老人们都讲过的,说牛这样的生命是大牲,如果举念端正,能把牛用到好路上,那么,这头牛在献出自己的生命之前,会在饮它的清水里看到与自己有关的那把刀子,自此就不吃不喝了。显然,这头不吃不喝的老牛是看到自己的那把刀子了,就在它面前的那盆清水里看见了。马子善老人真切地觉到一种难言的强烈的震动,他那么不能自禁地要为此流一些眼泪。

过了一天,过了两天,牛还是不吃,盆里的水有些浑了,草也蔫得像野风吹过一样,牛肚子触目惊心地瘪下去了。两个后胯那里有着两个深坑,里面可以卧两只母鸡了。但牛依旧静静地立着,双眼微闭,依旧在轻轻地反刍着。没有什么可以质疑的了。这了不起的生命,它竟然这样韬光养晦,竟被人役使地度过了自己艰辛的一生。马子善老人心里有了一种驱之不散的肃穆。只要他一闭眼,在他内部的视野里,就有一盆清得让人像涟漪那样微微战栗的水,在这水里,慢慢就会生出一把世所罕见的刀子,在清水的深处像一种暗藏的秘密那样不断地向你闪悠着银光。马子善老人感恩地点着自己的头,泪水在他的脸上流着,他喃喃说,你比我强,你知道你的死,可是我不知道。他记得老人们讲过,像牛这样的大牲,看到清水里的刀子后,就不再吃喝,为的是让自己有一个清洁的内里,然后清清洁洁地归去。原来是这样的一种生命!这两天里,飞散的麻雀又聚在树梢上了,马子善老人把翻阅破了的经典精心粘好,放在桌面上,大大的玻璃窗上,阳光照进来,像金子那样的阳光落在大大的桌面上，落在摊开的古老的经典上。

　　马子善老人坐在高房子外面，纷乱的麻雀声像阳光下的雨泡儿那样明明灭灭个无休无止。他浴在阳光里，想起他年轻的时候，老牛也还不老，也还年轻，和他一般有着暴烈的脾气，不时就将自己那样一个健壮而沉重的身子腾起在半空，在半空里有力而又极度紧张地扭曲一下，它后面还是拖着犁的啊，就将地犁得乱七八糟，马子善老人欣慰地想着这些，喃喃说，原谅我吧，咱们都有过年轻的时候嘛。然而最令他伤痛不已的是，牛知道它的死，他贵而为人，却不能知道。

　　明天就是四十祀日了。这些日子阳光总是出奇地好。人总觉得自己是置身在一个阳光的世界里。耶尔古拜拿了一把刀子来给他磨。刀子足有一尺多长，长久地不用，上面已生了红锈。但刀子是可以磨得锋利的。他借了村里最好的磨石来，灌了一铜汤瓶清水，把清水倒在磨石上，磨石上就像显出了一篇碑文。他想他一定要把刀子磨好，红锈在清水里像血丝那样迟疑地流动着，他想他一定要把刀子磨出银子那样的光来。他突然想牛在清水里看到的刀子，是自己磨的这一把吗？一定是的，还能是哪一把呢？因此一定要把手里这把刀子磨得和清水里那把一模一样，不然就对不起那不凡的生命啊。他一边用力地磨着刀子，一边看见自己的眼里有亮亮的东西掉下来，溅到青青的磨石上和耀眼的刀刃上，儿子走过来对他讲什么，他不抬头，儿子就走了。

　　那天夜里星星密缀了天空，使整个天空显得沉甸甸的。没有风，偶或撞到极细微的一丝，倒给人一种担心与警觉。夜深的时候，马子善老人顶着满天星光悄然钻到牛棚里去，直到寺里喊邦克时才钻出来，他的脸有些苍白。那时候星星已落掉不少，像被摘去果子的枝头那样，天空显得比深夜时轻渺了许多。耶尔古拜已经起来扫院子了。马子善老人对他说，家里的事你看着弄吧，我去县上买些调和之类的东西。耶尔古拜说大你今儿不能走啊。老人不答他的话，拿出一条很白很厚的毛巾来，说，宰的时候用这个把眼睛蒙上。耶尔古拜说，大，今儿你不能走啊。但马子善老人走了。一直到了日落，他才回来，他的脸总之是有些苍白，他先到牛棚里去转了一圈，然后他像是下了一个决心，他走进门里去了，但是他很快站住了，他看见一个硕大的牛头在院子里放着，牛头正向着他，他不知道牛的后半个身子哪里去了。他觉得这牛是在一个难以言说的地方藏着，而只是将头探了出来，一脸的平静与宽容，眼睛像波澜不兴的湖水那样睁着，嘴唇若不是耷在地上，一定还是要静静地反刍的。他有些惊愕，他从来没见过这么一张颜面如生的死者的脸。

原载《人民文学》1998年第5期

点评

在中国的传统文化中，死亡似乎是人们避而不谈的问题，而这篇《清水里的刀子》是回族作者石舒清正向面对死亡的表达。作者自觉挖掘回族的乡土文化，将回族人特有的生死观呈现出来，描绘了回族人在宗教信仰基础上对内在清洁精神的追求。作者通过描画三个特质各异的生命体——在坟院那给妻子送葬后思考生与死的马子善老人、为筹办母亲过世四十天祭祀仪式而忍痛宰老黄牛的耶尔古拜、被宰前几天就不吃不喝静待死亡的老黄牛——展现了回族人的生死观。三个具有不同属性和特征的生命体在面对死亡时表现出的不同状态，共同形塑了作品传达出的少数民族的生死观，以及人与动物、人与自然、人与精神信仰之间惊心动魄的感人内容。

小说中最令人震撼的是心理描写：送葬后，老人站在坟院门口大段大段的内心独白式的心理；在儿子提出宰老牛时老人纠结的心态；耶尔古拜在清洗、梳理老牛时内心的波澜；在准备宰老牛三天之前惊觉老牛不吃不喝静待死亡的态度，马子善老人和耶尔古拜内心的歉疚、震颤；老人在磨宰牛刀时滴落的眼泪映照出的沉痛之心；看见院里挂着的牛头一脸平静与宽容时老人的惊愕……这些都被作者勾勒得细腻且真实可感，生死在这样的描绘中也被镀上了神圣又极富生命气息的光芒。这样着重心理描写使得小说也做出了淡化故事情节的处理，象征意味十分浓厚，"清水里的刀子"本就是意蕴深厚的寓言式表达，这诸多因子都使得小说呈现出浓郁抒情的特质。这样情景交融的表现方式，心理、象征、意象的多重组合构建了意义复杂，情感满溢的言外之意、象外之境。

（朱旭）

清水洗尘

/迟子建

天灶觉得人在年关洗澡跟给死猪煺毛一样没什么区别。猪被刮下粗粝的毛后显露出又白又嫩的皮,而人搓下满身的尘垢后也显得又白又嫩。不同的是猪被分割后成为人口中的美餐。

礼镇的人把腊月二十七定为"放水"的日子。所谓"放水",就是洗澡。而郑家则把放水时烧水和倒水的活儿分配给了天灶。天灶从八岁起就开始承担这个任务,一做就是五年。

这里的人们每年只洗一回澡,就是在腊月二十七的这天。虽然平时妇女和爱洁的小女孩也断不了洗洗涮涮,但只不过是小打小闹地洗。譬如妇女在夏季从田间归来路过水泡子时洗洗脚和腿,而小女孩在洗头发后就着水洗洗脖子和腋窝。所以盛夏时许多光着脊梁的小男孩的脖子和肚皮都黑黢黢的,好像那上面匍匐着黑蝙蝠。

天灶住的屋子被当成了浴室。火墙烧得很热,屋子里的窗帘早早就拉上了。天灶家洗澡的次序是由长至幼,老人、父母,最后才是孩子。爷爷未过世时,他是第一个洗澡的人。他洗得飞快,一刻钟就完了,澡盆里的水也不脏,于是天灶便就着那水草草地洗一通。每个人洗澡时都把门关紧,门帘也落下来。天灶洗澡时母亲总要在外面敲着门说:"天灶,妈帮你搓搓背吧?"

"不用!"天灶像条鱼一样蜷在水里说。

"你一个人洗不干净!"母亲又说。

"怎么洗不干净?"天灶便用手指撩水,使之发出哗啦哗啦的声响,仿佛在告诉母亲他洗得很卖力。

"你不用害臊。"母亲在门外笑着说,"你就是妈妈生出来的,还怕妈妈看吗?"

天灶便在澡盆中下意识地夹紧了双腿,他红头涨脸地嚷:"你老说什么?不用你洗就是不用你洗!"

天灶从未拥有过一盆真正的清水用来洗澡。因为他要蹲在灶台前烧水,每个人洗完后的脏水还要由他一桶桶地提出去倒掉,所以他只能见缝插针地就着家人用过的水洗。那种感觉一点也不舒服,纯粹是在应付。而且不管别人洗过的水有多干净,他总是觉得很浊,进了澡盆泡上个十几分钟,随便搓搓就出来了。他也不喜欢父母把他的住屋当成浴室,弄得屋子里空气湿浊,电灯泡上爬满了水珠,他晚上睡觉时感觉是睡在猪圈里。所以今年一过完小年,他就对母亲说:"今年洗澡该在天云的屋子里了。"

天云当时正在叠纸花,她气得一梗脖子说:"为什么要在我的屋子里?"

"那为什么年年都非要在我的屋子里?"天灶同样气得一梗脖子说。

"你是男孩子!"天云说,"不能弄脏女孩子的屋子!"天云振振有词地说,"而且你比我大好几岁,是哥哥,你还不让着我!"

天灶便不再理论,不过兀自嘟囔了一句:"我讨厌过年!年有什么过头!"

家人便纷纷笑起来。自从爷爷过世后,奶奶在家中就很少笑过,哪怕有些话使全家人笑得像开了的水直沸腾,她也无动于衷,大家都以为她耳朵背了。岂料她听了天灶的话后也使劲地笑了起来,笑得痰直上涌,一阵咳嗽,把假牙都喷出口来了。

天灶确实不喜欢过年。首先不喜欢过年的那些规矩,焚纸祭祖,磕头拜年,十字路口的白雪被烧纸的人家弄得像一摊摊狗屎一样脏,年仿佛被鬼气笼罩了。其次他不喜欢忙年的过程,人人都累得腰酸背痛,怨声连天。拆被、刷墙、糊灯笼、做新衣、蒸年糕等等,种种的活儿把大人孩子都牵制得像刺猬一样团团转。而且不光要给屋子扫尘,人最后还得为自己洗尘,一家老少在腊月二十七这天因为卖力地搓洗掉一年的风尘而个个都显得面目浮肿,总是使他联想到屠夫用铁刷嚓嚓地给死猪煺毛的情景,内心有种隐隐的恶心。最后,他不喜欢过年时所有人都穿扮一新,新衣裳使人们显得古板可笑、拘谨做作。如果穿新衣服的人站成了一排,就很容易使天灶联想起城里布店里竖着的一匹匹僵直的布。而且天灶不能容忍过年非要在半夜过，那时他又困又乏，毫无食欲，可却要强打精神起来吃团圆饺子，他烦透了。他不止一次地想若是他手中有了至高无上的权力，第一项就要修改过年的时间。

奶奶第一个洗完了澡。天灶的母亲扶着颤颤巍巍的奶奶出来了。天灶看见奶奶稀疏的白发湿漉漉地垂在肩头，下垂的眼袋使突兀的颧骨有一种要脱落的感觉。而且她脸上的褐色老年斑被热气熏炙得愈发浓重，仿佛雷雨前天空中沉浮的乌云。天灶觉得洗澡后的奶奶显得格外臃肿，像只烂蘑菇一样让人看不得。他不知道人老后是否都是这副样子。奶奶嘘嘘地喘着粗气经过灶房回她的屋子，她见了天灶就说："你烧的水真热乎，洗得奶奶这个舒服，一年的乏算是全解了。你就着奶奶的水洗洗吧。"

母亲也说："奶奶一年也不出门，身上灰不大，那水还干净着呢。"

天灶并未搭话，他只是把柴火续了续，然后提着脏水桶进了自己的屋子。湿浊的热气在屋子里像癞皮狗一样东游西窜着，电灯泡上果然浮着一层鱼卵般的水珠。天灶吃力地搬起大澡盆，把水倒进脏水桶里，然后抹了抹额上的汗，提起桶出去倒水。路过灶房的时候，他发现奶奶还没有回屋，她见天灶提着满桶的水出来了，就张大了嘴，眼睛里现出格外凄凉的表情。

"你嫌奶奶——"她失神地说。

天灶什么也没说，他拉开门出去了。外面又黑又冷，他摇摇晃晃地提着水来到大门外的排水沟前。冬季时那里隆起了一个肮脏的大冰湖，许多男孩子都喜欢在冰湖下抽陀螺玩，他们叫它"抽冰嘎"。他们抽得很卖力，常常是把鼻涕都抽出来了。他们不仅白天玩，晚上有时月亮明得让人在屋子里待不住，他们也穿上厚棉袄出来抽陀螺，深冬的夜晚就不时传来"啪——啪——"的声音。

天灶看见冰湖下的雪地里有个矮矮的人影，他弓着身，似乎在寻找什么，手中夹着的烟头一明一灭的。

"天灶——"那人直起身说，"出来倒水啦？"

天灶听出是前趟房的同班同学肖大伟，便一边吃力地将脏水桶往冰湖上提，一边问："你在这干什么？"

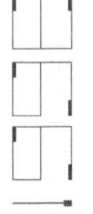

"天快黑时我抽冰嘎，把它抽飞了，怎么也找不到。"肖大伟说。

"你不打个手电，怎么能找着？"天灶说着，把脏水"哗——"地从冰湖的尖顶当头浇下。

"这股洗澡水的味儿真难闻。"肖大伟大声说，"肯定是你奶奶洗的！"

"是又怎么样？"天灶说，"你爷爷洗出的味儿可能还不如这好闻呢！"

肖大伟的爷爷瘫痪多年，屎尿都得人来把，肖大伟的妈妈已经把一头乌发侍候成了白发，声言不想再当孝顺儿媳了，要离开肖家，肖大伟的爸爸就用肖大伟抽陀螺的皮鞭把老婆打得身上血痕纵横，弄得全礼镇的人都知道了。

"你今年就着谁的水洗澡？"肖大伟果然被激怒了，他挑衅地说，"我家年年都是我头一个洗，每回都是自己用一盆清水！"

"我自己也用一盆清水！"天灶理直气壮地说。

"别吹牛了！"肖大伟说，"你家年年放水时都得你烧水，你总是就着别人的脏水洗，谁不知道呢？"

"我告诉你爸爸你抽烟了！"天灶不知该如何还击了。

"我用烟头的亮儿找冰嘎，又不是学坏，你就是告诉他也没用！"

天灶只能万分恼火地提着脏水桶往回走，走了很远的时候，他又回头冲肖大伟喊道："今年我用清水洗！"

天灶说完抬头望了一下天，觉得那逶迤的银河"刷"地亮了一层，仿佛是清冽的河水要倾盆而下，为他除去积郁在心头的怨愤。

奶奶屋子里传来了哭声，那苍老的哭声就像山洞的滴水声一样滞浊。

天灶拉开锅盖，一勺勺地把热水往大澡盆里倾倒。这时天灶的父亲过来了，他说："看你，把奶奶惹伤心了。"

天灶没说什么，他往热水里又兑了一些凉水。他用手指试了试水温，觉得若是父亲洗恰到好处，他喜欢凉一些的；若是天云或者母亲洗就得再加些热水。

"该谁了？"天灶问。

"我先洗吧。"父亲说，"你妈妈得陪奶奶一会儿。"

这时天云忽然从她的房间冲了出来，她只穿件蓝花背心，露出两条浑圆的胳膊，披散着头发，像个小海妖。她眼睛亮亮地说："我先洗！"父亲说："我洗得快。"

"我把辫子都解开了。"天云左右摇晃着脑袋,那发丝就像鸽子的翅膀一样起伏着,她颇为认真地对父亲说,"以后我得在你前面洗,你要是先洗了,我再用你用过的澡盆,万一怀上个孩子怎么办?算谁的?"

父亲笑得把一口痰给喷了出来,而天灶则笑得撒下了水瓢。天云嘟着丰满的小嘴,脸红得像炉膛里的火。

"谁告诉你用了爸爸洗过澡的盆,就会怀小孩子?"父亲依然呵呵地笑着问。

"别人告诉我的,你就别问了。"

天云开始指手画脚地吩咐天灶:"我要先洗头,给我舀上一脸盆的温水,我还要用妈妈使的那种带香味的蓝色洗头膏!"

天云无忌的话已使天灶先前沉闷的心情为之一朗,因而他很乐意地为妹妹服务。他拿来脸盆,刚要往里舀水,天云跺了一下脚一迭声地说:"不行不行!这么埋汰的盆,要给我刷干净了才能洗头!"

"挺干净的嘛。"父亲打趣天云。

"你们看看哪,盆沿儿那一圈油泥,跟蛇寡妇的大黑眼圈一样明显,还说干净呢!"天云梗着脖子一脸不屑地说。

蛇寡妇姓程,只因她喜欢跟镇子里的男人眉来眼去的,女人背地里说她是毒蛇变的,久而久之就把她叫成了蛇寡妇。蛇寡妇没有子嗣,自在得很,每日都起得很迟,眼圈总是青着,让人不明白她把觉都睡到哪里去了。她走路时习惯用手摇着腰。她喜欢镇子里的小女孩,女孩们常到蛇寡妇家翻腾她的箱底,把她年轻时用过的一些头饰都用甜言蜜语泡走了。

"我明白了——"天云的父亲说,"是蛇寡妇跟你说怀小孩子的事,这个骚婆子!"

"你怎么张口就骂人呢?"天云说,"真是!"

天灶打算用肥皂除掉污垢,可天云说用碱面更合适,天灶只好去碗柜中取碱面。他不由得对妹妹说:"洗个头还这么啰唆,不就几根黄毛吗?"

天云顺手抓起几粒黄豆朝天灶撒去,说:"你才是黄毛呢!"又说,"每年只过一回年,我不把头洗得清清亮亮的,怎么扎新的头绫子?"

他们在灶房斗嘴嬉笑的时候,哭声仍然微风般地从奶奶的屋里传出。

天云说:"奶奶哭什么?"

父亲看了一眼天灶,说:"都是你哥哥,不用奶奶的洗澡水,惹她伤心了。这个年她恐怕不会有好心情了。"

"那她还会给我压岁钱吗?"天云说,"要是没有了压岁钱,我就把天灶的课本全撕了,让他做不成寒假作业,开学时老师训他!"

天云与天灶一团和气时称他为"哥哥",而天灶稍有一点使她不开心了,她就直呼其名。

天灶刷干净了脸盆,他说:"你敢把我的课本撕了,我就敢把你的新头绫子铰碎了,让你没法扎黄毛小辫!"

天云咬牙切齿地说:"你敢!"

天灶一边往脸盆哗哗地舀水,一边说:"你看我敢不敢!"

天云只能半是撒娇半是委屈地噙着泪花对父亲说:"爸爸呀,你看看天灶——"

"他敢!"父亲举起了一只巴掌,在天灶面前比画了一下,说,"到时我揍出他的屁来!"

天灶把脸盆和澡盆一一搬进自己的小屋。天云又声称自己要冲两遍头,让天灶再准备两盆清水。她又嫌窗帘拉得不严实,别人要是看见了怎么办。天灶只好把窗帘拉得更加密不透光,又像仆人一样恭恭敬敬地为她送上毛巾、木梳、拖鞋、洗头膏和香皂。天云这才像个女皇一样款款走进浴室,她闩上了门。隔了大约三分钟,便从里面传出了撩水的声音。

父亲到仓棚里去找那对红色塑料宫灯去了,它们被闲置了一年,肯定灰尘累累,好像天云与鲜艳和光明有着密不可分的联系。

天灶把锅里的水添满,然后又续了一捧柴,就悄悄离开灶台去奶奶的屋门前偷听她絮叨些什么。

奶奶边哭边说:"当年全村的人数我最干净,谁不知道哇?我要是进了河里洗澡,鱼都躲得远远的,鱼天天待在水里,它们都知道身上没有我白,没有我干净……"

天灶忍不住捂着嘴偷偷乐了。

母亲顺水推舟地说:"天灶这孩子不懂事,妈别跟他一般见识。妈的干净咱礼镇的人谁不知道?妈做的大酱左邻右舍的人都来要着吃,除了味儿跟别人家的不一样外,还不是因为干净?"

奶奶微妙地笑了一声,然后依然带着哭腔说:"我的头发从来没有生过虱子,胳肢窝也没有臭味。我的脚趾盖里也不藏泥,我洗过澡的水,都能用来养牡丹花!"

奶奶的这个推理未免太大胆了些,所以母亲也忍不住扑哧一声乐了。天灶更是忍俊不禁,连忙疾步跑回灶台前,蹲下来对着熊熊的火焰哈哈地笑起来。这时父亲带着一身寒气提着两盏陈旧的宫灯进来了,他弄得满面灰尘,而且冻出了两截与年龄不相称的清鼻涕,这使他看上去像个捡破烂儿的。他见天灶笑,就问:"你偷着乐什么?"

天灶便把听到的话小声地说给父亲听。

父亲放下宫灯笑了:"这个老小孩!"

锅里的水被火焰煎熬得吱吱直响,好像锅灶是炎夏,而锅里闷着一群知了,它们在不停地叫嚷"热死了,热死了"。火焰把天灶烤得脸颊发烫,他就跑到灶房的窗前,将脸颊贴在蒙有白霜的玻璃上。天灶先是觉得一股寒冷像针一样深深地刺痛了他,接着就觉得半边脸发麻,当他挪开脸颊时,一块半月形的玻璃本色就赫然显露出来。天灶擦了擦湿漉漉的脸颊,透过那块霜雪消尽的玻璃朝外面望去。院子里黑魆魆的,什么都无法看清,只有天上的星星才现出微弱的光芒。天灶叹了一口气,很失落地收回目光,转身去看灶坑里的火。他刚蹲下身,灶房的门突然开了,一股寒气背后站着一个穿绿色软缎棉袄的女人,她黑着眼圈大声问天灶:"放水呢?"

天灶见是蛇寡妇,就有些爱理不理地哼了一声。

"你爸呢?"蛇寡妇把双手从袄袖中抽出来,顺手把一缕鼻涕撸下来抹在自己的鞋帮上,这让天灶很作呕。

天灶的爸爸已经闻声过来了。

蛇寡妇说:"大哥,帮我个忙吧。你看我把洗澡水都烧好了,可是澡盆坏了,倒上水哗哗直漏。"

"澡盆怎么漏了？"父亲问。

"还不是秋天时收饭豆，把豆子晒干了放在大澡盆里去皮，那皮又干又脆，把手都扒出血痕了，我就用一根松木棒去捶豆子，没承想把盆给捶漏了，当时也不知道。"

天灶的妈妈也过来了，她见了蛇寡妇感到很意外地"哦"了一声，然后淡淡打声招呼："来了啊？"

蛇寡妇也淡淡地应了一声，然后从袖口抽出一根桃红色的缎子头绳，说："给天云的！"

天灶见父母都不接那头绳，自己也不好去接。蛇寡妇就把头绳放在水缸盖上，使那口水缸看上去就像是陪嫁的，喜气洋洋的。

"天云呢？"蛇寡妇问。

"正洗着呢。"母亲说。

"你家有没有锡？"父亲问。

未等蛇寡妇作答，天灶的母亲就警觉地问："要锡干什么？"

"我家的澡盆漏了，求天灶他爸给补补。"蛇寡妇先回答女主人的话，然后才对男主人说，"没锡。"

"那就没法补了。"父亲顺水推舟地说。

"随便用脸盆洗洗吧。"天灶的母亲说。

蛇寡妇睁大了眼睛，一抖肩膀说："那可不行，一年才过一回年，不能将就。"她的话与天云的如出一辙。

"没锡我也没办法。"天云的父亲皱了皱眉头，然后说，"要不用油毡纸试试吧。你回家撕一块油毡纸，把它用火点着，将滴下来的油弄在漏水的地方，抹均匀了，凉透后也许就能把漏的地方补住。"

"还是你帮我弄吧。"蛇寡妇在男人面前永远是一副天真表情，"我听都听不明白——"

天灶的父亲看了一眼自己的女人，其实他也用不着看，因为不管她脸上是赞同还是反对，她的心里肯定是一万个不乐意。但当大家把目光集中到她身上，需要她做出决断时，她还是故作大度地说："那你就去吧。"

蛇寡妇说了声"谢了"，然后就抄起手走在头里。天灶的父亲只能紧随其后，他关上家门前回头看了一眼老婆，得到的是一个不折不扣的白眼和她随之吐出的一口痰，那道白眼和痰组成了一个醒目的惊叹号，使天灶的父亲在迈出门槛后战战兢兢的，他在寒风中行走的时候一再提醒自己要快去快回，绝不能喝蛇寡妇的茶，也不能抽她的烟，他在唇间指畔纯洁地葆有他离开家门时的气息。

"天云真够讨厌的。"蛇寡妇一走，母亲就开始心烦意乱了，她拿着面盆去发面，却忘了放酵母，"都是她把蛇寡妇招来的。"

"谁叫你让爸爸去的？"天灶故意刺激母亲，"没准她会炒俩菜和爸爸喝一盅！"

"他敢！"母亲厉声说，"那样他回来我就不帮他搓背了！"

"他自己也能搓，他都这么大的人了，你还年年帮他搓背。"天灶"咦"了一声，母亲的脸便"刷"地红了，她抢白了天灶一句："好好烧你的水吧，大人的事不要多嘴。"

天灶便不多嘴了，但灶坑里的炉火是多嘴的，它们用金黄色的小舌头嘴馋地舔着乌黑的锅底，把锅里的水吵得吱吱直叫。炉火的映照和水蒸气的熏蒸使天灶有种昏昏欲睡的感觉，他不由得蹲在锅灶前打起了盹。然而不多一会儿，天云便用一只湿手把他揉醒了。天灶睁眼一看，天云已经洗完了澡，她脸蛋通红，头发湿漉漉地披散着，穿上了新的线衣线裤，一股香气从她身上横溢而出，她叫道："我洗完了！"

天灶揉了一下眼睛，恹恹无力地说："洗完了就完了呗，神气什么！"

"你就着我的水洗吧。"天云说。

"我才不呢。"天灶说，"你跟条大臭鱼一样，你用过的水有邪味儿！"

天灶的母亲刚好把发好的面团放到热炕上转身出来，天云就带着哭腔对母亲说："妈妈呀，你看天灶哇，他说我是条大臭鱼！"

"他再敢说我就缝他的嘴！"母亲说着，示威性地做了个挑针的动作。

天灶知道父母在他与天云斗嘴时，永远会偏袒天云，他已习以为常，所以并不气恼,而是提着两盏灯笼进"浴室"除灰,这时他听见天云在灶房惊喜地叫道:"水缸盖上的头绫子是给我的吧?真漂亮啊!"

那对灯笼是硬塑的,由于用了好些年,塑料有些老化萎缩,使它们看上去并不圆圆满满。而且它的红颜色显旧,中圈被光密集照射的地方已经泛白,看不出任何喜气了。所以点灯笼时要在里面安上两个红灯泡,否则它们可能泛出的是与除夕气氛相悖的青白的光。天灶一边刷灯笼一边想着有关过年的繁文缛节,便不免有些气恼,他不由得大声对自己说:"过年有个什么意思!"回答他的是扑面而来的洋溢在屋里的湿浊的气息,于是他恼上加恼,又大声对自己说:"我要把年挪到六月份,人人都可以去河里洗澡!"

天灶刷完了灯笼,然后把脏水一桶桶地提到外面倒掉。冰湖那儿已经没有肖大伟的影子了,不知他的"冰嘎"是否找到了。夜色已深,星星因黑暗的加重而显得气息奄奄,微弱的光芒宛如一个人在弥留之际细若游丝的气息。天灶望了一眼天,便不想再看了。因为他觉得这些星星被强大的黑暗给欺负得噤若寒蝉,一派凄凉,无边的寒冷也催促他尽快走回户内。

父亲还没有回来,母亲脸上的神色就有些焦虑。该轮到她洗澡了,天灶为她冲洗干净了澡盆,然后将热水倾倒进去。母亲木讷地看着澡盆上微微旋起的热气,好像在无奈地等待一条美人鱼突然从中跳出来。

天灶提醒她:"妈妈,水都好了!"

母亲"哦"了一声,叹了口气说:"你爸爸怎么还不回来?要不你去蛇寡妇家看看?"

天灶故作糊涂地说:"我不去,爸爸是个大人又丢不了,再说我还得烧水呢,要去你去。"

"我才不去呢。"母亲说,"蛇寡妇没什么了不起。"说完,她仿佛陡然恢复了自信,提高声调说,"当初我跟你爸爸好的时候,有个老师追我,我都没答应,就看上你爸爸了,一门心思地跟着他,他不就是个泥瓦匠嘛。"

"谁让你不跟那个老师呢?"天灶激母亲,"那样的话我在家里上学就行了。"

"要是我跟了那老师,就不会有你了!"母亲终于抑制不住地笑了,"我得洗澡了,一会儿水该凉了。"

天云在自己的小屋里一身清爽地摆弄新衣裳，天灶听见她在唱："小狗狗伸出小舌头，够我手里的小画书。小画书上也有个小狗狗，它趴在太阳底下睡觉觉。"

天云喜欢自己编儿歌，高兴时那儿歌的内容一派温情，生气时则充满火药味。比如有一回她用鸡毛掸子拂掉了一只花瓶，把它摔碎了，母亲说了她，她不服气，回到自己的屋子里就编儿歌："鸡毛掸是个大灰狼，花瓶是个小羊羔。我饿了三天三夜没吃饭，见了你怎么能放过！"言下之意是，花瓶这个小羊羔是该吃的，谁让它自己不会长脚跑掉呢？家人听了都笑，觉得真不该用一只花瓶来让她受委屈，于是就说："那花瓶也是该打，都旧成那样了，留着也没人看！"天云便破涕为笑了。

天灶又把锅里的水添满，他将火炭拨了拨，拨起一片金黄色的像蒲公英一样地飞的火星，然后他放进两块比较粗的松木杆。这时奶奶蹒跚着从屋里出来了，她的湿头发已经干了，但仍然垂在肩头，没有盘起来，这使她看上去很难看。奶奶体态臃肿，眼袋松松垂着，平日它们像两颗青葡萄，而今日因为哭过的缘故，眼袋就像一对红色的灯笼花，那些老年斑则像陈年落叶一样匍匐在脸上。天灶想告诉奶奶，只有又黑又密的头发才适合披着，斑白稀少的头发若是长短不一地披下来，就会给人一种白痴的感觉。可他不想再惹奶奶伤心了，所以马上垂下头来烧水。

"天灶——"奶奶带着悲愤的腔调说，"你就那么嫌弃我？我用过的水你把它泼了，我站在你跟前你都不多看一眼？"

天灶没有搭腔，也没有抬头。

"你是不想让奶奶过这个年了？"奶奶的声音越来越悲凉了。

"没有。"天灶说，"我只想用清水洗澡，不用别人用过的水。天云的我也没用。"天灶垂头说着。

"天云的水是用来刷灯笼的！"奶奶很孩子气地分辩说。

"一会儿妈妈用过的水我也不用。"天灶强调说。

"那你爸爸的呢？"奶奶不依不饶地问。

"不用！"天灶斩钉截铁地说。

奶奶这才有些和颜悦色地说："天灶啊，人都有老的时候，别看你现在是个孩子，细皮嫩肉的，早晚有一天会跟奶奶一样皮松肉散，你说是不是？"

天灶为了让奶奶快些离开，抬头看了一眼她，干脆地答道："是！"

"我像你这么大时，比你水灵灵呢。"奶奶说，"就跟开春时最早从地里冒出的羊角葱一样嫩！"

"我相信！"天灶说，"我年纪大时肯定还不如奶奶呢，还不得腰弯得头都快着地，满脸长着癞？"

奶奶先是笑了两声，后来大约意识到孙子为自己规划的远景太黯淡了，所以就说："癞是狗长的，人怎么能长癞呢？就是长癞，也是那些丧良心的人才会长。你知道人总有老的时候就行了，不许胡咒自己。"

天灶说："嗳——"

奶奶又絮絮叨叨地询问灯笼刷得干不干净，该炒的黄豆泡上了没有。然后她用手抚了一下水缸盖，嫌那上面的油泥还待在原处，便责备家里的人好吃懒做，哪有点过年的气氛。随之她又唠叨她青春时代的年如何过的，总之是既洁净又富贵。最后说得嘴干了，这才唉声叹气地回屋了。天灶听见奶奶在屋子里不断咳嗽着，便知她要睡觉了。她每晚临睡前总要清理一下肺腔，透彻地咳嗽一番，这才会平心静气地睡去。果然，咳嗽声一止息，奶奶屋子里的灯光便随之消失了。

天灶便长长地吁了口气。

母亲历年洗澡都洗得很漫长，起码要一个钟头。说是要泡透了，才能把身上的灰全部搓掉。然而今年她只洗了半个小时就出来了。她见到天灶急切地问："你爸还没回来？"

"没。"天灶说。

"去了这么长时间，"母亲忧戚地说，"十个澡盆都补好了。"

天灶提起脏水桶正打算把母亲用过的水倒掉，母亲说："你爸还没回来，我今年洗的时间又短，你就着妈妈的水洗吧。"

天灶坚决地说："不！"

母亲感到有些意外地看了眼天灶，然后说："那我就着水先洗两件衣裳，这么好的水倒掉可惜了。"

母亲就提着两件脏衣服去洗了。天灶听见衣服在洗衣板上被激烈地揉搓的声音，就像饿极了的猪吃食一样。天灶想，如果父亲不及时赶回家中，这两件衣服非要被洗碎不可。

　　然而这两件衣服并不红颜薄命，就在洗衣声变得有些凄厉的时候，父亲一身寒气地推门而至了。他神色慌张，脸上印满黑灰，像是京剧中老生的脸谱。

　　"该到我了吧？"他问天灶。

　　天灶"嗯"了一声。这时母亲手上沾满肥皂泡从里面出来，她看了一眼自己的男人，眼眉一挑，说："哟，修了这么长时间，还修了一脸的灰，那漏儿堵上了吧？"

　　"堵上了。"父亲张口结舌地说。

　　"堵得好？"母亲从牙缝中迸出三个字。

　　"好。"父亲茫然答道。

　　母亲哼了一声，父亲便连忙红着脸补充说："是澡盆的漏儿堵得好。"

　　"她没赏你一盆水洗洗脸？"母亲依然冷嘲热讽着。

　　父亲用手抹了一下脸，岂料手上的黑灰比脸上的还多，这一抹使脸更加花哨了。他十分委屈地说："我只帮她干活，没喝她一口水，没抽她一根烟，连脸都没敢在她家洗。"

　　"哟，够顾家的。"母亲说，"你这一脸的灰怎么弄的？钻她家的炕洞了吧？"

　　父亲就像一个做错了事的孩子似的仍然站在原处，他毕恭毕敬的，好像面对的不是妻子，而是长辈。他说："我一进她家，就被烟呛得直淌眼泪。她也够可怜的了，都三年了没打过火墙。火得天天烧，你想那灰还不全挂在烟洞里？一烧火炉子就往出燎烟，什么人受得了？难怪她天天黑着眼圈。我帮她补好澡盆，想着她一个寡妇这么过年太可怜，就帮她掏了掏火墙。"

　　"火墙热着你就敢掏？"母亲不信地问。

　　"所以说只打了三块砖，只掏一点灰，烟道就畅了。先让她将就过个年，等开春时再帮她彻底掏一回。"父亲傻里傻气地如实相告。

　　"她可真有福。"母亲故作笑容说，"不花钱就能请小工。"

母亲说完就唤天灶把水倒了，她的衣裳洗完了。天灶便提着脏水桶，绕过仍然惶惶不安的父亲去倒脏水。等他回来时，父亲已经把脸上的黑灰洗掉了。脸盆里的水仿佛被乌贼给搅扰了个尽兴，一派墨色。母亲觑了一眼，说："这水让天灶带到学校刷黑板吧。"

父亲说："看你，别这么说不行吗？我不过是帮她干了点活。"

"我又没说你不能帮她干活。"母亲显然是醋意大发了，"你就是住过去我也没意见。"

父亲不再说什么，因为说什么也无济于事了。天灶连忙为他准备洗澡水。天灶想父亲一旦进屋洗澡了，母亲的牢骚就会止息，父亲的尴尬才能解除。果然，当一盆温热而清爽的洗澡水摆在天灶的屋子里，母亲提着两件洗好的衣裳抽身而出。父亲在关上门的一瞬小声问自己女人："一会儿帮我搓搓背吧？"

"自己凑合着搓吧。"母亲仍然怨气冲天地说。

天灶不由得暗自笑了，他想父亲真是可怜，不过帮蛇寡妇多干了一样活，回来就一副低眉顺眼的样子。往年母亲都要在父亲洗澡时进去一刻，帮他搓搓背，看来今年这个享受要像艳阳天一样离父亲而去了。

天灶把锅里的水再次添满，然后又饶有兴致地往灶坑里添柴。这时母亲走过来问他："还烧水做什么？"

"给我自己用。"

"你不用你爸爸的水？"

"我要用清水。"天灶强调说。

母亲没再说什么，她进了天云的屋子了。天灶没有听见天云的声音，以往母亲一进她的屋子，她就像盛夏水边的青蛙一样叫个不休。天云屋子里的灯突然被关掉了，天灶正诧异着，母亲出来了，她说："天云真是的，手中拿着头绫子就睡着了。被子只盖在腿上，肚脐都露着，要是夜里着凉拉肚子怎么办？灯也忘了闭，要过年让她兴过头了，兴得都乏了……"

天灶笑了，他拨了拨柴火，再次重温金色的火星飞舞的辉煌情景。在他看来，灶坑就是一个永无白昼的夜空，而火星则是满天的繁星。这个星空带给人的永远是温暖的感觉。

锅里的水开始热情洋溢地唱歌了。柴火也烧得"毕剥"有声。母亲回到她与天灶父亲所住的屋子，她在叠前日洗好晾干的衣服。然而她显得心神不安，每隔几分钟就要从屋门探出头来问天灶："什么响？"

"没什么响。"天灶说。

"可我听见动静了。"母亲说，"不是你爸爸在叫我吧？"

"不是。"天灶如实说。

母亲便有些泄气地收回头。然而没过多久她又探出头问："什么响？"而且手里提着她上次探头时叠着的衣裳。

天灶明白母亲的心思了，他说："是爸爸在叫你。"

"他叫我？"母亲的眼睛亮了一下，继而又摇了一下头说，"我才不去呢。"

"他一个人没法搓背。"天灶知道母亲等待他的鼓励，"到时他会一天就把新背心穿脏了。"

母亲嘟囔了一句"真是前世欠他的"，然后甜蜜地叹口气，丢下衣服进了"浴室"。天灶先是听见母亲的一阵埋怨声，接着便是由冷转暖的嗔怪，最后则是低低的软语了。后来软语也消去，只有清脆的撩水声传来，这种声音非常动听，使天灶的内心有一种发痒的感觉。天灶脸颊发烫，火光再次使他有种昏昏欲睡的感觉，他就势把一块木板垫在屁股底下，抱着头打起盹来。他在要进入梦乡的时候听见自己的清水在锅里引吭高歌，而他的脑海中则浮现着粉红色的云霓。天灶不知不觉睡着了。他在梦中看见了一条金光灿灿的龙，它在银河畔洗浴。这条龙很调皮，它常常用尾去拍银河的水，溅起一阵灿烂的水花。后来这龙大约把尾拍在了天灶的头上，他觉得头疼，当他睁开眼睛时，发觉自己磕在了灶台上。锅里的水早已沸了，水蒸气袅袅弥漫着。父母还没有出来，天灶不明白搓个背怎么会花这么长时间。他刚要起身去催促一下，突然发现一股极细的水流悄无声息地朝他蛇形游来。他循着它逆流而上，发现它的源头在"浴室"，有一种温柔的呢喃声细雨一样隐约传来。父母一定是同在澡盆中，才会使水膨胀而外溢。水依然汩汩顺着门缝宁静地流着，天灶听见了搅水的声音，同时也听到了铁质澡盆被碰撞后发出的震颤声，天灶便红了脸，连忙穿上棉袄推开门到户外去望天。

夜深深的了。头顶的星星仿佛离他越来越远了。天灶大口大口地呼吸着寒冷的空气，因为他怕体内不断升腾的热气会把他烧焦。他很想哼一首儿歌，可他一句歌词也回忆不起来，又没有天云那样的禀赋可以随意编词。天灶便哼儿歌的旋律，一边哼一边在院子中旋转着，寂静的夜使旋律变得格外动人，真仿佛是天籁之音环绕着他。天灶突然间被自己感动了，他从来没有体会过自己如此美妙的声音。他为此几乎要落泪了。这时屋门"吱扭"一声响了，跟着响起的是母亲喜悦的声音："天灶，该你洗了！"

天灶发现父母面色红润，他们的眼神既幸福又羞怯，好像猫刚刚偷吃了美食，有些愧对主人一样。他们不敢看天灶，只是很殷勤地帮助天灶把脏水倒了，然后又清洗干净了澡盆，把清水一瓢瓢地倾倒在澡盆中。

天灶关上屋门，他脱光了衣服之后，把灯关掉了。他蹑手蹑脚地赤脚走到窗前，轻轻拉开窗帘，然后反身慢慢地进入澡盆。他先让双足进入，热水使他激灵了一下，但他很快适应了，他随之慢慢地屈腿坐下，感受着清水在他的胸腹间柔曼地滑过的温存滋味。天灶的头搭在澡盆上方，他能看见窗外的浓浓夜色，能看见这夜色中经久不息的星星。他感觉那星星已经穿过茫茫黑暗飞进他的窗口，落入澡盆中，就像课文中所学过的淡黄色的皂角花一样散发着清香气息，预备着为他除去一年的风尘。天灶觉得这盆清水真是好极了，他从未有过的舒展和畅快。他不再讨厌即将朝他走来的年了，他想除夕夜的时候，他感到一定要穿着崭新的衣裳，亲手点亮那对红灯笼。还有，再见到肖大伟的时候，他要告诉他，我天灶是用清水洗的澡，而且，星光还特意化成皂角花撒落在了我的那盆清水中了呢。

原载《青年文学》1998年第8期

点评

礼在中国古代是社会的典章制度和道德规范，迟子建这篇小说创设的故事发生地叫"礼镇"，读完小说可以发现，每年一次的腊月二十七"放水"的顺序，都遵循着长幼秩序，是礼的具象表达。作为家里最小一辈中的男孩子，天灶甚至要用长辈洗过的水来洗澡，今年他竟执意要独自用一盆清水"放水"，因而被奶奶误会是嫌弃她,伤了奶奶的心。但小伙伴说自己用清水沐浴的话语,更加刺激了这个少年的心。在天灶的坚持下,今年他终于在为家人们都服务完之后,拥有了用一盆清水洗浴的权利,少年的世界顿时亮堂了起来。一个简单的乡村少年极力争取"清水洗尘"的权利的过程,迟子建描写得趣味盎然,家人之间的温情默默流淌着,就算是偶尔的小摩擦也写得生动、俏皮。迟子建曾说:"澡盆在我眼里是与我们相伴终生的船,一条静止航行的船。不管我们在尘世受了多少磨难和委屈,进入它的怀抱,就像置身母亲的子宫,可以回到人类的童年。""放水"这一习俗也正是迟子建儿时在乡间真实经历的,她以一以贯之的温情、美好的笔触勾勒出一幅宁静、幽远的民俗风情画。

迟子建十分擅长也很偏爱孩童视角,这篇《清水洗尘》也不例外,这篇小说也基本上是由少年天灶的所见、所闻、所思串联起来的。透过这个倔强少年的眼睛,会感觉到平凡生活的无限诗意,日常生活也让人充满兴味。他眼中的妹妹"只穿件蓝花背心,露出两条浑圆的胳膊,披散着头发,像个小海妖"。他观察到家人沐浴后"湿浊的热气在屋子里像癞皮狗一样东游西窜着,电灯泡上果然浮着一层鱼卵般的水珠"。他在终于如愿以偿用清水沐浴时感觉"那星星已经穿过茫茫黑暗飞进他的窗口,落入澡盆中,就像课文中所学过的淡黄色的皂角花一样散发着清香气息"。这一切从一个孩子的视角描绘出来,充满了趣味和诗意。迟子建在孩童视角的基础上,又运用大量的内心独白,融情于景,没有刻意塑造性格复杂的人物,没有着力编织跌宕起伏的故事情节,而是以一种饱蘸温情的舒缓笔调密密匝匝描摹淳朴乡间的凡俗人生,在对普通人生活情状的真实书写中,流淌出浓稠的人性美。

(朱旭)

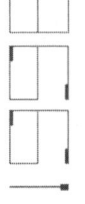

社会关系
/钟求是

陈阡陌有阵子爱上了麻将。所谓爱上也不是着迷，只是容易受诱惑。旁人电话一召唤，心神便游移了去，再没有抵挡的意思。玩的时候，他不放纵自己，到了夜里十一二点，也就收场回家。本来这样挺好，不想牌桌是排斥平淡的。过了一些时日，牌注逐渐加大，滑过玩的界限，有了赌的意味。陈阡陌牌技不好，脸面又浅，觉得在这圈子里没有前景，就自制地退了出来。

陈阡陌是大学毕业后分到这座城市的，社会关系简单，日子过得没有故事，所以失缺了麻将的业余生活更让他觉得无趣，无非是买菜做饭，洗洗涮涮，让妻子倪红支来支去。倪红还恋父母，时不时携着儿子回娘家小住一宿，撇下无助的丈夫不知干什么好。盲目中陈阡陌就乱借流行歌曲中的词儿，希望有人"打扰"或"探望"自己的"寂寞"。这天夜里，他的想法竟然有了着落。半夜时分，一阵电话铃声唤醒了他。他迷糊中抓过听筒，听出是牌友董卓的声音。这董卓长得单薄白净，不似三国混战时的霸王，与陈阡陌算有交谊，所以敢在这时候打进电话来。董卓拖着绝望的声调，说明自己在派出所里。陈阡陌的睡意顿时消失，觉得董卓说着电话的当儿另只手捂着被人劈砍的伤口。董卓解释说，今天玩牌是放肆了些，谁也没惦着警察，不料被邻居给报了。陈阡陌明白过来，把捉赌的情景想了一遍，就生出胜利大逃亡式的侥幸。他绅士地问，我能帮你做点什么。董卓说，快找人把我给弄出来呀。陈阡陌蔫了声音说，我有那个本事，我就不是我了。董卓提示说，你老婆的同事跟派出所所长是战友，你要找的就是他。陈阡陌记起自己果然有这一层关系，先前在牌桌上为了壮胆，戏谑似的说了出去，不想被董卓备案，狗急跳墙中扒拉了出来。他迟疑了一下，放弃了老婆不在身边的托词，说我试试我试试吧，便搁了电话。

倪红的同事叫李元年，生得身材肥短，同事聚餐时来过家里，因为贪杯还在卫生间吐得上气不接下气，所以陈阡陌颇有印象。但眼下寻他有些难。首先要与倪红联系，而岳母家未安上电话。倪红倒是有BP机的，可终日躺在坤包里，十次呼她八次没有回应，有时回过来却让你记起昨天的事情。换个角度想，即使她现在收到信号，又怎敢披衣系鞋独自上街，满世界地找日夜电话亭呢！最大的可能是搅得她一夜睡不好觉。陈阡陌气馁之下，想起电话簿末页记有倪红的常用联系人电话。取过一看，果然有李元年的名字。那名字大约是本人写下的，格外横胖，仿佛向人提醒着"名副其实"的成语。他沉吟片刻，像是酝酿话语又像是积攒勇气，而后拿起话筒拨了号。话筒里边，传来一声一声的铃响，既计量着主人睡眠的深度，又叠加着陈阡陌内心的歉意。若不是董卓的愁苦形象支撑着，陈阡陌会一把扔掉话筒。最后，李元年接了电话，听明白是他，态度变得宽大。陈阡陌把打搅的原因说了一遍，李元年满口应允，说简单简单，一个电话的事。陈阡陌表示过感谢，挂了电话，怯意演变成快意。想想一件不易的事就让自己这么给办了，身上竟添了气概。

半小时后，董卓打来电话，说自己已经出来了。陈阡陌并不感到意外地一边应着，好好，一边候着感谢的话。不料董卓又说，派出所就是想榨几个钱，罚了一千元走人了事。陈阡陌吃了一惊说，你也挨罚了吗？我可是托了人的。董卓说，我打这个电话就是让你掐线，没找到人就不找了，托了人就赶紧告诉他打住。陈阡陌发着愣说，你怎么说出来就出来了？董卓说是呀是呀，要知道花点钱就能了结，我半夜里上蹿下跳干什么呀！说着挂了电话。陈阡陌再也做不到镇静，觉得应该给李元年去电话，一时却想不好转圜的言语。正踌躇间，电话铃又响了。陈阡陌侥幸地想，莫非董卓有了新的说法？待抓过话筒，听出是李元年的声音。李元年说，你说的事我给办妥了，所长答应让手下马上放人，如果待会儿见不着人你还打电话找我。又说，我跟所长在云南前线一块儿蹲过猫耳洞，关系铁得没法说，往后有事随时让我找他。又说，你别谢我，我知道你是个不轻易求人的人。陈阡陌嗫嚅着插不上嘴，想想自己再说些出尔反尔的话，未免太扫了李元年的兴致，就一边顺着对方哼哼哈哈，一边还领悟着躲在电话里说话的好处。他的态度想必被李元年误解为感谢不迭，便大度地不说下去，以避免讨谢的嫌疑。

经过这一番折腾，陈阡陌躺在床上再不能睡熟。次日起床，脸色有些苍白。到了办公室，同事们便猜他患了感冒。他虽然否定得很坚决，语气却力不从心，使旁人又多了对他床上生活恣肆的度测。晚上回家，妻儿也已归巢。陈阡陌把昨夜的事说与倪红，倪红便忍俊不禁：你平时不屑于人间烟火，好不容易出山一回，怎么就摊上这种事呢？笑过，又觉出事情的不简单，说，这事好像没完。陈阡陌问，怎么个没完？倪红说，你欠下人家一笔情啊，总不能拿几句道谢的话就打发掉。陈阡陌一天中都不情愿地想着这事，现在被倪红说破，更觉得事情明白确凿了。他问，李元年这人贪吗？瞧他喝酒的模样可不像蹲过猫耳洞的人。倪红说，这人还可以，但往深处想，这社会里谁也不是省油的灯。陈阡陌顿一顿说，夜半三更打搅别人，送点礼什么的也是应该，董卓不会在乎花这点钱，问题是现在他不认为李元年帮了忙。倪红说，我现在还闹不明白董卓是不是罚过钱就出来了，没准儿人家所长是给了面子。陈阡陌摇着头说，董卓不是这种人，他从小熟悉孔孟之道。倪红齿冷说，准是批林批孔修成的正果，所以反其道而行之，继承的是麻将之类的国粹。陈阡陌说，麻将不是艾滋病，用不着这么仇视，何况艾滋病患者现今都被人同情。倪红叹口气，绕回来说，我不是说他存心不认账。也许本该闹大的，现在罚了款了事，也许本该罚多的现在罚少了，他自己却不知道。陈阡陌不再吭声。其实他心里也存了这种揣测，只是这猜想不同于哥德巴赫猜想，证明起来既小气又阴谋。倪红却鼓励他说，去探探也无妨嘛，就算是对朋友获释后的慰问。陈阡陌笑了说，原来你们妇人最险恶，怪不得尼采说"走近女人就得拿着鞭子"。倪红板着脸说，我看这回挨鞭子的是你自己。

第二天，陈阡陌给董卓单位去电话。董卓接了电话说，是不是幸灾乐祸地想讨些快活？现在别提那事儿！哪天见了面再细细解说。陈阡陌说，干吗哪天啊，晚上就上你家去。晚上到了董家，董卓未回来，他妻子在。董妻是个平常女人，生活圈子不大，见识不多，所以将前夜的遭遇视为重大经历，诉说起来津津乐道。她说，就在这间客厅里，时间是夜里十二时半。她在空气中打着激动的手势，说，我当时在卧室听得外面一阵不正常的嘈杂，就披衣出来看，不料看到的是几位警察，跟前是丢了魂的董卓们。我从来未见过这阵势，一时吓傻了。后来董卓走到门口，李玉和似的回头一望，我就心酸得哭出了声。接下来我就琢磨，是先找律师呢还是先送衣服食物过去，还没想好，董卓就打来电话，说啥也别送就送些钱过去……董妻正说得投入，董卓回来了。董卓不满意地看着妻子说，又抢着说那事了吧，好像做上了光荣军属。陈阡陌笑着说，再抢也抢不过你，你是主角呀。董卓耸耸肩说，日子过得太平淡了，就寻些刺激当乐子。陈阡陌诧异地问，你是说你乐意进派出所？董卓说，我是说玩麻将。派出所谁爱去呀，那是个把汉子变成孙子的地方。陈阡陌说，这么说你还是怕了。董卓说，别的倒不怕，就担心捅到单位去，落了个开除或处分下场。陈阡陌同意地点头。眼下做着出轨之事又要脸面的是有单位的人，个体私营者是无所畏惧的。他先前及时抽身退出，也是考虑了这个因素。董卓说，所以做笔录时我一机警，自报是做羊毛生意的，名叫吕布。陈阡陌拍手大笑说，名字取得好，职业却不像，警察就不深究吗？董卓说，他们也知道我们是闹着玩儿，罚点钱皆大欢喜。当时我不明白，还纳闷警察为啥开放电话，其实是让你筹钱。陈阡陌惦着倪红的疑问，心里突然一咯噔，说，你当时电话里可没告诉我你叫吕布。董卓乐了说，那会儿我急得顾不了头尾，要是你真打通关系，好处只好落在不存在的董卓身上，吕布我照样还得挨宰。陈阡陌心里悠悠的，觉得暗设猜想的基础冰释了。之后又聊些无关紧要的话，辞别回家。

倪红从丈夫的脸上见出不利来，未发问，果然陈阡陌把探询的内容一一说了。倪红思忖半晌，说，这还是不能证明那所长是否出了力，也许他为这事忙乎过的。陈阡陌否定说，要是他真关照了，就会发现不存在"董卓"这个人，就会把信息反馈给李元年。倪红说，他把事情交代给手下，手下见无此人便不再报告或忘了，所长仍是出了力的。陈阡陌不耐烦地说，归根到底，一是董卓的确没得到关照，二是别人罚的也是一千元的数，其余还值得用心去验证吗？！倪红也气了，说，归根到底我们还是欠着李元年一笔情，而且这笔情闷在那里还会发酵膨胀的。陈阡陌微窘地说，你明天不妨也接触接触李元年，兴许他已知道了实情正有愧于我呢，咱们却在这儿自作多情。

第二天下班，倪红带回消息说，李元年愧疚表现倒没有，只不过有些趾高气扬的样子。陈阡陌想象不出李元年那样矮胖的个子趾高气扬起来会是怎样的情景。他说，你怕是心理作怪吧，人家是老战士了，何至于浅薄到这种地步？倪红黯然说，我跟他平时关系也就一般，现在遇到一起却要撑着微笑，你总不能让人家觉得被帮了忙还绷着脸吧。本来微笑也就微笑了，这时却觉得特别扭。陈阡陌问，你跟他提那事了没？倪红说，我怎么提呀？是表示感谢还是打听所长告诉什么了？只好等他来捉。他也不提。要是所长给了实情他没准儿会提的，现在他认为有恩于我只好不提，提了就俗了，最好摆出满不在乎、不把这事儿当事儿的模样。俩人都不提，等于就默认了这事儿。陈阡陌懊丧得几乎要笑，见妻子翕动几下嘴巴，似乎言犹未尽。果然，听她又说，还有更扫兴的事哩，单位马上要评选年度先进工作者了。平时你笑我早出晚归，是否生了野心去篡夺先进工作者。你还别说，今年我真有希望得了。可李元年也不错，像你说的他是老战士了。大伙儿都猜定两人中能出一个。现在，你说我还让不让他？陈阡陌不屑地说，让了，不就是个先进工作者吗！倪红说，先进工作者是没什么，但这个先进工作者可以免费享受单位组织的北京游呢。你不觉得可惜我却替儿子觉得可惜，几个月前我就答应他了。陈阡陌的儿子现在上幼儿园大班，半年前即受乐百氏钙奶电视广告的煽动，要打点行装"坐飞机，游北京，参加'大风车'"了。后来钙奶喝了一打又一打，幸运却不肯降临他身上，小家伙伤心得要命。现在横空出来一个事件，又剥夺了他的权利，实在有失道理。陈阡陌想了想说，那你不让他，该怎么评就怎么评吧。倪红眼里浮着茫然说，欠着别人的情，还跟他争北京游的名额，我做什么都会觉得不老实。

夫妻俩一时定不了方针，只好把讨论延续到床上。倪红哄毕儿子入眠，倚靠床头，一副不睡的样子。平常倪红早睡早起，陈阡陌则反其道，把夜晚的精力交给电视和闲书。现在他没有心绪去按自己的习惯做，也挨到床上与倪红对坐。忽然，他嘿嘿笑了。他想到为这样一件小事自乱了生活秩序，不仅犯不着，也很怪诞。倪红说，你笑什么？陈阡陌说，咱们自己送他一份礼，还了人情，不就结了。这层意思在倪红心中大约也储存了很久，现在听丈夫说出来，反而激活了委屈和反抗精神。她说，咱们替别人办好事，不要任何好处，还要亏心似的往里贴钱物，冤不冤哪？陈阡陌说，咱们不那么俗，算是把好事做到底，也挣些风雅嘛。倪红气愤地说，要附庸风雅就别把脑袋套到这种事情里，搂紧你的"静者心多妙，飘然不思群"好了。"静者心多妙，飘然不思群"是陈阡陌喜欢的两句诗，让人写了行书挂在客厅里，既自慰又自谑，现在正好被妻子用作了武器。陈阡陌说，你不要怨天尤人，打击了我还是不解决问题。倪红说，我就是不送礼，不是舍不得钱，做下这件事，怕是给后人留下一笔难得的笑料。当下又无结果。两人缄默无言，怅然入睡。陈阡陌睡不熟，尽做些片絮戒梦。到半夜，梦境被人为地扯断。一激灵，知道是倪红推他。倪红凑近他耳朵幽幽地说，这次我听你一回，把礼送了。陈阡陌醒透了，安慰她说，这样做憋气些，可换回来清静，又长了见识。倪红说，我想了半天想不出送什么好。陈阡陌的脑子刚从梦中出来，想象力自然不差。他认真思忖片刻，提出送一对酒、高丽参、衬衫加领带等意见，被倪红一一否定。在这方面，女人的思维似乎更精巧：送酒不安全，十有八九买了假酒去；高丽参形态太小，而且等级不一叫受礼人难以评定价值；衬衫好是好，只是李元年的身材不太好，送了去很难做到物尽其用。最后两人在电饭锅上取得一致意见。倪红笑了说，这玩意儿既时兴又通用，还叫他天天做饭时想着送礼的人。至此，夫妻俩都松了口气，恰似慰问过肝炎患者后从病房中跑出来的感觉。两人一时没有睡意，觉得还要说些别的，又觉得说的不如做的。陈阡陌就用手脚勾搭妻子，倪红也不推却，默然体验衣服被剥离、身躯被入侵的滋味。正如一位美国心理学博士所言："当家庭困难被力克之后，一次优良的性生活是最好的庆贺仪式。"

翌日上班，陈阡陌瞅空溜出办公室去买电饭锅。他看过几家商行，比较平衡了一遍，心意落到"松下"和"飞虹"上。"松下"是名牌，造型别致，价格虽不菲，送出去却撑脸。"飞虹"价格适中，乃是国货，让人猜疑质量有没有说的那么好。陈阡陌拿不定主意，心里就怨起倪红。倪红从来爱逛商场，视挑挑剔剔为乐事，就像他先前爱打麻将，现在为了北京游，竟不敢从单位溜出一会儿。正踌躇着，他忽然记起同事老叶。老叶是从五交化公司调来现在单位的。为了调动，费了心神伤了筋骨；调来后，又常常念叨原单位，让周围的同事都知道他继续留在那儿很快就会当上领导。陈阡陌想，既然在五交化待过，又快当上领导，让他打问电饭锅的优劣倒是不错。这样想着，便从街上返回。到办公室，跟老叶一说，老叶果然热情。他兴致勃勃地拨打电话，气概飞扬，显出几分炫耀来，差点让陈阡陌后悔找了他。很快老叶打完电话,没有答复电饭锅的优劣,倒告诉说可以用买"飞虹"的钱买到"松下"。陈阡陌不许自己高兴得脸红,心中对他以往自诩的鄙夷却随之消散。之后老叶写了条子,又叮嘱该找谁如何说等等,陈阡陌一一照办。傍晚回家,陈阡陌手里多出一只精致气派的纸箱。他预备给倪红一个惊喜,不说经历,先打开纸箱让倪红品评。倪红察看一遍,挑剔不出什么,脸上却快快不快。陈阡陌看破妻子心理,笑着将价格报出。倪红不信,又窥见丈夫脸上的蹊跷,就等着他来解释。陈阡陌自然按捺不住,把该说的说了。倪红脸上的不快撤去,却不换上喜悦。她指点说,你不留神又犯一个错误,钱是省下一些,可又欠上一笔人情。陈阡陌吃了一惊。他看看纸箱又看看倪红,不禁哈哈大笑。

　　这天是周末。夫妻俩决定晚饭后把礼品送了去。陈阡陌的意见是倪红一人去。倪红不从,说这是你对他的感激,你不去显得不周到。只好两人同去。两人同去就得捎上儿子,等于一家子去。一家子去明显不妥,不像是送礼倒像是走亲访友,要逗留许久讲很多亲热的话。结果还是陈阡陌一人去。去前陈阡陌让倪红打电话通知一声,算是点题,免得撞上门去太唐突。倪红便拨打电话,听到的是忙音。两人无所事事等了片刻,又拨打,还是忙音。倪红说既是忙音,就说明他在。现在打通了电话,反提早浪费了客气。再说了,我还真不知道用什么话去点这个题。陈阡陌不再勉强,开门推出自行车,将纸箱在后座上绑好,骑了出去。一路上他的脚在转动,脑子也承接了倪红的用什么话去点题的问号。渐渐地他的脑子里生长出两种可选择的方式。其一,说些热烈而普通的感谢言语,不可深入。深入了就要分析细节,既显得琐碎,又勾出自己言不由衷的反感。其二,借相亲的场面一用,从头到尾不讲切题的话,尽聊些工资福利克林顿东南亚金融风波,聊完了走人。两盘菜哪盘端出去,大约只有视对方的反应,见机行事了。

　　陈阡陌找到李元年的家,一边敲打铁栅门,一边在脸上建造一个扎实的微笑。里层的木门打开,看到他脸上微笑的是一个女孩,十一二岁的样子,清纯可人。陈阡陌从她脸面上寻不见李元年的影子,便怀疑找错了门。女孩隔着铁栅门问,你找谁,你找我爸李元年吗?陈阡陌赶忙点头,一边等着她开外门。女孩并不开门,热情地说,我爸我妈都出去了。陈阡陌又失望又侥幸,问他们哪儿去了什么时候能回来。女孩犹豫地摇头,掩不住幼稚的狡猾。陈阡陌又问,这么说你不打算开门迎客了?女孩说,叔叔不是我不相信你,妈妈交代了别让生人进来,可惜我不认识你。陈阡陌有心逮住这个不与李元年见面的机会，又怕减低送礼还情的效力，彷徨不决。这当儿一位邻居模样的男人打旁边走过，怀疑地从上而下打量他。仿佛还近视，瞧他的眼睛凑得很近，最后没看出犯罪迹象，才很负责任地昂首走开。有了这一插曲的援助，陈阡陌撤离的决心坚定起来。他指着搁在门口的纸箱对女孩说，告诉你爸，一位叫陈阡陌的叔叔来过了。女孩不安地说，叔叔，我这样做是不是很不礼貌？不，陈阡陌由衷地说，你做得很对。女孩感激地看着陈阡陌，坦白地说，你不等也是对的，爸爸妈妈出去不久，他们也送东西去了。陈阡陌心里挣出一个搜捕别人隐私的念头，引诱说，是给你奶奶还是外婆家送东西？女孩为了补救失礼，解释地说，错了，是到一位警察叔叔家，他是我爸爸的战友。又说，他们提了一袋东西去，我知道这叫送礼。陈阡陌愣了愣，觉得脑子里的问号在放大。他既想把这问号拉直，变成感叹号，又舍不得真的去证明。仿佛这问号像气球，膨胀到一定程度可以玩赏：吹过了，啪的一声破灭，倒留下许多惋惜。他看看女孩真诚的脸，也真诚地一笑，然后离开。走到街上，他以为自己内心会浮起些感慨，譬如布尔乔亚式的随想，候了半响，什么也没有。他只平静地看见众多出租车打着灯在道路中奔来驰去，既杂乱无章，又存着默契。

过了几天，陈阡陌向倪红打问李元年的反应。倪红说，你甭提示我，这些天我老留神他。可他装得没事似的，好像咱们的努力不值一顾。又过几天，倪红兴冲冲地回家说，李元年有反应了，他向同室谈起电饭锅的功能，优点罗了一大堆。陈阡陌笑着说，这电饭锅终于没辜负你，果然叫李元年做饭时天天想着咱们。倪红说，事情没有到此为止，既然有这许多优点，有人就动了心，蠢蠢欲动地想买；又不知从哪里打听到倪红丈夫的同事在五交化有关系，可以廉价买到上等货，这样就一枪中的，好事奔我而来了。说完，等着丈夫气急败坏的激动。但陈阡陌没有。他体味片刻，似乎领略到一种超艺术的客观幽默，然后一丝微笑爬上他的嘴角。于是，倪红看见丈夫镇定地问，你懂得"屡败屡战"这个成语吗？倪红想了想说，似乎跟"屡战屡败"有着精神上的不同，挺悲壮的。陈阡陌说，所以，咱们可以坐下来商量这件事儿。

原载《小说界》1998年第5期

点评

　　小说题目很直接地表述了作者想要表达的内容，陈阡陌喜爱打麻将却又不沉迷，只为消磨时光，因为在这座城市没什么社会关系，妻子又是恋娘家之人，经常带着孩子回娘家小住，剩下陈阡陌一个人，总得找点事做做打发时间。故事也就从打麻将开始，陈阡陌的牌友董卓被邻居举报，抓进了警察局，想起陈阡陌在牌桌上一时嘴快炫耀过妻子的同事在派出所有关系，便打来电话央他找人说情。陈阡陌硬着头皮办好后，却接到董卓的电话，称自己交了一千块罚款了事，让他不用找人了。于是社会关系的怪圈就从这里开启，陈阡陌和妻子都无法确定到底是不是妻子同事帮的忙，可毕竟欠了人家的人情，妻子连评先进的机会也得让给同事。思来想去决定送礼还情，但董卓那里不认这一人情，还得夫妻俩自己掏钱。买好松下牌电饭煲送去同事家，只有一个小女孩在家，称其父母也出门给警察叔叔送礼去了。而为了买到价廉物美的电饭煲，陈阡陌又欠了自己同事一个人情。事情似乎陷入了一个死循环，社会关系看不见摸不着，却又时时刻刻牵拉着陈阡陌。起初打麻将是因为缺少社会关系，可在社会关系中游弋的时候，陈阡陌的生活又被拉扯着，社会关系其实在他的生活中编织了一张密密匝匝的网。

　　小说描写的是陈阡陌在社会关系这张网中的左冲右突，社会关系这一话题本是有些沉重，但作者以松快的态度处理，形成了一种极具张力的喜剧效果，这也正是这篇小说在叙事艺术上的一大特色。作者以轻松的方式来描写沉重的东西，表达特定的情感，表现现代人生存的焦虑与尴尬，是世纪之交中国社会的一大真实写照，这样的处理方式充满了强烈的喜剧精神。小说的叙述轻松、幽默，表达的情感指向便不由作者和盘托出，而由读者自己把握，进行更深的思考。当然这种夸张与幽默并不是没心没肺的玩闹，小说的喜剧色彩下涂了一种悲怆的底色。《社会关系》看似轻松的描写，渗透的是对当时社会问题的思考，融进了作者深切的人生体会，谱写了一出哲理生活剧。

（朱旭）

生活在天上

毕飞宇

蚕婆婆终于被大儿子接到城里来了。进城的这一天大儿子把他的新款桑塔纳开到了断桥镇的东首。要不是断桥镇的青石巷没有桑塔纳的车身宽，大儿子肯定会把那辆小汽车一直开到自家的石门槛前的。蚕婆婆走向桑塔纳的时候不住地拽上衣的下摆，满脸都是笑，门牙始终露到外头，两片嘴唇都没有能够抿住，用对门唐二婶的话说，"一脸的冰糖碴子"。青石巷的两侧站满了人，甚至连小阁楼的窗口都挤满了脑袋。断桥镇的人们都知道，蚕婆婆这一去就不再是断桥镇的人了，她的五个儿子分散在五个不同的大城市，个个说着一口好听的普通话。她要到大城市里头一心一意享儿子的福了。蚕婆婆被这么多的眼睛盯着，幸福得近乎难为情，有点像刚刚嫁到断桥镇的那一天。那一天蚕婆婆就是从脚下的这条青石巷上走来的，两边也站满了人，只不过走在身边的不是大儿子，而是他的死鬼老头子。这一切就恍如昨日，就好像昨天才来，今天却又沿着原路走了。人的一生就这么一回事，就一个来回，真的像一场梦。这么想着蚕婆婆便回了一次头，青石巷又窄又长，石头路面上只有反光，没有脚印，没有任何行走的痕迹，说不上是喜气洋洋还是孤清冷寂。蚕婆婆的胸口突然就是一阵扯拽。想哭。但是蚕婆婆忍住了。蚕婆婆后悔出门的时候没有把嘴抿上，保持微笑有时候比忍住眼泪费劲多了。死鬼说得不错，劳碌惯了的人最难收场的就是自己的笑。

桑塔纳在新时代大厦的地下停车场停住，蚕婆婆晕车，一下车就被车库里浓烈的汽油味裹住了，弓了腰便是一阵吐。大儿子拍了拍母亲的后背，问："没事吧？"蚕婆婆的下眼袋上缀着泪，很不好意思地笑道：

"没事。吐干净了好做城里人。"大儿子陪母亲站了一刻儿，随后把母亲带进了电梯。电梯启动之后蚕婆婆又是一阵晕，蚕婆婆仰起脸，对儿子说："我一进城就觉得自己被什么东西运来运去的，总是停不下来。"儿子便笑。他笑得没有声息，胸脯一鼓一鼓的，是那种被称作"大款"的男人最常见的笑。大儿子说："快运完了。"这时候电梯在二十九层停下来，停止的刹那蚕婆婆头晕得更厉害了，嗓子里泛上来一口东西。刚要吐，电梯的门却对称地分开了，楼道口正站着两个女孩，嘻嘻哈哈地往电梯里跨。蚕婆婆只好把泛上来的东西含在嘴里，侧过眼去看儿子，儿子正在裤带子那儿掏钥匙。蚕婆婆狠狠心，咽了下去。大儿子领着母亲拐了一个弯，打开一扇门，示意她进去。蚕婆婆站在棕垫子上，抻长了脖子朝屋内看，满屋子崭新的颜色，满屋子崭新的反光，又气派又漂亮，就是没有家的样子。儿子说："一装修完了就把你接来了，我也是刚搬家——进去吧。"蚕婆婆蹭蹭鞋底，只好进去，手和脚都无处落实，却闻到了皮革、木板、油漆的混杂气味，像另一个停车库。蚕婆婆走上阳台，拉开铝合金窗门，打算透透气。她低下头，一不留神却发现大地从她的生活里消失了，整个人全悬起来了。蚕婆婆的后背上吓出了一层冷汗，她用力抓住铝合金窗架，找了好半天才从脚底下找到地面，那么远，笔直的，遥不可及。蚕婆婆后退了一大步，大声说："儿，你不是住在城里吗？怎么住到天上来了？"大儿子刚脱了西服，早就点上了香烟。他一边用遥控器启动空调，一边又用胸脯笑。儿子说："不住到天上怎么能低头看人？"蚕婆婆吁出一口气，说："低头看别人，晕头的是自己。"儿子又笑，是那种很知足很满意的样子，儿子说："低头看人头晕，仰头看人头疼——还是晕点好，头一晕就像神仙。"蚕婆婆很小心地抚摸着阳台上的茶色玻璃，透过玻璃蚕婆婆发现蓝天和白云一下子变了颜色，天不像天，云也不像云，又挨得这样近。蚕婆婆说："真的成神仙了。"儿子吐出一口烟，站在二十九楼的高处对母亲说："你这辈子再也不用养蚕了，你就好好做你的神仙吧。"

蚕婆婆是断桥镇最著名的养蚕能手。这一点你从"蚕婆婆"这个绰号上就可以听出来，蚕婆婆一年养两季蚕，一次在春天，一次在秋后。每一个蚕季过后蚕婆婆总要挑出一些茧子，这些茧子又圆又大，又白又硬，天生一副做种的样子。上一个季节的桑蚕早就裹在了茧内，变成蛹，而到了下一个季节这些蛹便咬破了茧子，化为蝴蝶。这些蝴蝶扑动着笨拙的翅膀，困厄地飞动。它们依靠出色的本能很快建立起一公一母与一上一下的交配关系,尾部吸附在一起,沿着雪白的纸面产下黑色子粒。密密麻麻的子粒罗列得整整齐齐,称得上横平竖直,像一部天书,像天书中最深奥、最优美、最整洁的一页,没有人读得懂。用不了几天,一种近乎微尘的爬行生命就会悄然蠕动在纸面上。这就是蚕,也叫天虫。蚕婆婆不是用手,而是用羽毛把它们从纸面上拂进篾匾中。为了呼应这种生命,断桥镇后山上的枯秃桑树们一夜间便绿了,绿芽在枯枝上颤抖了那么一下,又宁静又柔嫩,桑叶的菁荚便绽开了,漫山遍野全是嫩嫩的绿光。桑叶掐好了时光萌发在蚕的季节,仿佛是上天的故意安排,仿佛是某种神谕的前呼与后应。

大儿子通常是上午出去,晚上很晚才能回来。蚕婆婆不愿意上街,每天就只好枯坐在家里。儿子为母亲设置了全套的音响设备,还为母亲预备了袁雪芬、尹桂芳、徐玉兰、范瑞娟等"越剧十姐妹"的音像制品。然而,那些家用电器蚕婆婆都不会使用,它们的操作方式简单到了玄奥的程度,你只要随手碰一下遥控,屋子里不是喇叭的一惊一乍,就是指示灯的一闪一烁,就仿佛家里的墙面上附上了鬼魂似的。这一来蚕婆婆对那些遥控便多了几分警惕,把它们码在茶几上,进门出门或上灶下厨都离它们远远的,坚持"惹不起,躲得起"这个基本原则。蚕婆婆曾经这样问儿子:"这也遥控,那也遥控,城里人还长一双手做什么?"儿子笑了笑,说:"数钱。"

晚饭的时候突然停电了,儿子在餐桌的对角点了两支福寿红烛。烛光使客厅产生了一种明暗关系,使空间相对缩小了,集中了。儿子端了饭碗,望着母亲,突然就产生了一种幻觉,好像一下子又回到了童年,回到了断桥镇。那时候一大家子的人就挤在一盏小油灯底下喝稀饭。母亲说老就老了,她老人家脸上的皱纹这刻儿被烛光照耀着,像古瓷上不规则的裂痕。儿子觉得母亲衰老得过于仓促,一点过程都没有,一点渐进的迹象都没有。儿子说:"妈。"蚕婆婆抬起头,有些愕然,儿子没事的时候从来不说话的,有话也只对电话机说。儿子推开手边的碗筷,点上烟,说:"在这儿还习惯吧?"蚕婆婆却把话岔开了说:"我孙子快小学毕业了,我还是在他过周的时候见过一面。"大儿子侧过脸，只顾吸烟。大儿子说："法院判给他妈了，他妈不让我见，他外婆也不让我见。"蚕婆婆说："你再结一回，再生一个，我还有力气，我帮你们带孩子。"儿子不停地吸烟，烟雾笼罩了他，烟味则放大了他，使他看上去松散、臃肿、迟钝。儿子静了好大一会儿，又用胸脯笑，蚕婆婆发现儿子的笑法一定涉及胸脯的某个疼处，扯扯拽拽的。儿子说："婚我是不再结了。结婚是什么？就是找个人来平分你的钱。生孩子是什么？就是捣鼓个孩子来平分你余下来的那一半钱。婚我是不结了。"儿子歪着嘴，又笑。儿子说："不结婚有不结婚的好，只要有钱，夜夜我都可以当新郎。"

蚕婆婆望着自己的儿子，儿子正用手往上捋头发。一缕头发很勉强地支撑了一会儿，挣扎了几下，随后就滑落到原来的位置上去了。蚕婆婆心里有些堵，刚刚想对儿子说些什么，屋里所有的灯却亮了，而所有的家用电器也一起启动了。灯光放大了空间，也放大了母与子之间的距离。蚕婆婆看见儿子已经坐到茶几那边去了，正用遥控器对着电视机迅速地选台。蚕婆婆只好把想说的话又咽下去，一口气吹灭了一支蜡烛。一口气又吹灭了另一支蜡烛。吹完了蜡烛蚕婆婆便感到心里的那块东西堵在了嗓子眼，上不去，又下不来，仿佛是蜡烛的油烟。

蚕婆婆在这个悲伤的夜间开始追忆断桥镇的日子，开始追忆养蚕的日子。成千上万的桑蚕交相辉映，洋溢着星空一般的灿烂荧光。它们爬行在蚕婆婆的记忆中。它们弯起背脊，又伸长了身体，一起涌向了蚕婆婆。它们绵软而又清凉的蠕动安慰着蚕婆婆的追忆，它们的身体像梦的指头，抚摸着蚕婆婆。它们像光着屁股的婴孩，事实上，一只蚕就是一个光着屁股的婴孩，然而，它不喝，不睡，只是吃。蚕一天只吃一顿，一顿二十四个小时。这一来蚕婆婆在每一个蚕季最劳神的事情不是喂蚕，而是采桑。但是蚕婆婆采桑从来不在黄昏，而是清晨。蚕婆婆喜欢把桑叶连同露珠一同采回来，这样的桑叶脆嫩、汁液茂盛，有夜露的甘洌与清凉。然而桑蚕碰不得水，尤其在幼虫期，一碰水就烂，一烂就传染一片。所以蚕婆婆会把带露的桑叶摊在膝盖上，用纱布一张一张地擦干，再把这样的桑叶覆盖到蚕床上去。每一个蚕季最后的几天总是难熬的，一到夜深人静，这个世界上最喧闹的只剩下桑蚕啃噬桑叶的沙沙声了，吃，成了这群孩子的目的。它们热情洋溢，笨拙而又固执地上下蠕动。蚕婆婆像给爱蹬被单的婴孩盖棉被一样整夜为它们铺桑叶，往往是最后一张蚕床刚刚铺完，第一张蚕床上的桑叶就只剩下光秃秃的叶茎了。然后，某一个午夜就这样来临了，桑蚕们急切的啃噬声渐渐平息了，它们肥大、慵懒、安闲，开始向麦秸秆或菜子秆上爬去。这时候满屋子一层又一层的桑蚕们被一盏橘黄色的豆灯照耀着，除了嘴边的半点瑕斑，桑蚕的身体干净异常，通体呈半透明状，半汁液状，半胶状，一遇上哪怕是最微弱的光源，它们的身躯就会兀自晶莹起来，剔透起来，笼罩了一圈淡青色的光。蚕婆婆在这样的时候就会抓起一把桑蚕，仿佛一种仪式，把它们放在自己的胳膊上。它们像有生命的植物汁液，沿着你的肌肤冰凉地流淌。然后，它们会昂起头，像一个个裸体的孩子，既像晓通人事，又像懵懂无知，以一种似是而非的神情与你对视。蚕婆婆每一次都要被这样的对视所感动，被爬行的感触是那样切肤，附带滋生出一种很异样的温存。蚕婆婆养蚕似乎并不是为了收获蚕茧，而只为这一夜，这一刻。这一刻一过蚕婆婆就有些怅然，有些虚空，就看见桑蚕无可挽回地吐自己，以吐丝这种形式抽干自己，埋葬自己，收殓自己。这时的桑蚕就上山了，从出子到吐丝，前前后后总共一个月。断桥镇的人都说，没见过蚕婆婆这样尽心精心养蚕的。——这哪里是养蚕，这简直是坐月子。

收完了茧子蚕婆婆就会蒙上头睡两天，然后，用背篓背上蚕茧，送儿子去上学，一手搀一个。那些蚕茧就是儿子的学费。十几年来，蚕婆婆就是这么从青石巷上走过的，一手搀一个。蚕婆婆就这么把自己的五个儿子送进了小学、中学，还有大学。要不然，她的五个儿子哪里能在五个大城市里说那么好听的普通话？

蚕婆婆不喜欢普通话。蚕婆婆弄不懂一句话被家乡话"这样说"了，为什么又要用普通话去"那样说"。蚕婆婆不会说普通话，然而身边没人，家乡话也说不了几句。蚕婆婆就想找个人大口大口地说一通断桥镇的话。和儿子说话蚕婆婆总觉得自己守了一台电视机，他说他的，我听我的，中间隔了一层玻璃。家乡话那么好听，儿子就是不说。家乡话像旧皮鞋，松软，贴脚，一脚下去就得分得出左右。

蚕婆婆说："儿，和你妈说几句断桥镇的话吧。"

大儿子愣了一下，若有所思，想了半天，扑哧一下，却笑了，说：

"不习惯了,说不出口。"儿子说完这句话便转过身去,取过手机,拉开天线,摁下一串绿色数字,说:"是三婶。"蚕婆婆隔着桌子打量儿子的手机,无声地摇头。这时候手机里响起三婶的叫喊,三婶在断桥镇大声说:"哎喂,喂,哪个?哪里?说话!"儿子看了母亲一眼,只好把手机关了,失望地摇了摇头。母与子就这么坐着,面对面,听着天上的静。蚕婆婆有点想哭,又没有哭的理由,想了想,只好忍住了。

蚕婆婆一个人在二十九楼上待了一些日子,终于决定到庙里烧几炷香了。蚕婆婆到庙里去其实是想和死鬼聊聊,阳世间说话又是要打电话又是要花钱,和阴间说话就方便多了,只要牵挂着死鬼就行了。蚕婆婆就是要问一问死鬼,她都成神仙了,怎么就有福不会享的?日子过得这么顺畅,反而没了轻重,想哭又找不到理由,你说冤不冤?是得让死鬼评一评这个理。

母亲要出门,大儿子便高兴。大儿子好几次要带母亲出去转转,母亲都说分不清南北,不肯出门。大儿子把汽车的钥匙扣套在右手的食指上,拿钥匙在空中画圆圈。画完了,儿子拿出一只钱包,塞到蚕婆婆的手上。蚕婆婆懵懵懂懂地接过来,是厚厚的一扎现钞。蚕婆婆说:"这做什么?我又不是去花钱。"儿子说:"养个好习惯——记好了,只要一出家门,就得带钱。"蚕婆婆怔在那儿,反复问:"为什么?"儿子没有解释,只是关照:"活在城里就应该这样。"

大雄宝殿在城市的西南远郊,大儿子的桑塔纳在驶近关西桥的时候看到了桥面和路口的堵塞种种,满眼都是汽车,满耳都是喇叭。大儿子踩下刹车,皱着眉头嘴里嘟哝了一句什么。大哥大偏偏又在这个时候响了。大儿子侧着脑袋听了两句,连说了几声"好的",随即抬起左腕,瞟一眼手表。大儿子摁掉大哥大之后打了几下车喇叭,毫不犹豫地掉过了车身,二十分钟之后大儿子便把桑塔纳开到圣保罗大教堂了。蚕婆婆下车之后站在鹅卵石地面上,因为晕车,头也不能抬,就那么被儿子领着往里走。教堂的墙体高大巍峨,拱形屋顶恢宏而又森严,一梁一柱都有一股阔大的气象与升腾的动势,而窗口的玻璃却是花花绿绿的,像太阳给捣碎了涂抹在墙面上,一副通着天的样子,一副不容柴米油盐酱醋茶的样子。蚕婆婆十分小心地张望了两眼,心里便有些不踏实,拿眼睛找儿子,很不放心地问道:"这是哪儿?"

儿子的脸上很肃穆,说:"圣保罗大教堂。洋庙。"

"这算什么庙？"蚕婆婆悄声说，"没有香火，没有菩萨、十八罗汉，一点地气都没有。"

儿子的心里装着刚才的电话，尽量平静地说："嗨，反正是让人跪的地方，一码事。"

对面走上来一个中年女人，戴了一副金丝眼镜，很有文化的样子。蚕婆婆喊过"大姐"，便问"大姐"哪里可以做佛事。"大姐"笑得文质彬彬的，又宽厚又有涵养。"大姐"告诉蚕婆婆，这里不做佛事，这里只做弥撒。蚕婆婆的脸上这时候便迷茫了。"大姐"很耐心，平心静气地说："这是我们和上帝说话的地方，我们每个星期都要来。我们有什么罪过，做错了什么，都要在这里告诉上帝。"

蚕婆婆不放心地说："我又有什么罪？"

"大姐"微微一笑，客客气气地说："有的。"

"我做错什么事了？"

"大姐"说："这要对上帝说，也就是忏悔。每个星期都要说，态度要好，要诚实。"

蚕婆婆转过脸来对儿子嘟哝说："这是什么鬼地方，要我到这里做检讨？我一辈子不做亏心事，菩萨从来不让我们做检讨。"

"大姐"显然听到了蚕婆婆的话，她的表情说严肃就严肃了。"大姐"说："你怎么能在这里这么说？上帝会不高兴的。"

蚕婆婆拽了拽儿子的衣袖，说："我心里有菩萨，得罪了哪路洋神仙我也不怕。儿子，走。"

回家的路上大儿子显得不高兴，他一边扳方向盘一边说："妈你也是，不就是找个清静的地方跪下来吗？还不都一样？"

蚕婆婆叹了一口气，望着车窗外面的大楼一幢又一幢地向后退。蚕婆婆注意到自己的脸这刻儿让汽车的反光镜弄得变形了，颧骨那一把鼓得那么高，一副苦相，一副哭相，一副寡妇相。蚕婆婆对着反光镜冲着自己发脾气，大声对自己说："城市是什么，我算是明白了。上得了天、人不了地的鬼地方！"

蚕婆婆从教堂里一回来脸色便一天比一天郁闷了。蚕婆婆成天把自己关在阳台上，隔着茶色玻璃守着那颗太阳。日子早就开春了，太阳在玻璃的那边，一副不知好歹的样子。哪里像在断桥镇，一天比一天鲜艳，金黄灿灿的，四周长满了麦芒，全是充沛与抖擞的劲头。太阳进了城真的就不行了，除了在天上弄一弄白昼黑夜，别的也没有什么趣。蚕婆婆把目光从太阳那边移开去，自语说："有福不会享，胜受二茬罪。"

而一到夜间蚕婆婆就会坐在床沿，眺望窗外的夜。蚕婆婆看久了就会感受到一种揪心的空洞，一种无从说起的空洞。这种空洞被夜的黑色放大了，有点漫无边际。星星在天上闪烁，泪水涌起的时候满天的星斗像爬满夜空的蚕。

"儿，送你妈回老家去吧，谷雨也过了，妈想养蚕。"

"又养那个做什么？你养一年，还不如我一个月的电话费呢。"

"妈觉得要生病。妈不养蚕身上就有地方要生病。"

"有病看病，没病算命，怕什么？"

"儿，妈想养蚕，你送妈回去。"

"我怎么能送你回去？你也不想想，左邻右舍会怎么说我？怎么说我们弟兄五个？"

"妈就是想养蚕，妈一摸到蚕就会想起你们小的时候，就像摸到你们兄弟五人的小屁股，光光的，滑滑的。妈这辈子就是喜欢。"

"妈你说这些做什么？好好的你把话说得这样伤心做什么？"

"妈不是话说得伤心。妈就是伤心。"

日子一过了谷雨连着下了几天的小雨，水汽大了，站在二十九层的阳台上就再也看不见地面了。蚕婆婆在阳台上站了一阵子，感觉到大楼在不停地往天上钻，真的是云里雾里。蚕婆婆对自己说："一定得回乡下，和天上的云活在一起总不是事。"蚕婆婆望着窗外，心里全是茶色的雾，全是大捆大捆的乱云在迅速地飘移。

蚕婆婆没有料到儿子给她带回来两盒东西。儿子一回家脸上的神色就很怪，喜气洋洋的，仿佛有天大的喜事。儿子怀里抱了两只纸盒子，走到蚕婆婆的面前，让她打开。盒子开了，空的，什么也没有。这时候儿子笑得更诡异了，蚕婆婆定了定神,发现盒底黑乎乎的,像爬了一层蚂蚁。蚕婆婆意识到了什么,她发现那些黑色小颗粒一个个蠕动起来了,有了爬行的迹象。它们是蚕,是黑色的蚕苗。蚕婆婆的胸口咕嘟一声就跳出了一颗大太阳。儿子不说话,只是笑,却不声不响地打开了另一只盒子,盒子里塞满了桑叶芽。蚕婆婆捧过来,吸了一口,二十九层高楼上立即吹拂起一阵断桥镇的风,轻柔、圆润、濡湿,夹杂了柳絮、桑叶、水、蜜蜂和燕子窝的气味。蚕婆婆捧着两只纸盒,眼里汪着泪,喁喁嚅嚅地说:

"阿弥陀佛,阿弥陀佛!"

蚕婆婆在新时代大厦的第二十九层开始了养蚕生活。儿子为蚕婆婆联系了西郊的一户桑农,一个年纪不足四十岁的中年女人。儿子出了高价,并为她买了公交车的月票。蚕婆婆就此生龙活虎了起来。她拉上窗帘,在阳台上架起了篾匾,一副回到从前、回到断桥镇的样子。她打着手势向那位送桑叶的女人夸她的儿子:"儿子孝顺,花钱买下了乡下的日子,让我在城里过。"这位妇女没有听懂蚕婆婆的话,她晚上替蚕婆婆的儿子算了一笔桑叶账,笑了笑,对她的丈夫说:"这家人真是,不是儿子疯了,就是母亲疯了。"

蚕婆婆在新时代大厦的二十九层开始了与桑蚕的共同生活。她舍弃了电视、VCD,舍弃了唱片里头袁雪芬、尹桂芳、徐玉兰、范瑞娟等"越剧十姐妹"的越剧唱腔。她抚弄着蚕,和它们拉家常,说一个上午或一个下午的家乡话。蚕婆婆的唠叨涉及她这一辈子的全部内容,然而,没有时间顺序,没有逻辑关联,只是一个又一个愉快,一个又一个伤心。说完了,蚕婆婆就会取过桑叶,均匀地覆盖上去,开心地说:"吃吧。吃吧。"蚕在篾匾里像一群放学的孩子,无所事事,却又争先恐后。蚕婆婆说:"乖。"蚕婆婆说:"真乖。"

蚕崽的身体一转白就开始飞快地成长了。桑蚕一天比一天大,一天比一天长,这就是说,所用的篾匾一天比一天多,所占的面积一天比一天大。阳台和整个客厅差不多都占满了。新装修的屋子里皮革、木板与油漆的气味一天一天消失了，浓郁起来的是植物叶片与昆虫类大便的酸甜气息。儿子没有抱怨。老人高兴了，这就比什么都好。养一季蚕横竖也就是二十七八天的事，等蚕结成了茧子，屋子里会重新敞亮起来，整洁起来。儿子抓起一把桑叶，对蚕说："吃吧，吃。"

儿子说："妈，悠着点吧，累坏了我可没钱替你看病。"蚕婆婆把袖子撸起来，袖口挽得老高，笑着说："养蚕再养出病来，我哪里能活到现在？"儿子说："你就喂着玩玩吧，又不靠你养蚕吃饭。"蚕婆婆说："宁可累了我，不能亏了蚕。"儿子就用胸脯笑，说："妈你天生就是养蚕的命。"蚕婆婆居然笑出声来了，蚕婆婆说："妈天生就是养蚕的命。"蚕婆婆这么和儿子说笑，一边很小心地把蚕屎聚集到一块儿，放到阳光底下晒。儿子说："倒掉算了，你怎么拿蚕屎也当宝贝了？"蚕婆婆抓了一把蚕屎，眯着眼，让蚕屎从指缝里缓缓地漏下来，蚕婆婆说："蚕身上哪一点不是宝贝？等晒干了，妈用蚕屎给你灌一只枕头——你们弟兄五个可全是枕着蚕屎睡大的。"

离春蚕上山还有四五天，大儿子突然要飞一趟东北。业务上的事，原来就是说走就走的。儿子说："原想看一看春蚕上山的，这么多年了，还是小时候看过。"儿子说完这句话便从口袋里掏出钥匙，放在电视机上，随手拿起电视机上的那只钱包，对母亲说："别忘了，出门带上钱，这可不是断桥镇。"蚕婆婆闭了闭眼睛，示意知道。儿子说："还听见了？"蚕婆婆笑着说："你怎么比妈还能啰唆？"

蚕婆婆一个人在家，心情很不错。她打开了一扇窗，在窗户底下仔细慈爱地打量她的蚕宝宝。快上山的桑蚕身子开始笨重了，显得又大又长。蚕婆婆从蚕床上挑了五只最大的桑蚕，让它们爬在自己的胳膊上。蚕婆婆指着它们，自语说："你是老大，你是老二……"蚕婆婆逗弄着桑蚕，心思就想远了。她把自己的五个儿子重新怀了一遍，重新分娩了一遍，重新哺育了一遍。蚕婆婆含着泪，悄声说："你是老巴子。"

门就是在这个时候被敲响的。蚕婆婆很小心地把五条桑蚕从胳膊上拽下来，对门外说："来了。"蚕婆婆知道是送桑叶的女人来了，刚走到门口又返了回去。蚕婆婆从电视机上取过钱包，打开了门，站在了棕垫子上。

蚕婆婆说："儿子不在家，就不请你进屋坐了。"

女人朝屋内张望了两眼，说："过几天就上山了吧？"

蚕婆婆说："是的呢，再请你辛苦四五天。这几天这些小东西可能吃了。"

女人说："我们采桑也不容易，每斤再加五块钱吧。"

蚕婆婆说："这也太贵了吧。"

女人说："我随你。要不要都随你，反正就四五天了。"

蚕婆婆想了想，就从钱包里抽出一张百元现钞。女人像采桑那样顺手就摘了过去。女人在走进电梯的时候回头笑着说："你放心，拿了你的钱就一定给你货。"蚕婆婆愣在那儿，还没有从眼前的事情当中还过神来。大儿子说得真是不错，城里头一出家门就少不了花钱，真的是这么回事。蚕婆婆低下头看了看钱包，儿子真是周到，一沓子百元现钞码得整整齐齐的。蚕婆婆这辈子还没见过这么多的现钱呢。

意外事件说发生就发生了，谁也没有料到蚕婆婆会把自己锁在门外。蚕婆婆突然听见轰的一声，一阵风过，门被风关上了。关死了。蚕婆婆握着钱包，十分慌乱地扒在门上，拍了十几下，蚕婆婆失声叫道："儿，儿，给你妈开开门！"

三天之后的清晨儿子提了密码箱走出了电梯，一拐弯就看见自己的母亲睡在了过道上，身边堆的全是打蔫的桑叶和康师傅方便面。母亲面色如土，头发散乱。大儿子丢开密码箱，大声叫道："姆妈，出了啥事情咯？"大儿子忘了普通话，都把断桥镇的方言急出来了。

蚕婆婆一听到儿子的声音就跪起了身子。她慌忙地用手指着门，说："快，快，打开！"

"出了啥事情咯？"

"什么事也没出，你快开门！"

儿子打开门，蚕婆婆随即就跟过来了。蚕婆婆走到蚕床边，蚕婆婆惊奇地发现所有的蚕床都空空荡荡，所有的桑蚕都不翼而飞。

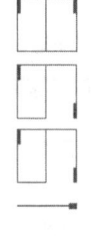

蚕婆婆喘着大气，在二十九层楼的高空神经质地呼喊："蚕！我的蚕呢！"

大儿子仰起了头，雪白的墙面上正开始着许多秘密。墙体与墙体的拐角全部结上了蚕茧。不仅是墙，就连桌椅、百叶窗、电器、排风扇、抽水马桶、影碟机与影碟、酒杯、茶具，一句话，只要有拐角或容积，可供结茧的地方全部结上了蚕茧。然而，毕竟少三四天的桑叶，毕竟还不到时候，桑蚕的丝很不充分，没有一个茧子是完成的、结实的，用指头一摁就是一个凹坑。这些茧半透明，透过茧子可以看见桑蚕们正在内部困苦地挣扎，它们蜷曲着，像忍受一种疼，像坚持着力不从心，像从事着一种注定了失败的努力……半透明，是一种没有温度的火，是一种迷蒙的燃烧和无法突破的包围……蚕婆婆合起双手，紧抿了双唇。蚕婆婆说："罪过，罪过噢，还没有吃饱呢——它们一个都没吃饱呢！"

桑蚕们不再关心这些了。它们还在缓慢地吐。沿着半透明的蚕茧内侧一圈又一圈地包裹自己，围困自己。在变成昏睡的蚕蛹之前，它们需要坚持并且需要完成的只有一件事：把自己吐干净，使内质完完全全地成为躯壳，然后，被自己束之高阁。

原载《花城》1998年第4期

点评

  这个短篇无疑是毕飞宇在世纪之交献给文坛的又一力作，作者深刻体悟到了世纪之交人和社会所共同面对的困惑，乃至困境：人越来越焦虑，社会越来越浮躁，旧有的价值体系遭遇前所未有的撞击，精神信仰日趋崩塌，人们就像是蚕婆婆养的那些作茧自缚的蚕，身困其中，却又甘之如饴。中国人历来对土地有深深的眷恋，因而蚕婆婆一进城就发出"儿，你不是住在城里吗？怎么住到天上来了？"的喟叹。而作为新兴城市文明拥护者的大儿子却这样回答："不住到天上怎么能低头看人？""低头看人头晕，仰头看人头疼——还是晕点好，头一晕就像神仙。"蚕婆婆一辈子"脚踏实地"，土地更是生活的维系和精神的寄托，离开土地而"生活在天上"，会让她心生虚无之感。而大儿子享受着"低头看人"的乐趣，对于自己财富的积累十分得意，连家乡话都不愿说，并叮嘱蚕婆婆在城市里出门一定要带好钱。两代人代表的是两种不同文化和思想价值体系，尽管二人是母子关系，也或许二人各自所秉持的立场都过于极端，但正是这种巨大的反差催生出人们对现代社会生活形态的深切思索。

以先锋姿态进入文学的毕飞宇，正如他自己所说："由于年轻，好奇心也强，想象力也丰富，写作的时候，一开始进入小说的时候，从最时髦的巷口拐进去是必然的结果。"但渐渐地毕飞宇的创作开始回望，回归本土化和现实感，《生活在天上》无疑就是在世纪之交，毕飞宇在切身感知基础上的现实主义力作。生活在"天上"，双脚离开踏实的"土地"，人的精神皈依和幸福到底在哪里？这问题让蚕婆婆深感困惑，让蚕婆婆为身处其中而不自知的儿子担忧，其实这也是当时甚至时下国人的困境，这是一个宏大又细微的人生话题。

（朱旭）

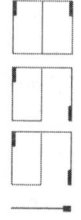

天下无贼

/赵本夫

傻根要回家了。

傻根已经五年没回家了。

傻根出来做工时才十六岁,现在已是二十一岁的大小伙子。

村上同来的几十个人,每年冬至都要回去过年,大约两个月的假期,把当年挣来的钱带回去,看看老婆孩子,看看老人。但傻根从没回去过。傻根是个孤儿,来回几千里路,回去做什么?再说大伙都走了,也没人看工地。那些砖瓦、木料、钢筋堆了一个很大的场子。傻根就一个人住在料场,一天转游几遍,然后睡觉。夜里起来解手,摸黑再转游一遍,左手捏个手电棒子,右手提个木棍。傻根提个木棍主要是防狼,不是防贼的。这里是大沙漠,几百里路没人烟,就附近有个油田,新发现的。他们就是为新油田盖房子的。

傻根夜间时常碰到狼,三五一群,跑到料场里躲风寒。看到傻根走来,就站住了,几点绿光闪烁,傻根握住木棍冲上去,大喊一声:"快跑啊!"

狼就跑走了。

它们主要怕他手里的电棒子。

有几天夜间看不到狼,傻根会感到寂寞。就提上木棍跳到料场外的沙丘上,拿手电棒子往远处的夜空间照几下,大喊几声:"都来啊!"不大会儿就汇集一群狼来,有几十只之多,高高低低站在对面的沙丘上,一丛绿光闪烁。它们和傻根已经很熟了。傻根先用手电棒子照照狼群,然后响亮地咳一声,说:"现在开会!"狼们就专注地看着他。

"嗯,开会!"

"嗯,张三李四,嗯,王二麻子!"

"嗯！……"

开完会，傻根照例放电影，就是把手电棒子捏亮了往天上照，一时画个圆一时画个弧一时交叉乱画。整个大漠奇静。只见天空白光闪闪，神出鬼没。狼们就肃然无声，只把头昂起追踪电光，却怎么也追不上。正看得眼花缭乱，突然一道白光从天空落下，如一根长大的棍子打在左近的沙丘上，那棍子打个滚，倏然消失。傻根就很得意，挥挥棍子大喊一声："快跑啊！"就转身跑走了。狼们却没跑，仍然站在沙丘上，有些疑疑惑惑的样子。

但现在傻根要回家了。

傻根要回家，带工的副村长觉得很突然。他一直干得安心。别人每年冬天回家，他理也不理的，到底没什么牵挂。可是去年腊月村上人回家时，傻根似乎有点心动，当时他扯扯副村长的袖口，说大叔我多大啦，有些吞吞吐吐的。副村长没听明白，说什么多大啦，傻根就松了手抱住膀子笑，笑得有点狡黠，说我问你我今年几岁。副村长有点不耐烦，当时正收拾东西，说你问这干什么，干部给你记着呢。傻根却站着不走，很固执的样子。副村长只好直起腰，说好吧好吧我给你算算，就掰起指头算，说你来那年是十六岁，在沙漠待了五年，应当是二十一岁了。傻根说噢，二十一岁，噢，就有些怪怪的。

那时副村长并没有意识到他想回家。傻根自小由村里人拉扯大，睡过所有人家的被窝，吃过所有女人的奶子，一切都不用操心，连年龄也由村干部给记着，傻根也就养成无心无肺的性情。那次忽然打探年龄，副村长以为不过是他随便问问，就没往别处想。

副村长没有想到，傻根有心思了。

去年秋末的一天，傻根去了一趟油田小镇，其实就是一条街，其实一条街也算不上，就是有几家小商店，这是方圆几百里最热闹的去处了。那天他在街上闲荡，迎面看到几个穿着鲜艳的女子从身边擦过，然后看到一个少妇坐在商店门前的台上奶孩子，少妇半敞开怀，胸脯白花花一片，傻根像被电击了一下，脑袋里嗡嗡响，他慌乱地张望了几眼，便赶紧回来了。就是从那天开始，傻根有了心思。

这一个冬天,他过得有些焦躁。

春节过后不久,村上的民工都回来了,傻根对副村长说,我要回家。副村长说回家做什么,好好的。傻根说回家盖房子娶媳妇!说这话的时候,口气很硬,完全没有商量的余地。副村长先是愣了一阵,接着哈哈大笑,往傻根肩上捶了一拳头,说中中!这么大的个子,还不该娶媳妇吗?啥时动身?傻根也笑了,说赶明儿就走。

头一天,傻根已把五年的工钱从油田小镇取了回来。他的钱一直由油田储蓄所代管的,一共有六万多块,这是一笔很大的钱了。傻根提在手里很高兴,沉甸甸的像几块小砖头。当傻根提着钱走出储蓄所时,小镇上许多人都吃惊地看着他,直到他晃晃荡荡走出小街。

这天晚上,同村来的民工都来看他,说傻根你不能这么把钱带在身上。傻根说咋的。同村人说路上很乱,几千里路,碰上劫贼,弄不好把命都丢了。傻根不信,说怎么会,我从小就没有碰到过贼。副村长说还是从邮局汇吧,这样保险。傻根说要多少汇费。副村长估算了一下,说要六七百块吧,傻根笑起来,说我还是带身上。大家都有些着急,说傻根不是吓唬你,路上不太平,汽车上火车上常有抢东西的,这么走非出事不可。傻根还是不信。傻根的确从小没见过劫贼。老家的村子在河南一个偏远的山区,一辈辈封在大山里,民风淳朴,道不拾遗。有人在山道上看到一摊牛粪,可是没带粪筐,就捡片薄石围牛粪画个圈,然后走了。过几天想起去捡,牛粪肯定还在。因为别人看到那个圈,就知道这牛粪有主了。这样的地方怎么会有劫贼?傻根在大沙漠待了五年,同样没碰到过贼。村里人说路上有贼,傻根怎么也不信,说你们走吧,我要睡觉了。

大伙只好摇摇头走了,说傻根还是傻,这家伙只一根筋。

第二天,傻根跟一辆大货车离开大沙漠。副村长派个民工陪着,说要把他送到三百里外的小火车站。傻根就很生气,也不理他。心想六万块还不如一块砖头沉,怕我拿不回?就扭转头看车外的沙丘。正有七八头狼追着货车跑,一直追了十几里路,傻根站起来冲它们挥挥手。狼群终于站住,在一座大沙丘上抬起头嚎了一阵子,渐渐消失了。傻根朝其他搭车的人看看,很骄傲的样子。

傻根装钱的帆布包挂在脖子上,包里还装几件单衣裳和一个搪瓷缸子,塞得鼓鼓囊囊的。货车上六七个搭车的,都看他。同村的民工就有些紧张,附在傻根耳朵上小声说当心。傻根装作没听见,便冲那些人笑笑,一副无可奈何的样子。他们也笑笑,但没人吱声。只有一个瘦瘦的年轻人在打盹,汽车颠得他脑袋一晃一晃的。同村的民工早就注意到他了,他觉得这家伙最可疑。傻根头一天取款时,油田小镇很多人都知道,尾随来完全可能,就用肘碰碰傻根,朝那人抬抬嘴巴。傻根朝那人看看,心想这有什么看头,人家在睡觉。不觉打个哈欠,自己也打起盹来。

护送的民工不敢打盹,用手搓搓脸,硬撑着。不大会儿,搭车的六七个人都打起盹来。先前打盹的瘦瘦的年轻人却醒了。坐在角落里抽烟,专注地望着车外一望无际的大沙漠。汽车颠得厉害,一座座沙丘往后去了。从一大早动身,到太阳转西还没跑出大沙漠。这期间,护送的民工一直在研究那个瘦子。他发现他瘦瘦的脸上起码有三处刀疤,便在心里冷笑。他相信这个刀疤脸不是什么好东西。

傍晚时,大货车终于吼叫着冲出沙漠。进入戈壁公路,车速明显加快,又跑了个把小时,终于到达小火车站。小火车站十分简陋,只有一个卖票的窗口,没有候车室,等车都在站台上。同来的六七个人都买了票,包括刀疤脸也在等车。傻根买好票,对跟来的民工说,你该走了吧,待会儿车就来了,不会有事的。民工还想做最后的努力,说傻根这会儿还不晚,你把钱交给我,天明从这里寄走,你人到家,钱也差不多到家了。傻根真是有点火了,说你傻不傻,汇费要几百块,能买一头牛,我干吗要花这冤枉钱?就紧紧抱住帆布包。傻根的声音像吵架,所有的人都转头。民工就有些窘,赶忙说你小点声,当心露了马脚。傻根气得笑起来,声音更大说什么露了马脚!我就不喜欢你们这些小男人,嘀嘀咕咕。我这钱不是偷的抢的,是我在大沙漠干了五年的工钱,露了马脚又怎的?哈!怕人抢?喂喂——傻根把脸转向站台上几十个等车的人,放开嗓门喊,说你们谁是劫贼,站出来让我瞧瞧,几十个人面面相觑,没人搭理。有人笑笑,把脸转向一旁去。傻根得意地回头说,咋样?你看没有劫贼吧。人家笑话你呢,快回去吧。这时傻根有些怜悯那个民工了。要说呢,他也是一番好意,又是副村长派来的。可是村里人啥时学得这么小心眼儿?咱们村上向来不这样的,谁也不提防谁,全村几十户人家就没有买锁的。这倒好,出来几年都变了,到处防贼,自己吓唬自己。

终于,那个民工很无奈地走了。走的时候很难过,他想傻根完了。这家伙没法让他开窍。

这是一趟过路车,傻根随大伙拥上去时,心情格外好。车厢里很空,几十个人随便坐。他到处看看,便拣一处靠窗的位置坐下了。一同来的那个刀疤脸随后坐他对面,也靠窗。傻根冲他笑笑,那人没理,掏出一本杂志看,封面是个半裸的女人。傻根不识字,就伸过头去,也想看看那个封面。对方赶紧翻过去,很严厉地瞪了他一眼,仿佛那是他老婆。傻根忙讨好地笑笑。女人,他想。

这时一对男女走过来。男人三十岁上下,高大魁梧,一脸大胡子。女子二十六七岁,有一张好看的圆圆脸。看光景像一对夫妻。女子友好地笑笑,挨傻根坐下了。男子则坐对面,和刀疤脸挨着。刀疤脸打量他们一眼,便合上杂志,扭转头望窗外。傻根闻到一股好闻的香气,顿时不安起来。列车已缓缓启动,傻根的脑袋里也咣当咣当响,慌乱中又有些高兴。一路上有个年轻女人坐身旁,无论如何是一件愉快的事。

不时有人往这边窥探。

先前大家忙着放行李找座位,这时都安顿下来。火车已经正常运行,心情都有些悠然。这个车厢里所有的人都知道那个傻乎乎的小子身上带了许多钱,不免为他担心。这趟车向来不安全,时有偷窃和抢劫发生,不少人吃过亏。当然也有人暗自高兴,傻小子钱在明处,遇上抢劫者,肯定会瞄上他,自己可以安全了。

当那一对大胡子男女靠傻根坐下时,一些人兴奋起来。车厢里空位不少,干吗要挤在一起呢?看来要有什么事发生了。大家开始窃窃私语,说你看那男人有些匪气呢,那女子挨傻小子那么近,一对大奶子要耸他脸上了。有人装着上厕所,经过旁边看一眼,回来报告点消息。一车厢目光如探照灯,围住傻根晃来晃去。所有的人都在等待一场好戏开演。

大家的猜测没错,这一对男女确实是贼。

男子叫王薄,大学毕业,学美术的。女子叫王丽,大专毕业,学建筑设计的。他们并不是夫妻,只是一对搭档。两人有个共同的爱好,就是旅游,他们就是旅游途中认识的。两人原都有工作,后来都辞了,现在就是四处漂流。

两人并不时常作案,一年也就两三次,够花了就住手。要动手就瞄住有大钱的，比如港商、厅级干部，后来也偷处级干部。因为有一次在一座省城听人闲聊，说现在全中国最掌实权的是处级干部，厅局级干部其实只是原则领导，不管那么细。下头市县到省里办事，比如上个项目要点指标什么的，光厅长点头没用，还得去实际负责操作的处长那里，这层关节打不通，厅长批了也没用，拖住不办，让你干着急。县处级干部就更有实权，掌管上百万人一个县，一路诸侯，大到干预办案，小到提拔干部，想腐败是很容易的。后来俩人看报纸，专门研究各种报道，果然发现揪出来不少处级干部。揪出来的厅局级干部就很少，科级以下也少。王薄王丽就很感慨，说看起来九十年代就该处级干部倒霉。有回在宾馆碰到一个处长，贼溜溜乱瞅女人，王丽就恶心，然后去钓他，果然一钓一个准。睡到半夜，王丽悄悄打开门放王薄进来，王薄把处长拍醒，说处长咱们谈谈，处长惊得张口结舌，王薄摸摸大胡子，说你别怕我没带刀子，你睡了我女朋友，得赔点钱。王丽把他的保险箱提过来，说你自己打开吧。处长说我这钱是有大用途的，王薄说咱们这事也很重要。处长一脸汗水，抖抖地打开保险箱，有五万块，说你们要多少。王薄说要两万吧，给你留三万。两人就拿两万元走了。出了门王丽说你这人没出息，手太软。王薄说算了，他也不容易，回去说不定官被撤了。

这两人做贼并不以敛钱为目的，有了钱就花，有时还寄些钱给希望工程。某省希望工程办公室收到一万元捐款，署名"星月"，登报寻找叫"星月"的好心人。他俩看到了大笑，说咱们也成好心人了。两人最喜欢的事是旅游，数年内走遍了全国的名山大川。他们是贼，可他们爱山水。

当初王薄就是因为没钱旅游才做贼的。旅游是为了寻找灵感，可是跑了几年也没找到，越跑越没有感觉。王丽就取笑他，说艺术是圣女，你太脏，找不到的。王薄咂咂嘴，不吱声。

这次他们来大沙漠实在是因为没什么地方好去了，没想到来到大沙漠一待就是几个月。他们以车站小镇为基地，不断往沙漠深处走，有两次遇上沙暴差点送命，还有几次碰上狼群差点被狼吃了。王丽吓坏了，老是闹着要走。王薄说要走你走，我还要住些日子。王丽只好陪着，王丽舍不得离开他。

王薄被大沙漠震住了,这是他自己都没有想到的。

大沙漠并没有任何风景,大沙漠里只有沙丘,光溜溜的沙丘,百里千里都是沙丘。站在大沙丘上极目远眺,沙丘一个接一个,**重重叠叠**,无边无际,在阳光下光波粼粼,一如浩瀚的大海。而在阴霾的天气里,大沙丘则雾气缭绕,隐现的沙丘如几百里连营,你甚至能听到隐隐的号角和厮杀,让人感到森然惊心。相比之下,他们见到的那些百媚千娇的山水,就显得轻浮和机巧了。

王薄在大沙漠里流连,翻过一座沙丘又一座沙丘,喘吁吁不得要领他真是弄不明白,这单调得不能再单调的大沙漠何以如此震撼人的心魄。但后来他突然明白了,大沙漠的全部魅力就是固执,固执地构筑沙丘,固执地重复自己,无论狂风、沙暴还是岁月,都无法改变它。

回到小镇休息几日,两人谁也没再提起沙漠。过去每游一处山水,回来总爱戏谑一番,现在沙漠却成了禁忌。王薄变得沉默寡言。几天后他终于开口,说:"我要回去画画了。"王丽幽幽地看着他,很久没搭话,半夜里突然说:"咱们该分手了。"

他们终于决定告别大沙漠。

在车站看到傻根完全是个意外,两个人全愣住了。

这个从沙漠走出来的傻小子,居然固执地认为世界上没有贼!就像大沙漠一样固执。

那一瞬间,王丽突然有点感动。

她扯扯王薄的衣袖子小声说:"这小子……特像我弟弟,傻里傻气的。"王丽时常给弟弟寄钱,可弟弟不知她是贼。

王薄转头看看她,目光怪怪的,没吱声。

上车后,王丽说:"坐哪儿?"

王薄说:"随你。"

这是一趟慢车,差不多个把小时就停一次,每停一次就上来许多人。座位上早就坐满,过道上挤了不少人,大包小包竹筐扁担,横七竖八。幽暗的灯光下弥漫着热烘烘的气味,不时有人大声争吵。一个看上去有点瘸腿的老人在过道上挤来挤去,老是找不到一个可以立足的地方,急得骂骂咧咧。傻根看到了,站起身正要招呼让座,被身旁的王丽一把拉回座位上，低声说："少管闲事！"傻根又乖乖地坐下了。他有些不太明白这女子什么意思，仿佛他是她的什么人。但他似乎乐意服从她，就重新坐好，仍是东张西望，这时他看到王丽挤到过道上，靠近那个瘸腿老人说了一句什么，老人一愣，慌慌地往另一车厢去了。等她回来坐好，傻根本想问她说了什么，却憋住了没问。就有些纳闷。

傻根一直处在兴奋中，每次停车，他都要打开窗户往外看，黑黢黢的村庄小镇越来越多，就有一种重返人间的亲切感。小站稀疏昏暗的灯光，举着竹篮在窗口叫卖的女人，都让他感到新奇无比。几年待在大沙漠里，恍若隔世，他想对每一个人都笑笑，对每一个人说我挣了六万块钱，要回家盖房子娶媳妇啦！傻根的心窝窝里像汪着蜜，想让所有的人和他分享。

这时王丽好像受不住车厢里混浊的气味，熏得想呕吐，猛起身扑向窗口，半个身子压在傻根身上。傻根立刻感到她软乎乎的身子，窘得手足无措。可是王丽突然尖叫一声："哎哟！"又反弹回来，原来是对面的瘦子站起伸懒腰踩了她的脚。王丽气恼地瞪他一眼："干什么你！"瘦子阴阴地往下瞅瞅，慢吞吞说："对不起，一不当心。"王薄冲王丽挤挤眼，呵呵笑起来。王丽生气地说："你还笑！"

王薄觉得有趣极了。先前王丽制止傻子让座，并把那个瘸腿老人赶走，是王丽看出瘸子是个扒手。他骂骂咧咧是装样子的。这种小伎俩骗得了傻根，却骗不了王丽。王丽把他赶走，是不想让他在这个车厢里作案，更准确地说是不想让傻根发现真有贼，她宁愿让那个傻子相信天下无贼。他知道王丽有时候很聪明，有时候又很傻，她被傻小子一句话感动了，于是要充当保护神的角色。可是这可能吗？王丽被瘦子踩了一脚，又是瘦子疑心王丽要下手，也是从中作梗的意思。螳螂捕蝉，黄雀在后，因此王薄笑起来。

其实王薄早已看出这个刀疤脸是个角色，只是一时还不能确定是什么角色，小偷还是劫匪？但有一点可以肯定，他的注意力同样在傻小子的帆布包上，他不会允许任何人碰它。王薄心里说，你也别碰，大家都别碰。

他决定成全王丽。

这是一个美丽的梦。

夜已经深了。车厢里人大都沉沉睡去，连过道上站着的人也在打盹。不时有人撞在别人身上，邻近被撞醒的人一下醒过来，转头看看，又继续打盹。大家都显得格外宽容。也有几个人没睡，仍在注视着傻根这边。他们是些悠闲的旅人，有足够的耐心等待什么事情发生。

王丽已经睡着了，头靠在傻根宽厚的肩膀上，像一只温顺的猫。傻根先前还试图挪开一点，可是挪一点，王丽的脑袋就跟一点。后来就几乎倒卧在傻根身上。傻根靠窗，已经挪不动了，就冲王薄看，小心翼翼地说："要不咱俩换换？"其实傻根感觉挺好，肩上搭个年轻女子是福气，可他又怕人家不乐意。王丽很宽容地笑笑，说："不用。让她睡吧。"几乎就像是赏赐。傻根就有些受宠若惊，重新坐稳了，用肩膀和半个身子托住王丽，动也不敢动，唯恐弄醒了她。他不能辜负了人家的信任。如此坚持了个把小时，傻根很累了，也开始发困，就渐渐打起盹来，和王丽耳鬓厮磨，睡得又香又甜。

王薄没敢睡。

王薄不睡是因为身旁的刀疤脸没睡。

王薄试图和他聊聊，就问："先生到哪去？"

"前头。"刀疤脸爱理不理的样子，继续抽他的烟，地板上已扔了一片烟头。这家伙显得百无聊赖，不时翻着那本有半裸女人的杂志，光线不太好，看不清字，就只看封面和插图。一时又丢下，继续抽烟。刀疤脸精神好得很。王薄相信他在等待时机。他在心里想，你不会有机会的。他决心和他较较劲儿。尽管他觉得这事有点荒唐。荒唐就荒唐吧，人生在世，大约总会做点荒唐事的。

此后的三天三夜，车上人上上下下，最早一块上车的人大部分都下车走了，唯独傻根和他周围的几个人中没谁下车。他们谁也不知道对方要去哪里，就这么死死随着。

王薄和王丽早已达成默契，两人轮流睡觉，不管傻根临时下车买东西还是上厕所，总有一个跟在后头。傻根已在他们严密监控之下。一次傻根下车买吃的，一群人围住一个食品车，傻根掏出钱买烧鸡，不知道一只手伸进他的帆布包。王丽看得清清楚楚，那人挤出人群正要离开，王丽高跟鞋一歪栽在那人身上，转眼间又从他裤袋里把钱掏了出来。傻根买烧鸡出来,王丽迎上去说看你把衣领都挤开了,不冷吗?就上去为他扣衣领整衣裳拉正了帆布包偷偷把钱塞了进去。傻根站得像根冰棍心里却热乎乎的眼泪几乎流出来,自从离开老家的村子,已经几年没有女人为他这样拉拉拽拽整衣裳了,就热热地叫了一声:"姐,你真好!"王丽说:"快上车吧,车要开了。"傻根在前头往车上跑,王丽的眼睛湿润了。这一声"姐"叫得她心里热热的血往上涌。

在这三天三夜里,刀疤脸一直有些漫不经心。还时常抽空打个盹,他不可能老是不睡觉。但只要傻根一动地方,他就会立刻醒来。他并没有急急忙忙跟着傻根,可是傻根下车买东西上厕所,却一直都在他的视野里。刚才在车下发生的一切,傻根浑然不觉,刀疤脸却从窗口都看到了。可他依然不露声色,掏出一支烟又抽起来。

这天傍晚,车到北京站。

傻根要转车到郑州,王丽热情地帮他买票。傻根和他们已经很熟了,傻根说姐太麻烦你了,王丽说你别乱跑就站在这里别动,对王薄说你看好他我去买票,就急匆匆去了。北京火车站很热闹,傻根的眼睛有些不够用,东看看西看看,有人聚堆说话,他也凑上去听听;看人扛个牌子接站,就上去摸摸牌子。王薄将他扯回来,说你别乱跑过会儿跑丢了!傻根就笑笑站住了,仍是东张西望。王薄一边看住傻根,一边也在东张西望。看了几圈,没发现那个刀疤脸瘦子,心里便有些得意,估计这家伙看看无法下手,只好走了。王薄和王丽说好在北京下车的,他要去中国美术馆看看画展,几年离开画界,他想知道画界有什么变化。现在刀疤脸走了,就没人知道傻根身上带有钱,让他一人回去也可以放心了。

过了很久,王丽终于捏着车票回来,圆圆脸上汗津津的,头发凌乱。王薄打趣说遭抢啦。王丽说你倒清闲,买票差点挤死人,快上车吧时间要到了。拉起傻根就往站里跑,看王薄还站着就说你愣着干什么,快走啊!王薄疑惑说干什么,王丽说上火车啊去郑州。王薄说不是说好在北京下车的吗,王丽说我买了三张票,干脆送他到家。王薄说你疯啦,王丽说我没疯,你不去拉倒我自己去,扯起傻根转身就走。王薄眼睁睁看他们要进去了,突然喊一声等等我!拎起包追了上去。

他知道他拗不过王丽。

三人上了火车正在寻找铺位，一个小偷就盯上了傻根，手刚伸向他的帆布包，就被王薄一把捉住了。但王薄没有声张，只用力捏捏他的手腕。小偷赶紧溜了，他知道遇上了高人。傻根见王薄和那个人拉了拉手，就问你认识，王薄说认识，傻根说认识怎么没说话，王薄说他是个哑巴，刚才是用手语交谈。王丽捂住嘴笑，傻根却信以为真。

这次他们买的是卧铺票，傻根是第一次坐卧铺，稀罕得什么似的，这里摸摸那里摸摸，说真是不得了，火车上还有床，三下两下蹿到上铺说我就睡上头。王丽睡中铺，王薄睡下铺。安顿好东西，三人坐在王薄的下铺上吃了点东西喝了点水，傻根说我要睡觉了，王丽说你去睡吧睡一觉差不多就到郑州了。傻根爬上去躺倒，一会儿就睡着了。王丽松一口气，看着王薄说谢谢你。王薄说干吗要谢我，王丽说这事本来和你无关的，王薄说和你也无关啊，王丽说这是我揽下的事，王薄说分什么你的我的，你的事不也是我的事吗？王丽说到郑州咱们也该分手了。王薄说你打算去哪里，王丽说先回陕西老家看看我弟弟，我已经五年没见他了。以后呢？以后再说吧。两人就这么牵着手，一动不动，心里都有些伤感。突然王丽火烫似的把手抽回，往旁边指了指，王薄转头看去，那个消失的刀疤脸瘦子正临窗站立，不禁吃了一惊，这家伙从哪里又冒出来的？

两人都有些紧张，看来这事没完。

王薄低声说别怕，有我呢。

王丽没吭声，王丽走神了。王丽突然有种不祥的预感，心里有些发抖，悄声说："这家伙会不会是冲咱们来的？"王薄一经提醒，心里也咯噔一下，说："你怀疑他是公安？"王丽说："没准。"王薄沉吟一下自言自语："不会吧？"他想这怎么可能呢，几年来他和王丽虽然作案多次，但从不固定在一个地方，而且间歇很长，也没有引起多大动静，并没听说过悬赏捉拿之类的事，也就一直没有惊慌逃跑有意藏匿，倒是潇洒从容天南海北地闲荡，他们甚至没有过犯罪的感觉。至于这个刀疤脸瘦子，完全是偶然碰上的，怎么会是冲我们来的呢？

王薄这么说服自己，心里却不踏实，到底做贼心虚。他第一次有了罪犯的感觉。

这时王丽捅捅他："前头要到站了，要不你先走！"

前头是个小站，王薄往外看看，低声说："你呢？"

王丽往上铺看了一眼:"我等等再说。"

王薄说:"你还惦着这个宝贝啊?"就有些着急。

王丽说:"……反正咱们迟早得分手,也许那人不是公安呢。"其实凭一个女人的直觉已经判定,刀疤脸就是公安人员,而且是冲他们来的。

王丽的直觉没错。

刀疤脸确是公安人员,并且是个侦查英雄,他脸上的刀疤就是无数次和歹徒生死搏斗的见证。其实他身上还有多处刀伤。三年前,他奉命追踪这一对大盗,跑遍了全国各地,后来一直追到了大沙漠。他像大海捞针,费尽艰难,虽没抓住他们却一步步逼近。当他在沙漠边缘的小站上猛然发现这一对男女时,他的心几乎要跳出来。他相信终于找到他们了。王薄和王丽的相貌还是一年前那个在宾馆被敲诈的处长提供的。一路上他巧妙地伪装着自己。离开沙漠碰上傻根,他本想顺便做些保护,没想到却撞上这一对大盗。但他们几天几夜的举动又让他疑惑不解。很显然,他们在保护傻小子。刀疤脸素以铁血果敢闻名,这次却变得犹豫不决。他一再拖延对他们的抓捕,连他自己都说不清为什么。挂在腰带里的手铐已让他摸得汗湿,却到底没摘下来。他对自己说,再等等看,这挺好玩的,一对大盗保护一个傻小子不被人盗。他又对自己说,你别乱来这不是看戏,这千山万水追捕了三年好不容易找到,可别让他们溜了,他们随时都有脱逃的可能。但接着他又为自己开脱,你真的确定他们就是你追捕了三年的大盗?天底下长相差不多的人多着呢,还是再等等看。他用种种理由说服自己延缓抓捕,其实他心里清楚,真正的原因是他动了恻隐之心,他觉得这一对男女挺可惜的,他们是大盗可他们在做一件好事,这不仅离奇而且还有点浪漫。他想成全他们。他们所做的事日后判刑时会对他们有利。他知道他在冒险,甚至在违反纪律。可他就是拿不出手铐。

王薄还在犹豫。

王薄觉得这么跑了怪对不住王丽,就说咱们一块逃吧,王丽说一块逃谁都逃不了,目标太大。王薄还在犹豫,王丽说快走,车要停了,什么行李也别带,装着下车买东西,别慌。王薄拍拍她的手,慢慢站起身,伸个懒腰,瞄了刀疤脸一眼,对王丽说我去买点水果,就慢慢往车门走去。车刚缓缓停下王薄就跳了下去。

但这时车上却突然出事了。

王丽对面上铺的一个男子本来一直蒙头睡觉的，就在列车即将停下的一刹那，突然跳起扑到傻根铺上，抓起他的帆布包滑下来就要逃，傻根仍在沉沉大睡，毫无知觉。王丽猝然间愣了一下，立刻明白发生了什么事，尖叫一声扑到那人身上，死死扯住他的衣裳说："你放下！"这一声喊惊动了刀疤脸也惊动了这个车厢里所有的人，大家都回过头看。王丽已死死抱住那人的腰，那人一时挣脱不了，拼命用胳膊捣击王丽，刀疤脸一个箭步跨来，正要扭住那人时，突然又冲出两个歹徒，原来他们是团伙。那个男子看挣扎不开，一甩手将帆布包扔给一个同伙，那人接过帆布包三跳两蹦冲下车去。王丽看帆布包又被提走，撒手就要追，被歹徒一拳打倒在地。刀疤脸面对两个歹徒，毫无惧色，对方已各自亮出刀子，刀疤脸猛往下缩身，一圈扫堂腿将二人打翻在地，二人便被闻讯来的两个乘警按住了。刀疤脸已飞身下车，王丽满脸是血也跌跌撞撞追了出去，一边大喊大叫："抓贼啊！抓！……"样子凶猛得像一头母豹。

两人跳下车时，却见那个携帆布包的歹徒正在几十米外的地方狂奔，背后一个高大的汉子紧追不舍。眼看要追上时，歹徒好像回手一刀，高大汉子踉跄一下猛扑上去将歹徒压在身下，两人就在地上翻滚。这时列车上无数人在呐喊助威，有几个人跳下车也追上去。刀疤脸最先赶到很快将歹徒制服，他发现被刺伤的高大汉子却是王薄，心里真是为他高兴。这时王丽也赶到了，看王薄一身是血抱住他大哭起来。王薄坐在地上脸色苍白，苦涩地笑笑说："不要紧，肚子上……挨了一刀。"

刀疤脸把歹徒交给几个随后追来的乘警，掏出证件让他们看看，说请你们把这几个歹徒押走，一弯腰背起王薄，对王丽说你在后头扶着，咱们赶快送他去医院，王丽从王薄怀里拿过帆布包，看看几捆钱还在，长舒一口气。她把帆布包交给乘警，怯怯地说："这钱是十六号卧铺那个小伙子的，他吃了安眠药还在睡觉。等他醒来，请你们把钱还给他……还有，别告诉他刚才发生的事，好吗？"

乘警不解："为什么？"

刀疤脸转脸凶他："叫你别说你就别说，别问为什么！"说罢背起王薄大步朝站外跑去。

忽然乘警在后头喊："姑娘，车上还有你的行李呢！"

王丽扭转头，一脸泪水，说："不需要了。"

原载《作家》1998年第5期

点评

  冯小刚根据赵本夫的这个短篇小说改编拍摄的电影《天下无贼》似乎盖过了小说的风头，但正如赵本夫自己曾说的，小说是他的，电影是冯小刚的。小说《天下无贼》更具理想色彩，一个近乎童话的肥皂泡。傻根执着地相信"天下无贼"，一对鸳鸯大盗深受触动，便一路上保护一个傻小子几年的血汗钱不被人盗，保护着傻根这个美好的幻想。傻根的幻想其实也并非凭空而来，小时候在民风淳朴的乡间生活，又被村民们保护得很好，在傻根的印象中就没有贼的出现。之后跟着村民出门打工，在大漠里的时候，就连狼也能和他和谐相处。本性如此凶残的狼都不会伤害傻根，更何况人呢？所以在工友们劝诫他回去的路上小心盗贼的时候，傻根才会不以为然，并放出话说："咱们村上向来不这样的，谁也不提防谁，全村几十户人家就没有买锁的。这倒好，出来几年都变了，到处防贼，自己吓唬自己。"这是傻根的逻辑，更是作者借傻根给出的关于人性、狼性的思考。而原本的盗贼，也被傻根的"傻"深深感动，联想到了自己的亲弟弟，从而转性，由贼转变为一个保护者。这样的情节设置似乎过于理想化，作者自己回应这个问题时说："小说就应该理想主义。现在，人们生活中不完美的地方太多了，小说满足了我们对理想的追求。"赵本夫借《天下无贼》给人性带来了光芒，给人生一份希望。

  小说借"天下无贼"这一美好理想对"贼行天下"做出了犀利的讽刺，借刻画傻根懵懂混沌、不谙世事的性格特质和内心状态，又深刻批判了20世纪90年代中国经济快速发展后社会中的消费主义横行及其对人心的腐蚀，象征、讽喻的意味很浓厚。作者建构起的傻根相信乌托邦，傻根纯良的本性，还有雌雄大盗行为的前后反差、转变等，通过象征、讽喻的方式，一起书写了一本关于社会、狼性、人性的启示录。

（朱旭）

天仙配

/王安忆

夏家窑的村长发了大愁。他日想夜想，这事可如何收场呢？

事情要从打井说起。打井又要从夏家窑的那股泉眼说起。那股泉眼是夏家窑的生命之泉，它从山那边淌过来，淌到这山折折里的夏家窑。夏家窑，就好像一只飞得特别高的老鸹下在山折折里的一个蛋，挤在石头缝里，再也找不着了。可夏家窑却世世代代地生存下来。夏家窑古时是烧炭的窑。那时候，山是青山，树林非常茂密，泉水就从树林里穿行而过，坡坡坎坎里，都是窑眼，烧着木炭。所以，夏家窑就被窑烟蒙了一层白雾，夏家窑又像是天上掉在山折折里的一朵云。从这庄名也可看出窑家是夏姓人，但这只是开始，后来又来了一户孙姓，是沿着挑炭出山的山路找过来的。夏姓人慷慨地收留了孙姓人。反正有着满山的树木，泉眼很旺，日夜不停，从春到秋，从冬到夏。淙淙的水声，是夏家窑的天乐。又是很多代过去，夏姓和孙姓繁衍后代，人丁兴旺，坡坎里的窑眼挤挤挨挨，把山都挖麻了。不知不觉，树林稀了，土也薄了，接着，泉眼细了，争窑的事端就此开了头。先是来文的，到衙门打官司。其时，夏姓和孙姓都是富户，买得通官，请得起讼师。可官司是个无底洞，扔给架金山也咽下去了。官司打了十几年，夏姓人和孙姓人的钱养肥了几任知县知府，状子就是批不下来。于是，就来武的了。两姓都是旺族，有的是人，前赴后继地打了几年，最后是，孙姓人把夏姓人赶下了山。这也就是夏家窑里没有一个姓夏人的缘故。再是多少代过去，树木都烧光了，窑呢，一口一口地熄了火，凡是有土的地方，都驴拉屎似的种上了庄稼。夏家窑如今连个旧窑址都找不着了。泉眼只剩手指头粗，很稀薄地贴着山石，一点一点洇过去。甚至有那么几次，很危险地断了流。打井的事情，就这么来了。

打井是村长的提议，村委会讨论通过，大家集资，到县农科所请了技术员，买了设备，每户按人口田地摊派义务工。然后，钻机声就在夏家窑寂静的天空中隆隆地响起了。此时，山已经是秃山，山折折里尽是石头基、土坯墙、茅草顶的房屋，挤仄得前檐接后檐，人就在檐下侧着身子走。钻机日夜不停，歇人不歇机，拉了电灯，照得铮明，小孩子在灯下窜来窜去，可真是热闹啊！像过年似的。村长就背着手，走来走去，吩咐这，指示那，哪想得到会出什么事呢？样样看来都是喜庆的迹象，技术员说不用两天就可出水，没一个人说过晦气的话，做过有凶兆的梦。天天都是晴天，大好的日头。可是清石头的时候，却把孙惠家的独苗孙喜喜，埋在井下了。村长恨不得在井底下的是他自己。

孙喜喜今年十八岁，去年高中毕业，没考上大学，准备复习一年，今年再考。他长得清眉朗目，宽肩长身，又爱穿西服，就像电影上的人。初中时，就有女同学给他写信，表达爱意，还有上门来提亲的，但都被他拒绝了。他一心要考大学。他认为，只有考上大学，才能走出夏家窑。走出夏家窑，是夏家窑这一辈的青年普遍的想法。他们认为上级政府对夏家窑的种种扶贫政策，其实都是白搭。什么送电、拨款、传授养长毛兔的技术等等，都不是根本的办法。根本的办法只有一个，就是迁徙，丢下这块不毛之地。他们听说二十年前，政府曾经动员夏家窑迁到山下平地去，还给了迁移费。可夏家窑就是不走，有人呢，走了，走上个把月，花完了迁移费，又回来了。这一段历史可把他们气炸了。他们甚至还有人动心思，去乡里讨回这个政策。可是乡里回答说，这可不好办了，现在都分地了，二十年来，平地上的人口更稠密了，你们往哪儿插呢？谁能匀出地给外来户呢？这样，走出夏家窑，就只有靠个人奋斗了。像孙喜喜这样有知识、有头脑的青年，走出夏家窑的决心就更比别的青年要坚定。可是，现在他非但没走出夏家窑，还埋在了夏家窑的山肚里了。

孙喜喜他爹妈只他一个孩子，还是个老来子，他爹妈四十岁上得的，传宗接代的指望都在他身上。兴许是那遥远年代，孙夏二姓争窑的胜负结局给后人留下的生存原则，夏家窑特别重子嗣。若不是人多，怎么能打败夏家，占山为王？人嘴能吃穷山，可是没人呢，连穷山都没了。人，是立足之本啊。夏家窑不怕穷，只要有儿子，就是个富户。院子里，爬着带小鸡鸡的，披屋里，草盖着寿材，那么就前有古人，后有来者，做人的着落就有了，其余都好说了。为了这，夏家窑每年都要欠下大笔的超生罚款，说实在的，它的穷有一半是罚穷的。村长要不是为超生，部队上带回来的党籍怎么能丢了？所以这里的青年定亲都早，怕人家女儿不肯来这穷地，就下大彩礼，夏家窑的彩礼大是著名的。这一来，又把它那一半穷掉了。孙喜喜他爹妈早为孙喜喜积攒下厚厚的彩礼，人民币都掖在炕席底下，就等着定亲那一天。无奈孙喜喜就是不要，硬是要上大学。就这么一个儿子，什么事都指着他，又什么事都由着他，挺不好办的。不过，孙喜喜就这件事上不听大人的，其他地方都是个好孩子，性格特别绵善，也孝顺。这不，打井派义务工，他爹孙惠一个人就够了，可他偏不，要顶他爹去。孙惠觉得儿子是顶他去死的，心都碎了。

孩子就这么走了，孙惠用年前备下的板子发送了儿子。这板子原先是备给自己打寿材的，备料时怎么想得到睡的会是自己的儿子？孙惠又觉得自己是送儿子去死的，年前就送上路了。真是过不去啊！发送完儿子，老两口拾掇拾掇，就喝了农药。幸好半路被人看见，夺下瓶子，再连夜送到乡卫生院，救下了。人是回来了，可那心却回不来了，只剩一口气罢了。村长看着并排躺在炕上的一对孤老儿，心想，怎么才能救老人的心呢？村长想了三天三夜，终于想起了这么一件事。

这事就更远了，要远到打胡宗南的时节，几十年前的事情了。村长是二十世纪五十年代生人，这事也是听老人们说的。说的是胡宗南进攻陕甘宁的时候，夏家窑跑来一个受伤的小女兵。不知是哪个部队的，叫胡宗南的队伍打散了。小女兵伤在肚子上，沿着一条古时挑炭的旧道，硬是爬到了夏家窑，钻进了孙来家的草堆里。那时，孙来他奶奶还是刚进门的新媳妇，早起抱草烧锅，见那草堆都让血染红了，接着就看见草里窝着个小女兵，小脸苍白，眼闭着。小女兵在孙来家的草堆里窝了七天七夜，乡亲们都去看她。开始还想搬她进屋，可一动她，肚子上的洞就流血，再不敢挪她了。也不敢喂她吃喝，她一吃喝，肚子上的洞就流脓。她已经说不出话了，问她什么也未必听见。她只是睡着，偶尔睁开眼睛，很安静地看看天，夏家窑被山挤成狭缝的天空。她的眼睛特别黑，特别大，眼毛又长又密。看一会儿天，又合上了。她只剩一口气了，可这一口气就是不散。乡亲们都落泪了，想她实在是舍不得走啊！那么年轻，还没有活够呢。大家一起相帮着在孙来家草堆上搭了个棚，好替她遮挡夜里的露水。草堆上摞几床被，围住她。小女兵显得更小了，就像个婴儿似的。就这么，第七天傍晚，小女兵终于咽下最后一口气。咽气前，她开口了，叫了声"妈"，声音很脆生，就像没受伤的好人似的，可是紧接着就闭了眼。这时候，脸上竟有了丝血色，红润润的。人们听她叫"妈"，就想她妈在什么地方正牵挂着她呢，哪想得到她是来了夏家窑呢？这一声"妈"，就当是叫夏家窑吧！大家凑了副杂木薄板子，几十年前的夏家窑，虽然不烧窑了，树还是有几棵的。大家凑了副板子，发送了她，将她埋在村口高岗子坟地里。人小，棺材小，坟也小，像个小土墩子似的。到了清明，自会有人在坟头给她压层土。

　　这时候，村长就想起了小女兵。在人们的传说中，这是个俊俏的乖女子，有一双大而黑的眼睛，尖下巴颏。村长想，给孙喜喜结个阴亲吧，老人心里好歹有个念想。他又想，孙喜喜一心想考大学，就为了走出夏家窑，走到什么不知名的地方，现在走不成了，可小女兵是从外边不知名的地方来的，兴许是个大码头，当兵嘛，也多半是有文化的人，说给孙喜喜，也称他心的。还有，这两个孩子都走得叫人心疼，前一个遭了老罪，后一个呢，是眨巴眼间没了天日，神都返不过来呢。又都是花骨朵样的年纪，还没活够呢！村长在想象中看见了小女兵望着夏家窑的天的大眼睛，一点不诉苦，一点不抱怨。这两个苦孩子会互相心疼的。村长的眼眶湿了，心里十分酸楚。停了一时，村长摇摇头，对自己说，你还当真了呢！他虽然丢了党籍，可毕竟是受过教育的，是唯物主义者。此时却想，还是唯心主义好，唯心主义慰人心，让人走到哪一步，心里都存个念想。

　　夏家窑替孙惠家办了这门阴亲。将小女兵的坟起了，与孙喜喜合了坟，立了夫妻碑。因不知小女兵姓甚名谁，就新起了一个，叫凤凤。是个娇名字，想她这么苦，这么孤，现在有人疼了。纸扎了洞房，贴着白色的"喜"字，内有床柜被褥、电视机、电冰箱、电话机，院子里除了骡马猪羊，还停了辆汽车，和着纸钱，一起烧了。请来一班吹鼓手，吹了大半天。又办了几桌酒，凡有头有脸的都上了席，包括那名打井来的技术员。酒席上，村长红着眼对孙惠两口子说，往后，你们过你们的日子，孩子过孩子的日子，两下里都要好好的。从此，孙惠家果然安宁了。倒不敢说不伤心，伤心还是伤心，不时也要哭上两把，可到底是把日子过下来了。一日一日，春去冬来，不知不觉三年过去了，新坟变成了旧坟。然而，不曾想到的事来了。

这一日，近晌午的时候，夏家窑开来了一辆吉普车，开到村口就不得已停了下来，走下三个人。头一个是熟人，王副乡长，来过夏家窑几回。一回是来宣布对村长的处分，二回是来发救济款，三回是通电那晚，还在村长家住了一宿。后两个就眼生了，但一看就是城里的干部模样，一老一少，都穿着黑皮夹克，脸白白的，戴眼镜。王副乡长对看热闹的小孩一挥手，告诉你们村长去，客来了。于是，一串孩子顺着山坎，一溜烟地跑了。等这里磕磕绊绊、脚高脚低地走近村长家院子，村长家的鸡已经杀了，正等着锅里水滚好拔毛。派去供销社买烟的小孩也回来了，村长则站在院子前迎客。王副乡长向村长介绍那两位，一位是县民政局的老杨，另一位是县文化局的小韩，边说边进了屋。初春的日子，还冻得很，屋里生着烟囱炉，炉上坐了茶水，主客围炉坐下。先是一番问暖嘘寒，再是一番秋收春种，然后静场一时，那个民政局的老杨掐了烟，咳一声，说话了。

老杨开口第一句便问村长，今年多大年纪。村长说，比王副乡长虚长一岁，一九五四年生人，属马。又转而问道，王副乡长可不是属羊吗？老杨又问，家中老人在不在了？村长道，母亲是七岁那年没的，父亲呢，年前也走了。老杨再问，这庄里目前还在的，年纪最长的老人是谁家的？村长就笑了，说老杨您有什么事，尽可问我，只要是夏家窑的，不敢说上下五千年，一百年内却是敢讲的。老杨被村长这么一说，脸上便有不悦之色。王副乡长在一边圆场道，这里的老人没大见过外人的，话又说不清，不如先问村长，问不到了再去把老人找来问。这样，老杨才说到了正题：一九四七年春上，夏家窑有没有来过我们的伤兵？村长心里咯噔了一下，嘴里却说，可不，您问的这事我正知道，打小就听老人们讲古，说是胡宗南进犯的时候，跑来过一个伤兵，沿着古时挑炭的旧道爬过来的。老杨和小韩对看一眼，又问，是男还是女？村长心里又咯噔一下，想他们怎么想起来问这个。嘴里就有些含糊，女的吗？女伤兵可不多。老杨说，还是去找个老人吧。村长一听，只得把话说实了，是女的，所以我才记下了呢！老杨这又坐定了，再问，多大年纪？村长说，当兵的年纪总归大不了。这一回，老杨很坚决地站了起来，小韩也站了起来，他们要村长带去找老人家打听。这时候，村长家里的以为他们要走，便上前留饭，说面条都擀好了，鸡也炖烂了，说话就齐，怎么也要吃了饭走。村长就不让走了，王副乡长也帮着说话，说吃过饭再去找老人也不迟。这样，那两个只得坐下来，暂把话题搁一边，说些闲篇。喝着酒，吃着辣子鸡，老杨的脸渐渐红了，眼睛带了些水光，柔和下来，说话也不那么硬了。村长一边劝酒，一边暗地思忖他们的来意。听他们的问话，句句都是指着那小女兵，不像是胡乱问的。是小女兵她家里人找来了？又为何这多年没音信，这会儿却特地来问？要是她家里的人，就不知是个什么身份，在什么地方，想把她怎么着。倘若知道有孙喜喜这门阴亲，又会是个什么态度呢？村长不敢想，心里很不安。有几次走神，问他话只支吾着，等醒过神来，就想，这样不行，他要争取主动，摸清来人的底，再想对策。这样一径地躲，躲得了初一，躲得了十五吗？

这样，村长就将搁在一边的话题又挑了起来。他从孙来他奶奶在草窝里发现小女兵开头，直讲到第七天傍晚，小女兵终于开口叫了声"妈"，合上了眼。最后，他大有深意地结束道，小女兵这一声"妈"叫的是夏家窑啊，所以这多年来，夏家窑一直把小女兵当成自己的孩子。饭桌上一阵寂静，都有些动情。半晌，老杨才说，看来就是她了。停了一会，村长小心地问，就是谁了？老杨看了他一眼，说，烈士李书玉。接着，便将事情的原委一五一十地道来。

李书玉，江苏人氏，一九三〇年生人，金陵女中学生，在学校时就接近革命，宣誓加入了中国共产党，与男友一同赴延安。不久，延安战略撤守，在过黄河时遇敌军追击，受伤掉队，从此没有下落。据最后看见她的同志说，她受伤就在这一带。她的男友一九四九年后便从部队转到了地方，曾在南北数省任领导，现已离休。虽然早已成家生子，但几十年都怀念着他的初恋女友李书玉。尤其是近年来，他开始写作回忆录，往事涌上心头，就生出寻找她下落的念头。早在半年前，就由省民政局发函来问过。这位小韩，是负责撰写这一地区的党史的，凡是当年发生过激烈战事的地点他都去寻访过了，却没有收获，回了上去。这不，前几日又下来一函，让再寻访寻访，说是受了伤掉队，总走不远，一定是在这一带。于是这一回，无论是有过战事还是没有过战事的地点，都挨个儿走上一回，这才来夏家窑了,是这一乡最远最背的地点。来时是从县上开一辆桑塔纳,到了乡里,因要去夏家窑,便让派出所出一辆吉普,换了车,一路颠上来,有几处石头滚了坡,还都下车去搬石头,推车,这才到了夏家窑。原是没抱什么指望的,不想倒有了结果,真是踏破铁鞋无觅处,得来全不费工夫啊!老杨一是高兴,二是喝了酒,话就滔滔不绝起来。

村长听着这些,心里茫然着,怎么也不能把小女兵和"李书玉"这个名字联系起来。草窝里的小女兵,这个苦妞啊!虽说几十年过去了,夏家窑少有人见过她,可却是活生生的。再加上和孙喜喜的阴亲,就更是眼一闭就到了跟前。不过,这回不是窝在草堆里了,而是偎在孙喜喜的怀里。可是,"李书玉"是谁呢?"李书玉"和这些有什么关系呢?这名字听起来,确实就像老杨说的,一个女烈士,可以上书上报,是个大人物。夏家窑原来还隐姓埋名着个大人物啊!村长就像在做梦似的。他就是趁着这股迷糊劲,应了老杨要去瞻仰烈士墓的要求,将面碗一推,站起身,走出了门。

酒喝得有些上头,脚下微微发飘,身子就很轻快,心里也很轻快。晌午后的太阳明晃晃的,略有些懒,庄子里很静,猪在圈里哼哼,鸡安静地啄食,偶尔地咕一声。村长带着那三个在夏家窑的沟缝里走着,还走过了孙惠家院子。院子里没人,晒着一席粮食,门框上挂着一串红辣椒,挺醒目的,日子过得像是返过一点神了。村长心里依旧茫然着,从孙惠家院子前走了过去。渐渐地到了村口那片高岗上,是夏家窑几十辈子的坟头啊!看见坟头,村长脑子清醒了一些,他想,他们这是来做什么呢?脚下却机械地绕着坟头,向孙喜喜那里走去。现在,没有退路了。

这四个人站在了孙喜喜的坟前,是个双坟头,石碑上刻着两个人的名字:孙喜喜,凤凤。村长抬头看看天,天蓝蓝的,远处,山坡上是人家庄里的苹果树,褐色的树枝,矮矮地巴着地。清明没到,已有人赶早来上过坟,有几座坟头上的土坨是新铲的。还有一座新坟,扬着白幡。他向四周望了一道,转回头看见了那三人疑惑不解的眼睛,他惭愧地笑了一下,低下头去。

村长从此就开始了发愁的日子。开始,没什么动静,就像什么事都没发生过似的。那吉普车一开走,转眼没了影,什么老杨小韩的,也都没了影。再过几天,庄上就有传言起来了。传言说,小女兵的家人寻了过来,要把小女兵接回祖籍去。又说小女兵的家人都很有权势,有说在北京的,有说在上海的,还有说在香港台湾的。话传到孙惠两口子耳里，老人就来找村长了，问有没有这回事。村长心想，能瞒一日就瞒一日吧，说不定事情就到此为止了，不是没动静吗？那老杨小韩兴许在别处找到了真的李书玉，小女兵就还是小女兵了。这么想，便说，没这回事。老人却又问，要真有这事怎么办？村长想都没想，脱口就道，有又如何？咱们给烈士找婆家也没错，孙喜喜是个正派孩子，当年学生下放，不还有找庄里农民成亲扎下的？老人这才舒了口气，回去了。村长再回头想想自己方才的话，心里好像也有了底。一天一天平静无事地过去，村长就更有底了，心想，没事了，没事了。正这么想的时候，乡邮递员却捎来了王副乡长的话，让他明日去一趟乡里，有话同他说。

  村长颠颠地骑着自行车，往乡里去，心里七上八下的，不知是什么事情在等着他。沿路常有各庄子派出的义务工在修路，大多是星期天放假回家的学生，脸在学堂里捂得白白的，穿着牛仔裤，或者西服，怕脏了衣裳鞋袜，干活不免就参手参脚，还不时停下来讲国事，说笑话。听见自行车响，就回头看，脸上还带着笑，露出一口白牙。村长心里一惊，他看见了孙喜喜。太阳热辣辣地晒在背上，浑身上下出了点汗。有几段路是要下车推着走，又有几段是要扛着车走。山下平地里的麦子都有一拃高了，山里就有了些单薄的绿意。村长想着，王副乡长招他去，会有好事还是坏事呢？上回开除他党籍就是招他去乡里说话的。但有几回发放救济款也是招他去乡里说话的。不过他任怎么想，对这一次说话，心里还是有几分知晓的。离乡里近一步，心里的明白劲就强一分似的。

  星期天，乡里的办公室都锁着门。村长沿着砖砌的甬道，穿过办公室，走到后院。后院有两排平房，传来剁馅的锵锵声，还有电视机里的歌曲声。王副乡长就住那里。王副乡长正蹲在地上拾掇自行车，一架车给拆得东一摊，西一摊，一盆水里泡着破破烂烂的一根车胎。村长正想在王副乡长跟前蹲下，王副乡长却站了起来，参着两只大黑手，说，我看你怎么交代，给人家女烈士结了阴亲。话这么挑开了，村长倒心安了，他耍着油嘴说，我的党籍已被开除了，你就开除我的人籍吧！王副乡长不和他油，盯着他问，你说怎么办？村长又笑，王副乡长就说，人家信都来了，下个月要来看坟呢,你拿什么给人家看?村长笑不下去了,抬眼看着王副乡长,看得他有些心软,说,回去把坟刨开了,另立一块碑。村长一急,说,坟不能刨。王副乡长说,不刨怎么办?村长说,要刨坟,老人又喝农药。王副乡长一听这话就蹲了下去,接着在水盆里洗猪肠似的捏弄那根破车胎。他也是乡里人出身,如何不知道刨坟的事大。村长也蹲了下来,将手插进水盆,帮忙的样子,然后就说了那天和孙惠说的同样的话。王副乡长"嘿"了一声,道,这阴亲配得也不合适,岁数就不对。村长也"嘿"了一声,你连这个都不懂吗?人在阴府是不增寿的,否则,为什么要叫阳寿呢?王副乡长说,你同我说这话行,你同人家说行吗?村长觍着脸,那你去说。王副乡长把水盆一拖,背对着他不说话。村长空着两只湿手,脸上十分尴尬。半晌,他慢慢地站起身,说,走了。也没人搭理,王副乡长生气了。

往后的几天里,村长有几回走到孙惠家院子前了,又折回来。老人家门框上的那串红辣椒,辣着他的眼,这好像是一点过日子的心劲,不是那么旺的,稍不留意就会扑灭了它。还有几回,他走到了那口井边上,往里瞧瞧,黑洞洞的深处,有个人影,远远地望着他,一言不发。村长想,真是多一事不如少一事啊!庄里的谣言传过一阵又平息了,这时倒是格外安静,只有村长才感觉到不妙。清明到了,村长给老人坟上添土时,看见孙惠家的也在坟地,烧了一沓纸,又烧了一些纸扎的小孩衣裤鞋帽。他装作没看见,不料孙惠家的叫住了他。村长,她说,一边擦着泪眼,这两孩子也该添人口了吧。村长嘴里敷衍着,那是,那是。脚下快快地挪步,想离她远些。她却也挪快了步子,紧随着他,口里念着,添个闺女,再添个小子。那是啊,村长说。他们前后走进庄,终于分了道,各走各的,村长这才放慢了步子。他将手插在袖筒里,腋下夹着铁锹,慢慢地往家走,心里定下个主意。

清明过去半个月的光景,果真如王副乡长说的,来人了。一个是老头,另一个是老太,都花白着头发,腰板倒挺得很直,是大干部的模样,由县上的干部陪着。王副乡长,还有老杨、小韩,也来了,却到不了跟前,只尾随着。早有人去报告村长,村长一路小跑着迎去,脚下打着绊,几次要摔倒没摔倒。迎到跟前,就往兜里摸烟,竟摸不着兜。这时,他才发现他的手在哆嗦。他的嘴也在哆嗦,话都说不成句了。那两个老人却很和蔼,还同他握了手。引去村委会的路上,村长心里颤颤的,但却是另一番心情了。他看见了老人花白的头发,还有脸上的褶子,尤其是那老汉，虽然是干部的装束，可那眼皮下的囊肉，和庄稼老汉差不多。他们的和蔼触动了村长，清明那日定下的主意，在这一时竟动摇了。他想，他们也不容易。走到村委会，门早已打开了，地扫净了，水烧开了，人一到就沏上了茶。坐下，聊了几句闲天，人口啊，提留啊，年收入啊，就学率啊，等等，便言归正传，那老太发言了。

老太操着一口清脆的普通话，听声音就像个年轻妇女，广播电台里的那种。她开门头一句就是，感谢老区的人民，保护了我们的烈士。然后又接着说，李书玉同志是老樊青年时代的朋友，一起参加革命，几十年来，我们没有一天忘记过她。村长的心渐渐静了下来，他忽然明白，这对老人不是小女兵的父母，而是她的同辈人。他这才想起来，这老头原来是小女兵的未婚夫。就是说，小女兵要是活着，就该像这个老太一样的年纪，一样的装扮，一样的清脆的普通话，称他们为"老区的人民"。村长心里的感动平息了，甚至有些不舒服，他再接着方才的思路想，那么，这老太算什么呢？她不是占了人家李书玉的窝吗？当然，李书玉死了，老樊总归是要娶的，可人家既然旧情还在，她在这里来什么劲呢？照理说，她都不该跟着来的。村长心里的不舒服变成了反感，于是，方才动摇的决心，此时又定了。

老太说完，大家都静着，等村长说话。村长咳了一声，慢慢抬起眼睛，说道，真是对不起首长和领导，事情兴许有些误会了。所有人的眼珠子都瞪起来了，先瞪村长，又转过去瞪王副乡长、老杨和小韩。那三个通红了脸，不约而同要张嘴说话，却被樊老头的一个坚决的手势制止了，示意人们继续听村长说。村长说，昨天夜晚，听说首长要来，就特地把夏家窑七十岁以上的老人会齐来问情况，老人们有的说记不清了，有的倒还记得，说孙来家草窝里的小女兵其实不是兵，是不晓得哪个地界上的砍柴的女子，失了脚，掉了崖，挂在树枝上，才留住一条命，然后顺着古时的挑炭的旧道，爬到了夏家窑来了。因为正是胡宗南进兵的当口，人们就把这两件事连起来传了。还有，那小女子头几天还能说话，见大爷叫大爷，见大娘叫大娘，好像是山西那边的口音，这就对不上了。因为是烈士的事，政府的事，不能有半点差错的，要不，咱们也对不起烈士李书玉啊！老头的脸板着，十分僵硬，他一动不动地坐着。村长发现，至此，老头还只字未语。老太显然不是省油的灯，当即向陪同前来的副县长发难了，你们的工作是怎么做的？老樊知道找到了李书玉同志的下落，激动得几夜没睡，血压都高了。副县长的脸一阵红一阵白，只能对老杨和小韩责问，老杨小韩再向王副乡长责问，最后是王副乡长望着村长，虽然一言不发，可那眼睛是把村长十八代祖宗都骂到了。村长不接他的茬，把眼睛挪开，看外头。外头地上站着乡亲们，静静地看着这一幕。村长将人头看了一遍，没看到孙惠和他家的。

老太又说，老樊也知道你们搞了迷信，结什么阴亲，但老樊并不计较，农民嘛，是需要长期教育的，老樊只是想把李书玉同志的遗骨送进烈士陵园安葬，也了了几十年的心愿，对后代也是教育。真不知道你们基层的工作是怎么做的，这不是不负责任嘛！村长心里静得很，老太说什么他并没听进去，只是看着她的嘴，想怎么会有那么多的词这样不间断地从这嘴里吐出来，就像炒锅崩豆子似的。忽然间，那老头又做了个坚决的手势，老太戛然而止。老头站起身，说道，看看那女子的地方吧。他声不高，言语也不多，可村长却震了一下，他不由得跟着站起身来。他又在老头那双垂着囊肉的小眼里，看见了一些熟悉的东西。就是这些熟悉的东西，透着一种你知我知、天知地知的了解，厉害着呢！村长又有些不安了。他乖乖地引着人们走出村委会，门前的人群默默地让出一条道来，看他们走过去。

村长带着他们沿了沟坎走，阳光从屋檐上漏下来，一条条的，照着半张脸，都沉默着。离他们一段距离，是夏家窑的乡亲们。屋檐后边是光光的山崖，崖顶是雪亮的太阳，空荡荡的，什么都没有，崖的那边是另一个世界，是什么样的世界呢？人们来到了孙来家院子，孙来和他媳妇还有他爹妈，站在院子里，比画给来人看当年那一堆草垛的地点，又比画给来人看当年的院子如何，现今改掉了哪些。南墙朝外推了几步，山墙也撑了出去，所以地形就有些两样了。一边说，一边往四处撵鸡，不让它们到中间那块地面来，鸡就喳喳着。人们在院中间的空地上围了一圈，想象是当年窝小女兵的草垛的地方。老头沉着脸，听孙来他爹说话，说那小女兵在草堆里度过的七天七夜。孙来爹也是听他娘说的，他是小女兵来到后的第二年生人。村长蹲在人圈外头，不再说话。孙来爹的声音好像是从很远处传来，露出好些破绽，他口口声声称她为"小女兵"。老头并没有提出疑问，村长也不去纠正。他知道没什么能哄住这老头的，他钝钝的，却看得清底细。这老头身上有一种东西，确实打中了他,这也是钝钝的,是钝钝的悲哀。

然后,队伍就由老头带领了。他领头出了孙来家院子,村长不由得随在身后,向村口坟地走去。老头将手背在身后,抬起头四下里打量。看门里的院子,圈里的猪,场地上晒的粮食。有小孩子挤了他的腿,他还摸摸小孩子的头。老头的脸色松开了些,不像方才绷得那么紧了。那种钝钝的东西,似乎变得柔软了,可以流动了。近午的阳光照着他花白的头顶,村长想,多少日月过去了啊!从这老头的头顶上过去,也从夏家窑过去,可是小女兵还是小女兵。他们来到了高岗上的坟地,站在孙喜喜和凤凤的合坟前头。清明添的土还湿润着,坟头的土坨坨也是新的,土坨坨下压着一张粉红纸,炫目得很。老头对着坟站了一会,转过身,看一眼身后围着的乡亲,低下头从兜里摸出一个小钱夹,夹子里摸出张相片,递给人群中一个老汉,说道,您老看看,是这个女子吗?

老汉拿了相片看了半晌,没吭声,传给了另一个比他还老的老老汉。老老汉看了一会,也没吭声,再传给一个老婆。老婆又传给老汉。相片在人群里传了一遭,最后传到了村长手里。这是一张比手指盖略大一点的旧相片,泛黄了,却还是清晰的。照的是半身正面,学生头,齐额的刘海,旧式便褂的竖领,嘴抿着,不笑,眼是黑漆漆的。从未谋面的小女兵一下子跳到了眼前,村长觉得已经认识了她几十年似的。几十年,他在娘肚子里从无到有,再从光腚猴长成这个半老汉,可小女兵却一直是这副面容。就和相片上一样,不笑,不吭声,眼睛黑漆漆的。这个受了伤的小雀儿啊!村长眼睛湿了。他将相片还到老头手里,见几个老婆老汉都在擦泪。停了停,村长使劲将喉咙里哽着的一块东西咽下去,哑着声说,这么多年来,夏家窑把她当自家闺女看。老头也哑着声说,她信仰共产主义,是无神论者。老头说过后,就看着地面,一动不动了。这时,村长知道,他到底是输给了这老头,他到底是犟不过这老头的。

这天晚上,村长迈过了孙惠家的门槛。他晓得,今晚他要迈不过这个门槛,老人家一宿不得安泰。他要一直迈不过这个门槛,老人家就一直不得安泰。老两口子见他来,立即明白了,掉起了眼泪。孙惠家的一把一把地擦泪,眼睛擦得通红,都烂了,那是叫眼泪腌的。哭了一会,孙惠家的便起身要去烧茶,被村长拦下了。村长说,这几天,早想来同你老说,可是一直没得闲工夫,说实话,也怕你老哭,就挨着,可不说呢,又老堵在心里,是块病。孙惠就说,村长,大家都知道你也不好办。村长拦住他的话,等等,你老先听我说。有半个月了,还是清明前,我就做了个梦,现在想来,是喜喜那媳妇托给我的。她对我说什么呢?她说,她和喜喜小日子过得不错,和和美美的,可是不期然地,玉皇大帝点了她去投胎。你老知道,她上一世没活够人呢,吃苦比享乐多,尤其是最后那七天七夜,真是煎熬啊,她想活够呢!我就说,那就去呗,你先去,第二年把喜喜拉扯去,再做夫妻。她就说,大叔啊,你不知道,夏家窑太背了,挤在山折折里,路又不好走,还没有水,玉皇大帝的船撑不进来接我呢!她说,大叔,你能不能送我出去呢?梦做到此就断了。开始我倒并没有上心,不就是个梦吗?可是过了一段,这不,来了个首长,专为了认这女子,要把她带到省城的烈士陵园。我心里就不由得一惊,这不是应了那日的梦了?是玉皇大帝托人来引路了不成?

第二日,村长就专派人到乡里,给王副乡长捎了信。说是一切都妥帖了,三天后可来人领遗骨,事情由他来操办,请领导和首长放心。

这一天,吉普车先后三辆连成一队,开来了夏家窑。近村口时,就看见高岗上许多人忙碌着,有白烟腾起,被风吹开,夹着些焦黑的纸屑。有指令从最后一辆车传到了第一辆,吉普车停了,停在距村口二百米的地方。没有人下车,就这么等着。高岗上坟地里的人们没注意到吉普车,兀自干着。他们由村长带领,在孙喜喜和他媳妇的坟头四角烧了四堆纸,一边烧,一边念叨,大爷大娘,大叔大婶,我走了,感谢这三年的处处照应,和睦相处,我走了,撇下喜喜和孩子,还请多多相帮。念罢,便开始起坟。铁锹试探着插进土里,辨别着方向,然后才下力一掘。再烧纸,这回是烧给喜喜的,说着劝慰宽心的话,还有大丈夫要自立自强的话。烟裹着烧不尽的焦纸,飞扬着,就像一群黑蝴蝶。经这几番折腾,几十年前的薄板子早已散了,村长将遗骨拾在一口坛子里,又在喜喜的棺木跟前抓了几把土。等他直起身,便看见了村口路上的吉普车。他将坛子捧在手里,想这坛子只装了这些遗骨和土,怎么就突然变沉了。他小声地说了句,凤凤,这就送你出山呢。他下了岗子,走上路。最后一辆吉普车里走下一个人,是那樊老头,手里拿一块红布,等他走过去,便用红布蒙在了坛子上,然后接过了坛子。车上的人纷纷下来了,没有那老太，村长心里感到少许的安慰。而就在这老头接过坛子的那一刻，村长觉得小女兵突然间变老了，也变得像樊老头那样的年纪，头发花白，垂着大眼囊。几十年的日月一下子走了过来，忽闪之间，没有了。

老头上了车，随行的人，王副乡长，老杨，小韩，都纷纷上了车。然后，车就开走了。村长站在路上，望着车沿了山路，慢慢远去。在他身后，人们继续干着活，将孙喜喜的坟重新垒圆，垒高，四周添了新土，又烧了一圈纸。石碑上，"凤凤"这名字油了红漆，表示人在阳间，留着个寿穴。

1997年9月11日上海

原载《十月》1998年第1期

点评

"天仙配"在中国人的文化心理中有很重要的地位，也形成了一定的意义范式，而王安忆的这个短篇具有不同向度的隐喻。中国传统的"天仙配"故事，是神仙与凡人冲破重重阻碍，最后幸福结合的故事，在这个故事中"仙界"与"人界"形成了一种对立。在王安忆的这篇小说中，当然最明显的是阴阳之隔，还有一对隐形的矛盾就是传统乡村与现代文明之间存在着一定的鸿沟：对环境的过度利用导致生态恶化、无土可依，重男轻女的观念导致越生越穷等等。但是，对社会转型期乡村社会形态的批判并不是王安忆这篇小说的绝对重心，尽管乡村还残留着很多与现代文明格格不入的风俗，但依然葆有的人情之美、人性之纯，却是弥足珍贵的。如：村长小心翼翼呵护着孙家老两口的心；尽管不舍又犯了农村的大忌，孙家两位老人还是近乎心平气和地同意刨坟；几十年后的今天，老人们看到"小女兵"的相片还是会偷偷抹泪；等等。古老的乡村虽然在今天看来还残留一些陋习，可村民们身上闪烁着的人性纯美的光彩又照亮了这个时代，村民们就如同戴着脚镣却纯粹地跳着优美的舞蹈。

对于农村题材的小说，王安忆自己曾这样写道："农村的生活方式，在我眼里日渐呈现出审美的性质，上升为形式。这取决于它是一种缓慢的、曲折的、委婉的生活，边缘比较模糊，伸着一些触角，有着漫流的自由的形态。"这篇小说在形式上就具有这种外在散漫、内里紧实的特质。作者在叙事节奏上做了舒缓的处理，并不急于推动故事情节的发展，更不强调外在矛盾的激化，而强调渲染环境与描写人物的内心状态，使得内在肌理散而不乱，以曲径通幽的方式娓娓道来，不动声色地给人心上重重一击。

（朱旭）

为兄弟国瑞善后

/尤凤伟

出门的时候国祥的女人问了句：黑下回家吃饭吗？他说那得看跑完三个村到什么时候了，他想了想又说也许吧，中午前赶到李家高岗，在大舅家吃饭，再去埠后村二姨家，不待下，再赶到大苇子大姑夫家，要是日头不落山，就赶回来吃饭。女人说身上带那么多钱，路上千万小心啊。他烦烦地说知道了，你说过不止一百遍了。说毕推车就走，省得再听到女人没完没了的啰唆。

出了村头，满眼映进碧绿田野和青色山脉，春天的暖意阵阵扑面，国祥深深吁了口气，他觉得一直紧揪着的心有些放开了，自从兄弟国瑞死后他的心就一直紧揪着，就像被一根细麻绳捆绑着，勒得很疼，透不过气来。他走的是一条不达国道级别的平直大道，白沙路面，保养得很好。隔一段时间便会看见一个养路人拖着沉重的胶皮耙子走在路中央，留在后面的路面就像被梳过一般。这条路有路经李家高岗的客车，一趟公家"大客"，两趟个体"小客"。以前每回去舅舅家他都是花三块钱坐公家"大客"，半个小时的路程。今天因为要从李家高岗去不通汽车的埠后村，他就只能骑车了。

在殿后村后他碰见从前的学生苗家起骑车从村里出来，车后座高耸着一摞五色布匹。看见他苗家起忙不迭地跳下车，又恭敬又亲热地叫声"于老师"。国祥也下了车子，问苗家起是不是去赶上庄集。苗家起说是。他说苗家起你赶集去这么晚不耽误生意吗。苗家起用戴手套的手揉揉鼻子，朗声说去早去晚都没啥生意的，反正闲着也是闲着，溜达一趟是了。他说也是的，如今什么生意都不好做。这时苗家起似乎犹豫了一下，小心翼翼问道：于老师……国瑞的案子……咋样了呢？他说国瑞死了。死了？苗家起瞪圆了眼，一脸的恐惧，说咋这么快，从被抓到现在不是才两个来月吗？他说时候不好，从重从严从快。苗家起不再说什么了，脸上还残留着惊恐不定的神色。他说苗家起你走吧。苗家起点点头说老师想开点儿啊。他"嗯"了声，上了车子。

国祥刚放松的心遇见苗家起又揪紧起来，他不由得在心里骂道你个混账国瑞是自作自受哩，一向是鼠胆，咋刚进城就作起了大孽呢？盗窃文物你不知道这是犯大罪的吗？自从兄弟犯事，这话他不知在心里骂过多少回了，骂过之后眼就湿了。现在他的眼也同样湿了，眼前白茫茫的一片雾，他怕车子翻到路边，赶紧抬手抹抹眼。

此刻他是极不想再碰见熟人的了，一个月来兄弟的案子成了头号新闻，虽然人关在城里，各种传闻却在乡里四处奔走。乡间人说话多不存忌讳，见了面就问来问去，打破砂锅问到底。当然也会说几句安慰同情的话，可……唉，现如今安慰也属多余的了，案子结了人死了。他还在想怎样避免与熟人见面的问题。他的熟人太多，他教"完小"多年，学生遍布这一带乡村，何况还有学生家长以及其他形形色色认识的人。他不知怎么竟想到西方电影里的蒙面人，他觉得可以效仿，就跳下车，从口袋掏出手绢系在两眼以下鼻子耳朵以上的位置，虽然没镜子照他也知道自己成了副什么模样。他上了车子继续赶路，迎面相逢的人都无一例外地盯着他看，是那种看怪物出动的神情。他想没准真的会让人把他往蒙面强盗方面想呢。可他顾不了许多，只管低头往前蹬车。

快到李家高岗村头国祥跳下了车，他抬头看看天，日头已被云彩遮住，看不出是什么时辰。他从脸上把手绢扯下来，这时一辆拖拉机从村街突突冒着黑烟奔过来。真是越怕什么越来什么，尽管他已侧向路边做出解腰带撒尿的姿势，他还是听到"是于国祥老师啊"的呼唤，随之是马达熄火的声音。他无奈地转过身来，认出驾驶座上的人是李家高岗前任村主任李旗。李旗曾和他一起教过书，因有个当村委会主任的机会，他便弃教回村，不料几年后改选时落选。从此官职教职两空，成了农民。虽然这样，每回相见国祥还是称他李老师。此刻他问李旗道：李老师你去哪儿呢？李旗说去龙泉汤拉肥料。果如他所担心的那样，曾为人师的李旗说话也像一般庄稼人那般直来直去，他问：老于你兄弟的案子有头绪了吗？他将眼光从李旗身上移开，望着田野，说人已死了。枪毙了？！李旗惊讶，不是听说那个保安人员被抢救过来了吗？他说是抢救过来了，一条胳膊残废了。李旗说人没死就算不上命案嘛，咋这样判？他说谁知道呢。他又说听说盗窃文物有判死罪的。李旗又说：再说国瑞也不是首犯啊，他不是在别人的撺弄下干的吗？他看着李旗几乎用哀求的声调说：老李别说这个了行吗？这时李旗才意识到自己的疏忽，忙说，好，不说了不说了，唉，人都死了还有什么说的呢。过会儿又说老于中午在我家吃饭吧，我一会儿就回来。国祥说他不能在这里久待，还得赶去埠后办事。李旗点点头，说那就以后吧，你现在哪还有别的心思？想开点吧老于，对兄弟你也算尽到心了，这个大伙儿都知道。国祥叹口气，说：爹妈都不在了，兄弟的事我这个当哥哥的又能推给谁呢？李旗说就是。国祥说你走吧老李。李旗说你走吧老于。就都走了。拖拉机腚后的黑烟遮挡了国祥的视线。

舅舅家住在村头，国祥从外面扯一下门闩绳，然后提起自行车用车轱辘把门扇推开，之后就连人带车进入院子。这时舅舅应声从正屋出来，不先向他说话倒先朝隔墙的西院吆一声"先锋"。进到屋里一会儿，表弟先锋就过来了，穿一身蓝西服。先锋也确实称得上先锋，他是乡村里从老辈子起头一拨穿西服的人。国祥是不穿西服的，可每当看到穿西服的农民他都会想社会确实是前进了。先锋的先锋性还体现在他的经济头脑上，他也是农村里头一拨丢下锄头干实业的人。他一直做饲料生意，也不隐瞒自己赚了钱。这遭为国瑞的事儿他很痛快地出借了一个大数。富了还没忘亲戚情分，这一点让国祥感动。先锋说国祥哥来了。他点点头，说先锋又耽误你的工作了。先锋说哥可别这么说。关于国瑞已死的消息，前几天他在城里已给先锋打过电话。正因为如此见面后舅舅和先锋都没提国瑞的事儿，而内心的悲伤是心照不宣的。国祥问过先锋几句生意上的事儿，便抠抠索索从怀里掏出一个厚厚的纸包，双手递给先锋，声音发颤地说：钱虽没用上也替国瑞谢你了先锋。先锋接过钱擎在手里，紧盯着他问：国祥哥钱咋没使上呢？他说晚了。先锋问，晚了？他说是晚了。先锋将砖头样的钱捆丢在炕上，说不信案子能结得这般快。舅舅说老辈子都是秋后处斩——先锋抢白说爹干吗还提那老皇历呢？舅舅就不吭声了，他和先锋也沉默起来，所有的话都卡在嗓子眼里出不来。事情到了这一步就真的是无话可说了。过了许久先锋说国祥哥到西院去吧,爹也过去,丽华正在弄吃的。国祥却摇了摇头。本来是打算在这里吃午饭的,可刚才在村头回绝了李旗,留下来让李旗知道就显得自己不实诚。再说他也不觉得饿。先锋说国祥哥你得吃饭,不吃饭不行啊。舅舅也留他,说天塌下来也得吃饭。他说还有几个地方要跑,天还不到晌午,到二姨家吃晌饭合适。先锋不无成见地说我可从不在二姑家吃饭。他没说什么。先锋和舅舅见他执意要走,只好作罢。到了院子里推起自行车,这时先锋问道:国祥哥,要不要我给国瑞兄弟扎点什么?他想想说:不麻烦你了先锋,该扎的东西我一便儿扎吧。先锋说:咱村就有一个扎匠,很便当的。舅舅说就叫先锋扎一点吧,多了比少了好,国瑞他干混账事儿不就是为置办结婚大件吗?人死了打发他个满足吧。国祥不语,觉得眼前又升起一团白雾。只听先锋说道:要不我扎台彩电再配上台VCD吧。国祥说那谢谢你了,说毕推起车子跌跌撞撞地出了门。

从李家高岗去埠后是走山路,由于没专人保养,路面很糟,永远都有两条深陷下去的车辙蜿蜒向前。这条路是国祥的一条熟路,从记事起每年正月都带着兄弟从这条路上走亲戚。他挎着装饽饽的篮子,兄弟甩着两手跟在他腚后,跟屁虫似的。那时候他觉得这条路很漫长,很难走,怎么走都不到,其实也就十几里的路程。成人后兄弟俩就骑车走亲戚了,路途一下子就缩短了。三蹬两蹬就从家到了舅舅家,再三蹬两蹬又从舅舅家到了二姨家。此刻过这段路国祥没有蒙面,也用不着蒙,这一带村子的小孩子不在他教的"完小"上学,他不用担心碰上熟人。在一个叫石硼沟的地方他跳下车。

石硼沟的得名无疑是因为山夼对着的路边耸着一块天然巨石。从李家高岗去埠后到石硼沟正走了一半的路程。国祥把车子支在石硼边儿上,锁上。他没有往石硼上攀登,只是抬头往上望了一眼,然后沿山夼向山上去。山夼里布满大大小小的石头,没有水。还不到雨季。雨季里有山洪滚滚而下。大约走了十几分钟,山夼边上的一座院落出现在面前,那是一座很有名气的蝎子养殖场,也正是他借这次还钱的机会要去的地方。在春节之前,他曾与兄弟商量,凑点本钱办个家庭养蝎场。可兄弟不感兴趣,执意要去城里挣钱。现在兄弟已死,可他办养蝎场的心没死。国祥走到养蝎场房前,抬手敲了敲门,开门的是一个长疤瘌眼儿四十几岁的汉子。他知道这就是远近闻名的"蝎王"。他向蝎王说了来向他请教的意思,蝎王说进来吧,他就跟进了院子。从见到蝎王起他便满脸堆笑,生怕对这位名人不够恭敬。到了院子里又赶紧从口袋里掏出一盒烟，抽出支向蝎王献上。蝎王接上抬手夹在耳朵上。国祥看出蝎王没有要吸的意思，已抓住打火机的手在口袋里悄悄松开。蝎王一开口便说到了正题，问国祥是不是想向养蝎业发展。国祥赶紧点头称是。蝎王说现在想向他学习取经的人很多，可他发明的养蝎新技术正在申请专利，国祥赶紧说他可以付费。蝎王疤癞眼儿一下一下地眨巴，说现在已不是单单出售技术的时代了，要搞就搞连锁场。国祥对"连锁"这个词并不陌生，对其中的意思也知个大体。他问蝎王咋样连锁。蝎王说我总场出技术你分场养殖，利润分成。国祥说合理。蝎王说你考虑一下想干今天就可以签合同。国祥说今天不行，得回去跟老婆说说。蝎王讥讽地瞧他一眼。他赶紧解释说未来的养蝎场不是他干是老婆干，蝎王问这次要不要参观一下，他说要参观。养蝎子的地方在屋后，若干蝎子坑一字排开。还没走到近前，国祥便听到一片窸窸窣窣的声音。蝎王将他带到一个坑前，指指说这批货品已可以推向市场。他打眼向坑内看去，开初只看到坑里一片黑，像堆集着满满一坑羊粪，而当眼里有了分辨，他就看清楚那是成千上万只蝎子在上下翻搅攒动，名副其实的毒虫堆。他不由得打了个寒噤，一股冷气顺着脊背向后脑勺上蹿，从本质上说他不是个胆小的人，平时见了蝎子、蛇之类的毒物也怕不到哪里去，可眼前这毒物大积聚的景象实在令人毛骨悚然。这一刻他晓得自己不会再与蝎王签什么合同了，哪怕他无偿提供新技术，自己也不会在养蝎业上图发展。即使他能习惯与那些毒物打交道，而他那个胆小连老鼠都怕的女人是万万不行的，她会被眼前这样可怕的景象吓出神经病来。他客气地向蝎王道了别，为不扫蝎王的兴他说改日再来。直到骑上车子，国祥仍然惊魂未定。他的心情极坏，这坏心情一直持续到走进二姨夫村才稍稍得到改善。

进门看到二姨夫一家人在吃饭，他知道到晌午了。看见他手端酒盅的二姨夫即问：国祥你吃饭了吗？他顺口说吃了。无论如何他是不想在二姨夫家吃饭的。二姨不信，说这时候哪会吃饭呢，快坐下一块吃。他说他在舅舅家吃过饭赶来的。就不再说吃饭的事。就问起国瑞的案子。尽管他一句话就能回答，但他不想在人家吃饭的时候报出个凶信儿。这无益。他说等吃过饭再说吧。

看别人又香又甜地吃饭他依然没有胃口，到现在那一团团毒物还不时蠕动在眼前。他努力做到不去想。围桌吃饭的除了二姨和二姨夫还有表弟媳妇和两个女孩。表弟在县啤酒厂工作，不属在家吃饭的人。对农村生活而言，二姨夫家的饭菜是颇为丰盛的，二姨夫的革命小酒不是天天喝而是顿顿喝。他是从镇商业局副局长任上离休的。国祥一直对二姨夫的印象不佳。上次来借钱二姨夫打官腔说往案子里使钱是不正之风，不能犯这个错误。当二姨坚持要借他又提出存折只差半个月到期，现在提款利息全瞎了。无奈只有等。兄弟死后他对二姨夫一直耿耿于怀，他甚至觉得就是为等这份钱才耽误了兄弟的命。此刻见二姨夫一盅接一盅往嗓子眼里倒酒他脑子里就跳出这样四个字：为富不仁。

好容易等到吃完了饭，表弟的两个女孩去学校了，表弟媳妇将碗筷收拾下去，屋里只剩下二姨和二姨夫。涨红着脸的二姨夫边剔牙边问案子的情况。他说国瑞死了。二姨夫稍微愣了一下，以早有所料般的神情说我说过使钱是没有用处的，这不人财两空了嘛！国祥说没使上钱。二姨夫问，钱没往上使？国祥点点头，说晚了。晚了。他故意将"晚了"两个字说得很重，像要把这两个字当成两颗铅弹往二姨夫身上射，以发泄内心的愤懑。这期间二姨一直怔怔的，好像没明白到底出了什么事，后来哇的一声哭号起来，眼泪鼻涕一把一把抓，很伤心。国祥知道二姨的悲伤是发自内心的，她一直是很亲国瑞的。他劝了二姨几句，便从怀里掏出同样报纸包着的钱，搁在二姨夫的身前。二姨夫拿起钱正要解包清点，又似乎意识到这般不妥，便讪讪地放下。国祥觉得他可以走了。就起身说他要走了。生活中许多事情往往是雷同的，同样是走到院子时两眼红红的二姨提出要为国瑞扎几样大件。二姨夫听了也附合说扎。如果是单冲着二姨夫，他也就回绝了，可对于二姨，他不忍有悖她的真挚亲情，伤她的心。他说别的都有了，要扎就扎台洗衣机吧。走出二姨家，国祥眼前又是白茫茫的一片。他心里想的是若是以后哪天自己犯了死罪，是决不允许女人到二姨夫这里借钱的。

出了埠后村他看出天阴得重了，天地间明显地黑了许多，风里夹杂着冰冷的雨星。也许雨就要下了。整个春季都是坏天气，雪雨不断，再不就是湿漉漉的雾气。报纸上说是受厄尔尼诺现象的影响。有一次学生问他什么是厄尔尼诺现象，把他问住了。一般说来坏天气不会对他这个教书匠有什么影响，但今年是个例外，为弟弟国瑞的事他一直在坏天气里奔波，包括为国瑞善后的此刻。由于已将两份大钱归还于人，他感到心里轻松了许多。想到再过一会儿他就会把今天要还的最后一份钱送到大姑夫手里，就有一种如释重负的感觉。另外他还有一种缱绻之意，他是从内心里感激大姑夫的。大姑去世多年，按说在这种情况下亲情会相对疏淡，可大姑夫是个很厚道的人，他知道大姑夫的家境不富裕，借钱的事没去找他，钱是大姑夫闻知消息自己送上门的。尽管钱数不多，但他是很感激的。此刻，轻松心情转而又让他往善后的事上想，他首先想到的是能否为弟弟结门冥亲，让弟弟在冥世里不是孤身一人。但这想法只一转便被他否定了：弟弟犯的大罪，又死得凶险，哪个逝女的家人肯和这样的死鬼结冥亲？想结冥亲也难哩。想到这一抹悲凉又升上心头，他重重地叹了口气。

这一带的道路高低不平，一个山岭连着一个山岭，他骑车下得一个大坡，便看到道路左侧有一片茫茫水域，那是赵家夼水库。水库阴沉沉的水面与阴沉沉的天空在远处连成一片。疾速行驶的国祥突然手脚并用刹住车子，下车后他将车子支在路边，然后沿一条几乎被野草覆盖的路径向水库边走去。一会儿工夫他的鞋和裤脚都湿了，凉凉的使他感到很难受。他后悔没从两块麦地之间的田垄上走。不知怎的这时他想起那句"常在河边走，哪能不湿鞋"的俗语。他知道已经湿了鞋就无须顾及什么了，大踏步地从草丛中间穿过。他看见远处一个男孩子挥舞着刀割青草，那是喜在水边生长又喜被牲口吃的青葱的芦苇。他朝割草的孩子喊声"喂"。小孩停下镰刀朝他观望。他问道：养鱼的还是那老哑巴吗？小孩子不答。他再抬高声音问：养鱼的还是那个老哑巴吗？小孩这遭听见了，他说是老哑巴。接着又问句：你找老哑巴干啥呢？他说有事。心里却想咋连小孩子也什么事都要打破砂锅问到底呢？他匆匆向前走了，快到水库边儿已经没有麦地了，两边全是半人高的芦苇，看到芦苇那蓬勃向上的长势会使人感到生命的昂扬而不忍砍割。而事实上这种砍割从未停止。愈走近水边水汽便愈加浓重，散出一股淡淡的腥味，是鱼腥味儿。他终于走出了芦苇丛，刚才被两道苇墙遮成窄窄一溜的水面迅即向两边扩展开，又变成茫茫的一片了。不知怎的这片无声的大水突然使他生出一种畏惧，这瞬间他感到自己是站在天涯海角，孤立无助。他缩回眼光，看到了搭在水边高处的一座低矮草棚——养鱼人老哑巴的领地。草棚孤零零屹立水边,破烂不堪了无生气。不见老哑巴的身影。他朝草棚走过去,边走边吆:有人没有?没有应声。他再喊,还没应声。这时他一下子意识到自己的荒谬:那养鱼人是个又聋又哑的正宗聋哑人,喊破嗓子他也是听不见的。他走到草棚门前,抬手敲门,没人应,他刚要再敲,抬起的手却拍在自己的脑门上,他又一次意识到自己的荒谬:老哑巴听不见喊声敲门声也同样听不见的。他就用手推门,推不开。他怔了一下,再定睛一看,他看见门上挂着一把大锁。这般赫然的锁他怎么大睁着眼竟看不见呢?他感到愕然,感到不可思议。他的眼光回到茫茫水面,怅然若失。老哑巴今天是见不上了,怎么竟这般事事不顺呢?他沮丧地转身往回走去,他知道向老哑巴请教的事只能等到以后了。他又走进了芦苇丛中,他心里想着将村外的那座水塘承包养鱼的事,如能承包到手就干脆辞职,他想。其实从兄弟死后他便告诉自己不能再教书了,连自己的亲兄弟都没教育好,还有什么脸面教别人家的孩子呢?在别人眼里那不是误人子弟而是害人子弟了。书是一定不能教下去了。能养鱼最好。改日专程来向老哑巴讨教……国祥这么想时却突然在芦苇丛中站定,直挺挺地站定,尔后是一脸的怒气,一副怒发冲冠的样子,他像法官审讯犯人那般质问自己:你个鸡巴人今儿个是昏了头咋的,你向一个又聋又哑的人请教他又能告诉你什么呢?你说说他又能教给你什么呢?他怨怒难消,又继续质问下去:你他妈今儿个究竟是怎么回事呢?荒谬事接二连三地出,就像掉了魂儿一般,好像死了的不是兄弟国瑞而是你自己。

　　国祥重新上路天色更加昏暗,全天没有露面的日头肯定已落下山去。右侧方原本看得清晰的昆仑山已经融入黑暗中,这使本来便黑暗的天幕显得更加黑暗。雨终归没有落下来,让国祥宽心。他粗略计算出到大苇子村还剩下七八里路,多加点腿劲儿天全黑前赶到是没有问题的,只是今晚是非住下不可了。想到这他脑子里陡然跳出这样一个问题:要是大姑夫也提出要为国瑞扎点什么的话,那让他扎样什么呢?他觉得应该预先想一想,反正时间充裕,可以好好想一想……

原载《人民文学》1998年第7期

点评

小说题为《为兄弟国瑞善后》，国瑞在这里被突出了，但是哥哥国祥才是为其善后的人，国瑞及其遭际只是作为故事发生的背景或者说机缘而存在。弟弟国瑞因犯罪而被判处死刑立即执行，哥哥忍受着失去亲人的痛苦，还要挨家挨户还没有派上用场的钱，国祥的心理状态就显得尤为复杂，他被推着滑入一个十分尴尬、紧张的处境。作者尤凤伟自己就曾表示："那些我笔下的人生处于一种紧张状态，这就使作品里的人物不堪重负。人生境况大致有两种状态，一是庸常平淡，二是动荡曲折。小说既然是写人生，对这两种状态就都应该展示。……话题回到处境，作家关注人的处境是创作上一个根本态度问题。"而在这个短篇中，这两种人生境况就都集中在了国祥这个人物身上。国瑞的犯罪行为及他被处以死刑的结果使得大哥国祥的生活变得"动荡曲折"，国祥为弟弟善后挨家挨户给性格、境况各异的亲戚们还钱，尤其是在途中国祥拜访养蝎子的人和哑巴，谋划着今后生活的出路，又呈现了庸常生活的状态，曲折打破了平淡，而平淡又涤荡着曲折。

小说中以舅舅之口说出国瑞犯罪的原因是为了结婚置办大件，使得人们又不得不思考农村青年人的生存状态问题，作者其实很关注这个问题，曾直言不讳："除了乞讨，还有更令人痛心的，就是农村青少年进城犯罪的问题。对此我感触很深，也写过不少这方面的作品，……当然，任何社会都不容许犯罪，犯罪就应该被惩处。可是当一个社会不能为国民提供最基本的东西，当一个人无路可走的时候，真不敢保证不心生歹念。有一天和朋友聊天，说到这上面，他说要是真到了要饿死的地步也会去偷、去抢。他说这话的时候我也在想自己，也想'生存法则'有多么强大。"尽管小说的切入点是个人的生存处境，但关注的是社会问题，是作者秉持着人道主义的精神，怀着一种悲悯、一种责任感在介入现实。

小说的叙事按照时间顺序推进，将大量的情节和故事背景放在一天内叙述。小说一开始就阐明了国祥今天一天为弟弟善后还钱的轨迹：上午赶去大舅家，中午到二姨家，下午再去姑姑家，完成这些太阳不落就回家吃饭。按照线性的时间顺序进行叙述，但内容却又斜枝旁出，伸出多个枝丫，将国瑞的命运遭际、国祥的生活状态、邻里乡亲的行为模式、各个亲人的性格特征等等都在这一天中集中展现。井井有条的叙述中嵌入密度较高的故事情节，也是这些旁逸的斜枝使得小说的叙事时空不断跳跃、穿插，但统一的时间线将其聚拢在一起，因而并不显得杂乱，反让人觉得叙述的节奏平稳，叙述的故事饱满、丰润。

（朱旭）

午夜场

/周洁茹

店的名字古怪，叫午夜场。店里卖的衣服也古怪，都是些旧样式的衣裳，蓝印花布面的竹伞、蓝印花布的手袋、化妆包，蓝印花布的筒裙、中楼，什么都是蓝印花布的，似乎是一家蓝印花布的专卖店。从一开始刘曼就想让自己的店与众不同，因为与众不同她的货可能会卖得比别家好，但也有可能会比任何一家都卖得差，血本无归，好像没有一个纯粹的生意人会去做这种冒风险的投机生意，但是刘曼做了。

午夜场。一个故事，大家都知道的老故事。

午夜，夜凉如水，孤独的单身女子，去看午夜场的旧电影，她看见自己最爱的男人与别的女子幽会，她走了出来，眼睛潮湿了。伤感是吧，在认识小妖之前刘曼并不知道自己这个名字叫午夜场的小店与伤感故事有什么关系，小妖是隔壁茶楼的老板娘，她告诉了刘曼这个故事。"所以，你这个店的名字实在不怎么样。"小妖肯定地说，"并且很可能你会一件衣裳也卖不出去。"

刘曼坐在收银台的后面，漾着微笑，小妖目不转睛地看前面的那排衣架，手指在每一件蓝色衣裳上都过了一遍。小妖抬起头，失望地说："刘曼，这里没有一件款式时鲜的，没有一件是我可以穿着出去的。"

小妖和刘曼同年，但她是一个聪明女人，她的茶楼始终生意兴隆就是件奇怪的事情，每一家茶楼的生意都会随着机制改革、股市行情、廉政建设、换届和物价涨幅而时好时坏，但是小妖的生意却一直很好，这样一直好下去，那是一家具备多种功能的店，娱乐、休闲、餐饮，还有古典并且传统的茶艺术。

大概还因为小妖心狠，刘曼见过小妖的同学过来吃饭，小妖动着感情与她的师兄师妹们聊学校时的情感往事，结账的时候还是好好地赚了她的师兄一笔，刘曼明白小妖是个生意人，感情再怎么深，她也还是一个生意人。

而刘曼总赚不着钱，店开在这里多开一天就多亏一天，大概就是因为刘曼还没有学会做生意，心也狠不下来。客人来看，满意了要试穿，刘曼告诉她，您的身材穿这件衣裳非常不好看，不信您穿着照照镜子。客人就想，我自己不知道自己的身材吗？我有钱我喜欢我就买，你管我穿什么？一生气，就发誓不要再做这家店的生意。午夜场开张的那天，一个讨饭的小孩子，倚在门口眼巴巴地望，刘曼要给钱小妖不让，说是做生意的有说法，钱是不能给讨饭的，给了就会"财出"。"财出"了生意就会不好，就会赚不着钱。刘曼犹豫了一下，从零钱盒里抓了一把角币，走过去，小妖在后面看看，不说话，刘曼拉开玻璃门，把硬币放进孩子的脏手里，孩子笑了笑，手一扬，亮晶晶的硬币飞扬开来，像水一样洒在街道的中央，孩子向刘曼演示手里的纸币，那是一张崭新的10元人民币。一瞬间，刘曼的眼泪都出来了，想想居然会被一个小孩子欺负，搞得流眼泪。小妖在后面说："我不是跟你说了吗，你不听。"说完了就笑，笑得花枝乱颤。

刘曼闲着无事，午夜场开出来生意就一直清闲。看着外面的太阳渐渐地没了光辉，就下了卷帘门，锁了。想想，拐进了小妖的茶楼，刘曼看见小妖正在吧台上，对面立了个漂亮小姐。

"不贵吧，真的，一点也不贵。"小妖点着计算器，嘴里反反复复地嘟哝，眼睛却冷冷地盯着漂亮小姐。

小姐板着粉脸儿，一言不发，只是拿着那张菜单来来回回地看。

"你带来的客人，我照菜单上的价位已经打了八折，828元，零数都不算了，只800元人民币，怎么贵？"

小姐皱眉，如数付钱，又往包厢里去了。

小妖望着小姐渐远的脊背妖娆地一扭一动，望得很投入。一转头看见刘曼进来，一把抓牢了刘曼的手，指着菜单说，"收他们这点钱真是刚刚够成本，你看你看，他们都叫了龙虾、蒜蓉基围虾什么的，六个人又喝了十罐喜力啤酒，人家都是只点一只两只再叫些家常菜好了，他们却一连要了这许多，这些农村上来的只知道点好货不知道吃好货，生吃三文鱼是知道点的，吃却吃不了多少，要他们这点钱真是不贵，不是小姐带来，要他们1000块也是开得出去的。"

刘曼笑，说："炒两个菜，手脚快点，今天想早些回去。"

"又是外卖？"小妖一脸不情愿，说，"又赚不到你的钱。"笑着，招手让服务生去厨房吩咐了。

两个人都坐在吧凳上等着。小妖说："你猜刚才那小姐有多大了。"

刘曼说："怕是只有十七八岁，一张脸抹得那么厚重，什么也看不明白了，但怎么下重彩，还是显得稚气。"

小妖笑，说："刘曼你真是眼毒，她是只有18岁，却比咱们两个灵活多了，她以为我不知道，客人给了她一千块钱让她出来结账，要怪只能怪她客人小气，我是赚不到多少的。你别看她在日光灯下面美艳，大白天里看你可要被她吓死，18岁的人，嘴角眼边都有了细皱纹，又去做护理，一张脸整得就像80岁了一样，看看还好，哪里还敢去摸啊，那层脸皮粗糙得要赶上张老太太了！"

张老太太每天晚上都要到午夜场来歇歇脚，这个时候她的竹篮里除了几朵人家拣剩的残花什么也没有了，但是老太太的手绢包分明地鼓了起来，满脸的皱纹都喜滋滋的。老太太住在街对面的小巷子里，一个小院儿，里面种满了茉莉花、玉兰花和栀子花，每天早上，老太太就采摘这些家种的香花，用湿蓝条纹布掩了，挎着篮子坐到商业街口的台阶上，安安心心地用细铁丝串花，不出一个钟头，头批花就全部卖出去了，现在的小姐都舍得花这钱，几分钱的小玩意叫价两三元也卖得动。

老太太是个精明人，想着做做好人，与刘曼小妖她们拉拉关系。有几次回来早了就要把剩的花给刘曼，刘曼忙客气地摆手，连连说不要，旁边坐着的小妖却拉下脸来了，说："要送还是送早晨的新货嘛，这些萎了的东西怎么还送得出手。"老太太就尴尬了，坐也不是站也不是，手脚都没处放了。

刘曼看着老太太迟缓地推开玻璃门，那么瘦小的一个身子慢慢过了马路，脸色就难看了，对小妖说："都不容易的，那么大把年纪了，家里如果有钱何苦起早摸黑出来卖花？你为难她干什么？"

刘曼总是想起自己的外婆，那是久远的事情了，那个遥远的小城，庭

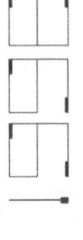

院的葡萄架下面，外婆坐在硬竹板的躺椅上，摇着大蒲扇，手把手地教刘曼绕蝴蝶盘扣。那都是过去的事情了。

午夜场还在装修的时候，第一个进来的就是张老太太，仰着头看午夜场的粗木门面，挎着篮子畏畏缩缩，在门口张望了大半天，刘曼在里面望着，心里一动，叫了声"老婆婆"，老太太就满脸都堆起笑来了，进了门也不怕生，先是说这店子装潢得好，富丽堂皇。刘曼暗地里笑，店就为了要朴素的效果才做得粗糙，哪里还富丽堂皇啊。老太太又捧着蓝印花的手绢，她仔细看标签纸上的红色大数字，吐着舌头说："这小小的一块布头要卖那么贵啊？"刘曼说："现在是贵了，有钱也不定买得到，您年轻时候不是都用这种布料吗？"老太太笑了，说："我们那时候只有苏州乡下才用这种布头，扎在头上围在腰上，我们城里还是信奉缎子的面。"

坐了会儿，小妖进去招呼了，刘曼一个人坐着，望着外面，太阳光从树的枝丫间逃出来，把街面染得支离破碎。

等了一会儿小妖出来，脸也健康地晕红着，身体上散发出浓重的油烟白酒味道，迎面而来。她说："又到换季的时候了，刘曼你也该去进些时尚衣裳来卖，做衣服生意的就指望着这个季节赚点儿。"刘曼说："你也知道我店里的货都是从桉叶的朋友那儿进，他们又是自己印制的布料，手工作坊，成不了大气候，成衣也是一件两件的，好在式样没有一件重复的，只是这么几件，都拿到店里来了，过几天再去他们那儿拿，怕还没有合你意的。"

小妖笑，说："那就又做不成你的生意了。"

店开出来的时候桉叶已经在新加坡了，只是打电话回来问，刘曼告诉他："没事，一切都好。"

"你总是这样。"桉叶说，"让我担心。"

刘曼匆匆挂断电话，刘曼思念桉叶的电话，但电话来的时候却不知道讲什么好，思念是一种折磨人的东西，但刘曼不想桉叶把钱都用在电话上面。

小姐把两只方便饭盒送了出来，刘曼掏钱，小妖推着不要，两个人又推让了一回，刘曼被小妖连推带搡地赶出了门。一到外面，热潮就翻滚而来了。

茶楼的透明窗子后面，刘曼看见有日子过得不怎么滋润的小姐，举着硬币聚精会神地站在电话机的前面，她大概还没有挣到手提，现在是人老珠黄了，年轻的时候都不知道手提是什么东西呢，赚了钱都只知道吃光用光，日子就艰难了。

有些事情是注定的。日子一天一天地过，每天都一样，每天都做同一件事情，年纪也大起来了，却仍然像过着昨天的日子一样。一年前的夏天，刘曼一直在犹豫，是不是要出去呢？过那种自由的日子。早晨，刘曼像往常一样去上班，拐弯的时候，单位的车已经起动了，刘曼喊了一声，声音就像蒸发了一样，没有人听见，刘曼急急地在大街上跑起来，天气炎热，刘曼觉得自己就像一个狼狈不堪的贼，匆忙并且慌乱，车窗口有人影，目光扫了一遍外面，街道上跑着那个醒目的年轻女子，长发披散，步履踉跄，终于看见了，但他们什么也没有说，他们由着车子往前面开去，那个年轻女子固执地在后面追着，她张着嘴，但什么声音也没有发出来，她仍然跑着，他们看着她跑，面无表情。

刘曼知道自己不能迟到，为什么不能？这是观念，已经形成了的观念，不能迟到，虽然迟到了单位并不会扣奖金，但是刘曼不能迟到。

现在刘曼仍然早起晚睡，这是养成的习惯了，改变不了。刘曼站住了，站在街道的中央，看着那辆车飞快地没了踪影。刘曼招了一辆车，让司机紧紧跟着前面的大巴，司机是个中年男子，疑惑地看了刘曼一眼，车子就向前飞去。有几次刘曼已经看得见单位车子深蓝的轮廓了，但是中间一直隔了几部车，车子们都挤在那条狭小但是唯一的要道上，出租车一直没能追上去，过了桥，出租车加了速度往前面开，前面却是一片空旷，单位的车子无影无踪就像从平地里消失了一样，没有留下任何痕迹。

刘曼紧张、不安，刘曼始终以为车子就在前面，刘曼一路催促着出租车飞快地行驶，直到赶到了单位，车库里空空荡荡，车和坐车的人都没有到，刘曼独自一人，站在偌大的门厅中央，空空荡荡。

回家，刘曼把东西放下，刚换了衣服，就听到外面有人砸门，拳打脚踢的，好像要往死里砸似的，刘曼心里一慌，急急奔到门那里，从猫眼往外看，见是下面一楼的女邻居，怒气冲冲的模样，就知道是怎么回事了，忙开了门，赔着笑。

女邻居一家三口全来了，女人打前阵，男人跟在后面，赤着脚，趿着拖鞋，上小学四年级的儿子也被拖了上来，一脸的不愿意。一见刘曼，女邻居张嘴就骂："怎么搞的怎么搞的？我们家厕所的下水道又堵上了，你是怎么弄的？"

刘曼说："我家厕所也堵了，应该是上面三楼的事情……"

"那我不管，你住我们家楼上，我就问你。"女邻居恶狠狠地瞪着刘曼，脸色比谁都难看。

"你怎么不讲道理呢？"刘曼说。

"我怎么不讲道理了？你倒说说我怎么不讲道理了？你个×养的！"说着就伸手过来抓，刘曼往后仰，手下意识地挡，结结实实地给了那个女人一个耳光。声音响亮，啪的一声，很有力度。

女人尖叫，喊着她家男人的名字，又伸手过来抓，一片混乱，刘曼什么也看不见了，手脚被人牢牢地摁住，长头发被人一把攥紧，跟着脸上就是几道刺痛，醒过神来，已经坐在地上了，花岗岩的台阶硌着腰，刘曼撑了几下，没能站起来。

女人叉着腰盛气凌人地站着，出了一口恶气似的得意，又骂了几句，见刘曼还坐在地上，捂着皱巴巴的领子，披头散发，不像是做样子，也怕出事，说："今天就算了，明天再找你算这笔账。"转身下楼去了，男人孩子跟在后面，众望所归的模样。隔壁人家出来看，伸长着脖子、张大着嘴巴指指点点，看看没戏了，又把脖子缩回去了。刘曼慢慢站了起来，扶着防盗门把门关了，坐到沙发上，眼泪才流了下来。撩起裙子来看，后腰上淤紫了一大片，再拿镜子照，左脸颊上有长指甲挖的几道血口子，不怎么深，只破了皮。

晚上刘曼想把东西收拾一下，却只是把客厅的沙发移了位置，东西顺了顺，什么也没干成，做了几分钟就觉得累，只想睡着，或者闲坐着，什么都不做，大概是因为夏天，人一动就觉得烦躁。躺下来身体的疼痛就清晰起来了，好像一块棱角分明的石块在后背上缓慢地滚来滚去。

电话铃响，刘曼跑过去接电话，一边滚着泪，一边跟桉叶说："一切都好，没事没事。"

第二天刘曼没开张，出去找几个民工来，把下水道的管子从东面的外墙通了出去，又怕吵着人，不敢开夜车，做了两三天，民工的活又粗糙，刘曼也不管了，想想怎么着也不关我的事了。

小妖又打电话来，问刘曼怎么这几天没去，刘曼把情况大致说了，小妖在电话里叫："刘曼你真是不争气，要是我他妈的饶不了他们，你怕什么呀？我帮你出气……"

"不要不要，事情都结了，别再找出什么事来。"刘曼说。

"那出来吃饭，今天是个好日子。"小妖说。

外面下大雨就像天要落下来一样，一片漆黑，什么也看不见。刘曼想想，还是去了，一桌的人，都是小妖的朋友，刘曼猜测这天是小妖的生日吧，小妖不提，也没有人问，个个开开心心地吃喝，讲下流笑话。中间小妖走了出去，神色有些黯然，刘曼跟了出去，见她在最里间的小包房里哭，问："你怎么哭了？你不是一切都很顺吗？"

小妖说："我哭是为了我付出的代价，那么沉重，我终于熬过来了。"她昂着头，鼻头通红，刘曼也坐下来，陪着说了会话，又扶着她回去，继续喝酒。

小妖高兴，吃过饭又把麻将桌摆出来了，人多，就摆两个摊头出来，有人招呼刘曼来打，刘曼说不玩不玩，他们笑笑也不勉强，各自坐下去了。刘曼就想，他们的日子真舒服，只是很堕落，很无聊。他们是这样过的，没有心事，没有烦恼，吃喝玩乐，闲下来也没有事情可做，没有压力，没有要成名成家的欲望，真好，是一种什么都不在乎的淡漠。这就是平实的日常生活了，他们都这样下去，只有我，前途未卜固执地走下去，没有节制、疲惫、错乱、忧郁烦恼，到最后，什么都有了，也什么都没有了。

刘曼就想一个人先回去，见小妖忙着，也不和她说了。一到楼下，见自己种的那盆茉莉被人连盆带花都扔到了楼下的空地上，花盆碎成几片，泥和花撒了一地，一片狼藉，刘曼一阵心慌，以为家里出了什么事，连忙跑上楼，防盗门已经踢坏了，上面的绿纱被人整张剥了下来，扔在走廊上，刘曼就知道又是下面的女人来闹过了，人不在家，她却以为是故意不开门，搞得一塌糊涂。

刘曼开了门，把破绿纱收拾了，听见楼梯口有人咚咚咚地上来，又是一家三口，好像不要睡觉了，就专等着她回来。刘曼忙进了家门，关门上了保险，一会儿门又惊天动地响起来了，刘曼也不理，他们砸了会儿，大

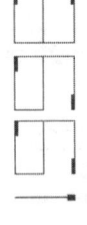

概想想也没趣，才下去了。

第二天起来，刘曼去找小区管委会谈，直等到九点钟也没有人来上班，想想上一次有线电视要缴费也没有人来通知的，只把单子往信箱里一塞，直到有线电视被人拉了才明白过来，这小区管理也没多大意思，找他们怕也没什么用。刘曼想起以前住的小巷子，街道的老太太们就爱管闲事，这种明摆着欺负人的事情是无论如何也不会发生的，大家都看着，心都向着公道的方面，谁会这么放肆地撒泼。

刘曼就想着去店里看看，坐在店里，想想晚上定是不敢回家去的，也不知道他们是不是又上来吵架。翻电话号码簿，找他们家女人的厂，打了厂党委的电话，把情况说了。

色织厂那人在电话那头笑，说："我们又没办法，她是个二百五。她就是这么个人，我们都不敢惹她的，我们有什么办法。"

傍晚时分回家，刘曼钥匙还没来得及插进门锁，女邻居一家就上来了。

刘曼想回避也不是个事，就干脆跟他们谈："我已经把下水管通到别处去了，跟我还有什么关系？"

"是你住我家上面，我不找别人我就找你。"

"你们这不是找我碴吗？"刘曼说，"神经病啊。"女人又扑过来抓，刘曼一转身，退回到了房里，女邻居一家也跟进来眼珠乌溜溜地转，好像看见什么就要抓什么似的，男人跟到餐厅，重重地一拍桌子，桌子都跳了起来。刘曼不说话，去厨房拿了把菜刀来。"出去，你们给我出去！"刘曼声嘶力竭地喊，眼睛都红了，手里抖抖地晃着那把菜刀，这时候有人来劝，他们才骂骂咧咧地出去，嘴里还不干不净地叫骂。

刘曼关了门，去厨房放了刀，坐了下来，气得不知道做什么好了。又听见他们还在外面，人也不散，都聚集着，女人高声地说："她是个'鸡'，你们都看她整天早出晚归的不是，这房子也不是她的，是个男人包她的……"刘曼气疯了，想出去，又忍住了，坐在沙发上流眼泪。过会儿，终于没声了，刘曼坐着，刚静下心，又听见重重的敲管子声音，到窗子口看，见那家男人正抡着把榔头在敲自己家的下水管，管子都敲得弯了，成了一个U形，还嫌不够，又把泥巴和砖头塞了进去。刘曼见着，什么话也说不出来，回房里拨小妖的电话。

电话通了，刘曼一见听小妖的声音，眼泪就流下来了，说："小妖你能帮我把房子卖了吗？"

"怎么了怎么了？把房子卖了你住哪儿？"小妖说，"你跟我说，是出了什么事？"

一会儿工夫小妖就来了，径直上了楼，刘曼见了小妖眼泪流得更多了，说："我也不是什么怕事的人，只是，我实在是拿他们一家没办法。"正说着，刘曼听见外面有声音，出去看，小妖拉住了不让，刘曼就知道是怎么回事了，跑下楼去，小妖带来的几个人已经把那家男人打得滚在地上了，小妖忙叫住手住手，他们看看，也不理会，又追上去添几脚，女人在旁边叫，鬼哭狼嚎的，要上来抓刘曼的脸，又没敢，只用眼睛狠狠地瞪她。

很快街道派出所就来人了，把男人和小妖带来的人都拉到所里去了。女人在后面跟着，脸上都是灰，也没有想到刘曼，小妖跟着下来，说："没事的没事的，你放心好了。"

刘曼回房间，已经是午夜了，这一闹晚上也睡不着了，就想打电话给桉叶，电话响了很久他也不来接，刘曼就担心了，想他别出什么事。

第二天一早就有个户籍警来敲门。找刘曼谈，情况是有人向派出所反映，说这房子的主人是个男人，这女人不知道是打哪儿来的。刘曼就解释说房子是一个朋友的，他现在去了国外，自己是替他看房子的。户籍警眼睛定定地看她，想从刘曼脸上找出什么破绽来，刘曼也坦然，就站起来去拨电话，说："我可以让户主来跟您谈，我们不知道要办什么手续，如果要办我们立即补办。"

"这倒不用这倒不用。"户籍警说，又说了几句话出去，想想又折回来，说："下面那户人家我们都不去和他们烦，你们大概是刚来不知道，这房子的前几个住户就是这么被赶走的。"又说："最好你们和他们再谈谈，把这事私下里了了吧。"

刘曼想了想，过了几天才去跟小妖说，小妖认真地看着她，说："没事，不就是赔个罪吗，我无所谓的。"刘曼又要说些客气话，小妖就生气，说："我们不是朋友吗？"两人笑了一场。

晚上，小妖过来，上回打架的一帮人也都过来了，一大帮人又去了那户人家，刘曼跟在小妖后面，担着心。小妖一进门就说："师傅，今天我们来不是要打架的，是来向您赔不是的。"

一家三口正在吃晚饭，女人要说话，男人止住了，把碗往地上一扔，吼："你们给我出去！"

小妖笑了笑，笑容甜美，说："师傅，赔罪我来，医药费和赔偿您尽管开口，但是我们也有条件：第一，你得把管子给直过来；第二，这件事刘曼事先一点也不知道，你不要再找刘曼的麻烦了。"

男人看着小妖，眼睛在刘曼脸上扫了一回，过了好一会儿才说："医药费我不要，但你赔不是我不要。"男人说着，手指点着刘曼，"我要她赔不是。"

小妖一时无语，把头扭过来看刘曼的神色。"那好。"刘曼说，"对不起，黄师傅、黄师母，是我的不对，我来向您一家赔罪了。"刘曼说罢，也没什么多的想法，眼圈一下就红了，忙背过身子去掩，女人在旁边笑，又说了几句闲话，小妖也不去理会。

男人哼哼地冷笑，立即就拎着榔头出去把管子直过来了，小妖见着也放了心，在刘曼家喝了杯茶，又劝了几句才回去。第二天早晨，刘曼听见又有敲管子的声音，忙出去看，那男人又把管子弯过来了。

已有大半年了，以前桉叶的电话是每天都要来的，刘曼总是劝他省着点儿，现在却是一个月才来一回了，总是那么几句。一切都好吗？没事。那就好。我挂电话了。拜拜。只是隔了大半年了啊。刘曼知道自己是个软弱的女人，拿得起放不下，挣脱不了牵制不住，那就是思念了。直到那个电话以后，刘曼听见电话那头桉叶的喘气，熟悉但是异样。

房子是不能住了，店开下去也没多大意思，本来只租了半年的，退也就退了吧，刘曼想着还是回自己的城市去。小妖就说："你真是奇怪，以前是干部身份行政编制，安安分分的，单位又有宿舍住，你要辞职，现在又想回去，你知道你在干什么吗？"

"我是回自己的城市去，也没什么指望了，我还有个外婆，我爸爸妈妈，他们都挺想我的，我要回去了。你来玩。"刘曼说。

有一段经典的歌词，是一个女子的自言自语。喂。是你吗？我在街上。我很想你。你说话不方便？她在你身边。没什么。我只是要告诉你。我在街上。我很想你。

刘曼想起来小妖说过的话。午夜场是一个故事,孤独的单身女子去看午夜场的旧电影,她看见自己最爱的男人与别的女人幽会,她走了出来,眼睛潮湿了。伤感是吧:"所以,你这个店的名字实在不怎么样。并且很可能你会一件衣裳也卖不出去。"

原载《北京文学》1998年第7期

点评

  周洁茹的这篇《午夜场》,作为20世纪90年代末成长小说的一块拼图,呈现了个体孤独和颓废的生活图景,及其对自由的向往与挣扎,并以失败而告终,个体最后被生活磨蚀,沦为芸芸众生中的一员。刘曼作为核心人物,由她的行动牵扯出小妖、小姐、张老太太、楼下邻居、桉叶等一系列人物,以及刘曼与他们之间发生的各种故事。凸显的是世纪末现代文明的飞速发展和心灵世界的冲撞,是正青春的个体在成长为理性个体前的苦痛,这种世纪末的焦虑源自现代化高度发展形成的后现代文化。在这种时代背景与文化场域中,苦闷、孤独是充斥于生命成长历程中的普遍情绪,周洁茹在小说中就呈现了一个孤独个体的苦闷成长,弥漫着一种顾影自怜的审美倾向。在以刘曼为中心的人物关系网中,读者顺着刘曼的情感走向和心理状态,清晰地体察到事件如何在人与人的交往中生发和推进,人的心理又如何促成人物进一步的行为动作,现代文明又如何丰富人的物质生活,却又使人一步步迷失其中……

  小说运用了散点透视式的手法进行铺陈,这是对中国古典绘画技巧的化用。作者对时代生活进行扫描,再将其组装进一个平面,从不同人物关系进行审视、对照。从不同事件、不同人物关系的处理中,对世纪末生活现象进行散点透视般的描绘,可窥见作者的想象力和建构故事的能力并未被既定的空间关系和透视规则所束缚,而是自由畅游,人物之间的交错、事件之间的排列、故事发生场域之间的转换,看似随意,漫不经心,实则设计精巧。在周洁茹的笔下,一切事件似

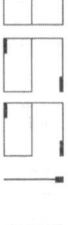

乎没有既定的、理性的逻辑，虽然都由刘曼这个中心人物牵引而来，但人与人的结识和交往充满偶然性，似乎全由刘曼的意识漫游来联结。这源自周洁茹更重视的是小说故事情节所营造出的情感氛围，使得无论是小说故事中的人物还是读者，都有一种被同样丰富但质地各异的物质世界、精神世界共同挤压的感觉。

（朱旭）

乡村电影

艾 伟

村头的香樟树下一大帮孩子翘首望着南方。他们在等待电影放映员小李的到来,因为在乡村间轮流放映的露天电影这回轮到他们村了。放映机是在早上由守仁他们几个用手拉车运到村里的,但电影片子是由放映员小李随身带的,小李没出现孩子们就不知道今晚放什么片子。

已经是初夏时节,天气已很热了,附近的苦楝树丛显得蓬勃而苍翠,细碎的叶子绿得发黑;一条小河从香樟树底下流过,河水清澈见底,河面荡着天空的一块,碧蓝碧蓝,使河道看上去像一块巨大的陶瓷碎片。放映员小李迟迟没有出现,孩子们不免有点着急,加上天热,一些孩子跳进了河里游水。这是今年他们第一次下水,气温虽高但水还是很冷的,所以孩子们一跳进水里便大呼小叫起来。

另一些孩子没有下水,他们围在一起说话。一个叫萝卜的孩子在猜测今晚放映什么电影。萝卜的爷爷在城里,他在城里的电影院看过一部叫《卖花姑娘》的电影,但村里的孩子似乎不相信或不以为然,他盼望有一天村里也能放这部片子。

萝卜说:"我猜今晚一定放《卖花姑娘》这部电影。"大家没理萝卜,眯着眼看前方一个骑自行车的人向村里驶来,试图辨认那个是不是放映员小李。那人不是。

虽然没人睬萝卜,但他依然自顾自说话:"城里的电影院白天也能放电影,因为电影院是黑的。我看《卖花姑娘》就是在白天。那是一部朝鲜电影,非常感人,当时电影院里几乎所有的人都哭了。"

孩子们都笑出声来。有人嘲笑萝卜竟喜欢这样一部没有战争的电影。

那个叫强牯的孩子粗暴地骂萝卜娘娘腔。强牯是这帮孩子的头，孩子们都讨好地附和强牯，笑萝卜像娘儿们似的。

萝卜感到很孤独。他不知道为什么他的伙伴不相信他的话，处处和他对着干。显然他比他的伙伴有更多的见识，但他的伙伴却还嘲笑他。

萝卜喜欢和比他大一点的小伙子和姑娘待在一起，他因此有点怀念村子里没电的日子。因为那时小伙子和姑娘们会坐在油灯下，谈论刚刚读到的一本书或一部手抄本，从他们的嘴中还会吐出像"恩维尔·霍查""铁托"这样的异邦人的名字。萝卜喜欢这样的场景，他觉得他们比起他那些愚蠢的伙伴来显得目光远大、见多识广；同时萝卜还嗅到了爱情的气息在油灯下滋长，他发现在油灯照不见的地方，姑娘和小伙子在肌肤相亲。但有了电灯以后，小伙子和姑娘即使聚在一起也分得很开，他们之间存在着不可逾越的距离。

孩子们还在谈论电影，这回他们在讨论为什么从电影机里蹦出那么些活人来这件事。孩子们感到不可思议。一个孩子听说过孙悟空的故事，就说，一定是像孙悟空用毛变小猴子那样变出来的。另一个则说，我去幕布上摸过，并没有人。萝卜听了他们的话，不自觉地摇了摇头，想他们是太愚蠢了，他真的不想理睬他们，但萝卜还是遏制不住站到太阳底下，让自己的影子做了几个动作，然后说："你们见到的活人只不过是这个东西。"但没有一个孩子认同他的说法。

就在这时，放映员小李骑着自行车进村了，他路过村头时一脸矜持，没理睬孩子们的纠缠径直到了守仁家。孩子们也跟着来到守仁家。守仁家的门口一下子围满了孩子。放映员小李从自行车后架上把一只铁皮箱子拿了来，孩子们都知道那上面放着电影胶卷。那个叫强牯的孩子眼尖，他看到了铁皮盖子上面已被磨损得模糊不清的片名，就大声对萝卜说：

"今天晚上的电影是《南征北战》，根本不是他妈的《卖花姑娘》。"

但萝卜不相信，他继续往里挤。萝卜好不容易才挤到守仁家里，想问守仁或放映员小李今晚放什么电影。萝卜站在门口不敢靠近守仁，因为萝卜很怕守仁，守仁是个有名的暴戾的家伙。

谁也不敢惹守仁，因为守仁是村里最狠的打手。守仁有一双高筒雨靴，穿上后确实十分威风，走在村里的石板路上咯咯作响，很像电影里的日本宪兵。虽然村里的人都在喊"割资本主义尾巴"的口号，但实际上家家户户都是养着几只鸡或者鸭的。鸡和鸭一般不怕人，但它们怕守仁，见到守仁都像老鼠见着猫一样溜之大吉。这是因为守仁操着它们的生杀大权。如果村里的男人或女人打死别家的一只鸡或者鸭必会引起一场纠纷，但如果守仁打死一只鸡或者鸭，大家都会觉得合理，割"尾巴"嘛。守仁打了大家没意见。守仁是个凶神。每次孩子们调皮时，父母们就会吓唬他们："让守仁抓去算了。"每每听到这样的话，孩子们都会钻到母亲怀里。在这样的灌输下，几乎所有的孩子都怕守仁。

守仁正为放映员小李泡茶。守仁似乎很紧张，他一直绷着脸，倒茶时双手也在微微颤抖。萝卜觉得守仁有点反常，他虽对村里的人凶，但对外乡人特别是像放映员小李这样有身份的人一直是笑脸相迎的。萝卜很想知道晚上放什么电影，他也不顾守仁心情不好，问守仁今晚放什么片子。谁知守仁砰地把茶壶放到桌上，来到门边，抓住萝卜的胸口，把萝卜掷到屋外的人堆里。萝卜的脸顿时煞白。

守仁对孩子们吼道："都给我滚开，再来烦我，当心打断你们的腿。"

孩子们惊恐地离去。他们虽然心里恨恨的，但都不敢骂出声来，怕守仁听到了没好果子吃。

萝卜的家就在守仁家隔壁，所以没理由走开。萝卜在不远处的泥地上玩那种旋转"不倒翁"，萝卜十分用力地抽打它，故意把抽打声弄得很响，他是用这种方法抗议守仁对他的粗暴。

放映员小李对守仁今天的行为感很奇怪，他说："你怎么啦，守仁？发那么大脾气。"

守仁的脸变得有些苍白，眼中露出一丝残忍的光芒，说："他娘的，四类分子都不听话了，看我不揍死他，这个老家伙。"

外乡人小李不知道守仁在说什么，问："谁得罪你了？"

守仁说："得罪我，他敢，只不过是个四类分子。"

小李说："何苦为一个四类分子生那么大气？"

守仁说："上回轮到他，他竟敢不去……"

外乡人小李慢慢听明白怎么一回事了。村里有了电就可以轮到放电影了。乡村电影一般在晒谷场放映。晒谷场不干净,每次轮到放电影时就要有人打扫。村里决定让四类分子干这活,村里共有十二个四类分子,两个人一组,分六组轮流值班。开始一切正常,四类分子老老实实尽义务,没异议。但当轮到四类分子滕松时,就出了问题。滕松坚决不干。

守仁还在滔滔不绝地说,他好像越说越气愤,脸色变得越来越黑。他说:"他竟敢不去。我用棍子打他,他也不去,我用手抓着他的头发拖着他去晒谷场,他的头发都给我揪下来了,但我一放手,他就往回跑。我用棍子打他的屁股,打出了血,直打得他爬不起来他还是不去。打到后来他当然去不了晒谷场了,他不能走路了,他起码得在床上睡上半个月。"

外乡人小李说:"这个人怎么那么傻?"

守仁说:"这个人顽固不化,死不改悔。今天又轮到他了,我早上已通知他扫地去,他没说去还是不去。中午我去晒谷场看了看,地还是没扫。"

小李说:"他大概还欠揍。"

守仁说:"如果三点钟他还没去扫地,我会打断他的腿。"

萝卜听了守仁和放映员小李的对话就神色慌张地跑了。他来到晒谷场,晒谷场上已放了一些条凳,一些孩子正在晒谷场中间的水泥地上玩滑轮车。但那个叫滕松的四类分子不在,另一个和他搭档的四类分子则拿着扫把坐在一堆草上。他叫有灿,是个富农分子。他没有开工,因为滕松没来,他开工就吃亏了。有灿很瘦,因是四类分子,平时抬不起头,背就驼了,走路像虾米一样,好像总在点头哈腰。

萝卜就来到有灿跟前,有灿很远就在向他媚笑,萝卜没同他笑,一脸严肃地站在有灿面前,说:"你为什么还不打扫?再不打扫天就要黑了。"

有灿眨了眨眼,说:"滕……松他不……来,我有什么办法。凭……什么一……定让……我一个人打扫。"

有灿有结巴的毛病,这几年是越来越严重了,萝卜听了有点不耐烦,就打断有灿,说:"你不会去叫他一声!"

有灿吱地笑了一声,露出一脸嘲笑,说:"我叫他?我算什么,我又不是守仁,就是守仁也叫他不来。"

萝卜很想教训有灿几句,但一时想不出合适的口号,就跑开了。他预感到滕松像上回一样是不会来扫地的,他想守仁肯定不会放过这人的。上回守仁把他打得浑身是血,那场面看了真的让人害怕。萝卜想守仁疯了。那个叫滕松的老头肯定也疯了。如果滕松不疯他干吗吃这样的眼前亏?

萝卜听住在城里的爷爷讲过滕松。爷爷说滕松是个国民党军官,本来可以逃到台湾去的,但他不愿意去(有人说那是因为他的妻儿在村里),就脱了军装回来了。爷爷问萝卜滕松现在怎么样。萝卜说,滕松一天到晚不说话,好像哑巴一样。爷爷说,他一回来就不大说话,解放初共产党审问他,他也是一声不吭,为此他吃了不少眼前亏。萝卜说,现在他除了骂他的老婆就没别的话,骂他的老婆的声音是很吓人的。爷爷说,他的老婆是很贤惠的。

午后天空突然下起雨来,云层在村子的上空滚动,从天空掉下来的雨滴十分粗却有点稀疏,但在西边依然阳光灿烂。萝卜希望雨下得更大一些,最好今晚的电影取消,放来放去都是老片子,萝卜已经看腻了。如果不放电影,就不用打扫晒谷场了,那守仁也许就不会揍滕松了。

但一会儿,天又转晴了。萝卜看到守仁带着一根棍子,黑着脸来到晒谷场。守仁来到有灿前边,见有灿坐着,就给了有灿一棍子。

守仁说:"你他妈还不快点扫地。"

有灿抱着头,带着哭腔说:"我一个人怎么扫地?"

守仁又给了有灿一棍,说:"谁规定一个人就不能扫地?"

有灿站起来开始扫地,嘴里念念有词的。守仁斥了他一声,让他老实点,有灿不吭声了。

萝卜看到守仁向村北走去,他知道守仁一定是去教训滕松了。强牯对孩子们喊了起来,他说:"有好戏看了,有好戏看了,守仁要揍滕松了。"一帮孩子跟着守仁朝村北走去。萝卜也跟了过去。

守仁正坐在自己的屋前。他住的是平房,因年久失修,平房看上去十分破旧。滕松的脸上没任何表情,当守仁和跟在守仁身后的孩子们来到他前面,他甚至看也没有看守仁一眼。他似乎在等待守仁的到来。

守仁走过去,二话不说举起棍子向滕松头上砸去。滕松的头顷刻就开了裂,如注的鲜血把他的脸染得通红。滕松却没有站起来,纹丝不动坐着,任守仁打。守仁显得很激动,他的脸完全扭曲了,他每打一下都要喊叫一声,然后说:"让你硬,他妈让你硬。"

滕松的老婆站在一边,不敢看这场面,她低着头,背对着滕松哀求道:"你就去扫地吧,你这是何苦呢?"滕松突然站了起来,冲到老婆前面,愤怒地训斥道:"你给我安静一点!"滕松的老婆显然吓了一跳,就不喊了。就在这时,守仁的棍子向滕松的腿砸去,啪一声,棍子打断了。与此同时,滕松应声倒在屋檐下,他的头磕在一块石头上。

守仁依旧不肯罢休,他从附近的猪栅里抽了根木棍继续打滕松。围观的孩子们见此情景脸色变得苍白起来,他们的脸上布满了痛苦的神情。滕松的老婆见这样下去滕松非被揍死不可,就冲过来用身体护住滕松。守仁用脚踢了女人一下,掷下棍子就走了。

孩子们见守仁走了,这才如梦方醒,他们看到守仁眼中挂着泪滴,都不明白究竟发生了什么事。孩子们跟在守仁背后,发现守仁越哭越响了,竟有点泣不成声。

萝卜没跟去,他看到滕松的老婆把滕松拖进屋后就木然坐在地上。萝卜见周围没人,就走了进去,他替滕松倒了一杯水。滕松接过水时对萝卜笑了笑。他说出萝卜爷爷的名字,问是不是他的孙子。萝卜点点头,滕松说:"我和你爷爷从小在一起玩,你爷爷比我滑头。"说着滕松苦笑了一下。

一会儿,萝卜来到屋外,他看到强牯带着一帮孩子站在不远处。他想避他们而去,但强牯叫住了他。他只好过去。

强牯双手叉在腰上,用陌生的眼光打量萝卜。强牯说:"你刚才在干什么?"

萝卜的脸就红了。他想他们一定看到他替滕松倒水了。但萝卜的脸上本能地露出迷惘的神色,他说:"我没干什么呀!"

强牯踢了萝卜一脚说:"还想赖,我们都看见了。你为什么要讨好一个四类分子?"

萝卜知道抵赖不掉这事,他讨好地对强牯说:"我替四类分子倒水,是因为我在专他的政。其实我在水里吐了很多唾液,还撒了尿。我是在捉弄他。"

强牯对萝卜的回答很不满意,但又找不出什么理由反驳,就气愤地揪住萝卜的头发,说:"你小心点。"强牯旁边的人趁机在萝卜身上打了几拳。

强牯带着手下走了。萝卜木然站在那里。他想自己的阶级立场存在问题,他不应该替滕松倒水的。但萝卜的爸爸说,滕松是个孝子,滕松母亲死时,滕松从前线逃了回来奔丧,差点被他的上司枪毙。爷爷还说,从前家乡人找他帮忙,他二话不说一定尽心尽力。因此当守仁打这个人时,萝卜挺同情这个人的。萝卜想自己的阶级立场确实存在问题。

当萝卜他们村真的迎来《卖花姑娘》这部电影时,已是这年的深秋了。村子里遍地都是的苦楝树的叶子早已脱落,枝丫光秃秃的,立在秋风中。天已透出凉意,孩子们穿得已经有点厚了,他们在晒谷场上玩各种游戏。萝卜这天很高兴,因为终于要放映这部《卖花姑娘》了,而他的同伴在这之前一直不相信这部影片的存在,他们应该见识一下这部真正的电影。午后,萝卜突然觉得有点不对劲。他发现今天打扫晒谷场的四类分子一直没有出现。他一算发现今天又轮到滕松和有灿打扫卫生。但滕松没有出现(这是意料中的),连有灿也没有出现(这是意料之外的)。萝卜觉得空气中一下子充满了动荡不定的火药味。萝卜想,守仁肯定不会放过他们的。

就在这时,萝卜发现守仁叼着劣质香烟、操着棍子向晒谷场走来。守仁的脸色十分苍白,有人向守仁打招呼,守仁也没回应。守仁站在晒谷场边看了会儿,就回头走了。萝卜迅速跟了上去。萝卜猜想守仁又要去打滕松和有灿了。

果然,守仁朝有灿家走去。有灿的老婆正在晒霉干菜,见到守仁吓得篮子都掉了。守仁站在有灿家门口,吼道:"叫有灿出来。"

有灿老婆颤抖着说:"有灿病了呀!"

守仁说:"死了也叫他出来。"

有灿老婆赶紧回到里屋叫有灿。

一会儿,有灿满脸病容,弯着腰痛苦地站在守仁面前。

守仁说:"今天轮到你打扫,你知道吗?"

有灿说:"知道。但我生病了,上回是我一个人打扫的,这回应该滕松一个人打扫了。"

守仁说:"我看你是想吃棍子。"说着撩起棍子向有灿的屁股砸去,边打边说:"看你学样,看你学样。"

有灿痛得在地上打滚。他抱着头求饶道:"别打我啊,我马上去,我马上去啊!"

守仁好像没有听见,继续狠揍有灿。一会儿,守仁才说:"你说去就行了吗?你给我爬着去打扫。"

守仁把门边的扫把掷到有灿头上,吼道:"爬。"

有灿就背上扫把向晒谷场爬去。守仁跟在后面,不时用棍子打有灿。孩子们跟在守仁后面起哄。

有灿爬到晒谷场,守仁叫他站起来扫地。有灿很听话地扫了起来。守仁就丢了棍子拍拍手上的灰尘走了。孩子们依旧跟在守仁背后。萝卜想下一步守仁要去收拾滕松了。但守仁并没有向滕松家走去。有孩子问守仁:"怎么不去教训滕松了?"守仁回过头来,对孩子们叱道:"都给我滚!"孩子们一阵烟似的逃散了。

萝卜松了口气,他想,守仁不会去打滕松了。

天开始黑了下来,露天电影马上就要开始了,村里的男女老少都搬了凳子来到晒谷场。滕松也来看电影了,但他独自一个人坐在靠仓库的角落里。他挺直了身子面无表情地坐着,双眼十分惘然。孩子们显得十分兴奋,撒着野,在人群中钻进钻出。

萝卜发现守仁叼着烟来了。他正朝仓库方向走来,但他见到滕松后就转了向,朝另一个方向走去,他好不容易才挤到放映机前,和放映员小李说了几句。一会儿,电影《卖花姑娘》就开始了。

别的孩子也看到守仁似乎在躲避滕松。强牯走到萝卜身边说:"我觉得守仁他怕滕松呢。"萝卜说:"是呀,我觉得很奇怪。"

一会儿,强牯疑惑地问:"守仁为什么要怕滕松呢?"

萝卜无法回答强牯。他反问道:"你怕滕松吗?"

强牯说:"这个四类分子同别的不一样,他一声不吭,是有点吓人的。"

萝卜见强牯怕滕松,心中就涌出许多快感来,他突然感到自己似乎在强牯面前高出几分,说话也牛气起来。他说:"我不怕滕松。"

强牯说:"你当然不怕他,因为他收买了你。你给他倒开水,你讨好他。"

萝卜说:"放屁。我没讨好四类分子。"

强牦说:"那你一定也怕他。"

萝卜说:"笑话,我不怕他。"

强牦说:"那你敢不敢用牛粪砸他?"

萝卜说:"有什么不敢的。"

村子的道路上到处都有牛粪,因已是秋天,牛粪都风化了,结成硬硬的一块,用力掰开来,还能闻到一股青草的清香。萝卜觉得自己有点卑鄙,他心里其实是不想那么做的,但他却做了,表现得还很火。他不想让滕松发现是自己砸了他。他躲在一旁向滕松砸去,牛粪正好落在仓库的墙上。萝卜蹲了下来,发现强牦早已逃之夭夭。

一会儿,萝卜向仓库那边望去。他发现滕松正专注地看着银幕,神色十分悲伤,并且眼中噙满了泪水。显然他没注意到有人用牛粪袭击了他。萝卜看了一眼银幕,电影已进入了高潮。他发现周围的大人们都噙满了泪水。萝卜想,这确是一部让人心酸的电影。萝卜还发现,不但滕松泪流满面,连放映机旁的守仁也几乎泣不成声了。

原载《人民文学》1998年第3期

点评

在艾伟的笔下,"文革"是十分重要的时间坐标,对于人性的关注也是他小说重要的支撑点。《乡村电影》就叙述了"文革"期间,在一个乡村,围绕着放电影而发生的故事,关于暴力与人性的故事。孩子们很渴望看电影,尤其是萝卜,他希望这次放的是《卖花姑娘》。但是他对于电影的愿望因为四类分子滕松的反抗蒙上了阴影。守仁代表的是当地的话语霸权,用暴力征服着乡民,唯独滕松不吃他那一套,被守仁殴打时,他用沉默代替行动进行无声的反抗。守仁无法忍受自己的权威被挑战,一次次暴力打击滕松,但滕松每次都选择隐忍,在这种看似力量悬殊的对抗中,力量的持有者守仁异常暴怒,却也经受着人性的巨大考验。守仁用暴力打击"四类分子"滕松,却被滕松的沉默与坚忍震慑,后来甚至不敢直视滕松。颇具意味的是,大家一起在晒谷场观看电影《卖花姑娘》的时候,无论是守仁滕松,都流下了眼泪,人性共通的美好部分通过这部电影的放映呈现了出来。更重要的是,艾伟虽在小说中书写出了人性幽暗、冷漠、可怖的一面,流露出的却并非是对人性的失望,或者对生命的逃离。与之恰恰相反,艾伟着重强调的是在黑暗中寻觅到的一丝微光。

艾伟通常用起小说搭建起一个诗性的童年世界,带有作家个人童年的烙印,也是他对历史进行思考的独特视角,更是他充满柔情的诗意栖居。小说以少年萝卜的视角来观照这个世界,以孩子的思维方式来感知人性的复杂、扭曲。从萝卜的视角既感知到不同力量之间的激烈碰撞,更真切地体验到个体内心的冲突。萝卜对滕松充满了同情,对暴力的守仁十分惧怕,使他怀疑"自己的阶级立场确实存在问题",他被个人和群体的暴力裹挟在时代的洪流中。小说中那部没有战争的电影《卖花姑娘》,正是这样一种人性向善的象征,在黑暗的世界里如一道亮光,微微照亮着世界、人心的一隅。

(朱旭)

幸福像花开放

/裘山山

A

肖盈自己也不明白,她当时为什么会那样说。也许是因为天气太热?也许是因为心烦?反正她就说了,大概是鬼使神差吧。

一进车厢她就看见了那个女人,女人用手绢儿扇着汗,朝她笑笑说,好热呀。肖盈没有笑,一声不响地坐下来。女人又说,这车子好空。肖盈往椅背上一靠,冷冷地冒出一句:真没意思。这话她平时常说,几乎成了她的口头禅。她的同学还有父母都听惯了。但那女人却好奇地说,怎么了?怎么没意思呢?肖盈懒得搭理她,重复说,没意思就是没意思。女人也不生气,笑道,你看你,又年轻又好看,正是该有意思的时候啊。

肖盈想想也是,比起身边这个人到中年万事休的女人,自己可不正是好时候吗?可此刻她就是觉得没意思。刚才她赌气跑出来的时候,以为田野会出门来追她,结果她走到车站也没见田野追上来。平时说得多好听,什么永远爱她,关键时刻就露馅儿了吧!不然为什么不追上来哄她?他就不怕她出意外吗?她在车站外徘徊了好一会儿,最后决定如果买到了当天的车票她就走,如果买不到就回田野那儿去。没想到自从高速公路开通后,这趟列车一下子变得极为冷清,肖盈走去就买到了车票。这下没有退路了,她只好上车。

肖盈心里很窝火,气哼哼地说,年轻又怎么样,没意思还是没意思。说罢她把身上的背包往铺位上一撂,趴在了茶几上。

女人的声音一下变得关切起来,轻声问,怎么了?遇到不开心的事了?

肖盈懒得回答。看来是碰上个爱管闲事的事儿妈了。

女人从对面的座位移到了肖盈身边，凑近了问，什么事心烦？能跟阿姨说说吗？

肖盈觉得更心烦了。天那么热，她还挨自己那么近，都能闻到汗臭了。她把身子往里躲了躲，没有吭声。

女人猜测道：是不是……高考没考好？

肖盈一听这话差点儿笑出声来，自己已经是大三的学生了，这个女人居然说自己还在高考。她的心里不由得有了几分得意。她瞥了一眼女人，女人正关切地望着她。反正无聊，就当一回落考的高中生吧，于是她锁紧了眉，点点头。

女人马上相信了她的表演，满眼怜惜。肖盈还觉得不过瘾似的，脱口就冒出了那句后来让她非常后悔的话。她说，活着真没意思，还不如死了拉倒。

等肖盈感到后悔想收回这句话时，已经晚了。女人紧张得不行，一双眼睛充满了惊恐不安，直直地盯着她。车厢里人很少，她们这个卡座，除了她们俩还有个老头。女人似乎怕老头听见她们的谈话，声音压得更低了。

同学。她这么叫她。同学你可千万别想不开。今年没考上明年还可以考嘛，反正你还年轻。

肖盈暗暗感到好笑，她从不知道落榜是什么滋味儿。从小学起她就一路顺风地考上来，一直考到大学。将来就是要考硕士生博士生她都很有信心。她从来就是个会读书的孩子。

女人见她不响，又说，再说就算是考不上大学，也可以干别的工作呀。没上过大学的人多着呢，我也没上过。当然，我是被那个时代耽误了。可是很多杰出的人物也没上过大学呢。

肖盈反驳说，那是过去了，现在还有几个没上过大学的杰出人物？你看看中央领导，个个都是大学生呢。

女人被她噎住了，想了想又说，能上大学当然好，但上大学毕竟不是唯一的出路，还可以自学成才……

肖盈打断她说，不是唯一的出路，但却是最好的出路。不然为什么那么多人都去挤？

女人又被噎住了。

肖盈一下来了情绪，她觉得自己此刻就像在学校参加辩论赛似的。女人是正方她是反方，论题是：上大学是唯一的出路吗。哇，太有意思了，等回去后把这段经历讲给同学听，真是过瘾。

女人半天没说话，肖盈听见身边传来窸窸窣窣的声音。刚才为了表示自己的心情很糟，她把脸朝向窗外，所以她看不见女人在干什么。

来，同学，吃个茶叶蛋吧。随着女人说话的声音，一股香气飘过来。肖盈犹豫了一下，没有动。一个不想活的人，还吃什么茶叶蛋？女人拍拍她的肩，她嘟囔了一句：我不想吃。

吃一个吧，这是我自己做的，很新鲜。

肖盈仍固执地说，不。

女人叹了口气，说了声"这孩子"。这三个字让肖盈一下想起了母亲。母亲拿她没办法时也常这么说，这孩子。

肖盈有些动心了。但她还不想结束表演，再说，怎么跟她解释呢？

一

走出门，郝月梅发现下雨了。所幸不大，是秋天那种细细的小雨。她犹豫了一下，没有回身去拿雨披，径直走向车棚。

遇见早起拿牛奶的刘婆婆，刘婆婆跟她打招呼说，这么早，又去买菜呀！郝月梅说，是呀，去晚了搞不赢的。刘婆婆说，你看你天天这么辛苦，也不让孩子他爸帮帮你。郝月梅笑道，哪个要他帮，多的事都帮出来了。刘婆婆摇摇头，难怪大家都说你贤惠呢。

郝月梅推上她的小三轮出了院门，朝农贸市场骑去。从家里到农贸市场，得15分钟，她一边蹬车一边在心里盘算，今天还是两菜一汤，肉片炒青笋，辣椒土豆丝，加上一个三鲜汤，那些职员一定会喜欢的。

郝月梅是7月里下岗的。她所在的东棉一厂作为省里纺织行业"压锭"的试点，一下子就下了2000人。当时二弟安慰她说，没关系，我们那儿正缺人呢，你就跟我干吧。郝月梅就到了二弟的建材装饰公司。二弟想不出给她派个什么工作合适，就让她去进货。哪知第一次进货她就搞错了，进了批劣质品。虽然二弟没有怪她，但郝月梅觉得很不安。二弟又让她去坐办公室。坐了三天，郝月梅觉得自己既不会打电脑，又不会接待客户，实在是个吃闲饭的角色。她不想让别人在背后说二弟，就借口要照顾儿子，离开了公司。

但仅靠丈夫的工资，一家三口是没法过的。尤其是17岁的儿子，已经上高三了，眼下正是吃紧的时候，郝月梅总想给他多增加些营养。再说一旦上了大学，还不更得花钱？于是经人介绍，她找了一份钟点工。郝月梅当钟点工，丈夫和儿子都反对，她就瞒着他们去做。每天下午3点到5点，她到那家搞完卫生、洗完衣服，并把买好的菜洗净准备好，就匆忙赶回自己家里做饭。

有一天，郝月梅在菜市上买菜的时候，脑子里突然闪出个念头：既然她天天要买菜做饭，为什么不可以多做一些人的饭呢？在二弟公司上班时，她观察到公司的员工每天中午都要在公司用餐，吃5元钱一份的盒饭。但盒饭质量很差，也不卫生。大家常抱怨。郝月梅算了一笔账，如果让她来做的话，同样的钱，她一定会让大家吃满意的。反正每天中午丈夫和儿子都不回来，她一个人也没什么事。

她把这个想法告诉了二弟。二弟一听非常赞同。唯一的顾虑是让自己的姐姐来公司当炊事员，面子上有些过不去。郝月梅说，这有什么？我靠自己的劳动挣钱，比靠你的关系坐在那儿心里更踏实。

就这样，郝月梅为自己找到了一份工作：为建材装饰公司的17个员工提供一餐午饭，公司每月付给她300元钱。

一个月下来，账一算，她竟为公司节省了200元的开支。关键是员工们对她做的饭满意极了，一致要求为她增加工资。二弟就想把节省的那200元钱加给她。郝月梅坚决不同意。后来折中了一下，加了100元。

郝月梅感到很满足。她上午做饭，挣400元，下午做钟点工，挣300元。这样加起来，一个月能挣700元了，比她下岗之前还多呢。她思量着，如果有合适的人家，她就再做一份钟点工，这样一个月的收入就可以上千了。丈夫一个月也不过挣800呢！累是累了点儿，可有活干总比没活干好。和她一起下岗的赵玲玲，到现在都没找到合适的工作，着急着呢。

起风了，风夹着雨丝，让人感到了寒意。郝月梅有些后悔没穿雨衣。头发都湿了，贴在了额头上。她抹了一把脸，心想，反正今天要洗头的，湿就湿。小时候母亲常说，淋淋雨好，淋淋雨长个子。自己这把年纪了，个子肯定是长不了的，但至少也可以滋润滋润吧。

郝月梅是个很会想的女人。

B

窗外的天黑了下来。火车在黑暗中飞驰。此刻的肖盈已没有情绪再扮演什么角色了，她觉得有些困。

但女人还坐在她身边开导她，絮絮叨叨地说：高考这种事很难讲，有时候并不是学得不好，是临场发挥不好。你总结一下今年失利的原因，明年再考准能考上……

肖盈不吭声，她想等会儿她说累了，自然就会不说的。

女人停了一会儿又说：不管怎么说，也别为这种事想不开。千千万万的人没上大学，不都好好地活着？留得青山在，不怕没柴烧。这是古人说的。意思是只要人活着，怎么都行……

肖盈很想说我就不行，但她忍住了，仍一动不动地趴在茶几上。

女人似乎在想词儿，她忽然叹气说，孩子，你要是有个三长两短，你妈肯定会急坏了。你体会不到一个做母亲的把孩子养大有多么不容易。小的时候总怕他生病，大了又怕他学习不好，再大了又怕他受社会上的坏影响……等到真的能放心了，他就该离开你了，唉！

肖盈一边听一边想，真是怪，怎么天下的母亲说话都差不多呢？有文化的没文化的都是这个思路。自己那个当编辑的妈也说过这样的话。连口气都差不多。

女人继续说，就是为了你母亲，你也不能做傻事。再说我敢肯定你母亲不会怪你的。就是一时生气骂了你，也会过去的……无论多大的事儿，也总是活着好。人家不是常说"好死不如赖活着"吗？

肖盈忍不住回嘴说，我最讨厌这句话了，中国人就是爱用这话来原谅自己，所以生存质量才那么低。

女人停住了，显然不太懂"生存质量"是什么意思。但她又按着自己的思路说了下去：如果我的儿子明年考不上，我就不怪他。也许我会难过，但我会想开的。你想想那些生下来就智力低下的孩子，想想那些得了绝症的孩子，他们的父母不也一样地爱他们抚养他们吗？我的儿子至少是健康的，正常的，不能上大学也可以找一份自食其力的工作，然后结婚成家。这就够了，我已经很满足了。你说是不是？你母亲肯定也会这样想的。

肖盈渐渐被女人的话感动了，她有些后悔骗了这个女人。但事已至此，真话已很难说出口了，只好一装到底。为了打住女人的唠叨，肖盈嘟囔说，阿姨你别劝我了，我这个人天生就是倒霉的命。女人说你还这么小，什么都没经历，怎么就知道自己是倒霉的命呢？

肖盈一眼看见了对面的座位号是13，就胡诌说，我生在13号嘛，所以命中注定要倒霉。

女人不明白地问，13号怎么啦？

肖盈说，13号是个最倒霉的数字呀。你没听说过吗，人家西方一些国家最忌讳13了，大楼里没有13层，12过了就是14，电影院里也没有13号这个座位。

是吗？女人有些惊讶，她似乎突然想起了什么，说，那我的生日也是13号呀。真的，我是10月13号，你呢？你是几月13号？

肖盈只好说3月。

女人拉起她的手说，小妹，你可不要信这些。你看我就是13号生的，过了半辈子了，也没倒什么霉。我父母至今都健在。我丈夫虽说不上很有钱，可对我和孩子很好，特别顾家。我儿子今年17岁了，个子比他爸还高呢，挺懂事的，学习也不要我操心。真的，我觉得我的命挺好。你肯定会比我更好的，小妹，你的眼睛水灵灵的，一看就不笨，你爸爸妈妈不知有多心疼你呢……

肖盈听不下去了，她站起来说，阿姨，我想睡觉了。

女人像是松了口气，连声说，好好，睡觉，睡一觉醒来，什么都会好的。

二

郝月梅按计划买好了菜，就站在路边一个避风处，拿出计算器算了一下。居然比平时少花了10元。想了想，今天的土豆买得便宜，因为个头小。她不在乎小，反正都要切成丝的，无非是切的时候麻烦一些。青笋也便宜，有些蔫了，但不会影响味道的。花去最大一笔钱的是买猪肉。

她在本子上记好账，揣好计算器。看看表，才8点半。她推着车走到卖鱼的地方，问了一下草鱼的价格。按计划明天该吃鱼了。还好，草鱼比肉还便宜些。卖鱼的和她已经认识了，从木盆里提起一条鱼说，大姐，这一条刚死，我便宜点儿卖给你。郝月梅见那鱼嘴还在微微喘气，就买下了。

今天晚上家里先吃鱼吧，明天公司再吃。为了公私分明，郝月梅尽量不让家里和公司吃得一样。

回到家，丈夫和儿子都已经走了。桌子还没收拾。郝月梅放下菜先去收拾桌子，发现桌上留着一张字条，是儿子的笔迹：妈妈，我的运动鞋坏了，请帮我补一下。

郝月梅拿起放在地下的鞋，发现整个鞋底都磨平了，鞋面也裂了口。不由得有些心疼儿子。这么大个小伙子了，还穿这么烂的鞋。她拿定主意，给儿子买双新鞋，给他个惊喜。

雨不知什么时候停了，太阳从云层里钻出来，暖暖地照进了厨房。郝月梅挽起袖子，开始洗菜切菜。家里静悄悄的，只有流水声和刀剁在案板上的切菜声。郝月梅忽然觉得有些寂寞。她甩甩手上的水，走进了儿子的房间。

儿子在家的时候，总是没完没了地放录音机。有一次她在电视上听到一首很好的歌，就问儿子的磁带里有没有，儿子说没有。她问清了歌名，就想自己到卖磁带的地方去买一盒。可到了那儿一看，围在柜台前的全是些少男少女，就怎么也不好意思开口。终于有一天，儿子买回一盒磁带来，一边放一边漫不经心地问她，妈你觉得这歌好听吗？郝月梅一听，正是那首叫《祈祷》的歌。她知道儿子是特意为自己买的，心里别提有多满足了。

以后只要丈夫和儿子不在，郝月梅就放上这盒磁带，一遍又一遍地听。现在她已经完全会唱了。

让我们敲希望的钟啊

多少祈祷在心中

让大家看不到失败

叫成功永远在

⋯⋯⋯⋯⋯

让贫穷开始去逃亡

快乐健康留四方

让世界找不到黑暗

幸福像花开放

⋯⋯⋯⋯⋯

郝月梅最喜欢的就是最后这一句：幸福像花开放。每当唱到这一句，她心里就没来由地充满喜悦。虽然她从来不知道幸福应该是什么样的感觉，但一想到那幸福能像花一样慢慢地绽放，她就有一种深深的感动。她想，这词儿写得多好啊，写这词儿的人真了不起，能让幸福不幸福的人都喜欢。

她把磁带又倒回去，重新放了一遍，自己也和着录音机大声唱着。

11点，饭菜全好了。绿色的青笋，粉红色的肉片，红色的辣椒，金黄的土豆丝，还有一锅香香的汤，色香味儿俱全，公司里那帮年轻人肯定又会这么夸奖她的。每次看到他们吃得心满意足，她就特别开心。二弟说这也是一种成就感，郝月梅觉得怪不好意思，做顿饭算什么成就呢？

郝月梅一样一样地把饭菜拿下楼去，放在自行车后面的小拖斗里，然后在上面盖上一床薄棉被。她怕到那儿以后菜凉了。

太阳又被云遮住了，微微有些风。郝月梅骑上车，往公司去送饭。

C

肖盈不知道自己是什么时候睡着的，醒来时天已经亮了。她觉得腿有些酸，抬起头，发现是那女人坐在自己身边，压着自己腿了。

那么多铺位都空着，这女人却坐了一夜。

肖盈一下回想起了自己的恶作剧，心里觉得很歉疚。她想摇醒她，又不知她醒来后自己该说些什么。

昨晚临睡前，在女人的再三动员下，肖盈总算吃了一个茶叶蛋，还吃了一个苹果。女人一边看着她吃，一边再三追问她是不是背着父母从家里跑出来的。看见女人如此忧虑，肖盈后悔了。干吗要骗这个善良的女人？所以她非常肯定地告诉她，自己只是出来散散心，父母都知道。现在就往家去。

女人相信了她的话，她说自己家也在成都，明天她们可以一起下车。

肖盈轻轻地抽出自己的腿，想让女人躺下来，女人却忽地惊醒了，紧张地拉住肖盈问：你要上哪儿去，小妹？

肖盈连忙说，我不去哪儿，阿姨。我想让你躺下来睡，我睡到上面去。

女人看了看表，说，还有一个小时就到站了，我不睡了。

肖盈也不好意思睡了。她坐起来，发现女人一脸倦容，万分后悔自己昨天的行为。现在怎么办？只有装到底了。好在马上她们就会分手。

女人笑笑，说，怎么样，小妹，睡了一觉起来，是不是心情好多了？

肖盈做出很乖的样子说，阿姨，你昨天说的那些话我都想过了，你说得对，考不上大学也没什么大不了的，还可以干别的。

女人高兴地说，就是嘛，没什么大不了的嘛……不过我劝你明年再考一次，你今年有了基础，明年再好好复习一下，肯定能考上。一会儿我给你留个我们家的地址，我儿子的复习资料特别多，你可以来借。我儿子说他要考清华大学，你想考哪个大学？

肖盈再也不想谈这个话题了，她含混地说了句还没想好，就站起来去洗漱。不一会儿，女人也拿起牙刷毛巾跟了过来。

女人说，小妹，你别嫌阿姨烦，阿姨等会儿想送你回家。不亲眼看见你回家，阿姨心里不踏实。

肖盈除了点头，说不出一句话。

出租车到了家门口，女人再次问肖盈：要不要阿姨上去和你母亲谈谈？肖盈强装笑脸，连连说不用了，我妈不会骂我的。她的心被自责折磨得快穿孔了。她想女人一旦上去，就会戳穿这个该死的把戏。如果女人知道她整整一夜的担惊受怕，为的竟是一个玩笑，她会怎么想？她一定会气死的。

肖盈已无颜面对真相。

肖盈跑上楼，敲开家门。母亲惊诧地说，咦，你怎么回来了？肖盈顾不上答母亲的问话，赶紧打开窗户朝站在楼下的女人挥手。

母亲在身后问，她是谁？

肖盈说，一个好朋友。

肖盈说出后，发觉自己的眼泪涌了出来。

三

郝月梅一边洗着衣服，一边利用洗衣机里放出的水洗拖把拖地。等衣服洗完，房间也打扫干净了。她先把饭蒸上，然后端着脸盆去阳台上晾衣服。

经过书房时，主人家周先生说，郝大姐，我发现你还懂点儿统筹学呢。洗衣服的时候就拖地，晾衣服的时候又蒸着饭。很善于通盘筹划呢。郝月梅笑道，瞧您说的，我哪儿懂什么学问，不过是为了抓紧时间。我想以后再兼一份儿钟点工呢。周先生马上说，真的吗？那我就介绍一个同事给你。他们夫妻俩都忙，儿子到外地上大学去了。就住在我们这个楼。郝月梅高兴地说，那太好了，我也不用多跑路，菜也可以一起买。您今晚就帮我介绍吧。我保证把你们两家的事都做好。周先生说，这个我相信。这样吧，你明天下午来的时候，我就带你去他家。

郝月梅满心欢喜，手上更利索了。晾完衣服，她发现阳台的玻璃窗有些脏了，就端来一盆水要擦。周先生不让他擦，说楼层高，擦起来危险。再说时间已经不早了，让她赶紧回去。郝月梅一看，果然已经5点了，就没有坚持。她想，下次提前半个小时来，先把窗户擦了。

再从书房过时，郝月梅忽然瞥见周先生书桌子上的台历，是个"13"，心里好像被触动了一下，不由得问，今天是13号吗？周先生说是呀，10月13日。

郝月梅犹豫了一下，说，周先生，我想请教个事情，是不是13这个数字很不吉利呀？周先生说，这不过是西方人的传统观念，就好像我们中国人喜欢8这个数字一样，没什么科学道理的。郝月梅释然地点点头，说，那就好，那就好。周先生说，是你儿子跟你胡诌什么了？郝月梅说没有，我随便问问。

离开周先生家时，太阳已经挂在西边的树梢上了。郝月梅骑在车上，又想起那歌儿里唱的："让地球忘记了转动啊……叫太阳不西沉。"这不可能。太阳怎么能不西沉呢？今天不西沉，明天就不会东升的。再说人只有过了黑夜，才会觉得白天美好。如果一直是白天，大家一定会烦的。郝月梅忽然觉得自己很有哲理，不由得乐起来。

太阳西沉到看不见的地方时，郝月梅已把饭菜摆好了。丈夫和儿子也在这时候一前一后地进了门。儿子一眼看见新买的运动鞋，先就扑过来亲了她一下。郝月梅满足地笑着，让儿子赶快试试，不合适的话明天还可以去换。

多少钱？儿子心满意足地左看右看。

郝月梅说，187块。

这么贵？！儿子有些不安，看看她，又看看他爸。

郝月梅说，没关系，人家售货员说，这种牌子的质量最好。再说了，她转过头对丈夫说，今天周先生说，他可以再给我介绍一户人家。

丈夫马上反对，算了吧，你上午就够忙了，下午还要做两家，太累了。儿子也说，就是，妈，别太累了。等我明年一考上大学，就去打工。郝月梅说，没事儿的，那家人就跟周先生一个楼，不用多跑路。

这时门铃响了，儿子跑去开门。接着她听见儿子有些变调的声音：妈，是找你的！

郝月梅走出来，不由得愣了：一个年轻姑娘捧着一个大花篮站在门边。

请问您是郝月梅女士吗？

郝月梅不知所措地点点头：我是。

小姐笑容满面地说：祝您生日快乐！我是市电视台的，有人为您点了一首歌，并送了花篮。请您注意收看我台今晚六点半的《浓情点歌台》。

郝月梅怔在那里，不明白发生了什么。我的生日？今天不是我的生日呀。丈夫也从里间走出来，不解地问：谁送的？

小姐说，我不清楚，一定是您的好朋友吧。等会儿您看了电视就知道了。郝女士，再次祝您生日快乐，再见！

儿子急忙跑过去打开电视。一家人都没心思吃饭了，直等着那节目出来。

广告之后，一个甜甜的小姐出来了：今天是家住本市脚板街15号三单元的郝月梅女士的45岁生日，您的朋友肖小姐为您点了一首歌。她说她永远忘不了您对她的帮助，永远记着您的话。她衷心地祝您快乐、健康、幸福……

儿子问，谁是肖小姐？

丈夫说，你过生日不是还有几天吗？

郝月梅没有回答。她走到花篮跟前，鲜红的康乃馨在白色的满天星的衬托下，显得无比美丽。一张卡片露了出来，上面写着一排小字：阿姨，有了您，13号就是个好日子。

郝月梅忽然笑了。回过头，对一脸疑惑的丈夫和儿子说：幸福真的像花开放呢。

原载《百花洲》1998年第5期

点评

  这篇小说的故事其实很简单，就是截取了两位女性生活中的片段来展开书写。女大学生肖盈因为和男友吵架，一气之下坐上了回家的火车，在火车上上演了一出自导自演的恶作剧，却引来了陌生女人真诚的关心。不久前才下岗的女人郝月梅，凭借自己的能力再就业，一人打几份工，且都安排得井井有条，对生活更是充满了信心与爱心。这样看似毫无瓜葛的两位女性的故事，就是中国普通人某日生活的横截面，但裘山山却写出了温暖与感动。这样对日常生活的书写虽然没有宏大叙事深厚，但挖掘出了对于世俗日常的审美享受，更难能可贵的是，小说摆脱了"新写实"小说中"鸡毛蒜皮"的束缚，并未陷入庸常无法抽离。这篇小说的独到之处也就在此，从日常生活入手，书写原态生活的趣味、平实，却并未浮于表面，而是沉入其中，探寻到日常生活的人情美、人性美，给人温暖与感动。书写普通人物郝月梅的日常生活，写出了她的坚韧、乐观、善良、勤劳、旷达，就连以恶作剧作弄她的女大学生肖盈也被她深深感动。

  小说的空间营造方式颇具特色，似乎搭建起两个平行时空：一个是女大学生肖盈与男友赌气，在坐火车回家的路上的见闻，尤其是和一位陌生女人之间发生了奇妙的故事；一个是下岗妇人郝月梅在失业后又重新找回生命价值的故事。最后，两个时空的故事因为13号送到郝月梅家中的鲜花，和一位肖小姐为她点了生日歌而连接在一起。原来在肖盈的时空中，火车上那个热心的女人就是郝月梅；而在郝月梅的时空中，那位感谢她的肖小姐就是肖盈。两个时空的故事最后连通了起来，共同指向一种温馨的人文情怀。读者读到最后或是恍然大悟，或是了然一笑，似乎都能被这生活中的小美好感染，生出一种向阳而生的力量，生出一种幸福像花儿一样的美好之感。

（朱旭）

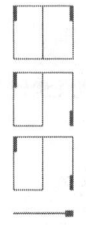

羞 仙

赵德发

好了。

习平均在县委组织部办完退休手续，走到楼外吁出一口长气，只觉得周身通泰，天宽地阔。

三十七年，一个句号画上了。这个长长的句子中，包含了六个逗号：小学教员，乡文书，公社宣传委员，县文化局秘书，县委宣传部干事，最后是县文化局副局长。一个句子下来，他也从一个毛头小伙变成了鬓发斑白的老头。

尽管鬓发斑白，其实习平均只有五十六岁，还不到退休年龄。按照县里统一画的杠杠，他该退居二线再当几年调研员。他想，当调研员虽说还可以上班，但却是无职无权不中个屁用的。社会上早就流传着"四大闲"的说法："退休干部、调研员、老板的老婆、当官的钱。"你说那调研员还当个什么劲儿？更重要的是，如果再挂了那个闲差，自己就仍然是单位的一员，仍然会有一些麻烦摆脱不掉。唉，那些麻烦，那些苦恼！……够了，实在是够了。习平均经过一番思考，下定了提前退休的决心。他将报告打上去，没费多少周折，县里就同意了。

……往事不堪回首。三十多年来，单位换过一个又一个，习平均不否认曾有与同事愉快合作的时候，但给他印象最深的还是那些人与人之间的猜疑、算计和相互伤害。多年来他信奉一句古训："害人之心不可有，防人之心不可无。"但有些人却是防不胜防，一不小心就要吃他们的明枪暗箭。最严重的是在文化局的这七八年，他遇上了一个对头。这人叫郁和海，原跟他一块干副局长，为了把他踩下去让自己往上爬，对他明里暗里使尽了手段。后来郁和海如愿以偿，在老局长退休后坐上了那把交椅。习平均心想，你当上局长了对我该好一点了吧？可是那家伙还不，他认定习平均因为没当上局长对他怀恨在心，对习平均的猜疑与打击变本加厉。

在许多个受伤的时候，习平均都会想到释迦牟尼佛所揭示的人生八苦之一——"怨憎会"，都会在心内无声地长号：老天哪，你为什么要把互相仇视的人安排在一起，让他们想分也分不开呢？……

唉，其实这事怨不得老天，只因为自己身在组织。你只要是组织中的一员，你就必须与那么多的人有联系、有冲突，你就永远摆脱不了来自人际关系的苦恼。

现在终于好了。我从今往后自由了，真的自由了！"我本是，卧龙岗散淡的人……"习平均在回家的路上，忍不住一边蹬车一边哼唱起来。

既称散淡，那就要有散淡的方式。习平均稍加思考，便对退休后的生活做了安排。老伴先他一年退休，现在已将买菜做饭接送孙子上幼儿园等事宜做得有条不紊，他没有必要掺和。他决定，以后自己每天早晨去青屏山锻炼身体，白天则在家练习书法。习平均对书法一直爱好，一笔行草曾博得过不少人的称赞，但是由于这些年来工作忙乱心境不静，难得扑下身子写几回，因此就不见多少长进。习平均想，这一回好了，我要天天写，好好练，争取一两年内能在本县书法界崭露头角。至于去青屏山晨练，这也是他多年来一直向往的。山青水绿，鸟语花香，每天到那种环境里待一会儿，不健康长寿才怪哩！只因那青屏山在城北有六里远，就是骑自行车也要二十分钟，到那里上山下山还要一个小时，上班族没有这个时间。他只知道县城里的一拨退休人员每天都去那里，拂晓起身上路，到那里爬一会儿山，等八九点钟再优哉游哉地回来。习平均想，从明天开始，我也有了这份福气啦。

第二天一早，习平均就骑上他那辆七成新的"凤凰"，兴冲冲地向着城北出发了。

青屏山虽不是声闻遐迩的名山，但在本地还是蛮吸引人的。它的引人之处，一是它的山势，二是八仙的传说。它东西阔长，南北单薄，山上树木葱茏，恰似县城的一架绿色屏风。相传，当年吕洞宾在此山修行多年，而且八仙也常在此山聚会，故留下"吕祖洞""聚仙台"等遗迹。传说中最生动的还是吕洞宾偷情的故事。老百姓说，这位吕洞宾是个骚仙，他的修行方法多是采阴补阳。他看中了城里张员外的独生闺女，便经常在夜间去与她行房。后来，员外夫人发现女儿神情倦怠形容枯槁，便严加追问弄清了其中缘故。再细问骚仙行状，得知那吕洞宾虽交接而不泄，便明白毛病出在这里。夫人深谙房中玄机，嘱女儿等吕洞宾再来与她交接时，趁其不备搔其腋窝。这小女子届时遵嘱而行，吕洞宾便纯阳突泄，让他的道行倒退了若干年，遂恼怒而去再不前来。不料员外女儿自此身怀六甲，父母为她急招赘婿上门，七个月后一男孩出生。这男孩天资聪慧，十八岁上便中了举人。他娘有意让他认父，便领小举人上了青屏山。那日吕洞宾正在一山崖边采药，见那母子俩前来，只羞得一头遁入石崖，致使石崖上留下一个人影儿千年不泯，此处也便被人称作"羞仙崖"……

青屏山的脚下，早有几十辆自行车和十来辆摩托放在那里。习平均明白自己来得晚了，他扭头看看已经露脸的太阳，不禁在心里生出一丝好像上班迟到了的羞愧。

他沿着窄窄的石阶路向山上爬去，一路上遇见了许多正在锻炼的人。他们的方式有动有静，有一溜小跑奔向山顶者，有走走停停似在散步者。更多的人散在山坡各处，或舞剑，或打太极拳，或练气功，或做广播操。还有些人的练法让人感到莫名其妙：有一位瘦子紧抱住一棵老松树一动不动，另一位胖子则直着脖子一个劲地像老牛吼。在羞仙崖的前面，还有两个老妇女面对吕洞宾的模糊影子双手合十念念有词。

习平均想，我采用什么方式锻炼呢？片刻后他决定，就来个最自由的：在山上信步而游，想去哪里就去哪里，想待到什么时候就待到什么时候。

这么决定了，便一步步向上走去。走到那个有一间屋大小黑幽幽的吕祖洞，转过一个崖角，便听到一阵节奏欢快的乐曲声传来。抬头一看，原来在接近山顶的聚仙台上，有十来个老年人正在跳老年迪斯科，其.中男少女多。习平均想，原来这山上竟是这么热闹呀！于是将脚步加快，几分钟便到了那儿。

聚仙台是这青屏山上最好的地方之一，一块大石平平展展能容近百人，据说当年八仙经常在这里聚会。本县还有人考证出，八仙过海的决定就是在这里做出的。其根据是这里有海浪形石纹，分明是当年八仙讨论这件事情时画出来的。现在这波浪上放了一架小型录音机，它发出的声音让一群老年男女跳成了活神仙。习平均站在一边正想看看都是谁，却突然听到一个脆亮的女声招呼他："习局长，也过来跳呀！"

习平均一看，喊他的女人竟是苗凤花，不由得一阵局促不安，立即笑着摆摆手走离了这儿。

这个苗凤花，是曾经给习平均带来过难堪的女人。二十世纪七十年代，他正在县文化局干秘书，因为老婆还在农村，他一个人住在县委大院。他那时上进心很强，经常到离得很近的县委宣传部方部长家里串门。方部长待他很热情，见面就鼓励他好好干。后来，方部长便经常让他做一件事情：晚上去县剧团，叫苗凤花到他的办公室。说是要与她讨论样板戏。那苗凤花当时正演《杜鹃山》中的柯湘，红透了全县。习平均想，方部长抓上层建筑，找演员讨论问题是正常的，于是就屡屡执行部长指令。不料后来他又一次去剧团，听别人喊"苗凤"，觉得奇怪，便问为什么要少叫一个字，人家笑着说：她那个尾巴送人啦。他问送给谁了，人家说是"花方"。他便猜出了那人是谁。明白了这一点，想到自己原来做了个拉皮条的，不禁十分惭愧。然而就在这时，他突然被调到县委宣传部干了文化干事。为了感谢方部长的重用，他只好违心地再把皮条拉下去，让社会上吟诵《百家姓》第七句中的"苗凤花方"的声音越来越响。直到几年后样板戏停演剧团解散，苗凤花分到一中当了音乐教师，习平均的那份业余工作才干到了头。现在看来，这个苗凤花还是不甘寂寞，你看她年近花甲，穿一身鲜红的运动衣，跳起舞来竟然还有那么几分什么，对了，几分性感。

习平均咧咧嘴，摇摇头，又接着向山顶走去。迈上一段台阶，看到一棵老松树下坐了一个秃顶老者，正背对着他看书。习平均觉得这人身影很熟，仔细一看，原来竟是方部长。他曾听说过，这方部长退休之后仍然保持当部长时的习惯，每天读书，现在看来他早晨跑到山上也是干这件事情。于是心里那股敬畏又油然而生，便走到老领导的身边去打招呼："方部长，你在这儿还搞研究呢？"方部长抬头看见了他，严肃地说道："研究嘛，不搞是不行的，现在形势变化得很快呀，不读书不研究，是会迷失方向的！小习，你是不是也退下来啦？哦，果然是。退下来就退下来，小习你要注意正确对待这件事情，自觉服从组织安排。退下来也并不是没有用处了，还要继续看书学习，发挥余热嘛！是不是？……"习平均一边听一边唯唯诺诺地点头。但听了一会儿忽然想：我这是干吗呀？退了就退了，我有什么义务再恭恭敬敬听你的训导？于是就插方部长的话空儿点头道："方部长，我不打扰您啦，我到那边转转去！"说着就急急离开了这儿。

再往上走便是山顶，山顶上唯一的建筑是沐云亭。此亭四柱六角，飞檐高耸，相传为大清道光年间建起，每逢阴天，这儿流云穿亭而过，因此得名。这会儿亭子里正有三个人坐在那里说话，瞧见习平均上来，当中一个长着白脸的小老头立即跳起来叫道："老习，欢迎欢迎！"接着上来与他握手。这人习平均是认识的，叫支兴高，当年他在兴旺公社干宣传委员时，支兴高在那里干党委书记，后来支兴高干了多年县政府办公室主任，五年前办了离休手续。再看另外两人也是认识的，一个是商业局原局长谷雨，一个是粮食局原副局长路忠友。习平均与他们打过招呼，然后也坐在亭栏上歇息。支兴高这时说："老习，我记得你的年龄好像还不到点儿，怎么也来啦？"待弄明白他是提前四年办了手续并且还是主动的，三个人立即瞪大了眼睛表示吃惊。谷雨说："你怎么这么傻呢？你看人家都一个劲地往小里改年龄，恨不能再把自己改到娘肚子里。你看统战部部长老向，跟我同年同月生，谁知道他妈的怎会在组织部的档案里改小了五岁，至今还在位子上人五人六的！"他一边说，路忠友在一边"奶奶""奶奶"地用骂声作响应。支兴高向这二位摆摆手："你们别再发牢骚了，牢骚太盛防肠断！习局长早退下来是组织批准的，你们不要乱加评论！"

说着，支兴高对那俩人说："你们先回避一下好不好？我想单独和老习谈谈。"谷雨和路忠友立即说一声"中"，起身走了，只留下他们二人在沐云亭里。

单独谈谈？这种常常以组织的名义采取的做法让习平均真的如堕五里雾中在"沐云"了。他问："支主任，你跟我谈什么事？"

支兴高说："咱们这里是有组织的，这个组织叫作青屏山友协会，是在民政局注册了的，宗旨是把到青屏山晨练的老同志组织起来，经常举办一些有意义的活动。你愿不愿加入？"

习平均问："协会里都有谁？"

支兴高伸出手向整座青屏山一划拉："多着呢！在这山上锻炼的绝大多数都是！不光人多，协会的领导班子也是非常强大的！会长是冯老县长，副会长有县委的丰书记、方部长，人大的刘主任、夏主任，政协的武主席。我呢，我是秘书长。"

习平均心里暗暗叫苦。他无论如何也没想到,他刚刚脱离原来的组织,还有一个组织在这里等着他。一听协会领导的名字是够吓人的,因为这些人在退下来之前都是炙手可热的人物。尤其是他的老上级方部长,以前管着他,现在还要管着他,这是多么可怕的事情!想到这里,他便把头摇了摇:"对不起,我不入。"

支兴高脸上是一副惊讶的神情:"你不入?这真是不可思议。要知道,我们这个组织并不像县里另外一些协会那样纯属乌合之众,是保持着高层次性、纯洁性、先进性的。其会员,原则上是担任过正股级以上职务的,达不到这个层次的也适当吸收一些,但要从严掌握。你看看你,你还不愿入呢!"

看见支兴高动了气,习平均的想法虽然没有改变,但口气婉转地道:"你让我考虑考虑好吧?"

支兴高态度也变得平和了一些:"那好,你就考虑考虑吧,反正协会的大门随时向你敞开着!——好了,咱们先谈到这里,我还要下一个通知。"

说着,他弯腰从脚边的黑提包里摸出一个电喇叭,打开电门,向着整座山高喊起来:"各位山友请注意!各位山友请注意!经青屏山友协会常务理事会决定,明天早晨七点钟在聚仙台召开全体山友大会,有重要事项宣布,请大家按时到会!另外,请各位常务理事提前半小时到沐云亭,有事磋商!特此通知!……"

这通知,习平均听起来觉得十分刺耳。退了休,到山上逛逛,图的就是一个自在。像这样还要入组织,还要开会,跟原来在单位时有什么两样?

不入。坚决不入。习平均一边往山下走,一边在心里重复着这么两句话。

第二天早晨,习平均又去了青屏山。他有意避开山友协会的活动,因此在将到聚仙台的时候离开主路,穿过一些树木的空隙去了另一道山脊,到一块大石头上闲坐着。

这时开会时间未到，人们还在四处各练各的。但抬头看看山顶，沐云亭里的常务理事会已经在开了。今天是个阴天，此时云压山巅，那亭子在云中时隐时现，坐成一圈的十来个领导者也时隐时现，好像仙界人物。

这时，山顶上突然响起了支兴高那经过电喇叭扩大了若干倍的声音："各位山友，开会时间到了，请立即到聚仙台集合，请立即到聚仙台集合！"

于是，人们便从四面八方向聚仙台走去，那儿很快坐了一大片。再看看别处，像自己这样没有向那个集体靠拢的人，总共才七八个。

习平均心里突然生出一种孤独与胆怯的感觉。因为，他长大成人参加工作之后，还从来没有遇到过这种游离于大群人之外的情景。

但这个感觉刚刚出现，他就给自己打起气来：这是孤独吗？这叫自由！你胆怯个啥？他们能把你怎么样？

于是，他便以超然的态度稳稳地坐在那里，观察着那边的动静。

奇怪，聚仙台的普通会员集合好了，山顶上的常务理事会还迟迟没有结束。不少人抬起脸向沐云亭仰望着，表现出殷切的期待。

习平均向着那儿冷笑起来。

经过近半个小时的等待，常务理事们终于从山顶迤逦而下。到了聚仙台那儿，支兴高宣布由方部长传达协会常务理事会的决议，接着将电喇叭递给了方部长。方部长颇具威仪地向大家讲："为了活跃山友协会的文化生活，为社会主义精神文明建设做贡献，协会常务理事会决定，并征得会长冯老的同意……"

他说到这里，支兴高把手里的一个黑东西一扬，大声说："刚才已经用手机和冯县长联系了，他完全同意常务理事会的决定！"

方部长对支兴高的插话好像有点不悦，扭头瞅了他一眼，停顿了一下，才又接着讲了下去。他告诉大家，协会决定举办一次别开生面的活动：京剧演唱会。时间在一周以后，请有这方面特长的同志踊跃参加。演唱会的具体组织工作由苗凤花同志负责，请大家积极配合。他讲完，支兴高又让苗凤花讲，苗凤花便带着几分做戏的味道站起来，用她那依旧很亮的嗓子讲一些具体的事宜。

习平均向那里撇一撇嘴：还是"苗凤花方"啊？……

不管怎样，"苗凤花方"在这次活动中还是配合得不错。当演唱会在一个晴朗的早晨正式举行，苗凤花以及十来个京剧票友的演唱确实让这青屏山热闹了起来。

冯老县长虽然身为山友协会会长,但一般不上山,这天早晨却破例地让县政府派小车送到了这里。他坐在领导席中间,不住地带头鼓掌。当压轴戏到来,苗凤花唱起《杜鹃山》的核心唱段《乱云飞》时,他随着板眼点头拍腿,陶然之态显露无遗。

习平均是在五十米之外,借一棵合欢树的遮掩看完这场演唱会的。实际上,他也是京剧爱好者,这次活动对他很有吸引力。当电影公司的大老孙在聚仙台上唱那段"我本是卧龙岗散淡的人",其水平远在他之下,让他很不服气。他心想,我就是没参加罢了,我要是唱这一段,你就免开尊口噤若寒蝉好啦。

可是,我没加入山友协会,我没资格参加演唱。看看那边的热闹,瞧瞧身边的冷清,再想想自己还是像做贼一样偷看了这场演唱会的,心里便对自己说:你这是干吗呀?你何必把自己搞得这么孤立?

但是,这念头刚一冒出,他便又责问自己:怎么,要动摇是吧?要投降是吧?你呀,你也太不坚定啦!

想到这里,他便站起身来,想在演唱会结束之前下山。

然而,他刚刚踏上主路,没想到支兴高正站在那里等他。支兴高一边笑一边指点着他说:"老习,我早就发现你了,协会的眼睛是雪亮的!怎么样,我们这个演唱会还不错吧?"

习平均只好点头道:"不错,不错。"

支兴高说:"我也知道你唱得不错。你这样游离于组织之外,不是白白埋没了才能吗?可惜可惜!"

这几句话说得习平均心烦意乱。他唯恐支兴高再说出入会的事,便慌乱地道:"你忙你忙,我先走啦!"

后来的几天里,习平均虽然还没有改变打算,但是心态已经发生了很大的变化。早上再往山上走时,心里虚虚的,唯恐遇到熟人。有人向他看一眼,他似乎发现人家的眼光里有着别样的意味。他想,这种意味表达了什么意思呢?对了,是把他看成异己分子——非我族类,其心必异。那些人大概会这么想。

猜到这里,习平均心中烦乱不堪。而这样一来,习平均竟也无法实践他"信步而游"的晨练方针了。因为要走上山的正路吧,那么就会不可避免地碰见熟人;离开正路去别处走吧,别的地方崎岖陡峭,其实是没有路的。所以一连几个早晨,习平均只好悄悄地到山坡上找个地方坐着。

一个人待在那里形影相吊,他觉得越来越不是滋味,心想,人啊,难道真是群体动物,不凑合就是不行?

不过,在这山上,没有加入山友协会的也有人在。你看,那个每天在一棵大柞树下练剑的短腿老汉便是一个。他怎么就耐得住孤寂?走,找他谈谈去。

习平均就踩着一片乱石,趔趔趄趄地去了那边。

见陌生人来到近前,短腿老汉收住剑向他报以微笑。待互相通报时,才知那人是电机厂的退休副厂长,姓赵名杰。习平均问他为何不参加山友协会,这位昔日的赵副厂长马上现出一脸的沮丧:"唉,咱早就想入,可是人家不批呀!"习平均问为什么,赵杰说:"还不是因为我级别不够?唉,我在部队十八年,到地方又干了十八年,没想到现在被排除在组织之外了!你看,我这是咋混的呢!"说着,他嗖地拔剑出鞘,高高举起,眼瞅剑梢所指的天空,英雄落魄般长叹了一声。

看见他这副模样,习平均心情更加烦乱,与这位赵副厂长连一声招呼也没打,就从他身后悄悄地溜走了。

第二天早晨,习平均便没再上山。他想,既然上山弄得自己心情不好,那就在家里待着吧。我在家里专心致志地练书法。

不料,当他在书房里准备好纸墨,那颗心老是静不下来。他在想这么一个问题:我这样改变计划不再上山算咋回事呢?是胜了还是败了?

想了半天也想不出个结果,决定开始写字。写什么好呢?对了,就写鲁迅的两句诗:"躲进小楼成一统,管他冬夏与春秋。"写了挂在墙上,端详半天觉得不好,便撕了重写。一连写了七八遍,似乎有点意思了,才将其保留在墙上。

第二天还是没去,心稍稍安定,字也有些长进。下午正写着,院门一响,原来是支兴高来了。习平均不情愿地走出去迎接,这位协会秘书长端详着他的脸道:"老习,这两天怎么没上山哪?我们放心不下,今天我作为代表来看看你,你是不是病啦?"听他这么说,习平均心里又生出反感来,便没好气地回答:"没病,我这身体棒着呢!"

到了屋里,支兴高看见了墙上挂的与地上摆的,张圆了口瞅着他说:"噢,原来你在家练书法呀？"接着，他便背着手观看起来，边看边点头道："嗯，写得不错。写得不错。"

听他这么夸奖，明知其中大有水分，但习平均心里还是高兴的，拈笔笑道："瞎写，瞎写，见不得人的。"支兴高摇摇头认真地道："怎么见不得人？我倒是希望你的书法作品马上问世，让大家都欣赏呢！"

接着他告诉习平均：山友协会计划在下个月搞个会员书画展，希望他的作品能为展览增光添彩。

习平均听完这话沉吟起来。平心而论，他是很想让自己的作品参加展览的。要知道，自己写了这么多年，还从来没在大庭广众之下亮相呢。在文化局的这些年，那里经常举办书画展览，他要参展是很容易的。可是由于郁和海不会书法，为了避免招致他的嫉恨，习平均从来没把自己的作品拿出过。习平均现在想，如今我已经离开了他，也没有必要韬光养晦啦！

不过，现在要参加支兴高说的这个展览，分明有个前提条件，那就是加入山友协会。这又是我不乐意的。唉，到底怎么办才好呢？

支兴高显然觉察到了他的思想活动，抬手将他肩膀一拍："老习你怎么这么拗！让你入会你就是不入，山友协会难道是国民党？"

习平均急忙摆手："支主任你不要上纲上线，我不入会，主要是想图个自由自在。"

支兴高十分不解地看着他说："自由自在？离开了组织还能自由自在？真是奇谈怪论！要知道，人不是生活在真空里的。马克思说过，人是社会关系的总和。你想，你如果彻底脱离了社会关系，那还成其为人吗？"

听他搬出马克思的话来，习平均心里咯噔跳了一下，心中旋即生出一种犯罪感。他点点头道："那么，我就入吧。"

支兴高拍了他的肩膀一掌，哈哈笑着说："我就知道你老习是个老同志，不会执迷不悟！好好好，我这里有表，你快填上。"说着就从手边的黑提包里取出一张表递给习平均。习平均一看，这张青屏山友协会会员登记表和他几十年来填的无数张表的项目基本一样，便找出笔一一填来。填完，支兴高拿过来审查了一番，指着"受过何种奖励和处分"一栏说：

"老习,这个地方你大概没填全,你在宣传部的时候,不是有篇文章得过省报的奖吗?"

习平均说:"填那个干啥呀?无所谓。"

支兴高说:"怎么无所谓?这证明你不是普通同志,笔杆子很厉害!"

这话说得习平均心里发热,便又拿过表来填上。谁知刚要把表还给支兴高,支兴高又说了:"你还有一件事,也应该在这一栏里填上。"习平均问:"什么事?"支兴高说:"'大跃进'的时候,你好像被拔过'白旗'吧?"

听他提起这事,习平均心里有一股火噌噌地蹿了起来。那是在一九五八年的冬天,为了配合"钢铁大跃进",文教部门搞起了"诗歌大跃进",让农民一边炼铁一边作诗。习平均当时被抽调到平疃公社炼铁基地,领导指示他在这里三天内抓出三千首诗来。他向庄稼汉子动员,庄稼汉子都说:"咱这肚子里,要屎还有,要诗是没有一句!"习平均只好亲自动手替他们写。然而三天三夜没睡觉,他只献给了领导三十首。领导生了气,当即拔他的"白旗",把他贬到社员堆里拉风箱去了。这段历史早已做了结论,"大跃进"是搞错了,这个支兴高为什么还要我填?他便说:"他们拔我的'白旗''是不对的。"支兴高却摇头道:"这事对不对是组织上的事,可是你填不填,却是对组织坦诚不坦诚的问题。"习平均无奈地笑笑,只好提笔填上。

尽管让这事弄得像吃了只死苍蝇那样难受,但是习平均却从此获得了堂堂正正上山晨练的资格。第二天早晨,他坦坦然然地上山,坦坦然然与熟人打招呼,坦坦然然地信步而游。回想一下前几天的别扭,他觉得还是这样好。于是,他再看到被协会拒之门外的赵杰等人时,不禁有了一种优越感、居高临下感。

为了在书画展上能够拿出像样的作品,习平均每天早晨从青屏山回家后,草草地吃一点饭,便开始了紧张的书法练习。半个月下去,宣纸用掉了好几刀,毛笔磨烂了好几支。拿出最初写的与后来写的比比,自觉进步不小,心里便期盼着书画展的早日举办。

这天早晨,全体山友又被召集到聚仙台上开会。像往常一样,常务理事们也先到山顶上开会。习平均到大伙中间坐下,等了一会儿还没等到常务理事们散会。他想,他们这种安排也真不妥,常务理事们有事商量,就不能在头一天早晨开会议定?

想到这里,他便抬头向山顶沐云亭望去。这一望,便发现了这样安排的妙处:原来,有大群人聚集在这里仰望期待,那里的一小群更显出其尊贵与高远。如果再遇上有云可"沐"的天气,那他们就更显得神秘甚至神圣了。

明白了这点,习平均感到眼前的一切是多么滑稽,自己坐在这儿是多么可笑。

这时,山顶上的会已经结束,常务理事们迤逦而下。由于他们是下山,下边的人看上去,那一个个肚子格外肥硕。

山友大会照例由支兴高主持,但这一回做主题讲话的是原来干人大副主任的夏常铭,他讲的是举办青屏山山友书画展的事。这位老先生写毛笔字在本县老干部中是拔尖儿的,因此他布置这件事情当之无愧。夏主任把举办书画展的意义讲得十分透彻了,便让具体负责这事的常务理事江立春讲讲。江立春原来是组织部的副部长,字写得很臭可是在本县每次大型书画展上都能见到,让习平均每次见了都在心里骂。今天竟是他负责书画展,习平均心中那股参展热情便立即降了温。只听江立春讲了作品要求、交稿时间,又说展览地点准备放在县文化馆。说到这里,他冲习平均叫道:"习局长,刚才常务理事会研究决定,关于展览地点的问题,由你来安排,好不好?"

习平均一听愣住了。说实话,就凭自己干过多年文化局副局长这一条,要办这事并不难,和文化馆馆长说一声就行了。但问题是,这么一来,他就又要和郁和海发生联系。因为在文化馆办这么一个展览,馆长不会不跟郁和海汇报,而到展览那天,郁和海肯定也会参加的。习平均心想,不,这事我不能干!

他想开口向江立春辞掉这事,然而那位头发花白的老部长像当年在位子上调动干部一样,说话从来都是单向的,他讲过了你就要服从,没有讨价还价的余地。现在,他已经俨然像个真正的书法家那样,又讲起创作问题了。

等山友大会散了,习平均走在人群的最后面,与众人慢慢拉开了距离。来到羞仙崖附近,他一个人离开主路,去了那个石壁的跟前。

吕洞宾的影子还在那里。这位大仙正一边往石壁里钻，一边回头瞅着，羞态毕现。习平均定定地站在那儿，看了很久很久，然后摇头一笑，转身走下山去。

这以后，习平均再没上过青屏山，在家时也再没练习书法。他消磨时间的方式是，种半院子菜，养半院子花，一天到晚莳弄它们。

山友协会当然要为他负责，先是支兴高多次来过，后来江立春亲自登门。他们都是反复劝说习平均不要轻率地退出协会组织。然而习平均先是笑而不答，后来被问急了便反问道："我不参加你们的组织，是不是犯法？"支兴高和江立春说："法倒是没犯。"习平均说："没犯法就行。"说罢再不理他们。协会的两位头头见状只好走了，之后再没来过。

转眼到了秋天，重阳节的晚上，习平均一边喝酒一边看电视。他从本县新闻中看到，青屏山山友协会当天在山上隆重举办了一场诗会，聚仙台上白发飘飘诗声琅琅。习平均这时叹一口气，端着酒杯拎着酒瓶走出了屋子。到院子里花丛中坐下，一杯一杯，自斟自饮，直至酩酊大醉。

原载《时代文学》1998年第5期

点评

小说虽题为《羞仙》，但其实与神仙或者修仙并没有太大关系，只是在小说中借人物之口诉说了八仙之一的吕洞宾在此地的一段风流传说，而这一传说成为小说或隐或现的背景，映照着小说故事的推进。小说主要叙述的是习平均退休后，即在终于离开组织之后，又陷入要不要加入组织的困扰中。退休后，习平均终于有时间开始神往已久的晨练，第一天来到城郊的青屏山，往山上信步走去，一路上遇到一个个熟人，他们也见证了习平均工作几十年的一步步脚印，越往山的高处走，遇到的老熟人离休前的官衔越大，最后甚至抛出了要他加入青屏山山友协会的橄榄枝。而习平均本来就厌倦了组织生活，拒绝了退而不休的调研员闲职，就是为了自由，为了摆脱人际关系的苦恼。原本以为退休一身轻，终于可以晨练，可以继续练习书法的习平均，却似循环般陷入另外的组织，又要处理方方面面的人际关系。尽管大家都是退休人员，可在协会里的地位还是依据各人退休前的职位排列开来，一切都似乎是之前组织的一个缩影，极具讽刺意味。经过一番激烈的思想斗争，几经波折之后，习平均终于成功地拒绝了入会，同时，这也意味着他失去了参加集体活动，诸如书法展览、诗歌朗诵会等的机会，只能踽踽独行，在家中莳弄花草、唉声叹气、酩酊大醉。

  赵德发的这个短篇小说，通过习平均被组织拉扯的故事，渗透着作家对官场中的运行准则、对权力运作机制的独特思考。以习平均深陷官场，极力想摆脱却又身不由己的视角切入，刻画官场人生百态，冷静审视民族文化心理中的"官本位"思想。作者着重呈现的不是官场的尔虞我诈或者官场"厚黑学"。小说艺术特色主要集中于两点：一是重点强调这种官场运行准则对人心理和情感的影响，深掘民族文化心理中的"官本位"思想；二是采用对比的方式，突出个人与集体之间不可调和的矛盾冲突。习平均在起初拒绝入会的时候，支兴高十分不解地看着他说："自由自在？离开了组织还能自由自在？真是奇谈怪论！要知道，人不是生活在真空里的。马克思说过，人是社会关系的总和。你想，你如果彻底脱离了社会关系，那还成其为人吗？"我们似乎无法寻觅到个体生命的价值，官场的游戏规则无视了个人的价值和尊严，在作者笔下更可怕的是，这种思想竟然深植于民族心理之中。

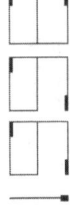

（朱旭）

宣德年间的一些希望

/周大新

之一：父亲

知府林清如大人批阅完一摞公文，正坐在椅上闭目养神，忽有一阵焦慌的脚步声由堂外传来，睁开眼时，看见汪司马已忙不迭地迈进了大堂门槛，一脸惊色地叫：大人，快，快——

何事值当这样？慢慢说！林大人皱了皱眉头，不悦地用中指弹了一下书案。

朝廷后宫的韩志彤突来南阳——

啥？林大人霍地站了起来，他知道韩志彤是当今朝廷后宫的当红宦官，他怎么会来南阳？这儿离京城可是有两千里之遥！

他领的一干人乘坐的三辆马车已到了府前。

老天！还不赶快将他们迎进府衙？！他瞪了一眼汪司马，慌慌离座整衣向门口走去，但脚迈门槛时又扭回头来，压低了声音对汪司马：你揣度一下他突来南阳的缘由！

既然道台大人预先未有通报，想他可能只是路过，或许是为朝廷南下湖广办理有关事务路经咱府，顺道来府衙作一礼节性拜会？

再想一想！林大人拍了拍自己的额头。

也有可能是为了什么和咱南阳有关的事。汪司马沉吟着。

咱南阳和后宫能有啥？

要不先迎进来再说？

对对。林大人急步迈出大堂。但愿没有太大的麻烦，这些宦官咱可是惹不起呀！

接罢韩志彤带来的那道密旨之后，林大人才松了一口气，才将隐在眼里的惊慌一点一点抹去。

原来只是为了选拔五个宫女。

看来宣宗皇帝知道南阳盆地气候温润水土宜人，是出美女的地方。过去的皇上选美，大都把目光盯在吴越一带，在僻远的南阳地面选拔宫女，这还是第一次吧？

林大人生出一阵被赏识的兴奋。在这个偏远的地方任职，很少有直接为朝廷效力的机会，如今这机会总算来了。我理应做得让朝廷满意。

他安排韩志彤一行到馆舍休息后，便急召汪司马和秦通判到后堂商议如何办理此事。韩志彤说此事办理的期限是六天，六天后他就要带上选好的五名十六岁的宫女向京都回返。六天选出五名长得好的姑娘应该没有问题，两位下属胸有成竹地表态。咱南阳地界美女如云，随便挑几个都能令韩大人满意。林大人警告两个下属道：选择宫女的标准一向严格，尔等一定要从细处考虑，万不可误了韩大人的行期。三个人最后商定，按百里挑一的办法办理，先令十个县在两天内各选出五十名美女送到府里，尔后再由汪司马会同韩大人从这五百名中选出五人。记住，年龄都在十六岁！林大人最后向二人叮嘱。

部署完这件事，林大人舒了一口气，开始向内院走去。中午要设宴款待韩志彤一行，这会儿离正午还有一段时间，他想回内院换换衣服稍作歇息，顺便把这个意外的为朝廷选美的消息说给夫人听。他想夫人听了这个消息一定和他一样高兴，毕竟这是一个为朝廷尽忠的机会。

走进内宅大门，林大人头一眼看见的是女儿舒韵，舒韵正翩然从暖阁上下来，手里拿着绣花绷子，想必头晌又在忙着绣什么绣品。父亲，今儿个下堂挺早哇。女儿向他打着招呼。他蔼然地应了一声，在几个女儿中，他最钟爱的是这个长得清秀又十分聪慧的舒韵。——你妈妈呢？——她在厨房里和刘妈他们忙碌，妈说要给我蒸一个捏有十六朵花的豆糕。

十六朵花？为何偏要捏十六朵花？林大人笑望着女儿。

我今天十六岁了呀，你忘了今天是我的生日？

哦？噢。林大人拍了拍自己的额头，我忙公事忙得昏了头，把这事都忘了。十六岁，你都十六岁了？他认真地看了一眼女儿，发现女儿果然已经长成了一个标标致致的大姑娘。十六岁就已经到了出嫁的年龄，这回朝廷选美的头一个标准，不就是十六岁吗？我怎么想到了这儿？他急忙摇头，把脑子里正想着的东西摇到角落里去。

他走进卧室时，夫人已经赶了过来。他于是向她说了韩大人来选美的事，他原以为她会像自己一样高兴，不料她听后竟叹了一句：天爷爷，造孽呀！他闻言惊喝道：你胡说什么？这样的事怎能说成是造孽？！——咋能不叫造孽？好端端的闺女，本该成家生儿育女的，却要去宫里头空熬着岁月——

住嘴！他拍了一下桌子，怒视着夫人，这些话传出去可是要治罪的！你身为朝廷命官的夫人，怎敢信口——

父亲，你在说什么呢？舒韵这当儿走了进来，笑眼笑眉地问。

没、没说啥。他也努力地笑了一下。

为了感谢你和妈妈把我养到十六岁，我今天要送你和妈妈各一件礼物！

嗬，啥礼物？

你们两个都闭上眼睛！

对女儿的话他一向乐意顺从，于是微微笑合上了眼帘，他感觉到有一个轻飘而柔软的东西落到了手上，睁眼看时，才见女儿给自己的是一方洁白的揩汗的帕子，给妻子的是一条包头的绸巾。女儿给自己的帕子上绣着一座宫殿的图案，那图案绣得极其精致。

怎么想起绣宫殿了？他有些诧异。

你不是说过，做官要做到宰相，那才叫男人的成功吗？我绣这图案，就是祝愿你有一天能走向皇宫——

哦，哦。他急忙摆手：不可乱说，不可乱说！但笑容却已经溢满了脸孔。看来知我者，舒韵也。都说知女莫如母，看来知父也莫如女呀！我是有在仕途上再作进取的信心，是有不当宰辅不罢休的雄心，但如今看，朝中无人提携，要登上那样的高位是不可能的。罢，罢，我还是就安于这知府之位吧……

当天后晌，选美的通知已派人飞马送往各县。晚饭后，林大人正依惯例在后花园散步，下人通报说南阳县方知县求见，这让他一怔：这个时辰来见我是有急事？他走进内宅客厅时，那位姓方的知县急忙起身施礼道：林大人，这个时辰来打扰你很是抱歉，实在是因为——

坐下说吧。他朝那方知县指了指椅子，他一向对属官们比较客气。

是这样，接到朝廷要在咱南阳地界选拔宫女的大函后，敝职十分高兴，除了保证完成府衙规定的选拔数字之外，为了表达下官对当今皇上的忠心，还特别愿意奉上小女芽芽以供挑选，倘大人能够开恩向上边鼎力举荐吾家小女使其入选，敝职愿肝脑涂地以报——

哦？林大人听到这儿站了起来，有几分意外地看着对方，还真有人心甘情愿把自己的女儿送去当宫女，而且还是一个知县？！对于在南阳地面选拔宫女，他是高兴，但那只是一种能为朝廷效力的高兴，在他的内心深处，他是知道这件事对于有适龄闺女的人家，未必就是一种好事的。他原来只估计到会有做父母的对这件事暗中抵触，没想到竟有做父亲的前来恳求——

万望大人开恩相助！那方知县又起身施礼。

好吧，我会尽力。他缓缓点头……

送走方知县回到内室，夫人指给他看条案上摆着的一包银子，他才知道方知县还为此给他送了银子。唉，他倒是真心想把女儿送进宫哩！

这个姓方的心术不正！夫人突然开口。

嗯？他不高兴地瞪了一眼妻子。人家这是忠义之举，怎能——

啥子忠义之举？无非是想借此找一个攀附皇上的机会！

攀附皇上？林大人笑了，瞎说什么？这不是选拔皇后、皇妃，这只是选拔宫女，即使真让方知县的女儿去当了宫女，后宫里宫女成千，哪有可能就与皇上扯上关系？

皇妃还不是皇上从宫女中挑的？姓方的就是在做这个梦，他梦想他的闺女当了宫女后能被皇上挑选为妃，然后他好借此飞黄腾达，他的闺女芽芽我见过，长得是很漂亮，保不准皇上看见了真能动心。

噢？林大人瞪大了眼睛，夫人的分析令他心中一沉，他过去显然没想

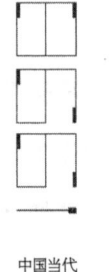

这么深。

准备歇息吧，我叫丫环送热水来给你烫烫脚。

等等。他叫住妻子，你说方知县的闺女比咱舒韵长得还入眼？

那倒不见得，不过那芽芽姑娘长得是很妩媚。烫烫脚睡吧？

林大人心不在焉地把头点点……

那天晚上林大人上床后睡意迟迟不来，一闭上眼睛，就看见了皇宫，看见了宣宗皇帝乘着御辇向后宫走去，看见成群的宫女分站在御辇经过的甬道两边，突然，御辇停下，宣宗皇上手指着一位宫女问：你是——？回皇上，俺叫方芽芽，河南南阳人，刚入宫。——噢，我说怎么是头一回见你哩，真乃佳人一个，来人哪，让方芽芽去乾清宫，我要封她为妃——

林大人在枕上晃了晃头，把脑中的想象赶走。当那些幻想出的场景隐匿之后，他的思绪却仍在继续：倘若让方芽芽去当了宫女，保不准日后真有可能出现刚才想象的那一幕；而一旦方芽芽真当上了妃子，那方知县势必会很快升迁，也许会挤走我当上知府，也许会成为我的上司，也许会成为一品大员权倾朝野，不是不可能，不是不可能呵！那么说这次选拔宫女倒真是一个重要机会了？应该紧紧抓住？不应该犹犹豫豫？怎么抓住？让自己亲戚中的一位姑娘也去应当宫女？行倒是行，只是自己的三亲六戚中哪有符合选美条件的姑娘？真正符合选美条件而且有可能在日后被皇上注意的姑娘还只有舒韵了。一想到让舒韵去当宫女，他的身子就哆嗦了一下。不，不。可哪个姑娘最后不出嫁？舒韵最终是要当别人家的媳妇的，倘你的女儿因为当上宫女有了接近皇上的机会最后被皇上封为妃子，那可是你林家的荣耀呵！要比嫁一个普通官宦人家强多少倍？再说，你也年近五十，在仕途上发展的机会不会很多了，不应该丢掉这个机会！人家方知县都敢这样做，你为何下不了决心？那么就这样定了？定了吧……

第二天早上，约莫女儿起床洗漱梳妆完毕之后，他走到院中叫道：舒韵，陪我去花园散步吧。舒韵听见，应了一声，鸟一样地飞到了父亲身边。

这于他而言是一次艰难的谈话，他一时不知如何开口，父女俩在朝霞染红的后花园里走了两圈，他还没有寻找好出口的词句。——父亲，你今天早晨好像有什么心事？舒韵后来停了步说。

哦，不，没。林大人急忙掩饰地笑笑。

是不是为选拔宫女的事？我听说城中已把这事传得沸沸扬扬。

嗯，有一点。他没想到女儿先说上了这个话题。

说是城中有些人家害怕自己的女儿被选上，慌得要把女儿往乡下送，其实当宫女有啥害怕的？能住进皇宫，能看见朝廷，那是多荣耀的事情！

你真是这样想？

当然！

要是让你去当宫女，你愿意？

我当然愿意，只要你让我去。

真的？

我啥时候骗过你了？

那好，既然你有这个愿望，父亲愿意成全你，父亲希望你不仅能当上宫女，而且真要进了宫后还能得到皇上的看重。

父亲，你此话可——当真？

当真！他为如此顺利地说出自己的心里话而舒了一口气。

舒韵感到意外地看着父亲……

之二：女儿

舒韵随着那几百名姑娘排成长队向府衙一侧的驿馆走去时，心里充溢着一股欢喜。她自小受父亲溺爱，在家里少受管束，养成了一种胆大开朗的脾性；长大后又读了各种书籍，对外部世界早生了一种向往，所以父亲这次允许她参加宫女选拔她十分兴奋。如果真能被选上，到京城，进皇宫，见皇帝，轰轰烈烈，也算不枉活了这一生。其实她刚一听下人们说到朝廷派人来选美的事，就生了应选的心，只是怕父亲和母亲不会答应，她才没敢开口，没想到父亲倒开通，主动应允她来应选，这真有点出乎她意料。父亲到底不同于常人，眼界开阔，敢放我出来闯一闯这个世界。想想那么多姑娘都被父母关在闺房里，活着有什么意思？

——各位姑娘，请站好，听韩大人教诲。汪司马这当儿站在驿馆院里的一张椅子上喊。

舒韵的目光掠过汪司马，落在了站在一旁韩志彤身上。原来宦官就是这个样子，白白胖胖不长胡子，举手投足有点女人模样。舒韵有些好奇地看着那个老人。父亲原来告诉舒韵，如果她真下了当宫女的决心，他出面去求韩志彤径直把她带走，她不必像一般民女那样去经过一道道的挑选程序。但舒韵不同意，她说她乐意去经过那一道道挑选程序，她认为那会非常有趣。她不让父亲去求韩志彤，也因为她对自己充满了信心，她相信凭自己的容貌完全可以被选上，她想借这个机会检验一下自己有没有引起外人注意的能力和魅力。——在她的内心深处，她也早生了一种隐秘的欲望，当了宫女之后，争取能吸引皇帝对自己的注意，从而被挑选为妃。那天武侯祠前的那个算卦先生不是说我的命里有大吉大贵？！

——尔等切记，本朝挑选宫女的头一条规矩，是出身良家，所谓良家，即非医、非巫、非商贾和百工，尔等中若有不是良家出身的，请即退出馆门，不然日后查出，定当严办。韩志彤慢腾腾地开口，舒韵注意到，他说话的声音中带了点女腔。

没有人走出馆门。舒韵看了看门口，这么说各县在挑选这些姑娘时都注意了这条标准。

——请排成单列，慢慢从韩大人面前走过。汪司马在指挥着这一大群姑娘。凡经韩大人指点的，请即走出馆门；未被指点的，请到一侧稍候。

舒韵一边随着队伍向前移动，一边好奇地注视着韩志彤的那只不停指点的左手，他指点的标准是什么？到走近时她才听清，原来他边指点边在口中说道：太高！……太矮！……太胖！……太瘦！噢，原来这是依据身高和体重在做第一遍筛选。

轮到舒韵时他的指头没动。

我相信他也不会动指头，我要连这头一关都过不去那岂不成了笑话？

这一遍筛下去了二百人。

接下来让留下的三百人每二十人列成一排，每排间隔三步，然后由韩大人领着他带来的一班人逐排挨个谛视耳、目、口、鼻、发、项、肩、背，凡不合法相者令其出列。舒韵好奇地注视着韩大人的举动，为这筛选的细致感到惊异。当那一行人走到自己面前时，她注意到那姓韩的目光分明地一亮，盯视她足有一袋烟工夫，尔后满意地点了点头。

舒韵松了口气，这一关又过了。

这一遍又筛下去二百二十人。

后晌，留下的八十人又奉命排成一队，依次走到坐在一把靠椅上的韩志彤面前，自诵籍贯、姓氏、年岁。舒韵注意到，这是在检视姑娘们的声音是否好听，凡稍雄、稍粗、稍浊、稍吃者都被剔出。老天哪，选得竟如此细致！不过舒韵依旧胸有成竹，自信自己的声音清脆、悦耳，轮到自己时，不慌不忙诵出规定的内容，果然那半闭了眼睛倾听的韩志彤闻声睁开眼，认真地看了她一阵，点点头说：好。

这一遍又筛去四十人。

第一天的挑选至此结束。舒韵回到后宅自己的卧室时，暮色都已经漫了上来。她刚在椅子上坐下歇息，妈妈就满脸愠色地走了进来，瞪了眼在她面前站下，却不语。舒韵笑了，说：妈，你还在生气？我今天已顺利地过了三关，你该为我高兴才是。南阳地面上五百名经过挑选的姑娘中，只有四十名过了这三关，而我是其中之一，这表明你生的是一个漂亮闺女！

我不听你瞎扯！当妈的依然一脸怒气，你知道当宫女是要离开家要吃苦的吗？

知道，妈。可我就是不当宫女，早晚也要出嫁离开家的呀！我知道当宫女是要吃苦，可也有可能享福啊，一旦让皇上看中，被封了妃，啥样的荣华富贵不能享？到时候说不定你也要进宫去享福哩。

都是听你父亲瞎说，封妃能那样容易？

我相信，凭你和父亲传给我的这副相貌，加上我的智慧，只要我进了宫，我就会让皇上迷……

你还敢乱说？！母亲吓得急忙上前捂了女儿的嘴。

第二天头晌，四十名候选姑娘在昨日的选场列队站好时，几个韩志彤带来的内监，各持一把尺子，开始为每人量手和脚的大小，凡手指太短、手形太大、脚趾太长、脚形太大的，再次被剔出去。

这一关又筛去十五人。

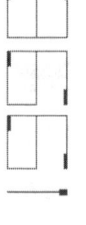

舒韵照样顺利被选。

接下来,舒韵和其余入选的二十四名女子,被领入驿馆内一间大房子,房子里已铺上红布,韩志彤让每个人都脱了鞋袜,轮流在室内走一圈,他站在一侧仔细观察,步态不稳、抬落脚急躁、双胯扭动难看的九名女子再被剔除。舒韵走得袅娜好看,自然仍在入选之列。

最后一关到了。十六名女子被韩志彤带来的两名老年宫娥领进一间窗门皆闭且蒙上了黑布的屋子,宫娥让每个人都脱光衣服,说要进行"三摸两闻"。舒韵听罢吓了一跳,忙低了声问啥叫"三摸两闻",那其中一个宫娥说,"三摸"就是:一摸两个奶子、奶头的大小和形状,奶子和奶头太小、形状古怪的,不选;二摸周身肌肤,皮肤上有疤痕和粗糙的,不选;三摸阴户和处女膜,阴户外形古怪、无阴毛和处女膜破开的,不选。"两闻"是闻口中呼吸的气味和腋下的汗味,有臭气的,不选。舒韵听罢,一种受辱感从心中陡然升起。长这么大,谁敢这样待我?今日竟要让这老宫娥摸遍全身。当老宫娥的一双手在她身上肆意游弋并在她的双腿间盘桓时,要不是有走进皇宫这个愿望在压迫着,她是真想挥掌朝老宫娥的脸上打去的。

一切顺利,舒韵和另外六名姑娘通过了这最后一关,其中方知县的女儿在这最后一关被剔出去了。

看来我真要走进皇宫了!自信的舒韵高兴地走出那间门窗紧闭的屋子。

韩大人等在外边。他让入选的舒韵和另外六名美女在他面前站成一排,不带任何表情地默然看了一遍,尔后缓缓开口。祝贺你们顺利通过挑选,皇上也会为你们的忠心感到高兴的;遗憾的是,我这次来只能带五人回宫,而你们有七人入选,这样,我还要再留下两位。说完,他的目光在其中一位姑娘身上停下,淡了声说:你,退下吧。那姑娘闻言,默然退下。随后,他把目光转向了舒韵,舒韵的心一紧:莫非——

林舒韵,你,也退下吧。

——不,舒韵感到意外地惊叫了一声。

说心里话,你长得很美,我也真心想把你带走,只是后宫选秀,一般不选现职官员的女儿,我也是刚刚知道你是林知府的千金,请多谅解。

不。舒韵捂上了脸孔……

烛光在从窗隙飘进来的夜风中左右摇动,舒韵就在这晃动的烛光里望着父亲的脊背。

——我原来只想到方知县的女儿可能成为你入宫后的竞争对手,就预先给宫娥做了打点让她们在最后一关卡下了她,未料到韩志彤也会来卡你。其实他这次来我真是倾全力来接待他了,礼也已经送了不少,我真有点摸不准他的心思。

——父亲,如果我当初没有应选,不去也就罢了,现在既是应了选,而且满城人也都知道了,这阵儿要是再走不成,肯定会让别人误以为我是没被选上,算不得漂亮,惹人家笑话。

——放心吧,孩子,我会再去找韩志彤,无非是再破费点钱财,我不信我就办不成这件事……

好消息是第二天午后来到舒韵的闺房的。林大人派一个下人送来一包东西,她打开一看,原来是一身绣有"后宫"字样的衣裳,衣裳上放着父亲手写的一个纸条:换好衣裳速到韩大人下榻的馆舍。舒韵顿时眉开眼笑,总算如愿以偿了。她迅速换好衣裳,到镜前整了装,急急向韩大人的下榻处走去。

舒韵向韩志彤施了礼后,看见他挥手让身边的人都退出了屋子,这才低了声说:孩子,我这会儿不以公人的身份,而以一个五十八岁老人的身份同你说话,我想告诉你我的一桩家事,我有一个侄女,她长得和你一样漂亮,她如今已出了嫁且生下了一个儿子,他们一家三口过着很舒心的日子。我觉着你该学我侄女的样子,去成家,去当妈妈,而不必跟我走,人有时选择很紧要,偶尔掐灭掉自己心里的一个希望不一定就是坏事。我不知道你听明白我的话了没有。

舒韵一怔,忙慌慌地说:大人开恩,我愿意去当宫女,愿意跟你走,请一定——

那么好吧。韩大人点了点头,随即从怀里掏出一个袋子递到舒韵手上:这是你父亲送我的银子,请你务必退还给他,我会把你带走的,既然你一定要去。

大人,这——舒韵捧着那袋银子不知如何是好。

退给你父亲!韩大人言毕唤外边的人进来,随后面对舒韵和其余四个人选的姑娘说:我们后天早晨出发回京,你们待会儿就可以回家和家人团聚话别,明日晚饭前务必到此聚齐,谁误了时间,要按宫规处置!从现在起,你们就已经是后宫中的人了。在和家人话别时,我提醒你们三条:第一,不要吃不洁净的东西,以免坏了肚子无法按时启程;第二,不要从家里带许多东西,宫中什么都有,日用的东西到时候都会发给你们;第三,不准再和亲族范围之外的男人接触,以防发生意外。待会儿你们回家时,府衙里会派人送你们并有专人保护……

当晚,林大人在府中为女儿舒韵设宴送行,舒韵和叔叔、姑姑和舅舅等几个最亲的人也同桌话别。由于林大人和舒韵的真心欢喜,几个来客也都是欢声笑语。叔叔说:舒韵,我们在家就等着你封妃的好消息。姑姑说:待你在宫中站稳脚跟后,帮你姑父一把,让他也把那个驿丞的职务换换。舅舅说:日后你要有了身份,能让皇帝再赐我一些田地最好,我这个人最爱和土地打交道。独有舒韵的妈妈愁眉不展,最后竟呜咽出声。舒韵见状笑道:妈,这是个高兴的时刻,为啥要哭?我相信我在宫中会有出头之日,事在人为,总有一天你会为我笑的……

舒韵和其余四个女伴随韩志彤启程那天早晨飘着细雨。林大人领着汪司马和秦通判一批属官直送到城外驿道上。在和女儿最后告别的时刻,林大人附在舒韵的耳边说了一句:我已给韩大人说好,进宫后由他多给你提供接触皇上的机会。舒韵把头点点,而后上了马车朝父亲挥手。同车的女伴们望着在细雨中越来越远的南阳城,都流了眼泪,独有舒韵双眼直望着车子前方且一脸希冀。

车到京城是个黄昏。尽管连日坐车赶路舒韵已被车颠得精疲力尽,但看见威武的都城城墙和箭楼在夕阳中出现在车前时,舒韵还是快活地轻叫了一声:到了!她满眼新奇地望着宽阔的城门、石板砌就的街道和街两边鳞次栉比的店铺,望着在黄昏的街道上行走的人群。当车子驶近紫禁城,那一片金碧辉煌的宫殿出现在眼里时,舒韵因为激动而让泪水濡湿了眼睛。我到底见到你了,皇宫!从小就从书上读到过对你的描写,从画卷上看到过对你的描画,从父亲口中听到过对你的描述,今天,我终于要亲眼看到你的姿容了……

走进后宫时天已黑透,无数的灯盏把夜色推到远处。舒韵和四个女伴被领进一间亮灯的屋子,屋里有五张床,被告知每人一张,接着有人送来一点简单的饭食,大家吃了之后就相继睡下。但舒韵却久久没有睡着，她侧耳倾听屋外的动静，整个后宫很静，只偶尔能听到一阵轻微的脚步声。皇帝大概已经睡下，我明天能见到他吗？见到他时他会注意到我吗？我明天该梳一个啥样的发式才算美丽别致，才能吸引皇帝的眼睛？……舒韵后来沉进一个梦中，在梦中她看见自己跪在一个金灿灿的大殿上，身穿龙袍的皇帝向她含笑走来，边走边叫：你就是舒韵？……

天亮后舒韵第一个醒来，她穿好衣服后就走出屋门，她注意到这是一个小院，她刚想出院门四处走走看看，院门外突然闪出一个太监拦住了她的去路，示意她的活动范围只在院内。她不高兴地退到院里，心想肯定是韩大人忘了给这个人交代，致使他敢限制她的行动。她盼着韩大人快来，快来领她们到宫中走走看看。

但韩大人一连三天都没有出现。她们五个人在这三天里只是吃饭、梳妆、睡觉、聊天，再就是在小院里转转。

舒韵开始焦躁起来。这天后响，舒韵正百无聊赖望眼欲穿地半倚在床上等待韩大人的到来，一阵哭声突然由远处传进屋里，那哭声越来越大，院外随即响起了人的奔跑声响。舒韵和几个女伴一齐侧耳倾听并交换着惊诧的眼色：出了什么事情？

傍晚时分，一个小太监来通知她们：皇帝驾崩，并给她们抱来了五套孝装。——啥叫驾崩？——就是死了。

舒韵惊直了眼睛。

老天哪，皇帝死了？他也会死？！他怎么在这个时候死？！谁当新的皇帝？

舒韵和四个姐妹在惊愕和不安中打发着日子。那些日子里每天都有哭声在院外远处响起，她们只能在院里屋里倾听着那时断时续的哭声，判断着那哭声出自什么人。

时间一天一天过去，舒韵已经有点记不清入宫有多少日子了。看来韩大人因为忙皇帝的丧事，把我们都给忘了。

有一天上午，舒韵和几个姐妹正坐在屋里有一句没一句地说话，久违了的韩大人突然出现在她们的门口。她们几乎是同时起立叫了声：大人，你可来了!

韩大人面色冷峻默然无语地点了点头,而后朝身后跟着的几个老年宫娥挥了挥手。她们这才看清,那几个老宫娥手里捧着几套色彩淡雅的服装和一些梳妆用品。——你们都立刻沐浴、更衣、梳妆,中午我请你们吃饭,饭后有大事!韩大人慢条斯理地开口。

大约是要带我们去见新皇帝吧?舒韵用宫娥们备下的水沐浴罢,一边在心里猜测一边去换衣服,新衣服换上后舒韵注意到,这些衣服不仅质地好全为上等绸缎,而且式样特别美观入眼,八成是真要去见新皇帝了。

那天的午饭好丰盛,小太监们用托盘端来了一桌子菜,而且破例地给每个人倒了一小杯米酒。韩大人端起酒杯慢声慢气地说:你们进宫后,我因为各样杂事缠身,一直没来看望你们,今日特来敬你们一杯……席间,韩大人亲自用筷子给每个人夹菜,其殷勤与关爱之态,真像一位慈祥的父亲。舒韵望着韩大人的蔼然笑脸,心里生了一种感动。以后在宫中有韩大人照应,也真算自己的福气了。

吃罢饭,韩大人让舒韵她们五人漱了口,各人在口袋里装了一包喷香的香料,又最后帮她们每个人检查了一遍衣妆,这才说:走,咱们去办一件大事。

舒韵高兴地走在最前头。她越发相信了自己的判断:这是要去见新皇帝,要不,不会这样郑重。韩大人领她们出了院门,在宫中七拐八拐,最后走到了一座大殿前。舒韵注意到大殿四周站着佩刀的武士,殿门口有一些太监在匆匆进出,琉璃瓦的殿顶在午后的斜阳里闪着金光。一种威严的气势让她感到了一丝紧张。她在心里叮嘱自己,不要害怕,你不是很早就想见到皇帝吗?今天终于要如愿以偿了。

在殿门前,韩大人回头望了她们每个人一眼,舒韵感觉到他望自己的时间最长,心里一阵激动:是要把我最先介绍给皇上?

她们进了大殿,面前是一道屏风。韩大人让她们面朝屏风一字排开,每个人相隔三步。她们刚一站好,十个小太监就从门后闪出来,也站在了她们身后,每两个太监靠近舒韵她们一个人。舒韵有些惊疑:这是干啥?她正想着,韩大人低低地开口说:我现在告诉你们一件事,希望你们能沉住气,平静地去面对,我去南阳把你们选来的目的,就是为了让你们去陪伴西去的皇上,现在他在等着你们,愿你们也即刻上路。

啥?陪伴西去的皇上?舒韵最先听出了问题,惊慌地抓住了韩大人的衣袖,其余几个人还在懵懂之中。

对，孩子。韩大人垂下眼，伸手拍了拍舒韵的手背，声极低地说：你本来是不该在这里的，记得我当时极力不让你入选吗？可你和你父亲执意要……而我那时又不能——

天哪——舒韵的一声惊叫还未落地，面前的屏风呼啦一下被几个太监撤去，舒韵这才看清，原来她们面对的是一排铺了白色绸缎的小床，总共五张，每人面对一张。她惊骇间，身子已被后边的两个小太监托起，放到了小床上，几乎与此同时，从高高的殿顶梁上，突然落下一排五个用麻绳结成的环套，每人脸前吊着一个，如弯曲的蛇一样在空中晃动。

感谢你们自愿陪先皇西去！一个声音突然从对面响起。舒韵和女伴们还没有看清对面说话的是什么人，身后的太监们已抓住绳环套上了她们五个人的脖子，其余几个姑娘此时方明白要她们干的是什么，几乎和舒韵同时哭喊了一声：不——

她们脚下的小床迅疾被太监们抽去，五个人的身子都陡然悬空，那哭喊声也戛然而止。

舒韵悬空的身子在空中转了一下，使她上仰的面孔看见了殿门外的天空。

有一只小鸟箭一样地蹿上天顶……

原载《北京文学》1998年第8期

点评

　　中国作家对于历史的偏爱自不必在此赘述，从现实的诸多藩篱中逃开来，去到历史的深处可以尽情演绎。《宣德年间的一些希望》看似是历史小说，实则只是借用了历史的外衣，便于畅快地叙事。但是，无论在写法上还是人物的塑造上都更具现代色彩，传达出的主题意蕴更是具有现实意义，而并非故纸堆。小说故事的发展背景是明朝宣德年间，这是明宣宗的统治时期，有了前几任皇帝的励精图治，此时国泰民安，是明朝政权最稳定的时期。在非常态时期，人们对于荒诞的容忍度更高，而在这种所谓的"治世"中出现的荒诞，便对人性，对生存场域、状态有了更深刻的考问。《宣德年间的一些希望》就通过一个正处花季的曼妙少女的人生悲剧，凸显出对权力的追逐给人造成的极大戕害，这无疑更具有讽刺意味。

  对于《宣德年间的一些希望》的叙写，周大新采用了一种荒诞式的现实主义手法，处处透出黑色幽默。在一般的创作观念中，现实主义或许会与现代主义中常见的荒诞格格不入，认为二者甚至相互排斥。然而，周大新却不落俗套，至少在这篇小说中对此不以为然，打破了思想的束缚和创作的藩篱。因为故事的背景虽是在历史的深处，但可将其视作当代生活的一则寓言，历史只是外衣。并且这种荒诞是指，由现实主义手法创作出的故事情节暗含的一种痛苦的、沉重的、令人啼笑皆非的黑色幽默，用这种滑稽和荒诞来凸显生活的悲剧和人性的可悲。正是从这个意义上说，《宣德年间的一些希望》很大程度上提升了现实主义小说的艺术穿透力和审美表现力，从而产生了诸多思考与诘问。

（朱旭）

游牧部族

/温亚军

　　阴坡上的积雪开始融化的时候，草场上黄灿灿的枯草丛中，已有嫩草冒了尖，泛着点点绿色，把沉睡的草场唤醒了。圈里的羊蠢蠢欲动，纷纷往围栏边上挤，嘴角挂着枯草的茎叶，已索然无味地停止咀嚼，渴望外面的嫩草尖。春风吹过，把青草的清香灌了一羊圈，羊在圈里，都不动，闭着双眼，用粗大的鼻孔，深深地呼吸着青草的气息，然后很响亮地打着喷嚏。

　　女人从毡房里出来，手里提着发亮的奶桶，身后跟着巴郎子，他还穿着宽松的棉衣，胸口敞开着，腰间用布带束住，露着半截黑红的胸膛，一手拉着女人的裙子，一手伸在胸口的棉衣里，使劲地搓着。春天又暖又痒。

　　女人手搭在额上，望了望天上的太阳，不扎眼，热乎乎的，就顺手理了理头上的红丝巾。红丝巾在阳光里轻轻地飘动着，耀着眼哩。女人在羊栏前站定，羊都眼巴巴地望着她，她用温暖的目光扫一圈羊群，就拉开简易门，进到圈里。羊群热烘烘地围了上来，有被奶憋得慌的母羊，挤过来，在女人的腿上蹭着。女人微笑着，摸摸羊的脑袋，蹲下去，从羊后胯里扯出一对滚圆的大奶，用手轻轻地一挤，一股白线射到桶里，吱吱地响着，浓浓的奶香就弥漫了整个草场。

　　巴郎被留在圈外，先是伸手抓住圈里一只羊的耳朵，硬把羊头往地上按。羊不服气，死活不低头。巴郎就把头伸进去，一手抓着头上的毡帽，一手依然抓着羊耳朵，两个头抵在一起。羊是公羊，有劲，但抵不过巴郎，圈栏挡着它的身体，有劲使不上。巴郎不愿往后退，用脚在草地上使劲蹬，身子弓得很圆，似半个弓，嘴里咯咯笑着，已喘了粗气，但他很得意。

这时，男人骑马回来了。马是好马，一身的红毛，把整个草场都映红了，肥圆的屁股一扭一扭的，就扭到毡房跟前。男人从马背上跳下来，没有完整的姿势，两只穿着高筒靴子的脚，在草地上杂乱地踩着。草地经过雪水的浸透，暖阳一晒，发面一样地暄，又软又柔。男人站在上面，披一身的阳光，脸膛黑里透红，显然是喝了酒的，两眼微眯着，浓黑的两道眉毛，像草一样，在春风里不停地晃动，把男人一脸的惬意都晃了出来。男人就把马缰绳往马背上一搭，任马自由自在地去吃地上的嫩草尖了。

羊就叫了起来，一声连着一声，一群羊都叫起来，响成一片，像给男主人诉说一般，它们要出圈，像马一样，自由地吃春天里的嫩草尖。

马打起了响鼻，接二连三，给圈里的羊群显示自己的不一般似的。

女人挤完奶，提着满得往外溢的奶桶，出了羊圈。她紧紧地关上羊圈的小门，生怕羊挤出来似的，用腿把小门顶了顶。没有男人发话，女人不会放出一只羊来，哪怕是一只刚会走路的小羊羔。

男人望着女人，笑眯眯的，满脸的酒气就柔和了。他的女人是一个能干的女人。女人面对男人，也是一笑。男人是一个放牧的能手。男人也是一个很体贴女人的好男人。

男人朝前走了几步，眼睛亮亮的，眼神根本看不出来是喝了酒的，一脸的慈祥，像春风吹过的草场，柔和，温暖。

突地，男人看到羊圈旁边的巴郎，脸就变了，一脸的严肃，眼睛圆瞪，酒气又泛了起来，鼻子红通通的，使劲地抽动着，本来就大的鼻子，又大了些。

巴郎已经停止和羊抵头，回头一见男人，满脸欣喜，正想冲过去，扑到男人温暖的怀抱里。却见男人正看着他，巴郎就愣了，黑珠子似的两颗眼珠瞪得更圆，往前走了两步，怯怯地站住，望着严肃的父亲。男人是个好父亲，从来没有动过自己的巴郎子一指头。

巴郎不怯了，脸上也很欢快，身子动了动，还想着冲向父亲。却见男人往前走了两步，晃着粗壮的身体，站不稳的样子。巴郎知道，父亲就是这样，喝了酒的，酒量太大，每次喝了酒后，都摇晃着，却从没他见摔倒过。这就是男人，典型的哈萨克族牧羊汉子。

男人脸上阴着,像阴坡上的雪。巴郎就没敢像以往那样,冲向男人。巴郎在原地站定,用探询的目光,望望父亲,又望了望母亲。

女人停下来,看着这两父子,满脸的不解。

男人望着巴郎,望够了,才抬起了手来,一把抓下自己头上的羊皮帽子。羊皮帽子是羊羔皮的,纯黑色,羊毛一咕噜一咕噜地卷着,细绒绒的,是男人自己缝制的,又暖和又庄重,像办一件大事似的,将帽子缓缓举过头顶,然后举到脑后。稍微停顿了一下,男人的目光一直盯着面前的巴郎。两人相距有七八步远。

男人将手中的羊皮帽子使劲向巴郎投去。

皮帽砸在巴郎的胸口上,男人是用了力气的,巴郎被帽子撞得身子向后仰了仰,但他站得稳当,身子晃了晃,就稳住了。

男人"噢"地大叫一声,脸就变了,一脸的惊喜。巴郎长大了,一帽子没砸倒,就成人了。

巴郎才六岁,不懂大人们用这种方式试探他,他就很生气,用吃惊的目光望了望已经高兴得狂吼大叫的父亲,又用不解的目光望了望满脸笑容的母亲,满脸的气恼。

巴郎两眼蓄满了泪水,泪水包在眼皮里,欲出,又忍住了。他紧咬着下巴,在父亲的狂笑声中,望了一眼已滚到草地上的皮帽子,一转身,跑了。泪水终于涌出来,洒在春天的草地上,巴郎的两只脚把草地踩得唰唰乱响,似强劲的春风,从枯草上刮过。

平坦的草场上,羊群的叫声又响成一片。羊儿被巴郎脚步踩着草地的声音,勾起了强烈的食欲,它们为春天的到来,为即将吃到的青草,激动不已。

最激动的是男人。男人为有了一个已成人的巴郎而豪爽地大笑,这时候的男人,又想到了酒。酒是男人生活中不可缺少的东西,没了酒,男人就没法度过这些放牧的日子。

女人捡回羊皮帽子,给男人戴上后,就回毡房给男人拿酒。女人知道这时候的男人最需要什么。女人给男人倒上酒,从炉子上提下茶壶,给男人倒上满满的一碗热奶茶。男人一进毡房,抓起酒碗,仰脖子倒进嘴里,咕咚一声吞下去，一脸的红光，坐在毡子上，慢慢地品尝起浓香的奶茶。

巴郎到天黑都没回自家的毡房，甚至一夜，巴郎都没回来。男人喝着酒，两眼红红的。女人几次想出去找巴郎，都被男人阻止了。女人就不停地去门后面，用棍子捣着皮囊里的酸奶，咕咚，咕咚的响声里，满是母亲对儿子的担忧。但妇人不能出去找自己的儿子，男人不让，女人就没去。男人做得对，儿子已经是成人了，就应该让他有独立生存的能力。

毡房里的油灯就亮了一夜。

第二天，太阳升起的时候，男人从羊圈里抱回巴郎，男人将巴郎紧紧地抱在怀里，像以往一样，男人把巴郎亲了又亲，不够似的。男人的胡子扎醒了巴郎，巴郎揉着眼睛，望了一阵父亲，就在父亲暖和的怀抱里，静静地卧着，羊羔一样。

男人抱着巴郎，很开心地笑着，嗓门很大，看不出喝了两瓶酒的样子，一脸的慈祥，一脸的幸福。

过后，男人摇晃着身子，去给儿子挑了一匹枣红色的马驹，抱起儿子往马驹的光背上一放，就将马缰绳交到儿子手中。巴郎也不惧，两腿夹紧马肚子，马驹活蹦乱跳地驮着巴郎，在春天的草地上跑来跑去。

从此，男人多了个帮手。

春天的风吹起来，暖得醉人，伊犁河谷，就在醉人的春风里，暖洋洋地绿了起来。

这是一片冬草场，是牧人和羊群冬天栖息的地方。一到春天，牧人赶着羊群，到夏草场里去放牧，留下这宝贵的草场，度漫漫的冬季。

该转场了。

这是一次大的迁移。男人在几天前，就着手转场的准备工作了。因为多了个帮手，男人就很自信，今年转场，不用和别人合伙走了，那样太慢不说，还得给自家的羊做记号，然后混在一起，到一个草场，还得分开羊群，这是个麻烦事。往往从伊犁河谷，经过拉拉提，到西天山的乔尔玛一带，最少得走一个月，这还是快的。要是路上碰到坏天气，下雨或者刮风，耽搁一下，就得走一个半月，这样会误了羊。羊群全凭夏秋两季，产崽长膘，蓄积营养，才能过冬的。

男人想着，今年一家人伺候着一群羊，叫巴郎在前面领头，自己在后面压阵，一路上收拾落伍的弱羊。女人基本上是不参与放牧的，尤其是有了男人、巴郎子的女人。女人只管照顾驮队,把一家的毡房、吃的食物用马和骆驼驮了,一路给男人、巴郎子提供吃食。

转场开始了。巴郎骑在枣红马驹上,依然穿着宽松的棉衣,敞着胸,腰里的布带子上别着馕,一手提着鞭子,一手掰馕吃。不同的是,巴郎头上不戴毡帽,像男人一样戴一顶羊皮帽子。羊皮帽子是男人给巴郎赶做的,宰了一只雪白的羔羊,羊毛又白又柔软,现在戴上,太阳晒不透,凉爽又好看,给巴郎增加了不少英武之气。巴郎走在羊群的最前面,头上似飘着一片白云,晃悠悠的,惹得一路上转场的牧人,看个不停。巴郎很得意,不时甩个响鞭,惊得那些边走边低头吃草的羊,加快了步伐。走在羊群前面的羊,大多是已怀崽的母羊。这时候的母羊嘴馋,要吃最嫩最鲜的青草,需要充足的营养补充胎内的羊羔。这时候的青草,不能叫羊多吃,春天的草太嫩,易膨胀,吃多会胀破羊的肚皮。

男人走在后面,骑在他的红马上,一边轰赶吃得太狠的羊群,一边策马去追驮队,给女人交代几句准备饭食的事。男人忙着这些,还不停地勒马站下,从怀里掏出酒瓶,抿上几口。这时候的男人,不猛喝酒,转场事大,他是主心骨,不敢猛灌。但男人离不了酒,没了酒,男人就全身没劲,老犯困,会误大事。男人抿酒时,也是他的马吃草的时候,青草虽然叫前面的羊群先吃过了,但草是吃不完的,到处都是,后面驮队的马和骆驼也吃不完。一条河边到处都是,绿得地毡一样,哪有吃完的时候?到处都是转场的羊群,也没见吃完过。

女人骑的是一匹白马。白马似女人一样丰满,小步颠着,全身的肉都在颤,女人骑在马背上,有说不出的舒坦。女人将驮队串在一起,马也走不快,后面的骆驼不紧不慢地牵制着,马再有本事也快不了。女人在这样缓慢的队伍里容易犯困,就不时唱歌,女人唱歌是放开嗓子唱,一点也不抑制。女人的歌喉也亮,唱些草原、羊群、雪山、冰川还有姑娘小伙的歌。歌声响着,远处的雪山白晃晃的,这边的草场绿着,羊群像冰川似的,在绿油油的山谷里流动着。女人一边唱着,一边策马跑到前面,给男人和巴郎送去奶茶和奶酪,也用歌声送去欢乐。

一家人乐融融的,根本不知转场的疲劳了。

只走九天，就走到了拉拉提。到了水草丰茂的拉拉提，天气热了，空气却并不干燥，喀什河将潮湿的水汽润遍了山谷，草地特别的丰厚。但这些草里，混杂着荨麻草，这是毒草，羊都不吃。走到一条简易公路上，羊群走得就快了。羊想早点走到夏天的牧场，吃上好青草。

羊群又急着走，被车冲散了，不容易往一起聚。男人更忙，跑前跑后，被酒烧红的鼻子上渗出了汗珠，也不擦。等一辆车过去，在汽车扬起的灰尘里，把羊聚集后，男人才抿一口酒，嘿嘿地一笑，抹把鼻头上的汗，一脸泥水，男人也不恼，吆喝着，叫女人继续唱呢。

女人就又唱了。

上一面坡的时候，巴郎在前面引着羊群走，枣红马驹因没有好草吃，闹起脾气，想放开跑一阵。巴郎不让跑，提紧缰绳，枣红马驹原地打着转，又蹦又跳，折腾得巴郎出了一身汗，巴郎有点恼火，却不用鞭抽马驹。马是牧人忠实的朋友，巴郎恼火了也不抽马驹。巴郎已经成人，是一个牧人了。

这时，从坡上冲下来一辆卡车，卡车鸣着号冲过来。巴郎收住马，赶羊群给卡车让路，羊群乱了，急得巴郎一头大汗。

卡车紧急刹车，还是撞上了一只羊。羊像面袋子一样，被撞飞到路边，软软地落到地上，死了。

卡车刹住，走下一个当兵的，脸都吓白了，站在死羊跟前，愣愣地望着地上的死羊和羊血。

男人和巴郎好不容易将羊群拢住，让巴郎守着羊群。男人来到卡车跟前，从马背上跳下，将马缰绳在卡车帮上拴了，走到死羊跟前，伸手提了提死羊。羊是母羊，胎里有崽，很沉。

司机是个小兵，唇上长了一层绒毛，慌了，忙从衣袋里掏出烟来递给男人。男人没接。烟是"红梅"，算得上好烟。男人却从腰上的布带里摸出一张两指宽的报纸条，卷起莫合烟来。报纸条是哈萨克语报纸撕成的，哈萨克文字笔画简单，卷烟抽，油墨味少，不像汉字报纸，尽抽油墨了。男人往报纸条上撒匀烟末，两手将报纸条一对折，放到左手拇指和食指间，右手一拧，烟就卷好了。然后放到唇间一湿，将拧紧的这头用齿一咬，咯嘣一声，咬掉了硬纸头，两唇一夹，点上了火。莫合烟刚点上，报纸还起火，一抽一起火，烧了几次，火灭了，就有浓浓的辛辣味飘散开来，直刺人眼。

　　小兵司机硬给男人递"红梅"，男人拒接，小兵司机恐事态严重，硬给。男人硬不接，用手指一下嗓子，说："纸烟烧喉咙，不抽！"小兵司机就很沮丧，慢腾腾地从怀里掏出几张百元大钞，要赔撞死的羊。

　　男人丢掉烟头，苦笑一下，推开小兵司机的钱。男人去提死羊，羊肥，挺沉，怕拖着磨破羊皮，就招呼小兵司机过来帮忙，将羊抬到路基下。男人也不看小兵司机，吆喝女人过来，给女人交代几句，女人点着头去了。男人从腰间抽出一把小刀来。刀光一闪，小兵司机往后退了一步。

　　太阳很亮，也很热，是中午时分。

　　男人将小刀在太阳光下照照，就弯下腰去，一刀戳向羊脖子，划了一圈，刀上竟不见血。刀是英吉沙小刀，上面有歪歪扭扭的"英吉沙"三个字，出名的好刀。男人用刀尖又唰地划了一刀，划开羊肚子上的皮，唤小兵司机过来抓紧羊头，男人将小刀放唇间咬住，两手各抓住羊皮一边，吱啦一声，像脱衣服一样，将羊皮脱下，铺在地上，冒着热气的羊躺在皮上，像没穿衣服的胎儿，透着洁净的光。

　　男人眼睛瞪圆，望着熟睡了似的羊，取下刀，轻轻地在羊腹间一划，一个帽子大小的肉团涌出来，由一层青白色的皮包着，显然是胎羔。男人的眉毛跳了一下，一手托起胎羔，一手持刀，手起刀落，切断胎羔与母羊的联系。

　　女人已从喀什河里汲了水，在路边架上铁锅烧滚了水，来给男人打招呼。女人见此情景，冲上去从男人手里接过胎羔，用手抚摸了半天，才去旁边，用手在乱石堆里刨了个坑，将胎羔埋了，还在上面栽了一丛青草。男人一直看着女人的动作，没说一句话，见女人埋了，才抓上刀，轻车熟路地切割起羊来，不一会儿工夫，就将整羊卸成了块。

　　男人和女人，还有小兵司机，各提上羊肉，过去把肉放在锅里。男人蹲在地上，又卷了根莫合烟抽着，锅里已冒出羊肉的香气。

　　不一会儿，肉熟了。女人先给小兵司机捞了一个羊后腿。小兵司机不接。男人喝了一声，小兵司机怯怯地接了。

　　男人边吃肉，边抿着酒，先给小兵司机递过酒瓶，小兵司机死活不喝。男人叫女人拿马奶子酒来，倒了一碗，小兵司机见白白的马奶子酒，以为是奶，就喝了。过了一会儿，小兵司机脸热心跳，心里慌慌的，赶紧掏出百元大钞来，给男人赔羊钱，想着赶紧处理完这事，到车上眯一阵去。马奶子酒烧得小兵司机全身发烫，他真不知道，这像奶一样的东西，劲这么大。

男人不接小兵司机的钱。小兵司机就说，我就这么点儿。

男人摇摇头，说："我不要钱！"

小兵司机疑惑地望着男人。男人笑了一下，说："放羊就是为了吃，羊就是人吃的嘛。"并推着小兵司机，叫他快走。小兵司机三步一回头地走了。

男人嚼着肉，慢慢地抿着酒。吃饱喝足，男人去换回守着羊群的巴郎。巴郎不解地望着男人，男人也不吭声，笑眯眯地摸摸巴郎的脸，又拍了巴郎的背，像拍马背一样，发出实在的啪啪声。

巴郎对男人说："他撞死羊，你让他走了？"

男人说："羊总要死的。"

巴郎说："可那是母羊，肚里已有了小羊。"

男人仍笑眯眯地说："小羊长大了，也是给人吃的。快去吧，吃饱了，好赶路。"

男人说着，将手中的酒瓶子给巴郎递过去。巴郎一愣，还是接过去，转身走了。

男人很高兴，望着巴郎的背影，分明是看到了以前的自己，就很激动，扯起喉咙，唱起歌来。男人显然没有女人唱得好听，却惊了一群正在埋头专心吃草的羊。

羊群移动了，像一河翻滚着浪花的水，在草地上流动着。从这流到乔尔玛夏牧场，还要从这流回去，到伊犁河谷的冬牧场，就这样循环着，流走了牧人一生的岁月，却没流走牧人承传着的秉性。

男人望着羊群，羊群在不断地变换着队形，羊都是生小老死，不断替换更新的。像他的巴郎一样，再过上几十年，就替换了他，就覆盖了他……

男人这么想着，想喝酒，却想起连酒瓶都给儿子了，就放开嗓子，哈哈大笑起来。

笑声很响，震得羊群一抖，羊都抬起头来，望着男人，忘记了吃草。

原载《长江文艺》1998年第10期

点评

冲突是小说必不可少的因子，冲突的频度和激烈程度似乎成了衡量小说精彩与否的重要标准，尤其是在这个愈加丰富多彩、纷繁复杂和快节奏的时代。但温亚军的这篇《游牧部族》却反其道而行之，小说的故事情节着实简单，其间也并没有多少戏剧冲突，多是呈现牧民生活的常态。故事主要描绘草原上一个小家庭赶着自家的羊群转移草场。其中对草原风貌的描绘，美得像一首边塞田园诗，唯一掀起一丝波澜的是在转移羊群的路途中，一个军人不慎开车撞死了一只怀了羊羔的母羊。司机诚惶诚恐地下了车，牧民不仅没有要求赔偿，反而还与这个军人一起分吃羊肉，在儿子对此不服气的时候，男人只是轻描淡写地说反正羊总是会死的，反正羊生来就是要被吃的。女人默默埋葬了从母羊腹中剖出的小羊羔的尸体，一家人便又继续赶着羊群上路了。简笔画式的笔法，简单几笔就勾勒出牧民像草原一样的胸怀，像蓝天一样纯净的心灵。而男人与儿子的相处模式，让人深切感受到游牧民族汉子的热血，这是一个民族传承下来的硬汉的养成方式。牧民一生逐水草而居，流走了岁月，"却没流走牧人承传着的秉性"。

温亚军的这篇小说十分贴切地诠释了生活的自然美，他不迷恋陌生化，也不信奉距离产生美，更不玩弄形式游戏，就写身边普通人的普通生活。小说中的人物甚至都没有名字，作者就用男人、女人这样的统称来称呼他们，却将看似庸常化的生活和人，写出了独特的民族情怀和涤荡人心的灵性。苍凉的北方有热血的游牧部族，他们秉持雄浑和坚毅的品格，他们不畏艰险、坚强果敢。温亚军的这篇小说从游牧部族的日常生活写起，写出了以北方地域精神为核心的人物心灵和思想性格，在纷繁的世间如一股强劲流淌的清流，饮之，使人通透、明达、豁然开朗。

（朱旭）

在明孝陵乘凉

/魏 微

1

好多年前，小芙的父母还是南京明孝陵管理处的职工。明孝陵是明代老皇帝朱元璋的陵墓，坐落在南京东郊，经过六百年风雨的吹打，早已破落。在南京，这样的地方总是很多。南京有的是破城墙，不知哪朝哪代，身穿超短裙的少女从城墙下跑过时，回过头去总免不了要吃惊和惶然的。拾荒者在某个不知名的小巷撞到了一块瓦片，有考古癖的人总忘不了要提醒他，这也许是南朝某达官显贵人家的一块飞檐。

当然，最让南京留名的还是妓女。这过去六朝积累了几千年的性传统，曾一度地代表着这个城市的品格：自由和繁华。它的声色犬马就是它的温暖。

然而，就是这个曾以养育妓女著称的城市，在小芙童年的记忆里，已褪色得毫无淫荡生气。这是个毫无个性的城市，丢失了自身的存在，变得没有情欲。整个城市是灰色的，像漫长的、看不见希望的童年。天气还是无边无际地热。

那年夏天，小芙和哥哥炯、女友百合去父母的工作单位明孝陵乘凉。炯那年十五岁，是高一年级的学生，懂得很多历史知识。他告诉两个女孩，明孝陵是明代第一位君主朱元璋的陵墓；后来明成祖朱棣迁都北京，明永乐以后，十三位明代皇帝环葬于北京昌平县北，故称十三陵。所以南京北京原是骨肉相亲的一家。

炯继续说，这里是一个丰富流丽的地下世界，有长明灯、拱形门、汉白玉雕、凤冠和瓷器。

"那里头还会有人吗？"小芙问。

"当然有。是皇帝的尸骨。"

"我是说女人。"

炯想了一下，突然轻声笑了两下。他支吾着，含混不清地说："也许有吧，她们是娘娘和妃子。"

"妃子是什么？"小芙问。

"妃子就是小老婆。"小芙的哥哥说。说这话时他们已站在四方城上，那天天气酷热，四方城上没有遮拦。小芙扒着砖墙，头一个劲地往城下勾。当哥哥说到"小老婆"时，小芙的心不由得紧了一下，有冷水初触皮肤的那种收缩感。远处是无边的密密匝匝的蝉鸣，一点点地朝身上爬过来。她的身上起了痱子，蝉鸣一样的痱子密密匝匝地占领了她的身体。

一种不可言传的、微妙而紧张的情绪笼罩了她。她又细声细气地问炯：

"是不是我们在电影上看到的资本家的小老婆？"她的眼前浮现了旧影片中揭露资产阶级腐化堕落生活的那类经典场景：浓妆艳抹、妖媚淫荡的姨太太缓缓地向她走来。那个女人什么也没做，她只是走着，摆动腰肢、抛出媚眼、含混地笑了一声。底下的孩子们便有些坐不住了，男孩和女孩的手心都出了汗，有些攥不紧。

炯不屑地说："她们跟资本家的小老婆可不一样。她们都是美丽、聪明而又残忍的精灵。可惜都死了。从前一个皇帝能有几百上千个妃子呢，娘娘只有一个。"

小芙想象不出资本家的小老婆和皇帝的妃子有什么不同，她们都是女人，她们的一生始终与某个男人挂在一起。她们是那曲线般身体的主人。小芙那年十二岁，她的胸脯最近一个月渐渐肿起来，开出花苞，有些疼。小芙最大的理想，既不是做少先队员、三好学生，也不是当医生或农民，她最大的理想是做一个女人，拥有那曲线般的身体，做那身体的主人。

小芙问："是不是明代所有的皇帝都有几百个妃子？"

炯说，不单是明代，所有的封建王朝都这样，不过明代更堕落一些。

他想了一会儿，又正色说道：整个明代是一个大时代，有着浮面的、流光溢彩的肮脏和堕落。而它的内质则是干净明了地深刻，因为这是产生爱情的时代，无论是大爱情还是小爱情，已经发展到了"全民皆谈情"的下流地步，炯说，这才叫博大精深。

小芙艳羡地说："是呀,博大精深。"

小芙想她哥哥一定爱上了百合,只有爱情才会叫人变得那样深刻。百合和小芙同龄,她是个美丽的女孩子,吊梢眉,喜欢斜着眼睛看人。不知怎么的,小芙有些不快。

小芙转过身体,她看着四方城外浓荫遮蔽的陵墓,她还看见了浓荫之外的城市,在太阳光下散出热气。

小芙指给炯看远处的楼房,她说:"灰的,第五层,是我们家。"

炯继续沉浸在旷古的沉思中,他叹息道:"这原来是个可爱的城市。"他的声音听起来很辽远,很伤感,"这个城市曾经发生过很多故事。城市的空气有脂粉的香味。女人们很漂亮。有很多物质。"

小芙困惑地点着头,说:"秦淮河的水是香的,女人们淌的汗也是香的。"

炯笑了起来,他觉得小芙有些懂了。

小芙就是从这时起,决定做一个与古代精神一脉相承的女人。站在那烈日当空的背景前,古代的南京渐渐活了过来。那些死去的男人和女人,鲜活华美饱满的生命、爱情,苏醒。小芙觉得自己一下子长大了许多,她倒退着往回走,倒退着成了一个女人。

那年夏天,那几分钟里,小芙的哥哥,15岁的男孩炯的光怪陆离的思想彻底打动了小芙。她站在四方城的毒阳底下,古代的陵墓为她开启了一扇门,她感觉脚底生津,阵阵凉意突起。那个现实的南京城渐渐远去了。古代的琉璃世界来到她面前。

生活在这样的一个城市里,到处都有错综复杂的从前的影子,到处都会有暗示和启迪。谁说不是呢?

2

那年夏天,"火炉"南京的最高气温达到43度,是几十年来的最高峰。整个城市被晒蔫了,到处充满着汗臭味,柏油、青草和空气的焦味,路踩在脚下变得稀软、轻飘。街上人迹稀少。在城市的背后,偶尔还听得见人微弱的喘息,闻得见死亡、落日和腐朽的气息在白金的阳光里,到处是荒凉。

那是八十年代初,"文革"已经结束了,全民性的改革还没有开始。整个城市处于一种无所事事的、青黄不接的潜伏时期。女人们穿着素朴，看不出是公的还是母的。不多的"文革"时代的标语还残留在豆浆坊和烈士陵园破落的土墙上，在太阳底下打着盹。新时期的片言只字"张海迪""五讲四美"充斥于南京的街头巷尾，带着慌张和错乱，同样有种不真实的感觉。两个时代的荣华在这个城市的墙壁上交合厮打，人们保持着镇定。

社会欣欣向荣，人民痛定思痛，开始反思过去，展望未来。南京城一如既往地热下去。有阳光，没希望。秦淮河上漂着沿岸居民倒掉的烂菜叶子，早已不见当年妓女云集、歌舞升平的淫荡之气。傍晚的象棋摊旁，挤满了黑压压的人头。女人硕大的乳光光地被婴儿含在嘴里，吮吸有声，男人们仍若无其事地在下他们的象棋。

那年小芙念五年级，是个性别特征不太明显的小女孩。那年夏天，她和哥哥去明孝陵乘凉。

她突然喃喃地搭讪了一句，说："皇帝身边也会睡着女人吗？"炯也红了脸，他含糊地说："那女人应该是妃子。"

她的心里不由得一动，怔怔地站在那儿再也不能够动弹。大约是从走进陵园的那一刻起，她就发现自己的身体有些异样。那个酷热难耐的南京城被三个孩子摔在身后，那个平和得让人气馁的成人世界离他们远去了。一个旧时代来到他们面前，带着强悍的生命力和激情。她有些眩晕，扶着一棵老树站住了。一种不可言传的震撼击得她全身乱颤。她开始燥热，心慌，心跳加速。她想那时只有男子才会让她安定下来。是谁呢？是炯吗？想起炯，小芙不由得一阵慌乱。她抱着胸口坐下了，开始呕吐，撕肝裂肺地吐，并开始流泪。

这时，百合从落荒的太阳底下跑进来，她周身冒着热气，站在石碑清凉的阴影里，样子有些滑稽。炯看见她，嗔怪道："你到哪儿去了？我们等你很长时间了。"小芙倚在石碑上看着炯，她又看见了白金的太阳，那荒凉。她觉得这样的热天气是要出事的，死了人，也许比死人还要糟糕的。

炯的脸红了起来，他转移了他的目光。

百合嘻嘻一笑，像变戏法一样从背后拿出一张妇用卫生纸，不怀好意地问小芙:"你猜这是什么。"

小芙当然知道。女厕所常见人用。大人们在用纸的时候,神情总是木然的,心不在焉的。有种世界总是老样子的无聊感,小芙想她们真是不知足。

小芙常常艳羡着,它给了她无穷的刺激和想象。她觉得它是女性的、污秽的、妖娆的,代表着她的未来的。她才十二岁,她简直等不及了。

小芙摇着头,轻声笑了起来。她睁着一双大眼睛,天真地悄悄问百合:"这到底是什么?"她侧头看了一下炯,炯又红了脸。小芙和百合会心一笑。他们三个站在石碑的影子里沉默了一分钟,到底心照不宣了。

整个地下世界就在那一刻生动了起来,那个丰富流丽的地下世界,长明灯、拱形门、汉白玉雕和那些五六百年前的男人女人,在那一刻全活了过来。

炯深情地看着百合,两人的表情都有着回光返照式的光亮。就在小芙坐在老树下呕吐的当儿,炯牵着百合的手,走到坟墓的背后,一个遮阳的、她看不见的地方。炯就在那一天,完成了他的成人仪式,小芙想她也是。

当他们从墓区走出来时,已是傍晚了。城市还是老样子,除了热还是热。三个人在热浪滚滚的城市里跑步,世界在他们的身后,变得陌生和奇怪。城市越来越小了,站在那个致命的制高点上,整个城市被三个孩子握在手心,他们冷淡而疲倦。

小芙看着尘世里的这些成人,趿着拖鞋,摇着芭蕉扇,蜡黄着脸,缩在自家门口,像死去一样。她想他们为什么就不能拥抱接吻呢?这么热的天,大街上,光天化日之下,他们为什么就想不起来要做些出格的、他们本该做的事情?他们缺的是什么?

小芙的母亲远远地站在巷口,东张西望,她在等小芙回家吃晚饭。她每天都站在这巷子口,做出焦急等待的样子。每天如此。她是个母亲,然而除了母亲,她还是个女人:她是个三十多岁的年轻女人,丰饶,粗暴,有些无聊。小芙伤心地想,她从来就没撞见过父母相爱的场面,他们为什么就不能干点什么?

小芙有些心酸起来,为自己,为她的母亲,也为所有的成人。

母亲看见小芙,一下子抖擞了精神,像大人一样地呵斥着。她从后面抓住了小芙的头发,不由分说拎起了小芙的耳朵,在她的屁股上狠狠击了两下,斥责道:"又到哪儿疯去了?魂被勾走了是吧?"

小芙谦卑地低着头,她憋着眼泪,一种被侮辱的感觉慢慢击垮了她。她的眼泪淌了下来。母亲说:"你还有脸哭,我叫你哭!"说着扬手便打。小芙一下子从她的掌心跳窜出来,站在一米开外的地方看着她。

她积聚起所有的能量,用一种成人的淡而乏味的目光看着母亲。母亲捡起一块砖头向小芙砸过来。小芙撒腿就跑,大声哭着。她知道她又完了。从这时起,她又变成了小孩子,一个没有性别的、形容枯槁的人。

3

小芙后来想起那次去明孝陵乘凉,她的慌乱和震颤。她想起四方城的阳光,整个城市的荒凉。他们身体的燥热,那爱情,炯。他是她身边每天能看见的男孩。他们共守着一个秘密。

她扶着一棵老树站住了,有些眩晕。她想只有男子才会让她安定下来。他是炯吗?

"炯,我热。"小芙说。

"你让我怎么办!"炯说。他回头看了一眼百合,百合不见了。

"你拉着我的手!"

炯一下子红了脸,他是个安静而腼腆的男孩,非常多情。

小芙说:"你以为我们不可以拉手吗?"

炯喃喃地说:"我不知道。大人会——"

"可是我讨厌大人,我讨厌他们。"

"你是要和他们对着干吗?"

小芙撇了撇嘴,突然柔声说道:"炯,我很喜欢你呀!"

炯害羞地低着头。半晌,他抬头看妹妹,点了点头,用轻微得连他自己都难以听到的声音说:"我也是。"

小芙快乐得一下子跳起来,沿着山坡疯跑。跑到山底下站住了,知道那天自己被收拾得干净漂亮,便大胆地回过头来,让他看。他们在阳光底下眯缝着眼睛,那是两双孩子的眼睛,单纯明亮,没有灰尘。小芙兴奋地想:炯是我哥哥,他是学习委员,三好学生,竟然也喜欢上我了。他就不怕犯罪吗?一想到这,小芙便快乐不已。

炯缓缓地向小芙走来,在1981年的夏天靠近她,他轻声地允诺她:

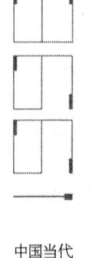

"等我们长大后,我们会为'四化'献出我们美好的未来。"

小芙郑重地点了点头,回头看了一眼那阳光底下的四方城,陵墓。她满怀忧伤地看着这一切,有种黯然风尘的感觉。

她到底怕了起来,问炯:"你不会做叛徒吧?你会不会把这事告诉给妈妈?"

炯说不会。

小芙绝望地哭道:"你怎么不会呢?你一向会打小报告,你想讨好妈妈。"

炯涨红了脸,愤怒地看着小芙。

小芙说:"你怎么不会做叛徒呢?你怎么会不喜欢百合而喜欢我呢?"

"谁说我不喜欢百合?"

"啊,你喜欢她?"小芙赔着小心咕哝道,"可是你刚才还说喜欢我。"

"那不一样。"炯斩钉截铁地说。

"一样。"小芙断然道,"反正都是喜欢,而且你刚才脸红了。"

一路上她纠缠着炯,往回走。她看见母亲正站在巷口,做出焦急等待的样子。母亲大声地呵斥他们,兄妹俩谦卑地低着头,在母亲空洞的眼皮底下惶然而过。

母亲顺手抓住小芙的头发,拎起她的耳朵,问道:"又和你哥哥到哪儿疯去了?魂被勾走了是吗?"小芙立刻羞红了脸,再看炯,他早已逃之夭夭了。

她这一生唯一的一次爱情体验在那年夏天完成并永远地结束了。

4

那年夏天,在明孝陵发生了很多事情。一开始是乘凉,炯说了很多高深的话。小芙觉得她懂。她那时只有十二岁,胸脯肿起来了,内心常常潮湿着,万物皆能引起性的联想。

她最大的理想莫过于做一个女人,一个美丽、聪明、残忍的精灵。她这一生将发生很多故事,无一不是与男人连在一起,就像历史上这个城市的风尘女人一样。

她觉得这很博大精深。

她将在南京生活下去,因为这个城市曾充满着情欲和物质。它叫人振奋。

接着她明白了很多事情。这个城市早已今非昔比了。成人世界里有种种不可能,使人丧气,萎靡不振。

她那时还是个孩子,没来月经,有种种不可能。退而求其次,她所有的希望全押在这上面了。

……百合突然从落荒的太阳底下跑进来,她周身冒着热气,样子有些滑稽。她捡来了一张妇用卫生纸,私下里给她看,不怀好意地问:"你猜这是什么。"

小芙轻声笑起来,她有些兴奋,这污秽的东西代表着她的未来。她才十二岁,她简直等不及了。

后来这总让她魂牵梦绕,茶饭不思。她开始有事没事地往厕所跑,煞有介事地坐在便池上。这一下流无耻的等待使她慌张,也给了她安慰。她看见两个年轻的女人,她们步履蹒跚,神色疲惫。

无论如何,她不得不心旌摇曳了。

那个拙劣、丑恶的日子终于来了。还清楚地记得那天是星期天,一个有风和阳光的好日子。那天中午,小芙背着书包,胆战心惊地逃出家门,又一次拐进那个干净的街头女厕。女厕里坐着一个人,小芙在她的对面选了一个池子坐下了,干巴巴地看着她。也许是小芙直愣愣的眼神让那人害怕了,她厌恶地皱着眉头,不一会儿站起身走了。

这个时刻终于来临了,小芙的心又是一阵狂跳,她侧耳倾听着,厕所内外万籁俱寂。小芙战战兢兢地拿出两张纸片,是从练习簿上裁下的方格纸,迅速塞进自己的小裤衩里,然后拎起裤子,若无其事地来到大街上。

街上永远是车来人往,城市沾满灰尘。八十年代初,大胆些的青年开始穿上喇叭裤,戴着墨镜在街上招摇。没有人注意到小芙。她的短裤内煞有介事地躺着两张方格纸。她要她的身体流血!她要这个世界一直坏下去,坏下去,永不翻身!

街上有人唱"大刀向敌人头上砍去",群情激奋。小芙踩着这革命的节奏,雄赳赳气昂昂地走在大街上。她挺起她扁平的小胸脯,她的眼里含着泪,落地有声地大踏步前进。

她后来想,大人们一定觉得她好笑极了,因为有不少人驻足,回头打量着她,他们的脸上有可恶的笑容。然而小芙不在乎,她走了整整一下午,她一点点地高亢着,一点点地死了。

她费了很大的勇气才决定去厕所验证一下。这个过程对她来说不啻一种谋杀,那方格纸被她从短裤里抽出来时,她睁开了一只眼睛,她立刻尖叫了一声,哭了起来:那两张方格纸仍干干净净地躺在那儿,什么事也没有。

在那漫长的等待中,小芙已经放弃了等待。她母亲说她枯燥、呆板,没有一点活气。她没有朋友,丢失了学校和家庭。在学校里她是个可有可无的学生,老师从来记不住她的名字。在家里,父母只是以一种同情和忧虑的眼光看她,他们让她厌恶。她和炯恼了很多年,他们从明孝陵回来以后极少交谈,炯仍是安静的,他每天穿着干净的白球鞋上学。他是三好学生,被老师视为天才,是祖国的未来和希望,是每个女孩子关注的焦点。然而只有小芙知道他什么都不是。她知道他是谁。

小芙十六岁初潮来时,竟慌得手足无措。她当时一下子没有反应过来,弄不明白这是怎么回事。她害怕得哭了起来。母亲欣喜地告诉她:"你成人了。"母亲说这话时一定很幸福,有种如释重负的感觉。她由此可以放下心来,小芙还是个健康的女孩子。母亲慢条斯理地教她一些常识,如怎样饮食,怎样注意卫生——

小芙突然不舒服起来,又一次想反胃呕吐。她郑重地、虚心礼貌地忍受母亲喋喋不休的卖弄,觉得自己从自己的身体内走出来。走远了,再也不会回来了。

原载《北京文学》1998年第10期

点评

小说的时间背景大约是二十世纪八十年代初,"文革"已经结束,但全面性的改革还没有开始,因为女人们穿着朴素,看不出是公的还是母的。此时的南京城处于一种潜伏时期,但小说并不侧重于展现新旧交替之际的时代际遇,而在于呈现少男少女青春期两性之间的情感萌动,尤其是刻画一个少女的成长和性意识的萌发。在这种暧昧的时代氛围中,那种恐惧的、好奇的、不安的心理,关于女人成长时期隐秘的欲望以及挣扎,显得更为牵动人心。除此之外,故事多半在南京的明孝陵这一特殊空间中展开,南京是六朝古都,明孝陵是一处陵墓,认为,"故都"不仅指"古代的都城",也是"死去的都城"之意,而陵墓自不必赘言。从这个层面来说,故都、陵墓的死亡气息与少女的成长(无论是心理的还是生理的)形成了意蕴丰满的对照或者说映衬,也形成了神秘的氛围和沧桑迷离的叙事效果。

作者在这篇小说的创作中,采用了主观性很强的视角,以一个孩子的眼光来看世界,并且这个敏感的孩子正处于青春期,对于成长和性充满探究的欲望。这篇小说在故事情节上也做了淡化的处理,并不想以情节取胜,而是用内在的张力来营造出一种神秘的氛围,呈现成长的隐痛。这样的处理方式就如中国古典诗歌注重意境,魏微的这篇小说更似一首朦胧诗,用内在的旋律和情绪色彩魅惑人心。

(朱旭)

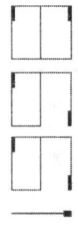

长亭短亭

阿 成

出差回到小城时,贾铭先生已经故去了。四十多岁的人竟死于脑溢血,真是苍天不仁啊!

死之前,贾铭先生住了大约半年多的医院。在病床上度过了他生命中最后的落叶与落雪的季节。

住院期间,小城的医生们一直没给贾铭先生的病下一个肯定的、可以信赖的结论。在那段近二百天的日子里,贾铭先生一直发低烧,他几乎把药典上有关退烧的药吃遍了,但烧也没见退。这的确是件令医生难堪的事。

贾铭先生的脸已经变成灰黑色了,他很文士地对医生说,没关系,我们毕竟生活在一个未知的世界里。

不久,贾铭先生烧得连下床走路的劲儿都没有了。一定坚持要走的话,需别人搀扶才行。一个中年人让人搀着在医院那个落满秋叶的院子里走(兼北雁南飞,黄叶低旋),双方都感到有点凄凉。

我踏雪去医院看望贾铭先生的时候,他世故地说,哎哎,我这是要完哪——

我发现贾铭先生那根蜡色的脖子已经很软了,没有支撑头颅的气力了。

贾铭先生的媳妇也在医院里,她几乎是二十四小时不离医院地看护他。听他深情地回忆,听他呻吟,听他发火、说横话,听他像小孩子一样地抽泣。女人实在难过了,便躲到院子里去,站在那株落尽叶子的枯树下偷偷地落泪。

她觉得很孤单。

贾铭先生的妻子是一所小学的校长。她丢下全校几百名师生到医院专心照顾行为古怪的贾铭先生,这该是何等伟大的爱啊。

贾铭先生同我相处得比较有分寸,一方面我们相识得比较晚,另一方面,我在这个秦砖汉瓦的小城里多少有一点点名气。这似乎也妨碍了我们更深入地交往。

活着，有时候就得经历无缘无故的尴尬啊。

贾铭先生在小城文化馆的戏剧创评室工作，算是一名专业编剧。我所在的文联与创评室同在一幢青砖小楼的二层。上厕所时彼此常能见到，一边站着解手，一边看着格窗外交流几句有关天气的话。春夏秋冬便在我们这种别致的交流中，一年一年地流过去了。

我跟创评室那几位长衣短衬褂的编剧都混得很熟。没事的时候我也常过去给他们敬烟，听他们煽情，听他们亢奋地讲一些男女风流故事和社会上流行的滑稽笑话。贾铭先生是他们当中的佼佼者。他肚子里有好多故事，而且他的故事都有相当程度的真实性。加上他有戏班子的底子，因此讲起来处处胜人一筹。

我理解这几位小城的编剧，他们之所以亢奋地讲这些扯淡的事，算是对彼此编剧上的尴尬的一种安慰和一种调剂吧。

贾铭先生最早在小城的京剧团工作，是拉二胡的琴师。人说他二胡拉得不错，挺古典的，一收一放兼一揉，动情得很。但是我一次也没听过，不敢妄下结论。再者说，在当代，二胡拉得好不好，已不是什么大事了。估计这也是贾铭先生后来放弃拉二胡的原因之一。

贾铭先生自小生活在小城的旧城区。在小城一说起旧城区，都说那儿的人古旧得很。因此许多新区的人不愿意到旧城去居住。耐人寻味的是，旧城区的人居然也不愿意到新区去生活，宁可挤在旧城区鳞次栉比的鸽子笼里。

旧城区小市民多，小贩也多；三教九流，五行八作，各色人等都有。旧城区就像一个大酱缸，人在那里沤的时间久远了，就能生出许多故事来。

我从没去过贾铭先生的家。他也没给过我去他家一坐的气氛。只依稀知道他住在旧城区的六道街。再往前走几趟街就是枪毙人的老法场了（向南过了一架木板悬桥，是小城故人们的坟场）。这一带挺热闹的，无论是喜怒哀乐还是生老病死，都被普通老百姓搞得蓬蓬勃勃：寿衣店的扎彩人、装老衣裳、花圈,助产室的名分招牌、挺着大肚子的孕妇,洞开一门的茶馆、茶人,棋社、棋人,收废品的破烂的院子、傲慢的司秤员,挤在胡同里的戏园子、花里胡哨的戏目招牌、进进出出的生旦净末丑,露天污水窖的陈杂气味,分别挂着红蓝幌子的回汉馆子,热气腾腾的澡堂子、进进出出的脏人与净人;四通八达的大杂院、间或飞上蓝天的鸽群、站在阁楼上冷脸鸟瞰尘世的老妓女。"吟咏仿余风,染轴舒素纸。"真是一幅人间好画啊。

我想,后来贾铭先生选择走写小说这条路,是有道理的。

贾铭先生的家靠在一家京戏园子的东墙上。他从小就生活在有浓浓京剧艺术氛围的环境里。旧城区偏好京剧的人很多。不少当地的名角都生于斯、长于斯、殁于斯。京剧里的人物大多仗义,有血肉,品咂起来,个个都有情有泪,活了似的,平头百姓岂能不爱?外地来的京戏名角儿如果没在旧城区唱红,就不算真正地红,那只能是一种官方行为。

贾铭先生从小嗓子不灵,音儿太乱!因此改做了操琴一行。其他的小伙伴儿,后来都纷纷考上了省城或者部队的文工团。唱戏的唱戏,唱歌的唱歌,作曲的作曲。大名气的没有,小名气也都玩得挺顽皮。于兹之下,贾铭先生无论如何也会有一点失落感的。

贾铭先生的几位朋友我也认识。他们常到戏工室找他喝酒去。他们聚在一起喝酒,能从中午一直喝到后半夜,且各个都能喝。也能抽烟。抽玩之间,艺术上的争论也不断(怪可怜的)。对于当代的某些名角、名戏,常常是口多微词。贾铭先生主张"认了",听其自然。

于是,贾铭先生是这帮酒友当中最先喝醉的一位。我经常看见贾铭先生喝得跟跟跄跄地在小城的街上走,边走边唱《林冲夜奔》中的段子。那恐怕是他最悲怆的时刻了。

小城里熟人见了,便说,贾老师又喝高了⋯⋯

朋友们都很喜欢贾铭先生。

贾铭先生入殓之日他们都去了,都流泪了,有的当众哭出了声。当晚,他们分别约定在自己的住所前给贾铭故友烧点纸。

他们爱贾铭先生。

一个朋友跟我讲,贾铭先生的第一位妻子可是一个美人儿啊。在改革开放刚刚开始的时候，她离家到南方干买卖，寻找自己新的梦想去了。她不想用一辈子的时间跟一个整天摇头晃脑拉二胡的男人扯在一起。她觉得过去自己太憨厚了。并在小城办理了离婚手续。儿子归贾铭先生抚养——伊人将远行，带个儿子不方便。

办完离婚手续的当日，贾铭先生又到小城外的枸杞河那儿钓鱼去了。

贾铭先生有点什么难过的事，就到那儿去。望着悠悠晃晃的悬桥，望着鱼漂在水中一扎一扎的，他心里不是个滋味儿。

女人走了，贾铭先生的日子过得随便起来。有钱就领儿子到门口的小馆儿去，弄个芹菜炒肉、酱猪手、小葱拌大豆腐、四两烧酒和几个大包子吃（贾铭先生喜欢这几种吃食。另外，他还喜欢泡澡堂子，在那里一脸痛苦地眯一觉）。吃的时候，贾铭先生照例要很父亲地嘱咐儿子，好好学习，别他妈的扯犊子！儿子欲言又止，笑笑，啥也不说了。

冬天，小城下鹅毛大雪了。爷儿俩下晚回家，懒得点炉子，相互照顾着往吊铺上一钻，借着酒劲儿就睡了。

梦之外的家，乱得一塌糊涂。没女人的日子真像没放盐的菜呀。

三九严寒，贾铭先生只穿着一件空心棉袄，里面啥也没有了，露着一截黄脖子。一次，我和贾铭先生同去参加一个小城文士的葬礼，我见他穿戴如此单薄，就说，兄弟，穿得太少了，不冷啊？他一本正经地说，不冷，穿多了憋得慌，人的皮肤也得呼吸呀。我说呼个狗屁吸呀，小心生病啊兄弟。他说，绝对——没事。

家则不家了。贾铭先生再拉二胡，喜曲也是丧调了。加上京剧团不景气，不少年岁大的台柱子、戏篓子，相继去阎王爷那儿报到了。年轻的新秀也大多跳槽到省城、海南、广州等地的小城的歌厅唱通俗歌曲敛钱去了。京剧团到处都是蜘蛛网了，变成昆虫世界了。只有团长两脚搭在办公桌上哗啦哗啦地翻看报纸，吱吱地喝茶水。

好在贾铭先生能写两下子，就通关节，转到小城文化馆的创评室干起编剧来了。

我一时弄不清楚贾铭先生都写过什么剧，隐约感到有模有样的剧他还没写出来呢，抑或写出来了，但是，官啊，同行啊，导演啊，酸甜苦辣咸，口味如此不一样，再加上机关里个别帮闲扯淡的人那么一搅和，可能好戏也没戏了。也可能他写的剧太前卫，一干人一时容不下。幸好，创评室的编剧像贾铭先生这号的不止一个，因此，彼此活得还算滋润。你不行，我也不行，这是个安慰。话说回来，现在的剧真正让老百姓掏心窝子说好的，或者能流芳一至两年的，真是少得可怜。因此，写不写劲头不大，先混着瞧吧。

流年某秋，贾铭先生给一位小城说相声的写电视小品，我们扯到了一块儿。贾铭先生写的那个小品我看了觉得失望！贾铭先生赤红着脸说，兄弟你给我指指道呗。我就顺口说了一点主意。那工夫我认为贾铭先生写东西太理想化了。剧或相声太理想化了，或者该算是另一种媚俗了吧。

一年之后，他写了一组小说送到文联的小说编辑部（猜想许是理想化的东西，我就没看）。但发出来我再一看，人精神了，狗日的贾铭，写得太真了，那些名不见经传的人物让他写绝了。他好像变了一个人似的嘛。

第二天一早，我跟编辑室主任大夸特夸了这篇小说，建议他写信推荐给《小说月报》《中华文学选刊》《中国文学》。很快几家都选了。其中一家还给翻译成英文介绍到国外去了。

碰见贾铭先生，我说，兄弟写的这篇小说有点新生代的意思了，看来要登堂入室了。贾铭却很疲劳地说，缓一缓，哪天我一定请客，这一阵子我差点没累吐血。

这之前，贾铭先生又结婚了。女人就是那个小学校长。女校长是个大龄姑娘。两个人过去都没遭遇过真正的爱情，这回彼此遇到了真爱，感天动地，非常缠绵。

新女人对贾铭先生很崇拜。一个小学校长崇拜一个剧作家，应当说不算跌份。婚后，女人给贾铭先生买了一台486电脑，让他做跨世纪写作。她深信自己的丈夫是一个人才，不能再受委屈了！

贾铭先生的穿戴也利落起来（再看，真是挺有风度的一个人）。正应了那句俗话：汉子外面走，带着老婆两只手。

贾铭先生喝醉的时候少了，虽然走路时脚板有点拖地，但毕竟清醒的时候多了。这期间他还写了一个没能上演的剧，剧本发表在省城的一个剧本刊物上。我通篇都看了，后来又看了一遍，很羡慕。

看来，一颗新星就要升起来了。

这时候，他发起烧来，后来挺不住，住院了。一住就是大半年。我去看望他的时候，他还给我讲医院试验室里用来做试验的小白鼠全逃跑了的趣事。不知为什么，这给我留下的印象很深。

突然一天，他的病全好了，烧也退了。尽管人瘦如鬼，但医生认为他可以出院了。

回家后，贾铭先生到处跟朋友说，我好了，没事了。还说，我的作品毕竟被翻译介绍到国外去了，在国外兄弟也算是有了一席之地呀。

他很兴奋。他有权利为自己所取得的成绩自豪。

一日，他对一个朋友说，我最近怎么变得没出息起来了呢？这两天嘴里老是淌哈喇子……

紧接着，他就脑溢血了。是半夜的事。送到医院，一顿抢救。第二天早上还是死了。

如果一年之后再撒手西去，贾铭先生有可能称得上是名人的不幸早夭。那样，我大抵也就不会用笔送他一程了。现在，他的死无论如何也只能算是普通人之死了。

秀才人情半张纸，为他写几个字，是个本分。

原载《湖南文学》1998年第2期

点评

"何处是归程，长亭更短亭。"长亭，在中国古代原本是设来维持治安兼作交通站的，后来在古典诗歌、戏曲、小说中常见长亭送别的描写。短亭，在古时原是五里一邮的邮，后也逐渐发展演变成了送别的场所意象，在唐人的歌咏中，就常见短亭的描写。"亭"谐音"停"，亭之送别更含依依不舍之情。阿成的这篇《长亭短亭》，通篇不见亭的意象，也没有明确流露送别之意，但通读全文就会发现，这是对友人的道别之作，也是悼别之作。小说的主人公是一个叫贾铭的知识分子，贾铭或许即是假名，这种模糊称谓更具隐喻意味，如此，这贾铭便蕴含了更广泛的意义，或许是我，可能是你，抑或是他和她。贾铭是这个时代知识分子的代言人，他身上似乎有所有知识分子的某一侧影。他们都富有才华，秉持知识分子的清高，有理想有情怀，和爱好京剧、喜欢文学的贾铭一样，他们似乎成了传统文化的"守灵人"。现实生活中，纷繁的社会中，传统文化的坚守者反而被抛弃在了时代车轮之外，知识似乎并不是幸福生活的通行证，知识分子的身份也并没有给他们的命运带来多少亮色。小说透过贾铭的人生遭际，揭示了知识分子尴尬的生存处境，读者揣摩之，一股寒意便会油然而生，不乏凄凉之感。

阿成的这篇小说与中国古典文学中的笔记小说血脉相连。鲁迅曾称《世说新语》为志人小说，《世说新语》就记述了"众多謦欬犹存、栩栩如生的魏晋风流人物"。笔记小说继承中国底蕴丰厚的史学传统，以人物为中心展开叙事，阿成的这篇《长亭短亭》寥寥几笔，贾铭的秉性特征和精气神便毫发毕现。表面上，《长亭短亭》对于贾铭的生平记事看似散漫随意，氤氲出一种淡淡的哀愁，一种人生的无奈、尴尬甚至是脆弱，实际上凝聚着对于人生体验的深刻思索，隐含着饱经沧桑而又悠然淡泊的心境。阿成自己就曾说过："笔记小说，是一种文士风度，也是一种人生境界的艺术化手段。这完全不同于那种亢奋地打扮与装修式的小说，似乎也不大煽情与矫情，或者很政治地浪出一些满不在乎的俏皮话，笔记小说骨子里的凌厉与尖刻是陈酿出来的，它的那股滋润新鲜劲儿，在于自信和平易。这样的文体，能保鲜到21世纪。"在物欲横流的当下，在媒体令人眼花缭乱的轰炸下，在信息大爆炸的时代，阿成与阿成小说的这份纯粹与坚守，有一种超越尘嚣、不理世俗的快意。

（朱旭）